Becca
Brigg

D1723087

Diener

O, ich bin hin!
Mylord, euch blieb ein Auge,
die Straf an ihm zu sehn. – O!
(Er stirbt.)

Cornwall

Dafür ist Rat: heraus, du schnöder Gallert!
Wo ist dein Glanz nun?

Gloster

Alles Nacht und trostlos.

Shakespeare, König Lear, 3. Akt, Szene 7

Blinder Tod

Bodenseekrimi - Becca Brigg - Kripo Ravensburg

5-Sinne-Bodenseekrimi – Band 1

Von © Karina Abrolatis

tredition

2. Auflage, Erstveröffentlichung 2023

Impressum:
Rina Abro - Texte & mehr
Dorfhalde 5
88662 Überlingen
www.bodenseekrimis.de

Coverfoto und Umschlagsgestaltung:
© Rina Abro – Texte & mehr mit Canva Pro

Druck und Distribution im Auftrag der Autorin:
tredition GmbH, Halenreie 40-44, 22359 Hamburg, Deutschland
ISBN Softcover: 978-3-384-07058-6
ISBN Softcover Großschrift: 978-3-384-07061-6
ISBN Hardcover: 978-3-384-07059-3
ISBN E-Book: 978-3-384-07060-9

Prolog

Februar 2020

Die knochig wirkende junge Frau trug trotz der frostigen Februartemperaturen nicht mehr als ein dünnes Krankenhausnachthemd, das hinten weit offenstand. Bei jedem ihrer Schritte wehte es den mit starker Gänsehaut überzogenen nackten Rücken frei.

Das Mädchen aber spürte die winterkalte Erde unter ihren bloßen Füßen nicht länger. Auch die scharfkantigen Bucheckern mit ihren stachligen Hüllen, die den Waldboden übersäten und die sich jetzt unbarmherzig in ihre Fußsohlen bohrten, nahm sie nicht mehr wahr. Ihre körpereigenen Stresshormone hatten die Kontrolle vollständig übernommen. Der Puls hämmerte und das Blut rauschte laut in ihren Ohren. Adrenalin und Noradrenalin jagten im Wettstreit durch die Blutbahn. Alle nicht unmittelbar überlebenswichtigen Körperfunktionen waren ausgeblendet. Ihr geschwächter Organismus war dabei, die letzten Energiereserven zu mobilisieren.

Hektisch und vorsichtig zugleich schob die Frau ihren mageren Körper Schritt für Schritt vorwärts; über Bodenunebenheiten, Blätter und kleinere Äste. Ihre Arme streckte sie schützend voran, um nicht aus Versehen auf vor ihr auftauchende Hindernisse zu prallen.

Ihr Versuch, im Gehen den stabilen Verband von den Augen zu reißen, der sie völlig blind machte, scheiterte kläglich. Der stechende Schmerz, der durch das Zerren an der Binde verursacht wurde, drang kurz und scharf durch den Adrenalinpegel in ihre Wahrnehmung und nahm ihr vorübergehend den Atem.

Wenn ich doch nur etwas sehen könnte! Ein Eichelhäher stieß seinen Warnruf aus. Wasser plätscherte. *Ein Bach?* Verzweifelt lief Stella schneller, als gut für sie war. Mehrmals war sie bereits gestolpert und konnte sich gerade noch fangen, kurz davor auf den gefrorenen, harten Boden zu schlagen. Vor allem, kurz davor eingeholt zu werden. Laub raschelte unter ihren Füßen. Jegliche Sinne waren jetzt fest auf das Geräusch der bedrohlich nahenden Schritte hinter ihr fixiert und ließ sie jede Vorsicht vergessen. Der Abstand zwischen der Gejagten und dem Jäger verringerte sich jedoch seltsamerweise nicht, obwohl Stella, blind, wie sie durch den Verband war, nur langsam vorankam.

Die Person spielte mit ihr, genoss die Jagd und zögerte das Stellen des Wilds hinaus.

Wenige Minuten davor, als sie sich noch im Auto befanden, hatte Stella sich unendlich schwach und schwindelig gefühlt. Ihre Gedanken kreisten wild hinter dem pochenden Auge, dessen erbarmungslosen Schmerz sie sich nicht erklären konnte. Dieser Schmerz war in den letzten Tagen deutlich intensiver und tiefliegender geworden. Irgendetwas stimmte nicht. Absolut nicht. Der Druckverband saß fest um ihren Kopf und bedeckte beide Augen, obwohl nur eines davon tatsächlich operiert war. Die Erklärung des Arztes, dass der Heilungsprozess dies erforderte, hatte sich einleuchtend angehört. Augen funktionierten nun einmal paarweise.

Stella zermarterte sich den Kopf, zu wem die Hände gehörten, deren fordernde Berührungen auch jetzt noch auf ihrem Körper brannten. Einer der Ärzte? Wer war der Mann?Man erwarte Dankbarkeit von ihr, hatte er mehrmals mit drohendem Unterton gesagt. Dieselbe eindringliche Stimme befahl ihr in den letzten Wochen wiederholt, keinen Laut von sich zu geben, wenn sie den OP-Erfolg nicht gefährden wollte.

Stella war stumm geblieben. Tag für Tag. Obwohl der Ekel sowie die Angst, die seine Hände auf ihrem Körper verursachten, sie fast um den Verstand brachten. Es war der Preis, den sie zahlen musste, um wieder sehen zu können, redete sie sich wiederholt ein, um nicht völlig zu verzweifeln.

Ich will nicht blind werden. Alles, nur das nicht!

Halte es aus, Stella, ermahnte sie sich permanent.

Halte es irgendwie aus ...

Sie wollte diesen Preis bezahlen, koste es, was es wolle, und ließ darum den Mann alles tun, was er verlangte. Nur wenn er zu grob wurde und ihr weh tat, wehrte sie sich halbherzig - genutzt hatte es nichts.

Wie viele Wochen waren vergangen, seit sie nach Deutschland gekommen war? In der immerwährenden Dunkelheit des Augenverbands war ihr jegliches Zeitgefühl abhandengekommen. Die gedämpften Geräusche des Hauses, die sie gelegentlich in ihrem Zimmer hörte, gaben Stella keinerlei Tagesrhythmus.

Sie war brav gewesen. Ganz brav. Sie konnte sich mit dem Gedanken nicht abfinden, für den Rest ihres Lebens auf einem Auge blind zu sein. Und was, wenn mein zweites Auge ebenso erkrankt? Was dann? Ich bin noch so jung. Ich will sehen!

Das war es wert, alles zu ertragen.

Erneut versuchte sie, verzweifelt zu begreifen, wieso man sie vorhin in das Auto gezerrt hatte. Was war passiert? Sie hatte sich an sämtliche Anweisungen gehalten! Ich war still, wenn der Mann kam, und habe keinen Ton von mir gegeben. Ich habe mich dankbar gezeigt! Plötzlich veränderte sich der Fokus ihrer Gedanken.

Weshalb kann ich die Motorengeräusche des Autos nicht hören? Wir fahren doch! Ich müsste den Motor doch hören können! Eine mächtige Welle der Panik breitete sich in Stella, wie ein sich aufrollender Teppich aus und ließ ihre Gedanken immer konfuser und unlogischer werden. *Ist mein Gehör durch irgendetwas geschädigt? Wohin fahren wir denn? Wenn ich doch nur die Worte verstehen könnte!*

Es gelang Stella in der sich jetzt immer weiter ausbreitenden Panik nicht, einen der umherwirbelnden Gedanken festzuhalten und eingehender zu betrachten. Oder diese gar zu ordnen. Als das Fahrzeug abrupt stoppte, wurde sie auf das Armaturenbrett nach vorne geschleudert. Sie war nicht angeschnallt gewesen. Ihr Kopf prallte hart gegen die Windschutzscheibe. Dann schloss sich plötzlich ein brutaler Griff um ihren Oberarm und sie wurde vom Beifahrersitz nach draußen gezerrt. Die jäh erneut aufwallende Angst verdrängte jegliche Benommenheit aus Stellas Körper.

„Lauf, Dreckstück!"

Der anschließende Schubs in den Rücken, der ihr gegeben wurde, war roh. Stella entwich unwillkürlich ein jämmerliches Wimmern aus ihrer Kehle. Sie verstand kein Deutsch. Der verachtende, schneidende Tonfall war jedoch unmissverständlich international und ließ sie augenblicklich trotz ihrer Blindheit vorwärts stolpern. Nur weg. Weg von dieser eiskalten, erbarmungslosen Stimme. Weg von der Person, die sie hergebracht hatte. Ihr dünnes Nachthemd blieb an irgendetwas hängen. Ein Ast schrammte über den nackten Rücken. Mit einem verzweifelten Aufschluchzen riss sie sich los. Nur weiter. Weg von hier. Immer weiter, zog die Gedankenkette durch sie hindurch. Ihr

Zeh stieß hart gegen einen größeren Stein. Der Schmerz indes erreichte ihr Gehirn, den ausgeschütteten Stresshormonen sei Dank, gnädigerweise nicht.

Weiter Stella, lauf weiter.

Unvermittelt prallten ihre ausgestreckten Hände auf kaltes Metall. Sie griff hektisch und tastend danach. Was war das? Ich muss weiter. Schnell! Ihre fiebrig tastenden Hände erkannten, dass die Metallstäbe, die vor ihr nach oben in die Höhe ragten, sich über ihre jetzt gestreckten Arme hinaus fortsetzten. Ein Hinüberklettern erschien unmöglich. Und als sie sich hektisch nach unten bückte, wurde Stella zu ihrem Entsetzen bewusst, dass ein darunter Durchkriechen ebenfalls nicht möglich sein würde. Sie versuchte es weiter rechts. Dann links. Vergeblich. Sie tastete sich an dem eisigen Metall entlang, obwohl ihrem Unterbewusstsein jetzt schon klar war, dass sie nicht mehr weiter kam.

Der Weg vor ihr war versperrt.

Unnatürlich laut dröhnte Stella Radu der eigene, stoßweise gehende Atem in den Ohren. Die Schritte des Jägers hinter ihr kamen jetzt sehr schnell näher. Zu schnell. Sie wollte schreien, aber ihre Kehle war wie zugeschnürt. Ihr Körper schien völlig steif, wie paralysiert. Stumm betete Sie.

O Maria, ajută-mă!

Ein ohrenbetäubendes, animalisches Kreischen, das ihr den letzten Atem nahm, erhob sich direkt vor der jungen Frau. Oder war das Geräusch über ihr? Dann war der Wald plötzlich totenstill und nur das leise Gemurmel des schmalen Bachs erklang friedvoll zwischen den hohen Bäumen.

Der Schatten, der alles beobachtet hatte, stahl sich lautlos, weit oben in den Baumkronen davon.

Friedhof Überlingen

Donnerstag, der 27.02.2020

Ein hohles, prasselndes Geräusch, eigentümlich unpassend, durchdrang Hauptkommissarin Becca Briggs fokussierte Wahrnehmung. Es hörte sich ähnlich einem heftig herabfallenden Starkregen an. Verursacht wurde es durch die Handvoll Erde, die sie nur sehr zögerlich fallen gelassen hatte, und die jetzt auf den dunklen Sarg in der Tiefe traf. Die Kommissarin hatte diesen Klumpen in ihrer Hand nicht loslassen wollen. Etwas in ihr hatte sich widerwillig dagegen gesträubt, die Faust, die die Erde fest umschloss, zu öffnen und das sauber polierte Holz des Sargs damit zu beschmutzen. Es fühlte sich an, als würde sie Dreck nach ihrer toten Schwester werfen.

Wie in Trance reihte sich Becca neben ihre Eltern und Aage ein, die als engste Angehörige seitlich am offenen Grab Spalier standen. Sie hatten unmittelbar vor ihr das rituelle Schauspiel mit der geworfenen Erde vollzogen, wie wenn sie tatsächlich in diesem Moment Abschied genommen hätten. In Wahrheit waren sie jedoch völlig unfähig, ihre wahren Gefühle im Augenblick überhaupt zur Kenntnis zu nehmen. Nach und nach würde jetzt die ganze Trauergemeinde diese althergebrachte Prozedur wiederholen. Stumm und allein begleitet von der prasselnden Musik der herabfallenden Erde.

Von Beileidsbekundungen am Grab war bitte abzusehen, so stand es in der Zeitungsanzeige des hiesigen SeeTageblatts vor ein paar Tagen:

Tatjana „Taja“ Jorgensen
Geboren am 30. März 1984
und für ewig von uns gegangen
am 17. Februar 2020
Gott spricht:
Ich lasse dich nicht fallen
und verlasse dich nicht (Josua 1.5b)

Gedruckt war die Anzeige in romantisch geschwungener kursiver Schreibschrift und daneben prangte ein Farbfoto ihrer glücklich lächelnden Schwester.

Wenigstens regnete es nicht an diesem ansonsten so trostlosen Tag. Der eisige Ostwind vom gestrigen Aschermittwoch hatte sich sanft zurückgezogen. Die kahlen Bäume mit ihrer dunkelfeuchten Rinde auf dem Friedhofsgelände in Becca Briggs Geburtsort Überlingen begleiteten stoisch das unter ihnen stattfindende Trauerspiel. Nur vereinzelt blitzte Zuversicht spendend ein Schneeglöckchen zwischen den unzähligen Gräbern auf.

Becca hatte ihren Blick starr auf die scharfe Abbruchkante der ausgehobenen Erdgrube direkt vor ihr gerichtet, so, als könne diese ihr irgendwelchen Halt geben.

Helga Brigg, ihre streng gläubig katholische Mutter, hatte stoisch auf eine Erdbestattung für ihre Tochter bestanden. Weder Becca selbst noch Tajas Ehemann Aage gelang es, ihr diesen Unsinn auszureden. Der Vater versuchte es aus Erfahrung erst gar nicht. Sie bemühten sich, mit unzähligen Argumenten ein Urnengrab im Friedwald oder im Kolumbarium zu favorisieren. Der agnostische Aage wohnte zudem viel zu weit weg, um sich dauerhaft um eine Grabstelle zu kümmern. Letztlich siegte der in Glaubensfragen ausgeprägte Wille ihrer Mutter, die sich unverzüglich dazu verpflichtete, die Grabpflege langfristig zu übernehmen. Becca blieb skeptisch. Mindestens zwei Jahrzehnte betrug die übliche Liegezeit für ein Erdgrab. Ihre Mutter wäre bei dessen Auflösung vierundneunzig Jahre alt. Sofern sie dieses stolze Alter überhaupt erreichen würde. Für Becca, die nur knappe zwanzig Kilometer entfernt der elterlichen Wohnung und des Überlinger Friedhofs lebte, war es unschwer zu erraten, wer sich im Falle einer fortschreitenden Gebrechlichkeit ihrer Mutter darum kümmern würde.

Die Gedanken der Kommissarin driften weiter in die Vergangenheit. Fort von den gefühlsleeren Augen der Mutter, die gramgebeugt, aber gnädig abgeschirmt durch die verschriebenen Beruhigungsmittel des Hausarztes, das Unfassbare über sich ergehen ließ. Und weg vom Vater, der mit sich rang, in militärisch starrer Haltung die Fassung zu bewahren, die er zeit seines Lebens durch eiserne Disziplin niemals verloren hatte.

Becca kam, wie sie so dastand und die Trauergemeinde langsam an ihnen vorüberzog, Schampus in den Sinn. Sie erinnerte sich, wie der ehemals schwanzwedelnde Teil der Familie Brigg jeden auf seine ganz eigene Art geliebt hatte. Insbesondere Taja, das Nesthäkchen, kam in den Genuss des ausgeprägten Beschützerinstinktes des Hundes. Der Bobtailrüde hatte die beiden Schwestern ein Hundeleben lang durch die Kindheit begleitet.

Nach seinem Tod wurde die Haltung von Haustieren laut Mietvertrag im Wohnkomplex generell verboten, was einen Nachfolge-Familienhund unglücklicherweise ausschloss. Unzählige Bilder flackerten an Beccas innerem Auge vorbei, wie der zottelige Hund mit seiner großen, himbeerrosafarbenen Zunge verbotenerweise über ihre zarten Mädchengesichter leckte. Sie und Taja kichernd, wie es nur zwei völlig unbeschwerten Kindern gelang. Der Bodensee bot im Sommer für Mensch und Tier vergnügliche Badefreuden. Wenn das untrennbare Dreigestirn das Wasser nach ausgiebigen Planschorgien verließ, schüttelte Schampus sein langes Fell trocken und spritzte dabei regelmäßig die Schwestern zu derer großen Heiterkeit nass. Soprane Mädchenstimmen quietschten lautstark zwischen bassartigem Bobtailgebell. Es waren unbeschwerte Kindertage.

Vater Erich Brigg, der seinem täglichen Dienst als Polizeiobermeister in der Dienststelle Überlingen nachging, wusste Wohnung und Kinder bestens durch seine patente Frau versorgt. Helga Brigg hatte nach der Hauswirtschaftsschule gar nicht erst angefangen zu arbeiten, sondern jung geheiratet und den Status der Ehefrau vorgezogen. Der in Polizeiuniform durchaus schmuck aussehende Erich, den sie im Überlinger Kursaal beim Tanz kennengelernt hatte, stellte mit seinem Beamtenstatus die Idealbesetzung für eine solide Familiengründung dar. Der fordernde Beruf ihres Mannes bedingte, neben dem positiven Effekt, gut versorgt zu sein, allerdings auch, dass Beccas Mutter meist anfallende Alltagsprobleme alleine lösen musste.

Die allgegenwärtigen Ängste, der Ehemann würde eines Tages nicht mehr lebend von einem Polizeieinsatz zurückkehren, trieben sie derweil immer tiefer in die tröstenden Arme der katholischen Kirche. So gab eine seit der Kindheit verwurzelte Religiosität Helga Brigg den nötigen Halt und die Kraft, die Ungewissheiten in ihrem Leben auszuhalten. Der eher ländlich geprägte Bodenseeraum rangierte zwar generell nicht im oberen Drittel der Kriminalstatistik, doch gelegentlich kam es auch hier zu lebensbedrohlichen Gewaltanwendungen im kriminellen Milieu und im Zuge dessen zu schwerverletzten Polizeibeamten. Lebte Beccas Vater in seinen Dienstjahren bereits mit einem gewissen Berufsrisiko, so hatte seine älteste Tochter heutzutage als Hauptkommissarin bei der Kripo in Ravensburg einen offenkundig noch gefährlicheren Job inne. Dies lag zum Teil in der zunehmenden Verrohung der Gesellschaft, aber auch im andauernden Personalmangel begründet.

Becca und Taja erlebten indes ihre Kindheit völlig sorgenfrei und bekamen von alldem nichts mit. Die nicht berufstätige Mutter war stets für sie da. Ein Fels in der Brandung des Lebens. Und Erich Brigg erfuhr durch seine Töchter die Art von Heldenverehrung, die sonst nur denen zuteilwurde, die das ultimative Böse in der Welt bekämpften. Er jagte die Gesetzlosen und kümmerte sich um die Schwachen der Gesellschaft. So befand er sich in den verehrenden Augen seiner Töchter auf direktem Level mit Robin Hood und Superman.

Das Verhältnis der beiden Schwestern war beständig eng und innig. Damals wie heute.

Becca, immerhin zehn Jahre älter, fungierte mehr als eine mitverantwortliche Erziehungsberechtigte denn gleichwertige Schwester. Sie erlebte mit ihrem großen Altersvorsprung bewusst die Geburt der kleinen Nachzüglerin mit. Und auch das damit verbundene tiefe Glück der Eltern über den verspäteten Segen. Becca begleitete Tajas Einschulung, den späteren Wechsel auf die höhere Schule und schließlich das einschneidende Ereignis von Tajas erster großer Liebe: ein pupertätspickelgesichtiger Siebzehnjähriger mit blauem Moped und cooler Frisur im Fringe-Style. Nach ein paar wenigen Monaten war der junge Draufgänger bereits mit einer anderen großen Liebe beschäftigt und Becca tröstete das Nesthäkchen bei ihrem ersten Liebeskummer.

Taja entwickelte sich charakterlich völlig anders als Becca, die schon im Kindesalter dazu neigte, eher regelkonform zu handeln. Auch ließ die Kommissarin in der Grundschule bereits Ehrgeiz erkennen und fuhr durchaus, wenn nötig, die Ellenbogen gegen Mitschüler aus. Nicht von ungefähr stieg sie nach Abschluss des Gymnasiums in die Fußstapfen des verehrten Vaters und schlug die höhere Polizeilaufbahn ein.

Taja hingegen war auf eine oberflächlich heitere Art gedankenlos lebenslustig. Bis auf einen heimlich gerauchten Joint im Teenageralter entgleiste ihr antikonservativer, leicht rebellischer Charakter dann glücklicherweise aber nicht. Sie hatte rundweg Spaß am Leben und nahm die Dinge *the easy way*, wie sie gern betonte. Taja war eine Sympathieerscheinung, die ihre unmittelbare Umgebung im Handumdrehen mit Leichtigkeit bezauberte.

Papas Prinzessin. Sein Augenstern. Für Becca ein Spagat, die Verdrängung in die zweite Reihe durch ihre jüngere Schwester nicht übel zu nehmen. Eines Tages jedoch wurde der vergötterte Vater letztlich von seiner Prinzessin durch die Heirat mit Aage still-schweigend abgesetzt. Der blonde Hüne mit dem Wikingeraussehen trug Taja von da ab auf seinen riesigen Händen durchs Leben. Liebevoll entführte er Beccas Schwester in seine Heimat nach Glücksburg an der Ostsee. Hoch, bis fast an die dänische Grenze.

Doch der verheißungsvolle Ortsname sollte dem Paar nicht das bringen, was er versprach.

Über tausend Kilometer von den heimischen Gefilden im Boden-seekreis entfernt, bauten die beiden Verliebten Aages reetgedeckten Hof um. Ein Erbstück seiner früh verstorbenen Eltern. Ein schmuckes Fachwerkhaus mit nicht wenigen Hektar saftiger Wiesen drum herum. Immer eine Brise Ostseewind in der Nase, vermischt mit dem allgegenwärtigen Salzgeruch des nahen Meeres. Sie brauchten einige Jahre, um unter anderem aus dem alten Gemäuer ein hochmodernes Büro für Aage herauszuschälen. Als erfolgreicher IT-Spezialist zählte er zu den Besserverdienern, die vom Homeoffice aus ihre Brötchen verdienen konnten. Das junge Paar richtete ein großzügiges Wohnzimmer mit offener Küche und Kamin ein. Auf Tajas Wunsch hin ebenso zwei separate Kinderzimmer, schon mit lustigen Comic-Motiv-Tapeten verheißungsvoll geschmückt. Sie plante, ihre Anstellung als chemisch-technische Assistentin auf halbtags zu reduzieren, sobald sich der sehnliche Wunsch nach eigenen Kindern erfüllen würde. Inzwischen über dreißig Jahre alt, tickte die biologische Uhr diesbezüglich.

Die lange Schlange der Abschiednehmenden am blumen-geschmückten Grab, so kam es Becca Brigg jedenfalls vor, wollte kein Ende nehmen. Sie hatte ihre Aufmerksamkeit jetzt erneut der

Zeremonie zugewendet und erkannte einige ehemalige Schulfreunde von Taja wieder. Nachbarn bekundeten ihre Solidarität mit ihrer Anwesenheit und entfernt bekannte Gesichter zogen vorüber. Auch frühere Polizeikollegen ihres Vaters befanden sich unter der Trauergemeinde. Es war eine unbeschreibliche Tragödie, das eigene Kind bestatten zu müssen, die im gesellschaftlichen Leben Überlingens sehr viel Mitgefühl hervorrief. Es schien, als wäre die halbe Stadt zum Friedhof gekommen, um ihre Anteilnahme zu bekunden.

Erneut schlug eine Handvoll Erde prasselnd auf den Sarg, diesmal begleitet von einer einzelnen, roten Blume. Allmählich drang die Kälte zu Becca durch. Der trübe, Hochnebel verhangene Himmel über ihnen wurde dem trostlosen Anlass gerecht.

Gott spricht: Ich lasse dich nicht fallen. (Josua 1.5b)

Bei dem Gedanken an den Anzeigentext im SeeTageblatt, den ihre Eltern zusammen mit Aage ausgesucht hatten, durchzog Becca jäh eine Woge der Bitterkeit. Tja Josua, wer immer du gewesen bist: Ich glaube dir nicht! Diese hier, verdammt nochmal, hat dein Gott eindeutig fallen gelassen!

Schnell blickte die Kommissarin auf Grund dieser gotteslästerlichen Sätze zu dem erstarrten Gesicht von Helga Brigg hin. Es schien, als müsste sie sich vergewissern, dass die Mutter ihre häretischen Gedanken nicht zu lesen vermochte. Mütter waren bekanntlich eine Spezies für sich, denen war alles zuzutrauen. Langsam kroch zudem die Wut wieder in ihr empor und verschaffte sich Raum. Dieses Gefühl, das den dumpfen Schmerz der verbitterten Trauer rasch verdrängte, erschien der Kommissarin deutlich besser ertragbar. Wut hatte sie im Griff. Die war beherrschbar. Es ging dabei letztlich nicht nur um die ungerechte Tatsache, dass Taja vor ihrem sechsunddreißigsten Geburtstag diese Welt hatte verlassen müssen, nein, es drehte sich vor allem auch um das Wie.

Zu dem Zeitpunkt, da sie alle fest daran geglaubt hatten, sie würde diesen verdammten Krebs besiegen, schlug dieser erneut mit voller Wucht zu. Tajas einst so lebhaft wippenden, blonden Locken hatten nicht einmal die Zeit gefunden, vollständig nachzuwachsen. Die letzten Wochen waren grauenvoll mit anzusehen. Wie sie immer weniger wurde. Ihre einstmals so hellllodernde Flamme begann unaufhörlich zu verlöschen. Taja war bis auf das Skelett abgemagert. Das früher so hübsche Gesicht, ein mit gräulicher Haut überspannter Schädelknochen. Zwei übergroß wirkende, verzweifelte Augen darin, die stumm darum flehten, weiter leben zu dürfen.

Unzählige Tote waren der erfahrenen Kriminalbeamtin Becca Brigg im Laufe ihrer Dienstjahre begegnet. Leichen, die auf alle erdenklichen Arten ums Leben gekommen waren. Ihre zum Teil ausgeprägten körperlichen Entstellungen verliehen diesen Toten mitunter die Aura eines entsprungenen Protagonisten aus Saurons Armee der *Herr der Ringe* Trilogie. Dazu gesellte sich meist ein Verwesungsgeruch, der jede menschliche Ähnlichkeit heftig leugnete.

Ja, Hauptkommissarin Brigg verfügte über einen professionell abgehärteten Schutzpanzer im Umgang mit Verstorbenen. Jedoch waren diese Menschen bereits tot. Nichts vermochte diese Tatsache mehr zu ändern. Die Rechtsmedizin, sowie die Kriminologen, begutachteten fachgerecht distanziert und wissenschaftlich ihre seelenleeren Körperhüllen. Stets darum bemüht, die Verantwortlichen des frühzeitigen Ablebens eines Opfers zur Rechenschaft zu ziehen. Das war der einzige Dienst, den man ihnen und ihren Angehörigen noch zu erweisen vermochte.

Nichts von alldem hatte die Hauptkommissarin darauf vorbereitet, ohnmächtig einem über viele Wochen andauernden Sterbeprozess einer geliebten Person beiwohnen zu müssen. Denn dieser, noch um sein Leben ringende Mensch, atmete. Das war eine völlig andere Hausnummer. KHK Brigg stürzte sich im Präsidium blindlings in ihre Arbeit; übernahm freiwillig Dienste und absolvierte Überstunden bis zur absoluten Erschöpfung. Dennoch erlebte sie hilflos, wie Vater und Mutter Brigg gleichermaßen Stück für Stück mit der sterbenden Schwester aufhörten zu leben. Es war ihr ebenso unmöglich, der zunehmenden Verzweiflung Aages auszuweichen, der unfähig schien, seinen Tränenfluss zu beherrschen. Der körperlich riesenhaft erscheinende Mann weinte unaufhörlich wie ein kleines Kind. Heute standen die von Trauer und Schmerz ausgehöhlten Hüllen ihrer selbst neben dem offenen Grab.

Ja, bei Gott, die Kommissarin gäbe etwas darum, irgendeinen Schuldigen für diesen grausamen, sinnlosen Tod ihrer kleinen Schwester zur Rechenschaft ziehen zu können.

Endlich war der letzte Kondolierende an ihnen vorbeigegangen. Helga Brigg, behütet untergehakt zwischen Beccas Vater und dem katholischen Stadtpfarrer, ein sympathisch wirkender Mann, ließ sich mit gesenktem Haupt in Richtung Friedhofsparkplatz führen.

Becca stand für Sekunden alleine mit Aage am offenen Grab.

Das war`s dann also. Das war alles. Mehr bleibt nicht.

Sie wartete auf die Tränen, die nicht kommen wollten.

Wo bist du jetzt, Taja?

Wie tröstlich musste der Gedanke sein, dachte sie, dass ein gütig liebender Gott sich ihrer angenommen hatte. Es gab Augenblicke, da beneidete Becca Brigg die Mutter um ihren festen Glauben.

Dies war so ein Moment.

Für einen Bruchteil von Sekunden berührte der neben ihr stehende Aage ihre Hand und sah auf sie herunter. Als ihre Blicke sich trafen, wirkten seine wässrig hellblauen Augen, die von weißblonden Brauen umrahmt waren, wie zwei über die Ufer tretende Seen. Eine unendliche Traurigkeit und Hilflosigkeit lag darin.

Sie schickten einen letzten stummen Gruß zu dem tiefen Loch in der Erde, dann liefen sie bedächtig hinter den Anderen her. Die Feuchtigkeit des Hochnebels tropfte aus Beccas dunklen, kurzen Haaren auf den schwarzen, aufgestellten Mantelkragen.

Eine kleine Schar Trauergäste war zum Leichenschmaus in das an der Überlinger Seepromenade gelegene traditionsreiche Gasthaus zum Felchen geladen. Während so manche touristisch geprägte Gastronomie am Seeufer in den Wintermonaten geschlossen blieb, war das Felchen auch in der kalten Jahreszeit ein geselliger Treffpunkt für Alteingesessene. Erst gestern hatten in diesen Räumlichkeiten die badisch-alemannischen Narren den Aschermittwoch bei einem sauren Hering mit Bratkartoffeln oder Schnecken in Kräuterbutter, ausklingen lassen. Ein paar wenige bunte Luftschlangen hingen immer noch verloren in der Gaststube herum. Stille Zeugen des närrischen Treibens der vergangenen Woche.

„Oh Becca, mein Schatz. Wie furchtbar, dass wir das miterleben müssen." Tante Hedwig krallte sich in den Oberarm der Kommissarin. Für ihre einundneunzig Jahre hatte die ältere Schwester von Erich Brigg erstaunlich viel Kraft in den Fingern. Ihre kleinen, immer ein wenig schelmisch wirkenden runden Augen, schauten Becca dabei mitfühlend durch die dicken Brillengläser an. „Dein Onkel Karl hat auch so schrecklich leiden müssen, bevor er starb. Gott hab ihn selig.

Du meine Güte, ist das jetzt schon elf Jahre her?" Tante Hedwig schüttelte ungläubig die schlohweißen Locken. „Wie geht es dir denn? Hast du wieder einen Freund? Du bist nun seit zwei Jahren allein!", fuhr sie in unterschwellig vorwurfsvollem Ton fort. „Seitdem dieser spanische Casanova glücklicherweise abgehauen ist. Der hat sowieso nicht zu dir gepasst, wenn du mich fragst. Es gibt so viele nette junge Männer hier im Land. Du solltest wirklich bald mal heiraten Becca, weißt du? Andere Frauen in deinem Alter haben schon erwachsene Kinder. Deine Gotte Margot hat früher immer gesagt, je älter die Frucht, desto süßer das Ergebnis."

Ein Schwall gut gemeinter Lebensweisheiten aus dem Mund der ebenfalls kinderlosen Tante Hedwig ergoss sich in Beccas Ohr. Die Kommissarin bemühte sich redlich, höflich und aufmerksam zu erscheinen, obwohl sie weiterhin komplett neben sich stand. Überfallartig sehnte sich Becca danach, die Haustür ihrer Wohnung in Wittenhofen im Deggenhausertal hinter sich zu schließen. Die Vorstellung, auf ihr heimeliges Ecksofa zu fallen und ein, oder am besten gleich zwei Gläser dunkelroten Rioja Reserva zu trinken, hatte etwas unwiderstehlich Verlockendes. Kein weiterer Austausch höflicher Floskeln, kein Sich-zusammenreißen-Müssen, kein mühseliger Smalltalk.

Aage würde für einige Tage im Gästezimmer bei ihren Eltern in Überlingen schlafen. Es gab immer noch ein paar formale Dinge nach Tajas Tod zu regeln, und die weite Rückfahrt an die Ostsee erforderte eine stabile Konstitution, über die der Schwager im Moment nicht verfügte. Becca war erleichtert, dass sie durch diesen Umstand von der Pflicht, sich intensiver um die trauernden Eltern zu kümmern, einstweilen enthoben war.

Morgen Früh würde sie ins Präsidium fahren. Zehn Tage Schichtdienst lagen vor ihr. Es war ihr allerdings nicht klar, wie sie das bewältigen sollte. Aber zu Hause sitzen und sich dem Schmerz überlassen, das war das Letzte, was momentan in Frage kam. Dennoch, aktuell fühlte sich die Kommissarin wie von einer Dampfwalze überfahren.

Der Kaffee im Felchen schmeckte eigentümlich nach Pappe und der Kuchen nach überhaupt nichts. Das lebendige Stimmengewirr der Trauergesellschaft hörte sich wie aus einer anderen Welt an. Aage starrte bleich auf seinen Teller. Das Stück Käsekuchen darauf hatte er nicht angerührt. Seine Schwiegermutter, Helga Brigg saß direkt neben dem Schwiegersohn und umklammerte seit geraumer Zeit die Kuchengabel, ohne diese zu benutzen.

Lediglich Erich Brigg, der Überlinger Polizeiobermeister a.D., ertrug die Geselligkeit mit disziplinierter Haltung. Er hielt dabei eine halbvolle Flasche Bodenseeobstler und zwei gut gefüllte Schnapsgläser in der Hand.

Die Villa

Freitag, der 28.02.20

Der schrille Ton des Weckers holte Becca Brigg nach einer quälend unruhigen Nacht um sieben Uhr morgens aus dem Schlaf. Ihr nackter, eiskalt gewordener Fuß ragte zwischen der dicken Bettdecke hervor, den sie unter die kuschelwarme Zudecke zurückzog. Sie hatte sich von einer Seite auf die andere gewälzt. Jetzt fühlte es sich an, als hätte sie überhaupt nicht geschlafen. Was nicht ganz stimmte und lediglich ihrem subjektiven Eindruck entsprach.

Für einen flüchtigen Moment versuchte die Kommissarin ihr soeben erwachendes Bewusstsein in den gnädigen Zustand des erinnerungslosen Schlafs zurückzudrängen. Denn mit dem Aufwachen würde sie brutal, noch bevor sie in der Lage war, ihre Augen zu öffnen, die unbarmherzige Realität einholen.

Taja ist tot.

Letztendlich gelang es Becca nicht, den Augenblick des Vergessens, den ihr der Schlaf gegönnt hatte, hinauszuzögern. Ruckartig, um vor dem einsetzenden Gedankenkarussell zu fliehen, schwang sie die Beine aus dem Bett. Es war kalt im Raum und erinnerte daran, dass der Winter noch immer in vollem Gange war. Lautstark maunzte Gato Macho vor der geschlossenen Zimmertür. Er hatte mit seinem feinsinnigen Gehör Beccas Bewegungen wahrgenommen. Das ausgekühlte Schlafzimmer hinter sich lassend, tappte die Kommissarin barfüßig in den von der Zentralheizung erwärmten Flur.

„Hey, Macho!“ Zart strich sie über das seidenschwarze Rückenfell, an dessen Ende sich ein elegant langer Schwanz steil nach oben aufrichtete. „Wie war deine Nacht? Hattest du Jagdglück?“

Gato Macho, aus dem Spanischen übersetzt schlicht und einfach *Kater* bedeutend, wurde augenblicklich seinem Namen gerecht. Er untermalte laut maunzend in Machomanier seinen absoluten Anspruch auf ein reichhaltiges Frühstück. Der Miniaturpanther verlieh seiner Stimme dabei eine Dringlichkeit, als sei er nah des Verhungerns. Becca griff ergeben in ihrer Küche zu einem Schüsselchen und öffnete eine Dose Katzenfutter. Gato Macho, der zwischenzeitlich auf die Küchenzeile gesprungen war, krallte aufgeregt nach der Hand, die dabei war, seinen Napf zu füllen. Aus dem Blickwinkel einer Katze vollzog sich dieser Prozess definitiv deutlich zu langsam.

Das pechschwarze Tier mit den grünleuchtenden Augen teilte sich seit zwei Jahren die Wohnung mit seinem persönlichen Dosenöffner. Genau genommen, seitdem Miguel, Beccas letzter, ernsthafter Beziehungsversuch, nach einem der unzähligen temperamentvollen Wortgefechte heimwärts Richtung Mallorca gezogen war. Der Spanier ließ dabei, sang und klanglos, seine dreckige Wäsche sowie den Kater in Beccas Wohnung zurück.

Die deutsch-spanische Beziehung war in einem Jahresurlaub der Kommissarin entstanden. Ursprüngliches Ziel der Reise war es gewesen, die Mandelblüte im frühlingshaften Mallorca einmal erleben zu dürfen. Doch der heißblütige, charmante Mallorquiner mit den schimmernden schwarzen Locken hatte *Becca-Querida* in einer Bar bei Tapas und Rotwein im Sturm erobert und die blühende Flora mit ihren Mandelbäumen wurde somit schnell zur Nebensache. Schon nach wenigen Wochen verlagerte Miguel seinen Lebensmittelpunkt ins Süddeutsche und zog in Beccas Wohnung ein. Die Gastronomien am Bodensee hießen eine versierte Fachkraft nur zu gerne willkommen. Zwei Jahre wirbelte der Mallorquiner ihr Leben mit unberechenbarer Spontanität sowie enormer Lebenslust durcheinander und fegte wie ein Hurrikan durch die ruhigen Gefilde im Deggenhausertal. Nachdem er alles auf den Kopf gestellt hatte, verließ er sie von heute auf morgen. Eigentlich hätte die Kommissarin glücklich sein sollen, ihn los zu sein, dennoch nagte der Schmerz über den abrupten Verlust lange in ihr fort. Auch wenn sie sich das selbst nicht gerne eingestand.

Die winzige Küche der Hauptkommissarin in der 3-Zimmer-Erdgeschosswohnung war schmucklos und funktionell eingerichtet. Auf den ersten Blick wurde dem Betrachter klar, dass dieser Raum lediglich dazu benutzt wurde, um notwendige Mahlzeiten bereitzustellen. Hier frönte sichtlich kein kochfreudiger Gourmet seiner Leidenschaft. In der Spüle türmte sich ein Stapel schmutziges Geschirr. Die halbvolle Flasche Rioja und das gebrauchte Glas vom Vorabend standen daneben.

Ich sollte mal wieder gründlich durchputzen, überkam es die Kommissarin auf dem Weg ins warme Badezimmer. Doch nach Dienstende fühlte sie sich meistens zu ausgelaugt und freie Tage, wenn es sie denn gab, erschienen viel zu kostbar, um sie mit Lappen und Staubsauger zu verbringen.

Becca verließ ihre Wohnung an diesem kühlen Februarmorgen nicht, ohne Gato Macho, der sie wie üblich nach draußen begleitete, einen angenehmen Tag zu wünschen. Der Mini-Macho verfügte über eine eigene Haustür in Form einer Katzenklappe, der seinem Freiheitsdrang ultimative Unabhängigkeit verlieh. Dennoch genoss er es in vollen Zügen, Becca zu seinem persönlichen Türöffner zu degradieren. Eine typische Katze eben.

Der silberfarbene Volvo der Kommissarin parkte auf einem der zwei geschotterten Stellplätze vorm Haus, das in dritter Reihe, geschützt vom Durchgangsstraßenlärm, in den Achtzigern erbaut worden war. Aktuell konnte sie frei wählen, welchen der beiden Parkplätze sie benutzen wollte, denn die Wohnung über ihr stand, schon seitdem sie hier vor fünf Jahren eingezogen war, leer. Die Landflucht machte sich inzwischen auch in Wittenhofen bemerkbar. Wo in attraktiven Uferstädten wie Überlingen oder Konstanz Wohnraum händeringend benötigt wurde, war das Angebot an erschwinglichen Räumlichkeiten im Bodensee-Hinterland um einiges üppiger. Die Immobilienpreise in Ufernähe indes waren durch die immense Nachfrage, aber vor allem auch durch massenhaft, meist leerstehende Zweitwohnsitz Ferienwohnungen, komplett durch die Decke geschossen.

Wittenhofen, eine knapp viereinhalbtausend Seelen starke Gemeinde im Deggenhausertal verfügte über eine Grundschule, einen Kindergarten sowie mehrere Kirchen. Eine Tankstelle, die Post und auch eine Bäckerei lagen fußläufig von Beccas Wohnung entfernt. Selbst ein gut sortierter Discounter sowie eine Apotheke befanden sich direkt am Ort.

Was wollte man mehr?

Bei dem ortsansässigen Friseursalon mit dem originellen Namen *Haarspaltereien* gehörte Becca inzwischen zur Stammkundschaft. Es fühlte sich heimelig an, die dörflichen Strukturen ganz nebenbei zu nutzen und dadurch lose Sozialkontakte zu pflegen. Irgendeinen flüchtigen Bekannten beziehungsweise weitläufigen Nachbarn traf man immer an, mit dem sich ein paar Worte wechseln ließen. Und es ersparte Becca zudem ungewollte, allzu enge Bekanntschaften, die dann früher oder später in gegenseitige Verpflichtungen, wie zum Beispiel Geburtstagseinladungen, mündeten.

Diese Art der Freundschaft war ihr von jeher ein Gräuel.

Ihr nagelneues Auto mit modernem Hybridantrieb hatte sich die Kommissarin kürzlich angeschafft und im Gegenzug auf einen weiteren teuren Urlaub verzichtet. Es war ihr nicht schwergefallen. Die Erinnerungen an Miguel und die daraus resultierende Erkenntnis, welchen Fehlgriff man in losgelöster Urlaubsstimmung begehen konnte, hallten im letzten Jahr intensiv in ihr nach.

Als Becca Brigg auf dem Weg ins Präsidium das Ortsschild von Wittenhofen hinter sich ließ, passierte sie, wie schon hunderte Male vorher, ein im Acker am Straßenrand stehendes mannshohes Holzkreuz. Schlicht grün lackiert, lag die Aufgabe dieses einfach gezimmerten Mahnmals darin, dem Verbrauchergewissen, Respekt in puncto Agrarprodukte einzufordern. Gleichzeitig sollte es die Politik wachrütteln. Zumindest zielte die Protestaktion zahlreicher deutscher Landwirte mit dem sinnigen Namen *Aktion Grüne Kreuze*, die sich Ende des Jahres 2019 wie ein Lauffeuer über den gesamten Bodenseekreis verbreitete, darauf ab. Acker um Acker schossen damals diese grünlackierten Kreuze am Straßenrand an den Feldrändern der protestierenden Agrarbetriebe empor. Die Landwirte und Agrarmanager litten zunehmend, wie sie sagten, unter dem Spagat zwischen steigenden Umweltschutzauflagen, Kostendruck und Gewinneinbußen. Der stumme Protest, der selbstredend nicht nur Verständnis verursachte, zog sich schon lange hin und hielt bis zum heutigen Tag an.

Jetzt aber erinnerte Becca dieses grüne Kreuz, an dem sie bereits hundertfach ohne darüber nachzudenken vorbeigefahren war an Taja, die alleine in der kalten, dunklen Erde lag. Bis zum Ortsschild von Ravensburg zählte sie elf weitere Kreuze an den Ackerrainen und Wiesenrändern. Elf Mahnmale für Taja. Elfmal ein Kloß im Hals und aufsteigende Tränen wegblinzeln. Die Trauer brach sich Bahn und es schien Becca, als lasteten Tonnen von Gestein auf ihr und raubten ihr jegliche Energie.

Verdammt, verdammt, verdammt!

Dort, wo die Gartenstraße in die zweispurige B32 einmündete, die sich entlang der mittelalterlichen Stadtmauer von Ravensburg wandt, fädelte sich die Hauptkommissarin schwungvoll in die Abbiegespur ein. Die Ampel signalisierte Rot. Beccas wartender Blick wanderte wie von selbst zum grünen Turm empor, der sich rechter Hand imposant durch die Windschutzscheibe präsentierte.

Die zur historischen Stadtmauer Ravensburg gehörende ehemalige Verteidigungsanlage, trug teilweise noch immer die original grün lackierten Dachziegel aus dem fünfzehnten Jahrhundert. Wenige Meter daneben verstärkte mit beeindruckender Präsenz das Frauentor sowie der Turm der Liebfrauenkirche das mittelalterliche Spektakel. Die beiden Bauwerke existierten seit dem dreizehnten beziehungsweise vierzehnten Jahrhundert und waren in entsprechenden Geschichtsaufzeichnungen erwähnt. Ein Fakt, auf den die Stadt und ihre etwa fünfzigtausend Bewohner, mit Fug und Recht mit einem gewissen Stolz blickten.

Becca Brigg, von dem imposanten historischen Anblick abgelenkt, zuckte zusammen, als das monotone, tickende Geräusch des Blinkers von ungeduldigem Hupen hinter ihr unterbrochen wurde. Der Hauptkommissarin war schlichtweg entgangen, dass die Ampel zwischenzeitlich auf Grün umgesprungen war, und nun drückte sie zügig das Gaspedal durch. Der Wagen mit seinen dreihundertfünfzig PS schoss in der Abbiegespur um die Ecke, direkt in die Anfänge der Gartenstraße.

Bruchteile von Sekunden später schaffte es Becca zu ihrem eigenen Entsetzen im letzten Augenblick und mit Hilfe einer filmreifen Vollbremsung einen Fußgänger, der ebenfalls an der Fußgängerampel Grün hatte, nicht über den Haufen zu fahren.

Der Mann, gleichfalls zu Tode erschrocken, stützte sich mit einer Hand abwehrend auf ihrer Motorhaube ab, als der Volvo abrupt zum Stehen kam. Es wirkte absurd, wie eine machtvolle Demonstration, als ob er notfalls über die nötige Kraft verfügen würde, ihr Fahrzeug mit bloßen Händen zu stoppen. Nur wenige Zentimeter Luft trennten Beccas Stoßstange von den Schienbeinen des Mannes. Sie hätte ihn um ein Haar erwischt. Der schätzungsweise Vierzigjährige starrte vornübergebeugt durch die Windschutzscheibe direkt in Beccas Gesicht. Wilde Dreadlocks türmten sich um sein Antlitz, das durch den Schreck kreidebleich geworden war. Der Mund, von einem struppigen dunklen Vollbart umrahmt, war leicht geöffnet. Sein schockiert wütender Blick brannte förmlich ein Loch durch das sie trennende Glas. Am auffälligsten war jedoch, dass der Typ eine schwarze Augenklappe trug. Es wirkte unheimlich, wie er sie so einäugig anstarrte. Die Kommissarin, die sekundenlang paralysiert vor Entsetzen stumm zurück starrte, fühlte sich unwillkürlich an den Piraten Jack Sparrow aus der Filmreihe *Fluch der Karibik* erinnert.

Die Zeit schien für einen Augenblick still zu stehen.

Dann war der Schreckensmoment so schnell vorbei, wie er entstanden war. Der Mann hieb verärgert mit der Faust aufs Metall der Motorhaube, zog seine Hand zurück und lief weiter, als wäre nichts geschehen.

Der Wagen direkt hinter der Kommissarin, der ebenfalls scharf hatte bremsen müssen, hupte erneut. Als Becca in den Rückspiegel blickte, sah sie, dass der Wagenlenker mit dem Zeigefinger an seine Schläfe tippte und dabei entnervt den Kopf schüttelte. *Idiot! Meinte der etwa, mir hat das eben Spaß gemacht?* Teils verärgert und immer noch aufgewühlt, gab sie erneut Gas und fuhr die Gartenstraße in Richtung Präsidium entlang.

Einige Zeit später würde sich die Hauptkommissarin an den Mann mit der Augenklappe zurückerinnern, so als wäre er ein böser Geist. Ein unheilvolles Omen.

Der Parkplatz des Präsidiums war bei ihrer Ankunft halb gefüllt und Becca steuerte den eigens für sie reservierten Stellplatz an. Kriminalhauptkommissarin sein, war gelegentlich von Vorteil. Der übliche Einsatzwagen-Fuhrpark säumte die asphaltierte Fläche. Das dreistöckige, hell verputzte Gebäude mit den kleinen Gauben auf dem Dach, gab optisch nicht viel her und erinnerte an einen Siebzigerjahrebau. Die Kommissarin stieg aus ihrem Wagen, lief Richtung Eingang und stieß die alte, dunkelbraune Holztür auf, der sich im inneren Vorraum eine Panzerglastür anschloss.

Becca blickte hoch in die Ecke mit der Eingangskamera. Im Kollegenkreis wurde diese inzwischen, in Anlehnung an das bekannte TV-Format, scherzhaft *Big Brother* genannt. Zeitgleich berührte ihr linker Zeigefinger einen eingelassenen Sensor in der Gebäudemauer. Der Fingerprint-Retinascanner öffnete ihr den Zugang zu ihrem Arbeitsplatz. Einmal Augenblinzeln mit der KI und die schwere Panzerglastür schob sich wie von Geisterhand lautlos auf. Gewöhnliche Besucher des Präsidiums mussten sich hingegen völlig altmodisch über eine Sprechanlage beim Pförtner anmelden. Wobei es in negativem Sinne für sich selbst sprach, dass es überhaupt notwendig erschien, die Hüter von Recht und Ordnung in einem festungsähnlichen Gebäude unterzubringen.

Eines Tages wird mir am Präsidiumseingang ein Hologramm smart entgegen lächeln und einen angenehmen Arbeitstag wünschen, ging es Becca durch den Kopf. Eine befremdliche Vorstellung. Doch noch saß direkt hinter der Panzerglastür ein reales Wesen aus Fleisch und Blut. Der vierundsechzig Lenze zählende Pförtner, Walter Mayer, dokumentierte akribisch jedes Kommen und Gehen im Präsidium.

Ganz abwegig waren die Hightech-Visionen der Kommissarin bezüglich des Hologramms indes nicht. Das Land Baden-Württemberg plante, Ende des Jahres 2020 einen Architektenwettbewerb für einen Präsidiumsneubau in Ravensburg auszuloben. Über dreiunddreissig Millionen Euro würde das künftige Bauprojekt dem Ländle wert sein. Immerhin eine Anerkennung für den gesamten Polizeiapparat, der sich schließlich tagtäglich, teils unter Einsatz des eigenen Lebens, um die Sicherheit von über sechshunderttausend Menschen bemühte.

Becca hoffte dabei insgeheim auf ein hochmodernes Gebäude. Sie konnte im Geiste bereits einen futuristisch anmutenden, spiegelverglasten Turm sich in die Höhe schrauben sehen. Ein schillerndes Zukunftsversprechen im ansonsten auffällig mittelalterlich geprägten Stadtbild, das an das Frankfurter Bankenviertel erinnern könnte. Eine absolut faszinierende Vorstellung, wie sie fand. Die Kommissarin setzte ihre Hoffnungen auf innovative Architekten, Ideen wie Passivhausbauweise, Dach- oder Vertikalbegrünung, Photovoltaik und vor allem eine intelligente Klimaanlage. Denn durch die fortschreitende Klimaveränderung waren letztlich immer heißere Hochsommer zu erwarten. Für Uniformträger ein blanker Horror.

Dass die Kommissarin überhaupt im Geiste diese Art von Luftschlössern baute, kam nicht von ungefähr. Denn Kriminalhauptkommissarin Becca Brigg hatte sich seit einigen Jahren als eine durchsetzungsfreudige Führungskraft in ihren jeweiligen Berufsstationen etabliert. Ihr langfristiges berufliches Ziel war nichts Geringeres, als eines Tages den Sessel der Polizeipräsidentin einzunehmen. Immerhin hatte sie an der Polizeihochschule ihren Master „Public Administration - Police Management" absolviert, um ihren Zielen näher zu kommen. Bei der Präsidiumsbildung in Ravensburg war Becca übergangen worden. Man vertraute ihr die Führung der Kripo 1 an und setzte ihr Katrin Scheurer als neue Polizeipräsidentin vor die Nase. Doch eines Tages würde sie an ihr vorbeiziehen, da war sich die Kommissarin sicher, und da würde ihr die Leitung eines hochmodernen Präsidiums selbstverständlich in die Hände spielen. Ihr beruflicher Erfolg würde sich in einem Hightech-Gebäude widerspiegeln.

Keine schlechte Vorstellung, wie sie fand.

Kurz kam der Kommissarin die Beinah-Unfall-Episode von vorhin in den Sinn. Hätte sie dem Typen mit den Dreadlocks auch nur ein Haar gekrümmt oder wäre der hinterherfahrende Wagen durch die Vollbremsung in sie hinein gerauscht, wäre der Traum ihres anvisierten Karriereziels vermutlich unweigerlich geplatzt. Niemand kletterte im Polizeidienst so weit nach oben, wenn Leichen im Keller lagen, zumindest wenn es sich dabei um Leichen handelte, die sich nicht vertuschen ließen. Hauptkommissarin Becca Brigg durften künftig keine größeren Patzer unterlaufen, wollte sie ihre Ziele erreichen. Sich nichts zu Schulden kommen lassen, lautete die absolute Direktive. Unter keinen Umständen.

„Guede Morge, Frau Brigg."

Becca nickte Walter Mayer, dem Pförtner mit dem ausgeprägt bodenseealemannischen Dialekt, flüchtig zu und murmelte ihr Erwiderndes, *guten Morgen Herr Mayer,* kaum hörbar, nach unten blickend, dem Fußboden zu. Einem Gespräch eilig ausweichend huschte sie in den Aufzug.

Heute war ihr absolut nicht nach einem Schwatz über Klatsch und Tratsch mit dem immer bestens informierten Mayer. Der auskunftsfreudige Pförtner hatte in seinen jungen Jahren einige Dienstjahre unter Beccas Vater in Überlingen absolviert. So war seine Redseligkeit der Kommissarin gegenüber besonders ausgeprägt. Nicht zu ihrem Nachteil. Die Ermittlerin war prinzipiell gerne darüber informiert, was sich um sie herum ereignete. Manch Wissen über die Kollegen und was sich im Präsidium abspielte, konnte bei der eigenen Karriere von Vorteil sein.Im Fahrstuhl stehend dachte Becca an ihren Dienststellenwechsel am Anfang des Jahres zurück. Die Landkreise

Ravensburg, Sigmaringen sowie der Bodenseekreis wurden durch eine strukturelle Polizeireform vom dauerbelasteten, aus allen Nähten platzenden Polizeipräsidium in Konstanz losgelöst, das Einsatzgebiet somit gesplittet.

Becca hatte sich nur mit Widerwillen von ihrem Führungsposten in Konstanz getrennt. Hier war ein bescheidener unverbindlicher Freundeskreis im Laufe der letzten zehn Dienstjahre gewachsen. Äußerst vertraut erschien die After-Work-Kneipe Allefanz ums Eck, in der so manches Glas Rotwein mit Kollegen den vergangenen Arbeitstag vergessen ließ. Der Anfahrtsweg von ihrer Wohnung im Deggenhausertal bis ins Präsidium Konstanz dauerte damals in der Regel über eine Stunde. Davon waren allein zwanzig Minuten Autofähre quer über den Bodensee von Konstanz-Staad nach Meersburg inbegriffen. Zwanzig Minuten, in denen man in aller Seelenruhe in sämtliche Himmelsrichtungen über den weitläufigen See blicken konnte.

Je nach Tageszeit und Wetter boten die unterschiedlichsten Naturphänomene grandiose Schauspiele. Ein Hochgenuss! Glühende Sonnenuntergänge im Westen, die hinter der hügeligen Halbinsel des Bodanrück stattfanden, wirkten in ihrer Grandiosität oftmals einer Kitschpostkarte entsprungen. Bei klarem Himmel, in Föhnwetterlage, erschienen am Südrand des Sees die imposanten, schneebedeckten Berggipfel der Alpen zum Greifen nah. Während der Nacht indes verzauberten die Lichter der seenahen Städte rundherum das Ufer, um sich im dunklen Wasser schimmernd widerzuspiegeln. Und letztlich, bei zunehmenden Windstärken, wetteiferten die leuchtend weißen Schaumkronen des dann dunkelgrünen Sees wie wild mit den orangefarbenen, zuckenden Blinklichtern der Sturmwarnungen am Ufer.

Ja, die Kommissarin vermisste die täglichen Fahrten über den See schmerzlich. Ihr heutiger Anfahrtsweg vom Deggenhausertal ins Präsidium Ravensburg nahm lediglich einen Bruchteil der Zeit in Anspruch. Der Umstand dieser Zeitersparnis war ein Grund zur Freude und zudem war die Innenausstattung der Präsidiumsräume in Ravensburg um Welten besser. Höhenverstellbare Schreibtische, ergonomische Bürostühle und eine nagelneue IT-Infrastruktur. Es gab viele Vorteile. Und dennoch, die Fahrt mit der Autofähre über den See barg ihren ganz eigenen Reiz und stellte in den Konstanzer Dienstjahren eine überaus willkommene Routine dar, die meist ein minutenlanges Urlaubsfeeling vermittelte.

Wer Becca indes überhaupt nicht fehlte, war der ehemalige, Kollege KHK Rolf Steiner. Über sechs Jahre waren sie gezwungen, als doppelte Führungsspitze der Konstanzer Mordkommission eine Ermittlungseinheit zu bilden. Jahre, die der gebürtige Schweizer nutzte, um der Kommissarin den Berufsalltag so schwer wie möglich zu gestalten. Zumindest war das Beccas eigene Interpretation der Dinge. Die im Rang ebenbürtigen Hauptkommissare befanden sich in einer permanenten zwischenmenschlichen Konfliktsituation. Wollte Becca mit der Verhaftung eines Verdächtigen strategisch warten, drängte Steiner garantiert auf einen sofortigen Zugriff. Und umgekehrt. Drückte die Kommissarin gegenüber einem kleinstkriminellen Ersttäter ein Auge zu, handelte der Kollege streng nach Lehrbuch. Wiederholt fühlte sich Becca von Rolf Steiner bei den gemeinsamen Vorgesetzten angeschwärzt.

Persönlich hielt die Kommissarin den Kollegen Steiner für einen karrieregeilen Egoisten, der jede erdenkliche Situation zu seinen Gunsten nutzte. KHK Steiner war einer der Hauptgründe sich aktiv für den Wechsel nach Ravensburg zu bewerben. Mit Genugtuung bekam Becca noch mit, dass ihre Nachfolgerin im Konstanzer Team eine sechzigjährige Matrone mit Haaren auf den Zähnen war.

Wobei mein neuer Partner hier in Ravensburg wahrlich nichts Besseres vermuten lässt, schoss es Becca durch den Kopf, als sich die Aufzugtür jetzt öffnete.

Vom Regen in die Traufe.

Als KHK Brigg die Tür zu dem Großraumbüro im zweiten Stock öffnete, war dieses bereits vollständig besetzt. Der Geräuschpegel verklang abrupt, als die drei Kollegen im Hauptraum Beccas Eintreffen wahrnahmen. Jeder hier wusste, dass die Chefin gestern ihre Schwester beerdigt hatte.

Becca fixierte mit ihrem Blick den pflegeleichten Linoleumboden und rauschte wortlos, mit nur einem knappen Nicken, an den Kollegen vorbei. Beileidsbekundungen wären jetzt das Letzte gewesen, das sie hören wollte. Zielstrebig steuerte sie ihren Schreibtisch an, der abgeschirmt hinter einer deckenhohen Wand aus dunklem Rauchglas lag. Ein Sonderstatus, wenn auch ohne abgeschlossene Tür, mit versetzt vorgelagertem Sichtschutz. Der modernen Denkweise einer offenen Führungskultur wurde auf dieser Art Rechnung getragen und der Raumteiler bot den Führungskräften auf diese Weise die Intimität eines separaten Büroraums.

Sofern man dabei von Beccas neuem Partner, Kriminalhauptkommissar Jan Herz, absah, der sich mit ihr den etwa sechszehn Quadratmeter großen Raum teilte. Der Ermittlungsstützpunkt der Kripo 1 mit seiner doppelten Führungsspitze war mit zwei Schreibtischen samt Computer, einem wandfüllenden Aktenschrank sowie dem obligatorischen, überdimensionalen Whiteboard möbliert.

Der Kollege Herz, ein Exfeldjäger der Bundeswehr, der nach seinem Ausscheiden beim Militär eine zweijährige Zusatzausbildung in den Kriminalpolizeidienst absolviert hatte, saß bei ihrem Eintreten an seinem Arbeitsplatz. Viel mehr war Becca von dem Werdegang des Kollegen nicht bekannt. Von ihm persönlich noch weniger. Nur sein auffälliges Äußeres sowie das gewöhnungsbedürftige Verhalten waren für niemanden zu übersehen. Ihr Verhältnis war gelinde gesagt distanziert und die Gerüchteküche im Präsidium brodelte diesbezüglich heftig.

Beccas Schreibtisch schloss sich direkt an das Sprossenfenster mit Sicht auf den Hof an, so dass ihr Arbeitsplatz einiges an Tageslicht bot. Es war ein gefundenes Fressen für sie, dass KHK Herz als absoluter Neuzugang im Bodenseepolizeidienst, an ihrem ersten gemeinsamen Tag einige Stunden mit dem Ausfüllen von Formularen in der Personalverwaltung beschäftigt gewesen war. So hatte Becca die Nase vorn bei der Auswahl des Schreibtischs und hatte den Platz an der Sonne für ihre, aus Konstanz mitgebrachten Topfpflanzen, ergattert.

„Bin am Bericht von gestern. Die Akte Weitkramer liegt im Mailfach“, kommentierte KHK Herz emotionslos Beccas Eintreten aus seiner dunkleren Raumecke heraus. Dabei starrte er, ohne die Kollegin auch nur einmal anzusehen, stur auf seinen Computermonitor. Der Tonfall wirkte dabei militärisch, wie im Telegrammstil. Kein freundliches Wort zu viel.

Becca war heute ausnahmsweise einmal dankbar für die absonderliche Art ihres neuen Partners. Jeglicher Ausdruck von Mitgefühl würde sie aktuell emotional überfordern. Immerhin, soweit kannte sie den Kollegen bereits, konnte sie sich bei KHK Herz völlig sicher sein, dass er das Thema Taja nicht anschneiden würde. Sein

Kommunikationsbedürfnis ging gegen null und war generell auf das allernotwendigste beschränkt. Becca nahm auf ihrem Bürostuhl Platz und fütterte den Computer mit dem geforderten Passwort. Die Kommissarin begrüßte dabei die dargebotene Gelegenheit, sich schweigend in den Fall Weitkramer zu vergraben. Der aus kriminalistischer Sicht unspektakuläre Raubüberfall mit sage und schreibe dreiundachtzig Euro und einundsechzig Cent Beute aus einer Friedrichshafener Bäckereifiliale konnte zügig aufgeklärt werden. Der Fall wurde unter der Rubrik Beschaffungskriminalität geführt. Ein jugendlicher Ersttäter hatte bei der Festnahme die Taschen voller Ecstasypillen und Cannabis. Außer der, mit einer Schreckschusspistole bedrohten Bäckereifachverkäuferin, die nachhaltig mit einer daraus resultierenden Traumatisierung zu kämpfen hatte, war niemand körperlich zu Schaden gekommen.

Die restlichen Ermittlungen gestalteten sich als reine Routinearbeit. Der entsprechende Bericht dazu lief Becca flüssig aus den Fingern. Arbeitsalltag.

Business as usual.

Genau das, was sie jetzt brauchte.

Ihr Smartphone durchbrach die üblichen Bürogeräusche und verkündete mit einem leisen Doppelploppen den Eingang einer Kurznachricht. Eine willkommene Verschnaufpause.

Aage: *Bin draußen bei Taja. Will den Grabstein später aussuchen. Kommst du mit???*

Becca: *Nein. Sitze im Präsidium :-(*

Aage: *Schade. Ich hätte dich gern dabeigehabt. Ruhigen Dienst! :-)*

Die Kommissarin wandte den Blick vom Display ab und sah zum Fenster. Sechs Topfpflanzen belagerten die granitsteinerne Fensterbank. Eine rotgelbe Orchideenblüte leuchtete ihr fröhlich, wie zum Trotz, mit einem lustigen Blütengesicht entgegen. Das danebenstehende Einblatt drängte mit sattem Grün dagegen. Eine Blüte wollte sich dort aber nach wie vor nicht zeigen.

Ich sollte die erst einmal befeuchten, bevor ich mit dem Bericht weiter mache. Wer weiß, ob ich später dazu komme.

Abgelenkt wie sie war, kam Becca plötzlich der augenklappentragende Mann mit den Dreadlocks erneut in den Sinn. *Weshalb läuft man mit einer schwarzen Augenklappe in der Gegend herum? Fehlt dem Mann ein Auge oder war er lediglich vorübergehend gehandicapt? Ist er gerade von seinem*

Augenarzt gekommen? Mit Sicherheit war sein Gesichtsfeld durch die Klappe behindert gewesen. Seine Chancen, ihr Auto wahrzunehmen, waren eingeschränkt. Doppeltes Glück, dass sie ihn nicht angefahren hatte. Die Kommissarin fragte sich im Stillen, wieso das Tragen einer Augenklappe unwillkürlich mit Piraten assoziiert wurde.

War es einstmals tatsächlich so gewesen, dass die Freibeuter der Meere, öfter als andere Menschen zu ihrer Zeit, auf einem Auge erblindeten? Eigenartig, oder? Hatte das was mit Säbelkämpfen zu tun? Das sollte man mal in einer Internetsuchmaschine eingeben.

Sie war heute wirklich nicht bei der Sache und ließ sich überdurchschnittlich oft von ihrer Arbeit ablenken. Der Beinah-Unfall und die Beerdigung Tajas, das setzte ihr mehr zu, als sie vor sich selbst zugeben mochte. Zwei Stunden verstrichen, die nach dem ausgiebigen Wässern der Pflanzen mit verschiedenen Berichten und dem Abwickeln von Formalitäten erfüllt waren. Zwischendrin schneite von Beccas ehemaliger Stammfrisörin aus Konstanz ein Katzencomic über den Messangerdienst herein. Eine Mieze lag quer auf einer Tastatur und witzelte platt via Sprechblase über Computermäuse. Einige Menschen ballerten einen förmlich zu mit diesen scheinbar nie enden wollenden Internetgags.

Wer um Himmels willen, dachte sich das ganze Zeug aus? Woher nahmen die nur die Zeit dafür? Manches davon war zugegeben wirklich zu komisch, aber manchmal nervte es einfach, fand Becca, vor allem wenn es überhandnahm.

Die gewohnte Geräuschkulisse des Büros, die durch die Rauchglaswand gedämpft hindurchdrang, lullte die Kommissarin ein. Im Hintergrund telefonierte mit vertrauter Stimme Ayla Schneider-Demir. Die 41-jährige Polizeisekretärin fungierte schon in Konstanz als ihre zuverlässige Stütze. Nicht nur beruflich, sondern auch privat fand zwischen ihnen das ein oder andere Gespräch statt. Zum Beispiel nach Feierabend im Konstanzer Allefanz mit einem Glas Rotwein in der Hand. Inzwischen hatte sich eine lose Freundschaft unter den beiden eher ungleichen Frauen entwickelt.

Aylas türkische Wurzeln waren leger modern in die westliche Konsumgesellschaft integriert. Seit über dreißig Jahren besaß sie die deutsche Staatsangehörigkeit. Die Muslima lebte ihren Glauben nur rudimentär aus. Ähnlich wie Becca, die zwar im christlichen Sinn erzogen war, sich aber im Erwachsenenleben dennoch nie freiwillig in einer Kirche blicken gelassen hatte. Weitere Parallelen bestanden, da auch Ayla als eingefleischte Singlefrau kinderlos lebte. Solange sich die beiden Frauen kannten, tauchte an Aylas Seite niemals ein Mann auf. Wobei Becca es nie gelang herauszufinden, was hierfür der Grund sein mochte. Dies war der einzige Punkt, an dem Ayla mauerte und ihr jedweden Einblick verwehrte. Woher ihr Doppelname stammte, war und blieb ein Geheimnis. Die aparte, dunkelhaarige Frau mit dem sanften Rehblick behauptete steif und fest, noch keinem passenden männlichen Wesen begegnet zu sein. Die drängenden Kommentare von Seiten Aylas ausgeprägt kulturtraditioneller Großfamilie, die größtenteils ebenfalls in Konstanz ansässig war, fielen vermutlich bezüglich dieses Themas ungleich intensiver aus, als die zwar nervigen, aber vollkommen harmlosen Bemerkungen einer Tante Hedwig. Ayla wechselte vor zwei Monaten, gemeinsam mit Becca, ans gegenüberliegende Seeufer. Allerdings behielt sie ihre Wohnung in Konstanz aufgrund der intensiven Familienbande bei und schwärmte seitdem von der täglichen Fähre-Tour über den See.

Becca beneidete die Freundin glühend darum.

Ein weiterer Mosaikstein der monotonen Tastaturgeräusche die das Büro erfüllte wurde von Kriminalobermeisterin Martina Weber erzeugt. Mit ihren einundsechzig Jahren war sie die Dienstälteste im Team und ebenfalls ein Relikt aus Konstanzer Tagen. Martina, ohnedies auf dieser Seeseite zu Hause, litt zunehmend unter der steigenden Gewaltbereitschaft im kriminellen Milieu. Sie erhoffte sich durch den Wechsel nach Ravensburg ein ruhigeres Fahrwasser für ihre letzten Dienstjahre vor der wohlverdienten Rente. Wie wunderbar erschien ihr die Vorstellung, den statistischen Anstieg der Kriminalitätsrate künftig auf Delikte wie Sachbeschädigung, Betrug und Beleidigung zurückzuführen. Und nicht, wie in Konstanz zuletzt, die Gründe des Kriminalitätsanstiegs bei Aggressionsdelikten, vorzugsweise im öffentlichen Raum und in Gewalt gegen Polizeibeamte wiederzufinden. Auch die organisierte Kriminalität breitete sich im grenznahen Universitätsstadtgebiet zur Schweiz naturgemäß stärker aus als am vergleichsweise ländlicheren Nordufer des Sees.

Vervollständigt wurde das Team letztlich von Kriminalkommissar-Anwärter Kevin Mittenmann. Der junge Mann war mit seinen achtundzwanzig Jahren weit davon entfernt, sich mit Martinas desillusionierten Gedanken zu beschäftigen. Das Feuer des Idealismus eines Berufsanfängers loderte begeistert in ihm.

Martina hatte den Youngster unter ihre erfahrenen Fittiche genommen. Er würde mit der Zeit in seine Aufgaben hineinwachsen. Und ganz sicher würde er in den kommenden Jahren erkennen, dass seine Arbeit im Kriminalkommissariat immer wieder einer Sisyphosaufgabe glich. Oft genug gelang es ihnen nicht, Verbrechen aufzuklären, oder, was sich noch deutlich schlimmer anfühlte, den Gerichten waren aus Mangel an Beweisen die Hände gebunden. Mühsam dingfest gemachte Kriminelle kamen immer wieder mit einer vergleichsweise harmlosen Bewährungsstrafe davon.

Eine frustrierende, illusionstötende Tatsache.

Der vierte Schreibtischplatz im Großraumbüro stand verwaist. Auch ein modern ausgestattetes Präsidium vermochte den generell aktuellen Mangel an Polizeibeamten im Land nicht auszugleichen. Ravensburgs Polizeipräsidentin Katrin Scheurer hatte blumig zugesagt, dass die vakante Stelle bis zum nächsten Jahr besetzt sein würde. So lange musste sich die neu gebildete Kriminalinspektion 1 mit ihren dürftigen personellen Kapazitäten arrangieren. Woher die Leitung des Präsidiums den neuen Mitarbeiter dann nehmen wollte, stand bislang in den Sternen und vor allem Becca war diesbezüglich zutiefst skeptisch.

Zwischen KHK Herz und KHK Brigg fiel zwischenzeitlich kein Wort im Büro und nach einer weiteren halben Stunde monotoner Schreibtischarbeit, durchbrach das schrille Läuten des Dienstapparats, die vor sich hinplätschernden Bürogeräusche.

„Ja?“ KHK Herz hatte, ohne seine Augen vom Monitor zu nehmen, den Hörer ergriffen und legte diesen mit einem knappen „ist gut“, wieder auf.

„Wir müssen!“, nickte er Becca mit dem Kinn zu und zog sich schwungvoll im Hinausgehen seine schwarze Lederjacke an.

Becca hielt für einen Moment irritiert in ihrer Bewegung inne, die Gießkanne schon wieder in der Hand. Sie war just dabei gewesen, einer der anmutigen Orchideen noch ein wenig Wasser zu gönnen. An dem knappen Kasernenhofton des neuen Kollegen störte sie sich indes nicht zum ersten Mal und sah ihm entsprechend verärgert hinterher, wie er den Raum in eiligen Schritten verließ.

Jans durchtrainierter, drahtiger Körper sowie der kahl rasierte Schädel harmonierten optisch bilderbuchmäßig mit dem Image eines militärischen Elitekämpfers. Seine Bewegungen glichen der Geschmeidigkeit eines gefährlichen Raubtiers. Und mit fast ein Meter neunzig Körperlänge sowie ausladenden Schultern, beeindruckte er allein durch seine körperliche Erscheinung. Düster unterstrichen wurde sein physischer Auftritt stets durch tiefschwarze Kleidung. Bislang hatte er im Präsidium keine anderen Farben getragen. Fast schien es, als würde Jan Herz aus purem Vergnügen eine mystische Aura um seine Person inszenieren. Gerüchte über eine vorangegangene Traumatisierung bei Kriegseinsätzen machten im Präsidium die Runde.

Die Kommissarin fragte sich nicht zum ersten Mal, wo sich Herz die auffällige Narbe am Hinterkopf zugezogen hatte. Die würde nämlich niemand bemerken, wenn sein Schädel nicht immerzu kahl rasiert wäre.

Ist das irgend so ein Militärding?

Trug er mit Stolz seine Narben vom Einsatz zur Schau? Die Male eines Kriegers? Becca schüttelte angewidert den Kopf. *Was für ein Macho-Scheiß!* Der neue Kollege forderte durch seine ungewöhnliche Erscheinung und sein seltsames Verhalten die Neugierde seiner Mitmenschen förmlich heraus. Doch Jan Herz gab nichts von sich preis. Schon gar nichts Außerdienstliches. Seit gut acht Wochen bildeten die beiden Hauptkommissare ein Team. So zumindest die Theorie. Die kleineren Fälle, die sie bisher zum Abschluss brachten, waren geprägt von Alleingängen. Jeder ermittelte seinen eigenen Part und alle zaghaften Versuche von Seiten Beccas, die Ermittlungen gemeinsam zu führen, wurden mit ablehnender, einsilbiger Haltung von KHK Herz unterlaufen.

Warum bekomme ausgerechnet ich einen Exfeldjäger zum Partner, dem zudem noch ein paar Latten am Zaun fehlen? Die Kommissarin seufzte selbstmitleidig bei diesem Gedanken und mit einem tiefen Atemzug straffte sie die Schultern und machte sich nun ebenfalls auf den Weg zum Auto. Es half ja nichts.

Jan Herz ließ, als sie vor die Präsidiumstür trat, den Motor bereits warmlaufen.

„Wärst du vielleicht so freundlich, mich darüber zu informieren, wohin wir fahren?“, fragte Becca entnervt beim Einsteigen.

„Salem. Schlossseeallee 146. Weibliche Leiche. Viktoria Lobwild. Fünfzehn Jahre. Suizid zur Abklärung", lautete die militärisch abgehackte Antwort.

Fünfzehn? Verdammt musste so etwas ausgerechnet heute sein? Das war doch vollkommener Mist! Weshalb warf so ein blutjunges Ding ihr Leben weg? Wieso? Andere hätten liebend gerne weitergelebt! Was hätte Taja darum gegeben, weiter leben zu dürfen!

Becca stiegen unwillkürlich die Tränen in die Augen. Ein Blick aus dem Beifahrerfenster half, diese diskret weg zu blinzeln. Es war nicht nötig, dass der eisige Gefühlsklotz neben ihr am Steuer das mitbekam. Die Kommissarin versuchte sich, abzulenken, und befragte die Suchmaschine via Smartphone bezüglich des Nachnamens Lobwild. Dabei stieß sie auf einen Onlineartikel über ein Salemer Unternehmen aus der Fleischverarbeitungsbranche. Das beigefügte Foto zeigte das elegant gekleidete Inhaberehepaar vor dem malerischen Salemer Schlosssee. Im Artikel wurde berichtet, dass Hugo Lobwild (einundvierzig Jahre) die Leitung über die strategische Geschäftsführung innehatte. Seine Frau Inge Lobwild (vierundfünfzig Jahre) unterstützte das Unternehmen in der Öffentlichkeitsarbeit sowie im Marketing. Der Kommissarin stach sofort der große Altersunterschied des Ehepaars Lobwild ins Auge. Dreizehn Jahre waren kein Pappenstiel. Die einzige Tochter, Viktoria Lobwild, wurde nicht erwähnt und auch die Suchmaschinen spuckten keinerlei Social-Media-Einträge über das Mädchen aus. Für einen fünfzehnjährigen Teenager heutzutage durchaus bemerkenswert.

Herz nahm inzwischen die wie immer volle Bundesstraße 33 bis nach Markdorf, dann wurde es ländlicher, die Straße schmaler und leerer. Eine winterlich karge Landschaft rauschte an Beccas Seitenfenster vorbei. Erneut tauchte in einem der vorbeihuschenden Felder ein hölzernes, grünes Kreuz auf.

Super. Vielen Dank auch, für die stetige Erinnerung an Taja. Steckt euch doch eure Aktion sonst wo hin! Der Schmerz ließ Becca ungerecht zornig reagieren, als wären die Landwirte mit ihrer Protestaktion höchst persönlich für ihren Kummer verantwortlich. Erneut drängte die Kommissarin die aufsteigenden Tränen zurück. Sie war jetzt schon froh, wenn dieser Arbeitstag sich endlich dem Ende zuneigte, dabei hatte er noch gar nicht richtig angefangen.

Die unzähligen Obstbaumplantagen, an denen sie vorüber

fuhren, waren winterlich entlaubt und wirkten trostlos. Zwei davor angebrachte riesenhafte Plakate, auf denen fröhlich rotbackige Äpfel um die Wette baumelten, waren mit der knallroten Aufschrift „Bodenseeobst" übertitelt und erschienen wie eine schlechte Parodie auf sonnigere Tage. Die Kommissarin schloss für einen Moment ihre Augen, um den inneren Aufruhr zu stoppen. Sie schaffte es aber letztlich nicht, die latent brodelnde Wut auf den Kollegen neben ihr und die Ungerechtigkeit der Welt im Allgemeinen gänzlich zu besänftigen.

Angekommen am Ziel, parkte KHK Herz schwungvoll routiniert am schmiedeeisernen Tor eines etwas nach hinten versetzten, zweistöckigen Anwesens. Das umgebende Grundstück gab rückwärtig einen grandiosen Blick auf den Salemer Schlosssee frei. Die buchsbaumumsäumte Kieseinfahrt war mit drei Einsatzfahrzeugen und dem Van der Spurensicherung zugeparkt.

Zwei schneeweiße hohe Säulen im klassizistischen Baustil rahmten eine ebenfalls reinweiße hochglanzpolierte Eingangstür ein. Der Anblick erinnerte Becca spontan an eine amerikanische Südstaatenvilla, die dem Filmklassiker *Vom Winde verweht* entnommen sein konnte. Als KHK Brigg den goldfarbenen Klingelknopf drückte, erwartet sie beinahe das Erscheinen von Clark Gable alias Rhett Butler mit seinem breiten, unverwechselbar strahlendem Lächeln in der Türfüllung. Stattdessen öffnet jedoch ein uniformierter Kollege den edlen Eingang und kontrollierte mit humorloser Miene ihre Dienstausweise. Er sah Clark Gable enttäuschenderweise nicht im mindestens ähnlich.

„Das Zimmer des Mädchens liegt die Treppe hoch, dann rechts den Flur entlang. Dritte Tür. Die Spurensicherung ist immer noch bei der Arbeit. Die Eltern der Toten warten im Wohnzimmer." Der Kollege an der Tür machte eine kleine Kunstpause, bevor er anschloss: „Inklusive Anwalt." Die Stimme des Beamten hatte gegen Ende einen verächtlichen Unterton bekommen.

Jan Herz zeigte mit seinem Kinn zu Becca in Richtung des erwähnten Wohnzimmers und drehte sich selbst in Sekundenschnelle und völlig kommentarlos der Treppe zu. Lautlos geschmeidig glitt er die Stufen nach oben Richtung Tatort und ließ seine Kollegin verdattert unten stehen.

„Danke für die freundliche Absprache, wer was macht",

murmelte Becca ironisch vor sich hin, während ihre Gedanken wie von selbst das unschmeichelhafte Wort *Arschloch* formten. Resigniert wandte sich die Kommissarin Richtung Wohnzimmer. Im großzügig erscheinenden Flur spähte mit gläsernem starrem Blick ein ausgestopfter Rothirschkopf samt mächtigem Geweih auf die Besucher hinab. Hier war eindeutig ein Hubertusjünger zu Hause.

Bei ihrem Eintreten in den Wohnsalon, für die schlichte Bezeichnung Zimmer gab es hier definitiv zu viel Platz, saßen eine Wasserstoffblondine Anfang fünfzig, augenscheinlich die Hausherrin sowie zwei Herren im dunklen Anzug an einem prächtigen Marmortisch. Frau Lobwilds Figur konnte man wohlwollend als üppig beschreiben. Das perfekt aufgetragene Make-up war nicht in der Lage, die beginnenden Alterserscheinungen ihrer Haut vollständig zu vertuschen.

Die ganze Szene wirkte optisch dem neusten Hochglanzmagazin für schöneres Wohnen entsprungen. Vor dem Trio stand je ein mit feinen Goldlinien durchzogenes Espressotässchen aus hauchdünnem Porzellan. Die beiden Herren hatten sich zwischenzeitlich formell höflich erhoben.

„Von Waldensturz. Ich bin ein enger Freund der Familie.“ Eine blütenweiße Visitenkarte streckte sich Becca entgegen. Ihr flüchtiger Blick darauf erfasste die gedruckten Worte, Dr. Johann von Waldensturz, Fachanwalt für Verwaltungsrecht.

Der sah schon eher nach Clark Gable aus, stellte die Kommissarin sarkastisch fest.

„Kriminalhauptkommissarin Brigg“, erwiderte Becca und wandte sich direkt der Dame des Hauses zu, ohne auf den Juristen einzugehen. Es war dabei nicht zu übersehen, dass Inge Lobwild alterstechnisch besser zu ihrem Anwalt, als zu dem deutlich jüngeren Gatten passte. „Mein aufrichtiges Beileid. Es tut mir wirklich sehr leid.“ Becca hatte inzwischen, trotz der imposanten Größe des Raumes, die hellle-derne Sitzgruppe erreicht. „Ich kann mir sehr gut vorstellen, wie es Ihnen momentan gehen muss, und dass es in dieser schwierigen Situation schwerfällt. Dennoch müsste ich Ihnen, wenn möglich, ein paar wenige Fragen stellen.“

Frau Lobwild ließ die eben ergriffene Espressotasse auf den Marmor klirren. Einen Moment rechnete Becca fest damit, dass diese zerspringen würde. Doch das zarte Porzellan hielt erstaunlicherweise stand.

„Ach ja?", Inge Lobwilds Stimme klang unnatürlich schrill durch den hohen Raum. „Sie glauben tatsächlich, Sie könnten sich vorstellen, wie es uns geht?"

Der eisige Blick der Dame harmonierte bestens mit ihrem verbitterten Tonfall und dem verächtlichen Ausdruck in ihren Augen. Die gestylte Hochsteckfrisur und die makellos manikürten Nägeln unterstrichen den Eindruck einer perfekt eingeübten Inszenierung. Inge Lobwilds knitterfreier Hosenanzug in Taupe kaschierte geschickt die aus der Form geratene Figur.

„Sie sind sicher nicht in der Lage sich vorzustellen, wie es uns aktuell geht, das können Sie mir glauben, Frau Kommissarin." Der inzwischen ins Arrogante übergewechselte Ton passte zur insgesamt unterkühlten Gesamterscheinung der Dame.

„Inge, bitte." Hugo Lobwild hatte sich beschwichtigend neben seine Gattin gesetzt. „Lassen wir Frau Brigg ihre Routinefragen stellen. Mehr möchte Sie ja nicht." Die Ehefrau hatte demonstrativ abweisend ihren Blick Richtung Garten gewandt. Becca verzichtete darauf, das Ehepaar auf ihren korrekten Titel einer Hauptkommissarin hinzuweisen. Die Stimmung erschien ihr aufgeladen genug.

Das Clark-Gable-Double sah derweil ebenfalls scheinbar gelangweilt durch die gewaltige Glasfront nach draußen. Das Buchsbaumszenario setzte sich im rückwärtigen Teil des Grundstücks fort und vermittelte mit schneeweißen Kiesbahnen durchzogen durchweg eine künstliche, kontrollierte Atmosphäre.

Nein, ging es der Kommissarin verbittert durch den Kopf, ich weiß selbstverständlich nicht, wie es sich anfühlt jemanden zu verlieren, den man liebt. Für einen kurzen Moment fiel es ihr schwer, professionell zu bleiben. Sie ermahnte sich selbst, tief durchzuatmen und sich nicht provozieren zu lassen.

Laut äußerte sie, „Entschuldigen Sie bitte. Natürlich nicht, Frau Lobwild". Ein letzter, tiefer Atemzug, und sie lächelte die Dame des Hauses, die immerhin gerade ihr einziges Kind verloren hatte, beschwichtigend an. „Darf ich Sie fragen, wann Sie Ihre Tochter das letzte Mal gesprochen haben?"

„Meine Frau und ich waren gestern beide bis nach 23.00 Uhr in der Firma." Hugo Lobwilds Stimme wirkte unaufgeregt und gefasst. „Als wir hier ankamen, war Viktoria wie üblich bereits in ihrem

Zimmer verschwunden. Sie handhabt das meistens so."

Der Vater machte auf Becca Brigg einen fast unbeteiligten, sachlichen Eindruck. Zudem sprach er im Präsenz von seiner toten Tochter. *Möglich, dass er noch nicht verarbeitet hat, was geschehen war.* Oder er ist genau so ein kalter Kotzbrocken, wie seine Gattin, fügte sie im Stillen hinzu.

„Inge und Hugo sind Inhaber der Badener Landfleisch GmbH", schaltete sich von Waldensturz eloquent ins Gespräch ein. „Die überregional bekannte Marke ist Ihnen doch sicherlich hinreichend vertraut, Frau Hauptkommissarin? In Ihrer Funktion als Unternehmensleitung sind meine Mandanten beruflich stark gefordert." Der Anwalt schenkte Becca ein strahlendes Lächeln. Es wirkte abstoßend unecht und schmierig. „Sie sind ja selbst beruflich sehr engagiert, Frau Brigg", fuhr der Jurist im Plauderton fort „und können somit nachvollziehen, wie anstrengend eine Doppelbelastung von Familie und Beruf ganz besonders für Frauen ist. Wenngleich ich Ihre Kollegen bei der Kripo Ravensburg um solch eine attraktive Koryphäe in ihrem Team glühend beneide."

Und jetzt wird er zu allem Überfluss auch noch sexistisch, registrierte die Ermittlerin enerviert.

„Können Sie sich denn erklären, warum Ihre Tochter sich das Leben nehmen wollte?" Becca wandte sich erneut Hugo Lobwild zu und ignorierte den Südstaatenverschnitt ein weiteres Mal. „Gab es bei Ihrer Tochter denn irgendwelche Anzeichen im Vorfeld für eine bevorstehende Selbsttötung? Hatten Sie in letzter Zeit innerfamiliäre Probleme? War Ihre Tochter in den zurückliegenden Tagen anders als sonst?"

Frau Lobwild wandte abrupt ihren Kopf Becca zu und stieß einen verächtlichen Laut aus. Raubvogelaugen, schoss es Becca unwillkürlich durch den Kopf.

„Ja, verdammt! Wenn Sie es ganz genau wissen wollen, unsere Tochter hatte sich in letzter Zeit verändert. Viktoria entwickelte sich schon seit Monaten immer mehr zu einem pubertierenden, kleinen Biest. Sie dachte nur noch an sich selbst und ließ jegliche Disziplin vermissen. Und ja, selbstverständlich führte das zu diversen Disharmonien in der Familie." Um Frau Lobwilds Mund entstand ein harter, verbitterter Zug. „Und jetzt tut sie uns auch noch dieses Chaos hier an!" Inge Lobwilds Lippen bildeten eine schmale, zusammengepresste Linie, während sie mit einer wütenden, ausladenden Geste Richtung oberes Stockwerk deutete.

Es war nicht ungewöhnlich, dass Angehörige mit enormer Wut auf den Suizid eines geliebten Menschen reagierten, wie Becca sehr wohl bewusst war. Dennoch konnte sie sich des Eindrucks nicht erwehren, dass die Unternehmerin generell ein charakterlich schwieriger Mensch war.

„Meine Gattin ist verständlicherweise aufgebracht", lenkte Hugo Lobwild mit ausgleichender Stimme ein. „Aber es stimmt, was meine Frau sagt. Vicky war in den letzten Monaten nicht mehr die manierliche junge Dame, zu der wir sie erzogen haben."

„Wie äußerte sich das konkret?" Becca hatte den Hausherrn bei seinen letzten Sätzen eingehender betrachtet. Er war das perfekte Abbild eines erfolgreichen Geschäftsmannes. Schlank, hochgewachsen, sportlich und formvollendet. Mit Anfang vierzig ein Mann in seinen besten Jahren. Seine Bewegungen wirkten elegant und beherrscht.

Ein attraktives Schnittchen.

Sexismus war schließlich keine Einbahnstraße.

„Nun, so wie Teenager eben sind." Hugo Lobwild sah der Kripobeamtin selbstbewusst in die Augen. „Vicky vernachlässigte ihre Pflichten der Familie gegenüber. Sie erschien zu spät zu den gemeinsamen Mahlzeiten und knallte mit den Türen, wenn sie von uns korrigiert wurde. Zudem war sie in letzter Zeit etwas in sich gekehrt. Wir gingen davon aus, dass das nur eine vorübergehende Episode ist. Vor Wochen wollte sie ohne unsere Begleitung zu einer abendlichen Party gehen. Das haben wir selbstverständlich nicht gestattet. Sie ist immerhin erst fünfzehn."

„Gab es da vielleicht irgendeinen Jungen, den sie besonders mochte? War sie unglücklich verliebt oder hatte sie Schwierigkeiten in der Schule?", hakte die Kommissarin nach.

Lobwild schüttelte vehement verneinend sein Haupt.

„Verliebt? Nein, sicher nicht. Vicky interessierte sich nicht für Jungs. Das sind doch noch halbe Kinder. Mehr als eine harmlose Schwärmerei findet in diesem Alter nicht statt." Hugo Lobwild ergriff, Einigkeit demonstrierend, die Hand seiner Gattin, die unbeteiligt nach draußen auf den Buchsbaum starrte. „Wir waren beide der Meinung, dass Vicky noch viel zu unreif für eine Beziehung zu einem jungen

Mann ist. Unsere Tochter besucht als eine der wenigen externen Schülerinnen die Salemer Schlossschule. Sie genießt somit eine der besten Lehrumgebungen, die man in Deutschland bekommen kann. Bei Problemen irgendwelcher Art wären wir unverzüglich von der Schulleitung unterrichtet worden."

„Ich denke, Sie sollten jetzt langsam zum Ende kommen, Frau Hauptkommissarin. Die Familie braucht verständlicherweise ihre Ruhe.", schaltete sich von Waldensturz ins Gespräch ein. „Diese Tragödie ist bedauerlicherweise eindeutig, nicht wahr?"

„Eine letzte Frage bitte", lächelte Becca die Hausherrin zuckersüß von der Seite an und überging abermals den Einwurf des Anwalts. „Hatte Ihre Tochter Probleme mit Drogen oder übermäßigem Alkoholkonsum?"

Die Raubvogelaugen fixierten die Hauptkommissarin sichtlich verachtend, indes Hugo Lobwild ihr bereits den Rücken zugewandt hatte und in den Garten blickte.

„In unseren Kreisen benötigen Fünfzehnjährige keine Drogen, um sich in der Welt zurechtzufinden." Inge Lobwild wandte ihren Blick ebenfalls demonstrativ den Fenstern zu. „Sie entschuldigen uns jetzt bitte."

Inzwischen hatte die Clark-Gable-Imitation mit eindeutig ausladender Geste und ohne jeglich charmantes Lächeln die Tür in den Flur weit geöffnet. Becca steuerte wortlos an ihm vorbei, direkt auf die graue Granittreppe zu, die in den ersten Stock führte. Zeitgleich kam ihr KHK Herz auf dem Absatz des oberen Flurs entgegen. Der dort dunkel geflieste Boden setzte sich elegant von den perlmuttschimmernden Wänden ab. Das Ambiente wurde von einer überdimensionalen Designerstehleuchte untermalt. Ein schrill modernes Kunstgemälde in Übergröße hing an der Wand.

„Fertig. Wir können dann", meinte KHK Herz und lief zügig Becca entgegenkommend die Treppe hinunter.

„*Du* kannst dann ja", antwortete Becca bissig und schob sich aufwärts laufend an ihm vorbei. „Ich will mir das selbst ansehen."

Die Hauptkommissarin kam drei Türrahmen weiter zum Stehen und warf einen Blick in Viktoria Lobwilds Zimmer. Zwei, in strahlend weißen Tyvek-Einweg-Overalls gekleidete Kollegen von der Spurensicherung, sicherten akribisch Tatortdetails. Der Auslöser einer Kamera klickte wiederholt. Uwe Link, der SpuSileiter, war indes nicht mehr zu entdecken. Vermutlich weil die Spurenlage eindeutig war, interpretierte Becca diesen Umstand.

Das Zimmer wirkte kindlich. Die vorherrschenden Farben waren in Pastell gehalten. Rosa, hellgrün, cremefarben. Auf dem Sofa tummelten sich diverse Stofftiere. Ein gelblich-grüner, riesenhafter Ice-Age-Sid aus Plüsch grinste dümmlich mit hervorstehenden Kulleraugen in den Raum. An einer der Wände hing ein überdimensionales Hochglanzposter auf dem Helene Fischer sich in schillernder Abendgarderobe elegant, um ein von der Decke baumelndes Seil wickelte. Das typische Starposter für eine Pubertierende.

Die Kommissarin nahm eine handgroße Schneekugel vom Bücherregal des toten Mädchens. Miniaturen von Pipi Langstrumpf, dem Affen Herr Nielsson samt dem Kleinen Onkel, wurden durch die schüttelnde Bewegung augenblicklich von dichtem Schneeflockentreiben umhüllt. *So eine Ähnliche hatten Taja und ich im Kinderzimmer stehen. Und wir haben immer darum gestritten, wem sie gehörte. Wo die wohl geblieben ist? Vielleicht gab es sie noch in irgendeinem Karton. Ich muss Mama mal fragen, beim nächsten Besuch.* Schnell, wie wenn sie sich verbrannt hätte, stellte sie die Schneekugel ins Regal zurück und verdrängte die aufwallenden schmerzenden Erinnerungen, während ihre Augen weiter forschend durch den Raum wanderten.

Der mächtige Schreibtisch vorm Fenster mit Blick in den Garten war mit einigen Unterrichtsbüchern, Stiften sowie einem roségoldenen I-Phone bestückt. Die SpuSi würde es den IT-lern zum Auswerten übergeben. Der Laptop von Viktoria Lobwild war zugeklappt. Das Mädchen würde nie wieder daran sitzen.

In einem romantisch anmutenden Himmelbett war die Bettdecke zurückgeschlagen und ließ erahnen, wo das Mädchen gelegen hatte, bevor ihr jugendlicher Körper in die Gerichtsmedizin überführt worden war. Ein großes Wasserglas und vier leere Tablettenblister befanden sich auf dem Nachttisch. Sie würden klären müssen, woher sie die hatte.

Becca hatte genug gesehen und wandte sich mit einem *bis dann!* in Richtung der SpuSi-Kollegen dem Ausgang zu. *Eindeutiger Suizid, wie mir auf den ersten Blick scheint. Hier gibt es nichts mehr für uns zu tun. Mit dem goldenen Löffel im Mund geboren, das ganze Leben vor sich und schmeißt einfach alles hin. Dummes Ding!*

Der Zorn kehrte mit Wucht in Becca zurück, als sie die Treppe herunterlief. Ach Taja, übermannte es die Kommissarin tieftraurig, warum kannst du nicht tauschen und zurückkommen …

Am schmiedeeisernen Tor draußen angelangt riss Becca wütend die Beifahrertür auf und KHK Herz startete den Motor.

„Und? Teilst du mir mit, was du in Erfahrung bringen konntest?" Beccas Tonfall war zickig spitz. Sie konnte nicht anders. Sie hatte sich immer noch nicht beruhigt.

Jan Herz zuckte gleichgültig mit den Achseln, antworte aber, „Auffindesituation lässt Suizid vermuten. Uwe Link schätzt die Spurenlage ebenfalls so ein. Die Rechtsmedizin wird das absichern." Herz, der gerade den Blitzer am Ortseingang von Bermatingen ausbremste, fragte knapp zurück. „Die Eltern?"

Die Kommissarin machte sich nicht die Mühe, dem Kollegen den Kopf zuzuwenden und erwiderte zum Seitenfenster hin.

„Nichts Auffälliges. Sie berichten von pubertätsbedingten Problemen." *Auch wenn ich diese eiszapfenartige Inge Lobwild nicht als Mutter hätte haben wollen.*

Beccas Smartphone durchbrach heftig vibrierend die darauffolgende Stille im Wageninneren. Mutter ruft an, blinkte das Display in grellen Druckbuchstaben.

„Mama?", fragte Becca in den Hörer. Sie konnte sich keinen Reim darauf machen, warum ihre Mutter während der Dienstzeit anrief. Das war absolut unüblich.

„Rebecca, Kind, es tut mir leid, dass ich dich bei der Arbeit störe, aber wir dachten, du würdest heute Abend mit uns und Aage essen wollen?" Helga Brigg war die einzige Person, die sich beharrlich weigerte, ihre Tochter Becca zu nennen und die stattdessen den ungeliebten Taufnamen benutzte.

„Nein, Mama. Heute passt es nicht. Wir müssen alle länger arbeiten. Ein komplizierter Fall." Die Notlüge ging der Kommissarin leicht über die Lippen. Der Tag war so schon schwierig genug. Ein Essen im Familienkreis würde sie zusätzlich nicht auch noch wuppen. Sie fing aus dem Augenwinkel heraus einen kurzen Seitenblick von Jan auf, dem Beccas kleine Flunkerei natürlich nicht entgangen war. *Denk doch, was du willst. Als wärst ausgerechnet du ein Vorbild zwischenmenschlicher Kommunikationskorrektheit.*

„Es ist nur, weil Aage doch schon morgen wieder nach

Glücksburg zurückfahren wird. Es ist sein letzter Abend, weißt du", setzte Helga Brigg, entgegen ihrer sonstigen Gewohnheit hartnäckig das Gespräch fort.

„Ach. So früh schon?" *Mist!*

Beccas Entlastung durch Aages Anwesenheit war damit schneller als gedacht vorbei. „Dann grüß Aage bitte von mir, ich melde mich in den nächsten Tagen telefonisch bei ihm. Ich muss jetzt wirklich weiterarbeiten. Und grüß Papa." Erschöpft legte die Kommissarin das Smartphone auf ihrem Oberschenkel ab, bevor ihre Mutter reagieren konnte, und schloss die Augen. Nur einen kurzen Moment, dachte sie noch.

Die Kommissarin wachte erst auf, als KHK Herz abrupt den Wagen vorm Präsidium stoppte. Sie wechselte direkt in ihren Volvo und meinte, „Ich mache Feierabend und fahre heim".

Jan Herz zeigte keinerlei Reaktion. Seine Finger lagen bereits auf der Klinke des Präsidiumseingangs. Er würde weiter arbeiten.

Als Becca an diesem Abend zu Hause im Deggenhausertal eintraf, war es dunkel geworden. Wie ein lautloser Schatten drängelte sich Gato Macho in der halb offenen Haustür an ihren Beinen vorbei. Eine Viertelstunde später saßen die Kommissarin und der Kater einträchtig auf dem gemütlichen Ecksofa im Wohnzimmer. Becca hatte ein Glas dunkelroten Reserva vor sich stehen; das Fellknäuel lag schnurrend neben ihr. Eine der schwarzen Pfoten ruhte elegant auf Beccas Oberschenkel. Die spitzen Krallen bohrten sich rhythmisch in ihre Haut und hinterließen winzige Löcher im Hosenstoff.

Die 19 Uhr Nachrichten im Fernseher begannen und zeigten in der Totalen den deutschen Gesundheitsminister Jens Spahn, der ein Interview gab. Über zehn Mikrofone gleichzeitig streckten sich aufdringlich dem Politiker entgegen. Er rechne auch in Deutschland mit der Ausbreitung des SARS-CoV-2 Virus, erklärte der Minister gerade mit todernstem Gesichtsausdruck in die laufenden Kameras. Dann schwenke das Bild zum nächsten Beitrag. Donald Trump wetterte theatralisch über die weltweite Ausbreitung des *China-Virus*, wie er es für sich tituliert hatte. Der amtierende amerikanische Präsident erhob dabei massive Vorwürfe in Richtung der chinesischen Regierung. Im Anschluss lief ein weiteres Statement zu dem Virus, diesmal von einem Virologen.

Becca strich dem Kater behutsam übers seidige Fell. Ihre müden Gehirnzellen bemühten sich, das eben auf der Mattscheibe Gesehene zu verarbeiten.

Was zum Teufel trieben die denn da?

Es war gerade einmal vier Wochen her, da hatte es einen einzelnen, isolierten Covid-Fall im bayerischen Starnberg gegeben. Vor drei Tagen tauchte dann der allererste Fall überhaupt in Baden-Württemberg auf. Und das waren, davon war die Kommissarin überzeugt, garantiert irgendwelche Fernreisende aus Asien.

Wetten? Mensch! Ganze zwei Fälle innerhalb Deutschlands! Und jetzt dieser irre Hype darum? Das ist ja echt unglaublich. Ich kapier`s nicht. Als hätte die Welt keine wichtigeren Sorgen!

Hauptsache, es wurde mal wieder in den Medien eine neue Kuh durchs Dorf getrieben. Becca schüttelte ungläubig den Kopf und beugte sich zum Kater herunter.

„Was meinst Du, Macho? Sind die alle ein bisschen gaga geworden da draußen?"

Beim Klang seines Namens drehte der Kater ihr den Kopf zu. Große, grüne Katzenaugen fixierten sie tiefgründig, als ob sie jedes einzelne Wort verstünden. Mit einem hohen Brrrrrrr-Laut streckte sich Gato Macho genüsslich aus, während die Kommissarin auf dem Sofa eingeschlafen war.

Affenberg Salem

2 Wochen später – Freitag der 13.03.2020

„Hier der Bericht, den du haben wolltest." Ayla Schneider-Demir legte Becca einen Stapel Papiere auf den Tisch. Im Kommissariat waren die letzten Tage überwiegend mit nervtötender Schreibtischarbeit angefüllt.

Die Indizien eines bislang ungeklärten Wohnungseinbruchs in Meersburg mussten weiter untersucht werden. Zudem fanden in enger Abstimmung mit der Drogenfahndung ein paar Festnahmen unbedeutender Kleindealer statt. Zu allem Überfluss war in der letzten Woche auch noch ein schwerer Verkehrsunfall auf der B31, mit insgesamt drei Schwerverletzten hinzugekommen. Ein einundsechzig Jahre alter PKW-Fahrer, der seine Ausfahrt verpasst hatte, wendete sein Fahrzeug völlig unüberlegt mitten auf der Fahrbahn und übersah dabei einen entgegenkommenden VW-Bus. Die Blutprobe des Unfallverursachers ergab einen Alkoholspiegel von 1,3 Promille. Die drohende Anklage wegen fahrlässiger Körperverletzung durch die Staatsanwaltschaft konnte sich immer noch auf fahrlässige Tötung ausweiten. Denn ein achtjähriges Mädchen, das in dem VW-Bus gesessen hatte, kämpfte auf der Intensivstation um sein Leben.

„Danke für den Bericht, Ayla", sagte Becca. „Hat Staatsanwältin Winkler heute schon ihren Kopf ins Büro gestreckt? Ich wollte bei ihr nachhaken, ob wir die Akte Viktoria Lobwild offiziell schließen können. Fragst du sie bitte, wenn du ihr begegnest?"

„Klar mach ich." Ayla unterdrückte mühsam ein Gähnen.

Becca fielen die makellos weißen Zähne der Polizeisekretärin auf. Beneidenswert. Wenn sie hier keine Lust mehr hatte, könnte sie ohne weiteres als Model Werbung für Zahnpasta machen. Die Kommissarin blickte angewidert den Stapel Berichte vor sich an.

„Die Eltern von Viktoria können einem schon irgendwie leidtun. Unsympathische Mutter hin oder her. Das einzige Kind auf diese Art zu verlieren."

„Ja, wirklich furchtbar", antwortete Ayla. „Man kann sich gar nicht vorstellen, wie man das aushält. Die Eltern müssen sich doch ein Leben lang fragen, wie sie den Tod der Tochter hätten verhindern können." Die Polizeisekretärin sah die Kommissarin mit ihren dunklen Rehaugen mitfühlend an. In Becca regte sich prompt wohlwollender Neid auf die Freundin. Wie um Himmels willen war es möglich, solch wunderschöne Augen sein Eigen zu nennen?

Ayla fuhr indes fort. „Wie geht es denn inzwischen deinen Eltern? Haben sie sich nach Tajas Beerdigung ein wenig stabilisieren können?" Die Polizeisekretärin kannte die Kommissarin aus den letzten elf gemeinsamen Dienstjahren gut genug, um zu wissen, dass sie die Frage, wie sich Becca selbst diesbezüglich fühlte, besser nicht stellen sollte. Ein Interesse am Gefühlsleben der Eltern war hingegen unverfänglich. Ayla respektiert das. Letztlich ging jeder Mensch auf seine eigene Art und Weise mit persönlichen Verlusten um, ein richtig oder falsch gab es da nicht. Und Becca war der Typ, der sich am liebsten Kummer verdrängend in die Arbeit stürzte. Wo anderen das aufrichtige Mitgefühl ihrer Mitmenschen Balsam für die Seele war, erschien es der Kommissarin als absoluter Graus.

„Erinnere mich bitte nicht", seufzte Becca. „Meine Mutter ruft ständig wegen belangloser Kleinigkeiten an. Ich glaube, sie hat unbewusst Angst, dass auch ich plötzlich versterben könnte. Echte Sorge bereitet mir mein Vater. Er trinkt seit Tajas Tod eindeutig zu viel. Ich habe versucht, mit ihm darüber zu reden, es nutzt aber nichts. Er spielt seinen Alkoholkonsum völlig herunter und Mama hat mit ihrem eigenen Kummer zu kämpfen und lässt ihn gewähren. Ich meine, er hat schon immer mal gerne einen gehoben, jetzt trinkt er bereits vor dem Mittagessen das erste Glas. Na ja, er wird sich wieder fangen, denke ich. Apropos", wechselte Becca das Gesprächsthema, „wollen wir demnächst abends mal wieder ein Glas Roten zusammen schlürfen? Es wird Zeit, dass wir hier in Ravensburg eine Ersatzkneipe fürs Allefanz auftun, findest du nicht?"

Ayla setzte gerade zu einer Antwort an, da fuhr der Kopf von Jan Herz, der wenige Meter entfernt an seinem Schreibtisch arbeitete, ruckartig zu ihnen herum.

„Ruhe! Hier wird gearbeitet!"

Der ruppig gebellte Kasernenhofton wirkte in dem kleinen Büroraum völlig deplatziert. Kriminalhauptkommissar Herz trat gegenüber seinen Kollegen wie ein hochrangiger General, der seine Soldaten befehligt, auf. Eine zusammenhängende Kommunikation, oder gar Privates, nach wie vor völlige Fehlanzeige. Das Team des Kriminalkommissariats hatte in den letzten Wochen einige Gruppengespräche deswegen geführt. Erfolglos wurde dabei versucht, dem neuen Kollegen sein absonderliches Verhalten zu spiegeln. Der Umstand, dass ein ehemaliger Berufssoldat sich schwertat, in zivile Umgangsformen zurückzufinden, war immerhin nachvollziehbar. Doch jegliche Kritik prallte an KHK Herz scheinbar ab. Sein distanziertes, ja ausgesprochen asoziales Auftreten bestand fort. Eine mehrtägige Supervision durch den intern hinzugezogenen Polizeipsychologen Dave Bernstein, initiiert von Polizeipräsidentin Katrin Scheurer, hatte daran bislang ebenso nichts verändern können.

„Jan, wir hatten doch alle gemeinsam besprochen, dass wir ein Team sein möchten ...“, erwiderte Ayla in sanftem Tonfall, als spräche sie zu einem bockigen Kind. Die emphatische Sekretärin brachte dabei eine geduldige Zuversicht auf, die der Kommissarin zwischenzeitlich völlig abging. Sie hatte von dem Kollegen bereits die Schnauze gestrichen voll. Ayla fuhr fort, „und so ähnlich wie eine Famili ...“

„Ja?“

Jan, der die Sekretärin trotz ihrer zugewandten Worte bislang keines Blickes gewürdigt hatte, hob reaktionsschnell das klingelnde Telefon ans Ohr.

„Wo?“

Er knallte den Hörer kommentarlos auf, spritzte von seinem Stuhl auf und bellte nahtlos im Hinauseilen:

„Einsatz!“

Ayla ignorierte er dabei völlig, so, als sei sie gar nicht anwesend. Die beiden Frauen sahen sich für einen kurzen Moment verdutzt an, während der Kollege an ihnen vorbeirauschte.

„Heute ist Freitag der Dreizehnte“, feixte die Polizeisekretärin schließlich und hielt einen drehenden Zeigefinger an ihre Schläfe, bevor sie, immer noch lachend, zu ihrem Arbeitsplatz zurück schlenderte. KHK Brigg, die den Humor Aylas keineswegs teilen konnte, nahm mit eisiger Miene ihr Smartphone vom Tisch und ging Richtung Tür.

Draußen vor dem Präsidium lief bereits der Motor warm. KHK Herz starrte stur geradeaus durch die Windschutzscheibe. Die Szene erzeugte bei Becca augenblicklich ein Déjà-vu-Gefühl. Dieses unmögliche Gehabe begegnete ihr laufend im Umgang mit dem Kollegen. Die Kommissarin nahm sich beim Einsteigen ins Fahrzeuginnere fest vor, sich nicht provozieren zu lassen. Bleib cool, Becca. Sie fragte sich, wie viel Zeit diesmal vergehen würde, bevor KHK Herz freiwillig verriet, wohin sie überhaupt unterwegs waren. Doch zwanzig Minuten später waren sie am Ortsschild von Markdorf angekommen und es herrschte noch immer tiefes Schweigen. Die Kommissarin hatte weiterhin keinerlei Ahnung, zu welcher Art Einsatz sie fuhren und wohin. Unvermittelt brach sich die, mit jedem gefahrenen Kilometer gewachsene Wut eine Bahn in ihr und sie schlug mit der flachen Hand hefig aufs Armaturenbrett. Es tat weh. Doch der Schmerz fühlte sich paradoxerweise verflixt wohltuend an.

„Verdammt nochmal! Was glaubst du eigentlich, wer du bist?! Ist es zu viel verlangt, deine dir im Rang ebenbürtige Kollegin darüber zu informieren, wohin wir fahren?“ Sie war lauter geworden als beabsichtigt, aber der aufgestaute innerliche Druck hatte immerhin nachgelassen. „Ich habe es echt total satt, von dir wie ein lästiges Anhängsel behandelt zu werden!“

„Salem. Affenberg. Leichenfund, weiblich“, erwiderte KHK Herz vollkommen unbeeindruckt von ihrem emotionalen Ausbruch in sachlichem Ton. Er hatte noch nicht einmal mit einer Wimper gezuckt.

Becca blickte den Kollegen mit offen stehendem Mund sprachlos von der Seite an.

„Ich kann das einfach nicht mehr Jan“, erwiderte sie nach einer kurzen Pause gepresst. „Ich mache das nicht mehr mit. Zehn Wochen sind wirklich genug! Du hattest deine Chancen, etwas zu verändern.“ Die Hauptkommissarin holte tief Luft. „Ich möchte, dass du ein Versetzungsgesuch stellst. Am besten vor diesem Wochenende. Heute noch. Sofort, wenn wir nach dem Einsatz zurück ins Präsidium kommen.“ Eine kurze Pause abwartend fügte sie hinzu, „Ich möchte nicht mehr mit dir zusammenarbeiten. Davon kann ja sowieso keine Rede sein. Meine Geduld ist restlos am Ende.“

KHK Herz reagierte nicht auf Beccas Beschluss. Es schien, als würde er sich auf einem völlig anderen Planeten aufhalten, wo ihn so etwas Banales wie Worte nicht erreichten.

Der Rest der Fahrt verlief genauso schweigsam, wie sie begonnen hatte. Es war schlichtweg unmöglich zu erraten, was sich im Kopf des Exsoldaten abspielte. Oder ob sich darin überhaupt irgendetwas an üblichen menschlichen Gefühlen befand.

Es ist unfassbar. Wie kann man nur so emotionslos sein? Diese autistischen Züge waren eine echte Zumutung, fand sie. So konnte man nicht arbeiten. Der musste gehen. Definitiv.

Bevor sie selbst plemplem wurde.

Fünfzehn Minuten später bog das nur in der Theorie existierende Ermittler-Duo am Waldrand, kurz vor dem Touristenparkplatz des Salemer Affenberges, in einen dürftig geteerten, schmalen Weg ein. Die kriminaltechnische Absperrung mit ihren rotweißen Flatterbändern begann unübersehbar nach wenigen Metern im umgebenden Wald. KHK Herz parkte den Wagen direkt hinter dem knallroten Alfa Romeo Spider der Ravensburger Rechtsmedizinerin Dr. Li-Ming Wang. Während die beiden Kommissare aus ihrem Fahrzeug stiegen, eilte die chinesisch stämmige Forensikerin mit hastigen Schritten auf sie zu. Aufgrund ihrer zierlichen Gestalt sowie des wippenden tiefschwarzen Haars, das ihr Gesicht halblang umrahmte, schien sie mehr zu federn, denn zu gehen.

„Eure Spielwiese", meinte Dr. Wang an die beiden Kommissare gewandt und verstaute ihren silbermetallischen Arztkoffer im Kofferraum. „Ich bin hier fertig."

Die nahezu schwarz erscheinenden, dezent mandelförmigen Augen glitten dabei abwechselnd zwischen Jan und Becca hin und her, als wolle sie bei ihren Worten niemanden benachteiligen.

„Was gibt es von deiner Seite, Li-Ming?" Die Kommissarin bemühte sich redlich, ihren noch nicht vollständig gesunkenen Adrenalinpegel unter Kontrolle zu halten. Es war dabei durchaus hilfreich, dass sie die kompetente Medizinerin schätzte. Sie galt im Präsidium allgemein als umgänglich und fachlich kaum zu toppen.

„Die Liegedauer der Leiche ist wegen der unbeständig winterlichen Witterungsverhältnisse nur äußerst grob zu schätzen." Dr. Wang schnippte sich ein krabbelndes Etwas, vielleicht ein kleines Spinnentier, von der Winterjacke, bevor sie fortfuhr. „Rechnet mal mit einer Spanne zwischen zehn Tagen bis maximal acht Wochen. Ich benötige für eine weitere Eingrenzung die exakten Daten der

Meteorologen. Wenn wir Glück haben, war es in den letzten Tagen für reichhaltige Insekten-Eiablagen ausreichend frühlingshaft warm. Wenn nein, wird es komplizierter.“ Die Ärztin hob abwehrend, ein Stoppsignal imitierend, die Handflächen nach vorne. „Und bevor ihr fragt, nein, zur Todesursache kann ich leider auch noch nichts Abschließendes sagen. Ich gehe aber durch die Auffindesituation eindeutig von Fremdverschulden aus. Es finden sich keine äußerlichen, unmittelbar tödlichen Verletzungen. Ein mögliches realistisches Szenario ist deshalb, dass das Opfer erwürgt wurde. Das hinterlässt gerne mal keine, auf den ersten Blick erkennbare, Spuren. Genaueres aber dann wie immer nach der Obduktion heute Abend.“ Die Ärztin blickte geschäftig auf ihre Smartwatch.

„Ich muss los. Wenn ich jetzt sowie schon aus dem Institut raus bin, sollte ich die Gelegenheit zu einer Attacke auf den nächsten Supermarkt nutzen. Findet Ihr nicht?“ Die Rechtsmedizinerin winkte zum Abschluss den beiden Kommissaren verabschiedend zu, während sie sich ein paar Tannennadeln aus dem halblangen Haar schüttelte. Dann öffnete sie die Fahrertür ihres schnittigen Spiders, ließ sich elegant hinein gleiten und startete den Motor. Ein sattes Röhren erfüllte den Wald, als sie schwungvoll davonbrauste.

Die Kommissarin, die sich auf den letzten Satz der Medizinerin bezüglich ihres Lebensmitteleinkaufs keinen Reim machen konnte, sah der davonbrausenden Sportwagenliebhaberin nachdenklich hinterher. Wieso sollten sie sich für einen Supermarktbesuch interessieren? Eigenartig. Dr. Wang war im Allgemeinen nicht der Typ für belangloses Geschwätz.

Erst am nächsten Tag würde bei der Kommissarin der Groschen fallen, warum die Forensikerin ihren geplanten Einkauf überhaupt erwähnt hatte.

Das Medizinstudium absolvierte Li-Ming Wang an der renommierten Oxford University in England. Sie galt als international anerkannte Koryphäe auf dem Gebiet der Forensik. Ihre zunächst steile Karriere endete abrupt vor zwei Jahren mit dem freiwilligen Wechsel in das Institut für Rechtsmedizin in Ravensburg. Die Provinz galt als Karrierekiller, doch die asiatisch geprägte, fest verankerte Familienkultur hatte Li-Ming dazu bewogen, ihre betagten Eltern, die am Bodensee lebten, zu unterstützen und die eigene Karriere hinten an zu stellen.

Unmittelbar nach Ende des Zweiten Weltkriegs war das damals blutjunge Ehepaar Wang Senior mit der Hoffnung auf eine bessere Zukunft nach Europa immigriert und schließlich im Süden Deutschlands hängen geblieben. Zunächst hielten sie sich mit Gelegenheitsarbeiten in der Landwirtschaft über Wasser. Später dann machten sie sich als Inhaber eines florierenden China-Restaurants an der Uferpromenade von Friedrichshafen selbstständig. Sie schufteten mehr als sechzig Jahre darin. Die Bodenseeregion war Li-Mings Eltern, den einstigen Immigranten, zur geschätzten zweiten Heimat geworden. Das imposante Alpenpanorama mit dem vorgelagerten Bodensee erinnerte die aus der Provinzhauptstadt Ürümqi stammenden Wangs an das heimatliche Tian-Shan-Gebirge mit seinem tiefblauen Himmelssee. In Friedrichshafen hatten sie letztlich die meisten Jahre ihres Lebens verbracht, ihr einziges Kind großgezogen und bescheidenen Wohlstand erlangt. Jetzt, im Alter, erfreuten sie sich an der Zuneigung und dem Xiào der beruflich erfolgreichen Tochter.

Vor zwei Jahren begann Li-Ming, das einziges Kind, das traditionelle Xiào, eine feste Säule der konfuzianischen Ethik in puncto Kindererziehung, zu erfüllen. Viele chinesische Familien pflegten diese althergebrachte Tradition. Als eine der konfuzianischen Weisheiten lehrte das Xiào, dass die eigenen Kinder den Älteren lebenslang dienten und wenn deren Arbeitskraft abnahm, sie ungefragt versorgten.

Diese, in Teilen der asiatischen Kultur als völlig selbstverständlich angesehene Verpflichtung, stand stellvertretend für eine Art gerechtem Generationenausgleich. Das Xiào basiert dabei unter anderem auf dem Gedankenmodell, dass Eltern ihren Kindern bei deren Geburt das bedeutende Geschenk des Lebens machten. Zusätzlich verdankten ihnen die Nachkommen während ihrer gesamten Kindheit hindurch Nahrung, Kleidung sowie Bildung. Also nahezu alles, was den späteren jungen Erwachsenen als Startgrundlage in die Eigenständigkeit diente. Dies wurde ohne jede Wertung, wie viel oder was die Eltern ihren Kindern mitgeben konnten, betrachtet. Es zählte dabei ausschließlich, dass sie sich darum redlich bemüht hatten.

So schloss sich aus konfuzianischer Sicht der Kreis stimmig, wenn die Kinder ihren Eltern im Alter mit dem Xiào all dies ausgleichend zurückgaben und zur Not auch ihre eigenen Bedürfnisse hinten an stellten. Das Institut der Rechtsmedizin Ravensburg profitierte nachhaltig von dieser Tatsache. Niemals zuvor war eine brillantere Wissenschaftlerin dort tätig gewesen. Das neue Kriminalkommissariat in Ravensburg konnte sich glücklich schätzen, damit eine überdurchschnittlich qualifizierte Forensikerin zur Seite zu haben.

Becca und Jan bückten sich unter dem rotweißen Flatterband durch und betraten hinter der Absperrung einen schmalen Trampelpfad, der tiefer in den Wald hineinführte. Ein gelbes Wegeschild mit der Aufschrift Prälatenweg wies den vom Hauptweg abbiegenden Pfad als offiziell gelisteten Wanderweg aus.

Nach wenigen Metern kam ihnen Uwe Link, der Leiter der Spurensicherung, entgegen. Link steckte, wie üblich, in einem weißen Einwegoverall, der seine leicht untersetzte Figur unvorteilhaft unterstrich. Sein markantes Gesicht mit der auffällig großen Nase wurde durch die anliegende Kapuze eingerahmt. Er hielt den beiden Kommissaren kommentarlos zwei Paar blaue Plastiküberschuhe entgegen. Ein von Spaziergängern stark frequentiertes Areal, wie ihn dieser Waldabschnitt darstellte, war meist übersät von Schuhabdrücken, die mühsam vom Kriminalfall ausgeschlossen werden mussten.

Die Spurensicherung würde es hier draußen nicht einfach haben.

„Becca. Herz.“, nickte Uwe ihnen formlos zu.

„Wie siehts aus?“, erwiderte Becca und zog fröstelnd ihre Daunenjacke um sich.

Die letzten Tage hatte sich mehrmals zaghaft die Frühlingssonne durch die Wolkendecke gekämpft und die, zum Teil heftigen Regenfälle, unterbrochen. Die einstelligen Plustemperaturen reichten zumindest aus, dass der verschattete Waldboden keine Schneereste mehr aufwies.

„Wir müssen etwa hundertfünfzig Meter in den Wald hinein. Ich führe euch hin.“, meinte Uwe Link und schritt, in seiner weißen Kleidung und der füllig runden Körpermitte an einen Yeti erinnernd, voraus. „Wir folgen dem Bachlauf des Schiretgraben, der den Storchenweiher am Haupteingang des Affengeheges mit dem Markgräfinweiher weiter hinten verbindet. Der Spaziergänger da drüben“, Uwe deutete mit dem Daumen auf einen Mann um die

Vierzig, der etwas abseits stand, „vielmehr sein sabbernder Köter, hat gegen 10.40 Uhr heute Morgen die Leiche entdeckt. Das Herrchen hat erst nach einigem Zögern den Notruf über sein Smartphone gewählt. Freilaufende Hunde sind hier normalerweise untersagt. Die meisten Spaziergänger halten sich wohl daran, sonst wäre die Tote schon viel früher von einem der vierbeinigen Flohtransporter gefunden worden. So gesehen können wir von Glück sagen, dass der Typ mit seiner Töle sich einen Dreck um die Vorschriften geschert hat. Wir sind übrigens mit dem SpuSi-Team seit eineinhalb Stunden vor Ort."

Bei dem Gassigeher, der von einer uniformierten, blutjung wirkenden Polizistin betreut wurde, handelte es sich um einen breitschultrigen, hochgewachsenen Mann. Er steckte in einer ausgeleierten, olivgrünen Outdoorjacke und inhalierte tiefe Züge an seiner glimmenden Zigarette. Der Raucher und seine Kleidung hatten ihre besten Tage lange schon hinter sich gelassen. Ein ungepflegter Vollbart verlieh ihm einen Hauch Obdachlosenflair. Der schwarze Labrador zu seinen Füßen erschien indes sichtlich gelangweilt von dem Treiben um ihn herum. Seine Augen waren geschlossen und er hatte genüsslich den massigen Schädel auf die ausgestreckten Pfoten gelegt. Der Hund, so schien es der Kommissarin, wirkte deutlich gepflegter als sein anderes Ende der Leine.

Während die Ermittler zusammen mit Uwe Link dem schmalen Weg tiefer in den Wald folgten, erläuterte der SpuSileiter redselig weitere Fakten.

„Wir kommen gleich in die unmittelbare Nähe des rückwärtigen Affengeheges vom Salemer Affenberg, einer der Top-Touristenmagneten im Bodenseekreis, falls euch das nicht bekannt ist. Vor allem bei Familien mit Kindern ist es äußerst beliebt. Im Sommer bilden sich mitunter lange Schlangen vor den Kassen." Uwe deutete in den Wald hinein. „Da hinten zwischen den Buchenstämmen seht ihr schon ein Stück des Zauns. In den Wintermonaten ist es hier, wenn man von den ganzjährig ansässigen Affen im Gehege einmal absieht, wie ausgestorben. Lediglich ein paar Angestellte vom angeschlossenen Hofgut Mendlishausen auf der anderen Gehegeseite sind permanent anwesend. Sie kümmern sich im Winter um das gesamte Areal und natürlich die Tiere."

Becca, Jan und Uwe verließen den Pfad und liefen im Gänsemarsch über den Waldboden querfeldein, näher zum Schiretgraben hin, dessen schimmerndes Bachwasser hie und da aufblitzte.

„Das Freigehege, in dem etwa zweihundert, vom Aussterben bedrohte Berberaffen ganzjährig leben," fuhr der SpuSileiter indes fort, „umfasst eine Gesamtfläche von etwa zwanzig Hektar. Im November schließt der Park für Besucher. Die Winterpause endet jedes Frühjahr üblicherweise am 13. März." Uwe Link hielt für einen Moment inne, dachte stirnrunzelnd nach und stellte überrascht fest, „Donnerwetter, also das ist exakt heute, wenn man es genau nimmt! Wir haben somit Glück im Unglück. Hätte es die letzten Tage nicht so geschüttet, würde es heute am Eröffnungstag wohl nur so vor Touristen wimmeln und die Spurenlage wäre noch katastrophaler, wie sie sowieso schon ist. Der ganze Waldboden ist übersät mit Müll. Den von möglicherweise relevanten Spuren zu trennen, wird kein Zuckerschlecken." Uwe schob verärgert einen Zweig zur Seite, bevor er weiter dozierte. „Wobei es dieses Jahr womöglich weniger Touristen sein werden. Manche potentiellen Besucher haben inzwischen tatsächlich Angst zu verreisen. Dieser Virenausbruch in China verunsichert zunehmend die Dummen und Leichtgläubigen. Ziemlich übertriebene Reaktionen, findet ihr nicht?"

Uwe drehte sich zu Becca um und sah sie herausfordernd an. Nichts liebte der SpuSileiter mehr als kontroverse Diskussionen. Allerdings mochte er sich dabei keine alternativen Sichtweisen anhören, sondern es ging eher darum, andere von seiner eigenen, stets richtigen Meinung zu überzeugen. Becca stieg aus Erfahrung nicht darauf ein und Uwe fuhr indes mit seiner begonnen Schimpftirade fort.

„Ich hatte dieses Wochenende zwei Karten für einen Kabarettabend in der Oberschwabenhalle. Ich habe mich echt darauf gefreut. Die Tickets hatte mir meine Frau zu Weihnachten geschenkt. Jetzt haben die Organisatoren das kurzfristig, sang und klanglos abgesagt. Der Hammer, oder?!" Uwe schmiss seine Arme aufgeregt gestikulierend in die Höhe. „Ich hoffe, wir kriegen wenigstens das Geld für die Karten erstattet. Veranstaltungen mit über tausend Besuchern dürfen bis auf weiteres nicht mehr stattfinden, heißt es plötzlich von da oben. Eine ziemliche Bevormundung der Bevölkerung, wenn ihr mich fragt. Von einer Diktatur sind wir da ja wirklich nicht mehr weit weg, oder? Und wer zahlt diesen ganzen Tamtam am Schluss? Wir natürlich.“

„Tja. Schon irgendwie surreal das Ganze“, erwiderte Becca ausweichend. Sie verspürte nicht die Bohne Lust auf das Thema einzusteigen und der angeschlagene Negativton des SpuSi-Kollegen bedurfte ohnehin keiner weiteren Unterstützung. „Wobei die bisher aufgetauchten Videos aus den abgeriegelten Städten in China mich schon beeindrucken, wenn ich ehrlich bin. Dennoch bin ich mir nicht sicher, wie ernst ich das Ganze nehmen will. Wenn es dir ein Trost ist, Uwe, mit unserem neuen Fall hier wären deine Tickets aller Wahrscheinlichkeit nach sowieso flöten gegangen. Es sieht für das gesamte Team momentan nicht wie ein Happy-Wochenende aus, sondern eher nach: Wir - arbeiten - dann - mal - alle - durch - bis - Montag!“ Becca bemühte sich diplomatisch, auf diese Art das Thema zu wechseln. „Augen auf bei der Berufswahl kann ich da nur sagen. Habt Ihr schon irgendetwas Interessantes bei der Leiche gefunden? Hinweise auf ihre Identität zum Beispiel?“

„Sagen wir mal so, wie es aussieht, sind eure Schreibtischtage vorerst eindeutig vorbei, da gebe ich dir Recht. Ihr versteht gleich, was ich meine, wenn ihr die Leiche seht. Wir wissen aktuell nicht, wer sie ist“, erwiderte Uwe Link und blieb abrupt stehen, so dass Becca beinahe in ihn hineinlief.

Wenige Meter vor ihnen ragte ein rund vier Meter hoher Gehegezaun aus dem Waldboden. Seine Eisenstäbe wirkten stabil und wetterfest. Der Schiretgraben verschwand leise plätschernd unter dem Zaun hindurch ins Affengehege. Knapp davor lag ein menschlicher Körper, mit leicht angewinkelten Beinen im Bachbett. Das Wasser, normalerweise nur ein paar Zentimeter hoch, hatte sich durch das Hindernis etwas zurückgestaut. Sanft umspülte es die wächsern wirkende, bleiche Haut an den nackten Waden der Toten. Ein halblanges, hinten offenes Baumwollhemd, das Becca vom Schnitt her an ein Krankenhausnachthemd erinnerte, war bis zur entblößten Scham der jungen Frau hochgerutscht. Das Nachthemd selbst wirkte durch Witterungseinflüsse stark mitgenommen. Die rechte Hand der Frau fehlte vollständig, wenn man von ein paar verstreut umherliegenden Fingerknöchelchen einmal absah, die sich leuchtend hell vom dunklen Waldboden abhoben. Der Unterarmstumpf wirkte abgerissen und war diffus dunkelrot bis schwärzlich verfärbt.

Beccas Blick wanderte den Körper der Toten entlang langsam

aufwärts zu deren Gesicht. Unwillkürlich zuckte die Kommissarin zusammen. Eine der Augenhöhlen war vollständig leer und entstellte den Kopfbereich durch diesen Umstand deutlich mehr, wie es die fortgeschrittene Verwesung und die fehlende Hand fertig brachte. Der Anblick des gruseligen dunkelroten Lochs in dem mädchenhaften Gesicht war befremdlich. Zudem hatten sich die Lippen der Toten über die komplette Zahnreihe zurückgezogen und verliehen der Frau ein unpassend, grausames Grinsen. Allein das fehlende Auge jedoch vermittelte in der ganzen Szenerie eine immense Brutalität.

„Li-Ming meint, dass das mit der abgetrennten Hand, zumindest wenn wir Glück haben, Tiere gewesen sein könnten. Das Auge eventuell auch", meinte Uwe trocken.

„Na, hoffentlich", kommentierte Becca. Sie wollte sich momentan nicht ausmalen, welche Sorte Mensch zu solch einer Brutalität in der Lage sein könnte. Urplötzlich stieg das Bild des Mannes mit der Augenklappe und den Dreadlocks vor ihr auf. Der stechende, einäugige Blick durch die Windschutzscheibe und der immense Schreck des Beinaheunfalls kamen ihr erneut wie ein böser Vorbote vor. Denn auch dieser Mensch hatte nur ein Auge zur Verfügung gehabt. Die Kommissarin ging betroffen neben der Toten in die Hocke.

„Heftig. Etwas Vergleichbares habe ich schon länger nicht mehr gesehen." Das dunkle, lange Haar der Frau hatte sich strähnig in den mit welken Blättern übersäten Waldboden verteilt. Eine bräunliche Spinne mühte sich kletternd den schlanken Hals hinauf, dessen bleiche Haut mit winzigen Läsionen und schattigen Flecken übersät war.

Jan Herz, der den kompletten Weg völlig stumm zurückgelegt hatte, stand teilnahmslos mit verschränkten Armen neben der Leiche. Sein, aus leicht zusammengekniffenen Augen kalter Blick, so wirkte es nach außen zumindest, scannte emotional unberührt deren Oberfläche. Bar jeglich menschlicher Empfindung schien es, als handle es sich bei dem Kommissar um einen Androiden. Die durchweg schwarze Kleidung von KHK Herz erweckte zudem den Anschein, als würde er dem düsteren Anlass entsprechend Trauer tragen.

Der Wald lag ruhig und es war lediglich das leise Gemurmel des Wassers im Schiretgraben zu hören. Becca durchbrach die Ruhe und stellte die Frage „Krähen?“, in Richtung SpuSileiter Uwe Link. Sie deutete dabei auf das dunkle Loch der leeren Augenhöhle.

Uwe zuckte mit den Schultern. „Schon möglich.“

Ich frage mich allerdings, warum das andere Auge dann intakt ist. Die Kommissarin versuchte, sich eine mögliche Szene mit den schwarzen Vögeln bildlich vorzustellen, die das Auge der Toten herauspickten. Es war kaum vorstellbar, dass die Rabenvögel, nachdem sie das erste Auge vertilgt hatten, plötzlich keinen Geschmack mehr daran fanden und sie deshalb von dem zweiten Auge abließen. Hätte man sie gestört, wären sie wieder gekommen. Nein, die Theorie mit den Vögeln erschien wenig wahrscheinlich.

„Wir haben bisher nichts eindeutig Interessantes in der unmittelbaren Umgebung der Toten finden können,“ erklärte der SpuSileiter. „Der Radius um den Tatort, den wir absuchen, beträgt aktuell etwa fünfhundert Meter. Ganz durch sind wir nicht damit, aber ich habe ehrlich gesagt wenig Hoffnung, dass wir auf etwas Brauchbares stoßen. Bislang fand sich lediglich alter Müll auf dem Waldboden. Bonbonpapier, zerfledderte Tempotaschentücher, ein vergammelter Schnuller, ein gebrauchtes Kondom und jede Menge andere Kleinstteile. Vermutlich stammen diese Dinge von unbeteiligten Waldbesuchern und liegen schon länger hier herum. Wir werden das selbstverständlich alles genauer unter die Lupe nehmen. Die Tote selbst trug nichts bei sich. Keine Papiere, kein Smartphone, keinen Schmuck. Rein gar nichts, außer diesem dünnen Hemd.“

„Wir werden beobachtet“, warf KHK Herz, der bis zu dem Zeitpunkt noch keine Silbe von sich gegeben hatte, in nüchternem Tonfall ein. Ruckartig sahen Becca und Uwe auf und folgten Jans Blickrichtung.

Nur wenige Meter entfernt hinter dem Eisenzaun saß ein imposantes, beigefarbenes Berberaffenmännchen mit einem rotbraunen Haarschopf und sah zu ihnen herüber. Ein dichtes mehrere Zentimeter langes Fellkleid schützte ihn vor der Kälte. Das Tier war mindestens einen halben Meter groß und vielleicht fünfzehn Kilo schwer. Lange, schmale Zehen und Finger verliehen ihm perfekten Halt im Geäst einer ausladenden Buche. Becca erhob sich aus der Hocke, in der sie die Tote näher betrachtet hatte und trat, dichter an den Zaun und somit an das Tier heran. Der eindrucksvolle Affenmann befand sich in einer Astgabel über ihr. Mit seinen bernsteinfarbenen Augen sah das Tier interessiert auf den Tatort und die Menschen herunter. Er rührte sich nicht und erwiderte Beccas Blick selbstbewusst. Altkluge, wache Augen, die viel Menschliches an sich hatten, begegneten der Kommissarin.

„Schade, dass er uns nicht mitteilen kann, was er gesehen oder gehört hat“, kommentierte Uwe pragmatisch.

„Ja, wirklich ein Jammer“, erwiderte Becca. „Er oder einer seiner Kumpane, könnten uns sicher weiterhelfen. Es gab meines Wissens schon einige wissenschaftlich erfolgreiche Versuche, mittels Gebärdensprache mit Menschenaffen zu kommunizieren. Aber ob das auch bei Berberaffen funktioniert?“ Ohne ihren Blick von dem Tier zu lösen, redete Becca weiter. „Ich sage im Präsidium Bescheid. Martina soll mit Kevin herkommen. Sie müssen die Mitarbeiter des Affenbergs im Hofgut Mendlishausen befragen und den Gassigeher, der die Tote gefunden hat, genauer unter die Lupe nehmen. Wir müssen sichergehen, dass er nichts damit zu tun hat. Was liegt sonst noch Erwähnenswertes im Umkreis des Tatorts, Uwe?“

Das Affenmännchen hatte seinen Blick nach wie vor weiter fest auf Becca gerichtet, die ihm noch ein Stück nähergekommen war. Unvermutet öffnete das Tier seinen Mund ovalförmig. Die Lippen wirken dadurch dicker und es sah aus, als würde er aus irgendeinem Grund schmollen. Gleichzeitig zog er seine Augenbrauen missbilligend nach oben. Der Gesichtsausdruck hatte sich von interessiert in missmutig verwandelt. Die Kommissarin deutete mit dem ausgestreckten Finger auf das Tier und meinte amüsiert kichernd:

„Er scheint mit meinen Worten nicht einverstanden.“

Mit einem crescendoartigen, ohrenbetäubenden Kreischen, bei dem er ein erstaunlich imposantes, raubtierartiges Gebiss sehen ließ, sprang der Affe blitzschnell vom Baum und verschwand in Bruchteilen von Sekunden im Unterholz.

„Wow“, meinte die Kommissarin beeindruckt, „ich wusste gar nicht, dass die solch bedrohliche Zähne haben.“

„Von dem möchte ich nicht angegriffen werden, da geb ich dir recht“, meinte Uwe fasziniert. „Aber, um auf deine Frage was um uns herum ist, zurückzukommen, Becca. Im Radius von einem Kilometer befindet sich nur Wasser, Wald und Wiese. Fußläufig auf einem Hügel liegt ein kleiner Hof mit einer bescheidenen Straußenzucht. Sonst ist hier nichts. Zu den nächsten Ortschaften nach Salem, Tüfingen oder

Mühlhofen sind es jeweils mehr als drei Kilometer."

Becca drehte sich bedächtig zu Jan um und meinte zu Uwe, den einsilbigen Exsoldaten fest im Blick: „Den Straußenhof sollen sich Martina und Kevin ebenfalls vornehmen. Vielleicht ist den Bewohnern in den letzten Monaten etwas Ungewöhnliches aufgefallen. Jan und ich fahren ins Präsidium zurück. KHK Herz hat da vor dem Wochenende noch eine dringende Angelegenheit zu erledigen."

Unerwartetes

Samstag, der 14.03.2020

An diesem Samstagmorgen entschloss sich die Kommissarin spontan auf dem Weg zum Präsidium zu einem Zwischenstopp beim nächsten Supermarkt. Vor ihr und dem gesamten Kripo-Team lag ein arbeitsreiches Wochenende. Es war somit ihre letzte Chance, vor dem Sonntag ein paar Lebensmittel zu ergattern. Irgendetwas essen musste sie zwischendurch. Nach dem gestrigen ungewöhnlichen Leichenfund würden sich die kommenden Tage mit Sicherheit anstrengend gestalten.

Der Supermarktparkplatz war jetzt, um acht Uhr morgens, rappelvoll, was aus dem üblichen Rahmen fiel, denn eigentlich war es für die geballte Wochenendkundschaft noch viel zu früh.

Seltsam, dachte die Kommissarin bei sich und griff sich einen der letzten verfügbaren Einkaufswägen, um diesen zügig an der Frischgemüseabteilung vorbeizuschieben. Neidvoll beobachtete sie dabei ein paar Damen, die in ihr Blickfeld gerieten und die offensichtlich für ein selbst gekochtes Menü am Wochenende einkauften. Ihre Wägen bogen sich unter der Last von frischem Rohgemüse und Salaten. Wahrscheinlich stand zu Hause ein Treffen mit Freunden an oder Ähnliches.

Wohl dem, der die Muse hat, Salat zu waschen und Gemüse zu putzen, zog es Becca, die arbeitsreiche Tage vor Augen hatte, frustriert durch den Kopf. Sie hatte schon Ewigkeiten nicht mehr für Gäste gekocht. Zielstrebig bog sie in die Regalstraße mit den haltbaren Lebensmitteln ein. Der Anblick, der sich ihr dort bot, war befremdlich und ließ sie abrupt innehalten und für einen kurzen Moment war ihr Gehirn mit der Verarbeitung des sich bietenden Szenarios völlig überlastet.

Vor ihr in den Regalen herrschte gähnende Leere. Wo ansonsten das Angebot dermaßen vielfältig war, dass es so manchen Kunden überforderte, war plötzlich alles wie leergefegt. Im Nudelregal lag keine einzige Packung mehr und ebenso der Reis war bis auf die preiswerte Eigenmarke des Marktes komplett ausverkauft.

Becca verspürte jäh, eine spontane Welle der Panik in sich aufsteigen. Das kann doch jetzt nicht wahr sein!, schoss es ihr durch Kopf.

Was, um Himmels Willen, sollte das denn bedeuten?

Ihr Blick erfasste einen hastig hingekritzelten Din-A4-Zettel, der mit Tesafilm provisorisch am Regal klebte. Dieser erklärte, dass es, um Hamsterkäufe zu vermeiden, bis auf weiteres lediglich gestattet war, eine einzelne Packung pro Einkauf mitzunehmen. *Sofern denn überhaupt noch eine Packung da war.* Beccas natürlicher Sarkasmus gewann über den ersten Schreck hinaus allmählich die Oberhand.

Das waren ja Vorbereitungen wie für einen Krieg!

Es kam der Kommissarin vor, als würde sich die ganze Welt bedrohlich dem Wahnsinn nähern. Was dieses kleine Virus hier anrichtete, war der blanke Horror. Genervt legte sie eine Packung von dem noch vorhandenen Billig-Reis in ihren Wagen und steuerte die Konserven an, die zu ihrem Entsetzen ein ähnlich klägliches Szenario boten. Auch hier war alles restlos ausverkauft. Bevor sie die Kasse erreichte, lagen dennoch deutlich mehr Waren im Korb, als sie ursprünglich vorgehabt hatte zu kaufen. Hamstern schien ansteckend zu sein, registrierte sie in einem Anfall von selbstkritischer Reflexion.

Die Kommissarin musterte die anderen Kunden in der Kassenwarteschlange, deren Wagen zum größten Teil brechend voll waren. An einer der unzähligen geöffneten Kassen diskutierte eine energische Kundin lautstark mit der sichtlich restlos entnervten Kassiererin. Die Frau bestand auf ihr vermeintliches Recht, zwei, statt des erlaubten ein Pfund Mehl, zu kaufen. In der Schlange daneben stapelten sich im Einkaufswagen eines Mannes sage und schreibe zwölf Packungen Toilettenpapier.

Sie zahlte und war letztlich froh, diesem überfüllten Irrenhaus zu entkommen, und fuhr aufgewühlt Richtung Präsidium weiter.

„Du sollst sofort zur Chefin hochkommen," informierte Ayla Schneider-Demir die Kommissarin in besorgtem Tonfall, als diese eine halbe Stunde später die Tür zum Kommissariatsbüro öffnete. Aylas Blick schien dabei zu fragen: Was hast du angestellt? Becca drehte sich im Türrahmen auf dem Absatz um und eilte eine Treppe höher zum Büro von Polizeipräsidentin Katrin Scheurer, ihrer direkten Vorgesetzten. Sie waren sich durch einige, gemeinsame Berufsjahre aus Konstanzer Zeit durchaus bekannt. Wenngleich Katrin sich aus der Abteilung für Wirtschaftskriminalität heraus inzwischen in die Führungsebene hochgearbeitet hatte und es nie zu einer längeren, direkten Zusammenarbeit gekommen war. Dennoch waren sie irgendwann beim gegenseitigen *Du* angelangt. Becca würde eines Tages an Katrin Scheurer vorbeiziehen müssen, wenn sie den Sessel der Polizeipräsidentin jemals für sich selbst gewinnen wollte. In fünf Jahren sollte sich die Präsidentin in den Altersruhestand verabschieden. Und Becca hatte nicht vor, solange zu warten. Günstig, fand sie, dass der Vorgesetzten ihre Karriereziele nicht bekannt waren. Gut möglich jedoch, dass sie etwas ahnte, da machte sich die Kommissarin nichts vor.

Das *Herein!* klang nach Beccas Anklopfen dumpf durch die Tür.

„Nimm Platz."

Katrin Scheurer deutet auf den Sessel vor ihrem wuchtigen Schreibtisch. Die knappe Aufforderung ohne jeglichen privaten Unterton hörte sich nach Ärger an. Beccas Instinkt war augenblicklich auf der Hut, während dessen sie in dem breiten, schwarzen Ledersessel versank.

„Ich komme direkt zur Sache." Katrin blickte sie unverwandt an. „Gestern kurz vor Feierabend, kam Jan Herz bei mir vorbei und legte wortlos ein Versetzungsgesuch auf den Schreibtisch. Erst auf mein energisches Nachfragen hin berichtete er, dass du ihn dazu aufgefordert hättest. Ist das korrekt?"

Aha, darum ging es also.

Becca setzte sich kampfbereit hin und richtete sich, so gut es in dem weichen Sitzmöbel ging, auf.

„Katrin, ich kann mit keinem Kollegen arbeiten, der nicht im mindesten mit mir kommuniziert. KHK Herz nimmt mich nicht als gleichwertige Kollegin wahr. Das Wort *gemeinsam* kommt in seinem Vokabular nicht annähernd vor. Sein ganzes Verhalten grenzt an Autismus, wenn du mich fragst. Der Mann ist krank. Das bekommt das gesamte Team zu spüren. Der agiert wie ein ferngelenkter Roboter. Er ist ein stetiger Fremdkörper in der Gruppe." Die Polizeipräsidentin setzte zur Erwiderung an, aber sie redete zügig weiter. „Die Gespräche, die wir in den letzten Wochen auf deine Initiative hin geführt haben, hat der doch nicht ansatzweise an sich ran gelassen. Die Supervision war vollkommen für die Katz. Das prallt völlig an dem ab."

„Ich habe gestern Nachmittag einen Anruf vom Innenministerium erhalten", unterbrach Polizeipräsidentin Katrin Scheurer Beccas Redeschwall scharf. „Die machen sich sehr große Sorgen, weil der ungewöhnliche Leichenfund am Affenberg, die durch SARS-Cov-2 sowieso schon erheblich verunsicherte Bevölkerung noch mehr aus der Spur bringen könnte. Wir sollten also diesen Fall schleunigst aufklären. Zudem beginnt die Touristensaison demnächst. Ich muss dir wohl nicht erklären, dass die Bodenseeregion wirtschaftlich stark davon abhängig ist. Das gilt ganz besonders für diese unsicheren Zeiten, wo niemand weiß, wie es mit diesem vermaledeiten Virusproblem weiter geht." Katrin hob missbilligend eine Augenbraue. „Und du gehst hin und forderst ohne Rücksprache mit mir einen Kollegen zur Versetzung auf?"

„Katrin, ich ..."

„Nein, Becca!", unterbrach sie die Polizeipräsidentin in unmissverständlich dominanten Ton. „Das geht entschieden zu weit und sprengt deine Kompetenzen um Welten. Personelle Entscheidungen sind immer noch mein Ressort. KHK Herz hat ein zwischenmenschliches Problem. Ja. Das ist mir durchaus bekannt. Ich werde dich nicht darüber informieren, was die Gründe hierfür sind. Das kann und darf nur er selbst tun. Muss er aber nicht, damit das klar ist." Katrin Scheurer holte tief Luft und fixierte Becca weiter wie eine Schlange die weiße Maus. „Jan Herz hat von mir persönlich den Auftrag erhalten, an seinem Problem zu arbeiten. Er geht deshalb dreimal die Woche zum polizeipsychologischen Dienst. Dave Bernstein ist ein sehr erfahrener Psychologe und unterstützt meine Einschätzung, dass Jan Herz die besten Voraussetzungen mitbringt, seine Probleme nachhaltig zu lösen. Nur geht so etwas nicht von heute auf morgen. Bisher hat KHK Herz seine Gesprächstermine korrekt eingehalten und signalisiert seine volle Mitarbeit. Behandle diese Informationen als ein erklärendes Zugeständnis an dich. Du weißt, dass ich dazu nicht verpflichtet wäre. Und diese Infos waren lediglich für deine Ohren bestimmt und werden unter uns bleiben, dass das klar ist."

Die Kommissarin nickte zögerlich, obwohl sie nach wie vor völlig anderer Meinung war. Es schien jedoch momentan klug nicht gänzlich zu widersprechen. „Und du meinst Katrin, dass die Gewährleistung meiner Sicherheit in einem Einsatz mit diesem angeschlagenen Partner gewährleistet ist? Du weißt so gut wie ich, dass wir uns in heiklen Situationen blind aufeinander verlassen müssen können!"

„Du solltest mir da jetzt einfach vertrauen, Becca." Katrin Scheurers Antwort war nicht das, was die Kommissarin hören wollte. „Ob der Mann krank ist oder nicht, beurteilt eine psychologische Fachkraft und die oberste Führungsebene, nicht die Kollegin mit den Wald-Wiesen-Psychologie-Kenntnissen. Die im Übrigen momentan selbst mit privaten Ereignissen zu kämpfen hat."

Der Seitenhieb auf Taja traf Becca unvermittelt und schmerzte. Katrin Scheurer war nicht von ungefähr Führungskraft und hatte ihre Hausaufgaben gemacht. Sie fuhr gnadenlos fort.

„KHK Herz ist, rein sachlich betrachtet, äußerst kompetent und effektiv. Er hat aus seinen Jahren bei der Militärpolizei fachlich die allerbesten Referenzen bescheinigt bekommen. Ich brauche ihn jetzt hier. Ich kann mir keinen gleichwertigen Ersatzmann aus dem Ärmel schütteln. Wir haben ohnehin eine offene, noch unbesetzte Stelle in eurem Team, wie du weißt. Zudem sind wir landesweit chronisch unterbesetzt. Sollte Jans Problem im Herbst in dieser Dimension immer noch bestehen, reden wir erneut darüber. Bis dahin werdet ihr euch, so gut es eben geht, mit ihm arrangieren. Er bekommt seine Chance, dafür sorge ich höchst persönlich. Ich möchte nicht erleben, dass KHK Herz gemobbt wird, oder du irgendwelche neue Intrigen hinter seinem Rücken spinnst. Ich hoffe, das war deutlich." Die Polizeipräsidentin machte eine kurze Kunstpause. „Und Becca, ich erwarte im aktuellen Fall einen präzisen und schnellen Einsatz vom gesamten Team. Ich möchte zügige Ergebnisse. Du kannst jetzt gehen."

Na, das war ja super gelaufen. Wieso hatte dieser gestörte Soldatenheini in der Führungsetage einen Stein im Brett? Bis Herbst?! Na danke! Vielleicht sollte ich mich stattdessen versetzen lassen, dachte die Kommissarin beim Hinausgehen verärgert. Wütend lief sie ohne Verabschiedung aus dem Raum, die Treppe herunter, direkt in das volle Teambesprechungszimmer.

Als sie in den Raum stürmte, waren die Kollegen bereits vollzählig versammelt. Die Spurensicherung war im Dreierpack vertreten, die

Gerichtsmedizin durch Dr. Wang und das Team der Kriminalinspektion 1 komplett. Ein Stimmengewirr schwebte über dem in der Mitte des Raums stehenden Konferenztisch. Der Beamer projizierte leise summend ein lichtdurchflutetes Viereck auf die Leinwand an der Stirnseite. Uwe Link, der SpuSileiter, hantierte mit dessen Fernbedienung herum.

„Okay", durchbrach Beccas Stimme das Geschnatter. Sie sah sich kurz um und musterte die belegten Stühle rund um den Tisch. „Boarding completed, so wie es aussieht. Dann bitte, Uwe. Leg los!"

Das erste Foto, das der Beamer auf die Leinwand projizierte, zeigte den Prälatenweg im Wald am Schiretgraben. Uwe räusperte sich.

„Gleich zu Anfang eine gute Nachricht. Wir konnten kurz nach der Abzweigung vom Hauptweg in den Prälatenweg an ein paar Brombeerranken Fasern des Nachthemds der Leiche sichern. Diese Fasern sind identisch mit einem kleinen Riss im Stoff des Hemds der Toten. Sie ist, während sie dort vorbei lief, ganz offensichtlich daran hängen geblieben. Sie kam also mit ziemlicher Sicherheit aus Richtung der Straße. Ab diesem Punkt war sie zu Fuß unterwegs. Ob sie vorher schon eine Weile gelaufen war oder ob sie aus einem Fahrzeug am Hauptweg ausstieg, lässt sich von unserer Seite nicht nachvollziehen."

Das Foto auf der Leinwand änderte sich und zeigte jetzt eine topographische Karte der Landschaft. Grüngefärbte Waldbereiche wechselten sich mit grauen Strukturen und verschiedenfarbigen Linien ab.

„Hier", Uwe markierte mit dem Laserpointer eine Stelle im Waldbereich, „liegt die Tote. Die graue Linie da, das ist alles rückwärtiger Zaun zum Affengehege. Da geht es also nicht weiter. Wir haben das Gelände im Radius von 500 Metern um den Tatort abgesucht und nichts Interessantes gefunden, dass sich eindeutig der Leiche zuordnen lässt. Von den bereits erwähnten Nachthemdfasern mal abgesehen. Das geschätzt 10 Meter neben der Leiche liegende Kondom, ist zweifelsfrei vor längerer Zeit benutzt worden und es liefert uns Material für einen möglichen DNA-Abgleich. Der Latex ist noch relativ geschmeidig, das würde zeitlich möglicherweise passen. Ob es tatsächlich vom Täter benutzt wurde oder von einem unbeteiligten, Freiluftsex hungrigen Pärchen stammt, werden wir erst erfahren, wenn wir Material zum Gegenabgleich haben. Vielleicht sagt auch die Gerichtsmedizin später noch etwas dazu.“ Ein drittes Foto, das den Fundort ohne Leiche zeigte, erschien. „Der Erdboden unter dem Körper der Toten sowie die nähere Umgebung weisen keinerlei Kampfspuren auf. Wir können somit von keiner oder einer nur äußerst schwachen Gegenwehr ausgehen. Fußabdrücke oder Ähnliches ließen sich nach der vorangegangenen intensiven Regenphase nicht mehr sichern. Der Fundort ist jedoch mit Sicherheit identisch mit dem Tatort. Zudem konnten wir an der Toten selbst einige Proben sicherstellen, die in den nächsten Tagen analysiert werden. Von unserer Seite aus zunächst also keine bahnbrechenden Erkenntnisse.“ Der SpuSileiter schloss mit den nüchternen Worten, „Wir bleiben dran.“

„Danke Uwe. Liegt der Faserfund des Nachthemdes auf einer direkten Lauflinie mit dem Fundort des Kondoms?“,fragte Becca.

„Nein. Eben nicht. Das Kondom lag unweit eines parallel verlaufenden Trampelpfades, der zum Markgräfinweiher führt.“ Uwe markierte die entsprechende Stelle in der an die Wand projizierten Karte mit dem roten Licht des Pointers.

„Ich möchte dennoch so schnell wie möglich informiert werden, wenn die Ergebnisse der Proben aus dem Labor kommen.“

„Geht klar“, kommentierte Uwe und übergab den Laserpointer wie einen Staffelstab an die Rechtsmedizin.

Dr. Li-Ming Wang trat zur Beamerleinwand, drehte sich dann aber mit dem Gesicht zu den im Raum Anwesenden herum. Sie wirkte mit ihren 1,58 Metern Körperlänge und dem schneeweißen Arztkittel wie eine zerbrechliche Porzellanpuppe im künstlichen Beamerlicht. Die rabenschwarzen Haare sowie die milchweiße Haut verstärkten diesen Eindruck noch. Völlig im Kontrast dazu stand allerdings ihre kraftvolle, selbstbewusste Stimme.

„Kollegen, im Auftrag der Polizeidirektion muss ich leider zunächst auf ein völlig anderes Thema zu sprechen kommen. Bevor ich zum aktuellen Fall überwechsele, bitte ich euch um eure geschätzte Aufmerksamkeit.“

Die Medizinerin sah ernst in die Runde.

„Wer es bis jetzt noch nicht über die Presse mitbekommen hat: Die WHO hat vorgestern aufgrund der massiven Ausbreitung des SARS-CoV-2 Virus eine weltweite Pandemie ausgerufen. Die USA verhängten daraufhin den nationalen Notstand. Gestern Nachmittag zog dann der deutsche Gesundheitsminister nach und appellierte an alle Krankenhäuser im Land, angesichts der Coronakrise planbare Operationen unverzüglich zu verschieben. Die Kliniken sind zudem angewiesen, mehr Personal zu rekrutieren. Die Lage ist also durchaus ernst zu nehmen. Der Export von medizinischer Schutzausrüstung wurde ebenso bis auf weiteres verboten. Ab nächster Woche werden Schulen und Kindergärten prophylaktisch schließen. Kurz gesagt liebe Kollegen, unser Land bereitet sich aktuell auf den Katastrophenfall vor."

Für einen Moment war es absolut still im Raum. Dann, wie auf ein unsichtbares Kommando hin, redete plötzlich alles aufgeregt durcheinander. Jeder der anwesenden Personen hatte im Privatleben die ein oder andere Nachricht durch die Medien bereits aufgeschnappt, dies nun aber in geballter Form und während der Arbeit ganz formell zu hören, hatte eine ganz andere Dimension. Es erschien damit bedeutsamer und offizieller. Und vor allem bedrohlicher.

Martina Webers maskuline Stimme war es, die sich in dem Wirrwarr als Erste Gehör verschaffte: „Dr. Wang, wie gefährlich ist ihrer eigenen Einschätzung nach dieses Virus wirklich? Die Medien veröffentlichen täglich massenweise widersprüchliche Aussagen. Wie soll man das denn ernst nehmen?"

„Ich weiß, was Sie meinen, Frau Weber", nickte Dr. Wang verständnisvoll. „Aktuell schwingt sich selbst die Schwesternschülerin im ersten Lehrjahr zur Virusexpertin auf und wird dann zu allem Überfluss auch noch interviewt. Jeder der das Wort Medizin schreiben kann, gibt in den Medien seinen Senf dazu. Das verwirrt natürlich. Ich bin gleichfalls weder eine Seherin noch eine spezialisierte Virologin. Deshalb kann ich Ihnen die weitere Entwicklung nicht voraussagen. Trotzdem, ein paar schlichte Fakten hierzu. Vielleicht hilft es Ihnen, sich Ihre eigene Meinung über die potentielle Gefährlichkeit des Virus zu bilden. SARS-CoV-2 hat sich seit seinem ersten Nachweis in Deutschland binnen zwei Wochen in nahezu alle Bundesländer ausbreiten können. Das deutet auf eine extrem hohe Virulenz hin. Innerhalb von nur fünf Tagen verzeichnen wir bereits acht Todesfälle. Uns liegen zugegebenermaßen zu wenig fundierte Zahlen aus China vor, das nach bisherigem Kenntnisstand als Ursprungsland rangiert, um seriöse Aussagen zu treffen. Doch wir sollten diese rasante

Entwicklung ernst nehmen. Zusätzlich sollte es uns zu denken geben, warum China aktuell ganze Städte abriegelt und damit freiwillig hohe wirtschaftliche Schäden in Kauf nimmt. Dieser Staat ist allgemein hin nicht gerade dafür bekannt aus purem Jux massenweise Geld aus dem Fenster zu werfen. Ein Szenario erschreckenden Ausmaßes, wie vor hundert Jahren bei der spanischen Grippe, liegt hier meiner Meinung nach durchaus im Bereich des Möglichen. Das damalige Virus wütete über zwei Jahre lang und kostete weltweit rund 50 Millionen Menschen das Leben. Die Symptome sind sich, nebenbei bemerkt, gar nicht so unähnlich. Ich bitte darum eindringlich, solltet ihr grippeartige Beschwerden vor allem in Verbindung mit Husten und Fieber entwickeln, bleibt unbedingt zu Hause und nehmt telefonischen Kontakt mit dem hiesigen Gesundheitsamt auf. Nur durch eine zügige Unterbrechung der Infektionskette können wir dieses Virus eventuell noch in Schach halten."

Kevin Mittenmann, der Team-Youngster, überragte mit seinen 1,92 Körperlänge die neben ihm sitzende Martina Weber um eineinhalb Kopflängen. Noch keine dreißig Jahre alt, warf er fragend ein, „Stimmt es, dass nur alte Menschen an dem Virus sterben?"

„Nein, das kann man so pauschal nicht sagen, Herr Mittenmann", antwortete Dr. Wang. „Zwar versterben aktuell zum größten Teil Personen die das fünfundsechzigste Lebensjahr überschritten haben, jedoch sind auch schon vereinzelt Kinder und Jugendliche dem Virus zum Opfer gefallen. Die Wahrscheinlichkeit, dass junge Menschen einem tödlichen Verlauf erliegen, ist aber nach jetziger Einschätzung deutlich geringer. Allerdings wissen wir bisher nichts über mögliche Langzeitschäden bei denen, die infiziert waren."

„Die tausende Grippetote, die wir jedes Jahr haben, interessieren doch sonst auch niemand." Uwe Links Stimme klang deutlich genervt. „Wieso ist ausgerechnet Corona ein Grund, so ein Tamtam zu veranstalten? Die Regierung verstößt gegen unsere Grundrechte, wenn sie Schulen schließt. Die benutzen das doch nur, um uns noch weiter in ihr System zu pressen."

„Herr Link" antwortet Li-Ming Wang ruhig, „ich möchte das hier jetzt nicht in politische Grundsatzdiskussion ausarten lassen. Die Arbeit der Regierung können Sie gerne im privaten Umfeld kritisieren. Meinen persönlichen Blickwinkel als Ärztin zur Grippe indes, gebe ich Ihnen gerne. Es ist richtig, dass an den Grippeviren jährlich mehrere tausend Menschen versterben. Das ist aber nicht vergleichbar mit der jetzigen Verbreitung des neuen Virus, da das Influenzavirus seit vielen Jahrzehnten unter uns lebt und weltweit flächendeckend etabliert ist. Ein großer Teil der Menschen ist dadurch immunisiert. Das SARS-CoV-2 Virus hat diese Entwicklung erst noch vor sich und richtet bereits ohne eine generelle Etablierung, heftigen Schaden an. Auch ist die Anzahl der intensivpflichtigen Patienten bei dem Coronavirus im Moment deutlich höher einzuschätzen als bei der Influenza. Aber ganz gleich, was wir als Einzelner persönlich für eine Haltung einnehmen, die Maßnahmen des Gesundheitsministeriums sind aktuell für jedermann bindend. Ich habe zusammen mit der Dienststellenleitung ein Hygienekonzept für das gesamte Präsidium erarbeitet. Meine aufklärende Ansprache eben, sowie die daraus resultierenden Anweisungen, stammen nicht von mir alleine, sondern sind allesamt von Polizeipräsidentin Katrin Scheurer und den Pandemievorgaben des Gesetzgebers gestützt. Ihr bekommt die neuen Hygieneanweisungen in den nächsten Tagen schriftlich zugestellt."

Uwe Link verdrehte genervt die Augen, enthielt sich jedoch weiterer Kommentare.

„Bevor ich jetzt zum aktuellen Fall überwechsele", fuhr die Ärztin fort, „noch ein gutgemeinter Appell an euch alle. Die schnelle Verbreitung dieses aggressiven Corona-Virus ist, meiner persönlichen Meinung nach, sehr ernst zu nehmen. Ich bitte euch darum eindringlich, dass ihr unverzüglich damit beginnt, die neuen Hygieneregeln einzuhalten. Es liegt in unser aller Interesse. Wascht eure Hände bitte regelmäßig. Verzichtet künftig aufs Händeschütteln und benutzt den ab Montag neu montierten Händedesinfektionsmittel-Spender am Gebäudeeingang. Bitte niest in eure Armbeuge und werft gebrauchte Taschentücher nach einmaliger Benutzung weg. Vermeidet größere Menschenansammlungen. Ich werde für eine ausreichende Reserve Desinfektionsmittel für das Präsidium sorgen. Auch habe ich an der Tür OP-Masken deponiert. Nehmt bitte nachher beim Verlassen des Raums jeder zwei davon und tragt sie konsequent im Kontakt mit anderen Menschen. Es ist im Moment die einzige effektive Möglichkeit, das Risiko einer Ansteckung zu minimieren. Nächste Woche trifft eine größere Lieferung mit Masken ein, die Katrin Scheuerer bestellt hat. Diese sind dann im Außendienst grundsätzlich zu tragen. Schützt euch selbst und eure Mitmenschen. Ich hoffe inständig, keinen von Ihnen auf meinem Seziertisch vorzufinden und gegen ein vermaledeites Virus ermitteln zu müssen“, meinte die Medizinerin abschließend todernst und ohne jeglichen Sarkasmus in ihrer Stimme.

Dr. Li-Ming Wang wandte sich damit erneut der Leinwand zu und betätigte die Beamerfernbedienung. Die Kommissarin warf derweil einen Seitenblick auf KHK Herz. Der Kollege hatte bislang an der Besprechung regungslos teilgenommen. Seine Körperhaltung war aufmerksam und wach aber nichts verriet seine persönliche Meinung.

Die zweigeteilte Aufnahme, die Dr. Wang dem Team an Leinwand warf, präsentierte die vollständig entkleidete Tote, die auf einem Stahltisch in der Rechtsmedizin lag. Die eine Hälfte zeigte die Rückenansicht, das Foto daneben die Vorderansicht der jungen Frau.

„Bei der gestrigen Obduktion, die bis in die späten Abendstunden dauerte, war KHK Herz durchgehend anwesend. Vielen Dank für deine Geduld, Jan.“ Li-Ming nickte KHK Herz kurz zu.

Ach, sieh mal einer an. Der Kollege macht freiwillig Überstunden. Und duzen tun sie sich auch. Die Kommissarin speicherte diese Erkenntnisse in den Tiefen ihres Gehirns ab.

Dr. Wang deutete mit dem Laserpointer auf die Leiche.

„Es handelt sich um einen weiblichen, ungefähr fünfzehn bis siebzehn Jahre jungen Körper, in geringfügig unterernährtem Zustand. Die Frau war ungeschminkt und trug weder eine Tätowierung noch Piercings, die uns eine Identifikation erleichtern könnten. Bei der inneren Organschau wies lediglich die Milz in Form einer dezenten Vergrößerung eine pathologische Veränderung auf. Die Tote war mit Sicherheit einige Zeit barfuß im Wald unterwegs. Die Fußsohlen zeigen massenweise Mikrotraumata. Wir konnten Waldboden aus den winzigen Wunden extrahieren. Zudem ist linksseitig ihr Hallux, also die Großzehe, gebrochen. Vermutlich durch stumpfe Gewalt. Zum Beispiel durch einen harten Aufprall gegen einen festen Gegenstand. Ein Stein womöglich oder Ähnliches.“

„Wie ist sie denn gestorben? Man sieht keine größeren Verletzungen, mal vom Armstumpf abgesehen, oder?“, unterbrach Kevin Mittenmann enthusiastisch ungeduldig. Seine erste Leichenschau in der Rechtsmedizin stand noch aus. In Fachbüchern oder hier auf den Beamerfotos war ausreichend Distanz vorhanden, die es vergleichsweise einfach machte, mit dem Anblick von toten Menschen umzugehen. Dr. Wang sah KKA Mittenmann nachsichtig lächelnd an.

Der Youngster hatte durch seine unverdorbene jugendliche Art im gesamten Team einen Stein im Brett.

„Die Schilddrüse, sowie die Kehlkopfumgebung, zeigen typische Einblutungsmerkmale. Die Todesursache lautet daher Erwürgen. Der Täter hat aller Wahrscheinlichkeit nach mit den bloßen Händen zugedrückt. Die Fingernägel der Leiche von der verbleibenden linken Hand wurden, wegen möglicher Abwehrspuren, auf Fremd-DNA begutachtet und ins Labor geschickt." Ein weiteres Foto zeigte den Armstumpf der Toten in Großaufnahme. Das abgerissene, zerfetzte Fleisch war kein appetitlicher Anblick. „Die rechte Hand des Opfers ist bis über das Handgelenk infolge Tierfraß fehlend. Aufgrund der langen Liegezeit war das Gewebe durch den fortschreitenden Zersetzungsprozess offensichtlich weich genug, um sogar für unsere üblicherweise harmlosen, heimischen Raubtiere als Nahrungsquelle attraktiv zu erscheinen. Einzelne, verstreute Handknochen konnten von Uwes Team sichergestellt werden. Es kann weitgehend ausgeschlossen werden, dass der Täter die Hand selbst entfernte und der Tierfraß erst danach begann. Wir haben Haare und Speichel eines Fuchses sowie einige Wildschweinborsten am Armstumpf gesichert."

„Auch wenn es abwegig klingt, aber hast du eventuell Haare von Affen finden können?" Die Kommissarin sah für einen Moment das mächtige Raubtiergebiss des kreischenden Affenmännchens am Tatort vor ihrem inneren Auge vorbei ziehen.

„Du denkst an die Berberaffen aus dem Gehege, Becca?", mutmaßte Dr. Wang.

„Ja. Nachdem ich deren gewaltiges Gebiss gesehen habe, wäre es doch theoretisch denkbar, dass einer dem Gehege entwischen konnte und sich an der Leiche vergnügte?"

Li-Ming schüttelte leicht den Kopf. „Nein, wir haben keine Spuren diesbezüglich gefunden. Das halte ich auch für völlig abwegig. Berberaffen sind Allesfresser, keine Aasfresser. Sie ernähren sich vorwiegend vegetarisch. Die wenige tierische Nahrung, die sie zu sich nehmen, besteht aus kleineren Insekten und Würmern. Im Winter weichen die Tiere unter anderem sogar auf Baumrinde und Flechten aus."

Ayla Schneider-Demir blickte Dr. Li-Ming Wang bewundernd an. „Wow! Woher nimmst du nur all dieses Wissen? Das betrifft doch überhaupt nicht dein Fachgebiet!"

Li-Ming schmunzelte verschmitzt.

„Das ist wirklich kein Hexenwerk, Ayla. Der Affenberg sowie das Weltkulturerbe der Uhldinger Pfahlbauten, sind so etwas wie ein *Must-have* bei Touristen in unserer Region. Ich gehe seit vielen Jahren mit allen Gästen meiner weitverzweigten chinesischen Familie, die auf ihrer Europareise einen Stopp am Bodensee einlegen, dorthin. Da wird man allmählich zum Liebhaber dieser Affen. Wenn es nicht gerade mit Touristen überfüllt ist, hat ein Besuch dort seinen ganz eigenen Reiz. Es finden beispielsweise spannende Schaufütterungen statt und die Mitarbeiter erklären einiges Wissenswertes über die Tiere. Ehrlich gesagt bin ich auch schon alleine da durchgelaufen. Es macht einfach Freude, die Affen zu beobachten, ohne dass ein Gitter dazwischen ist. Vor allem, wenn der Nachwuchs von den Affenmamas durch den Wald getragen wird, ist es ganz bezaubernd dort."

Die Projektion auf der Leinwand wechselte jetzt auf den Kopf der Toten in Nahaufnahme. Die halblangen, dunklen Haare der jungen Frau umrahmten ein schmales blasses Gesicht. Die linksseitig leere Augenhöhle verlieh dem einst hübschen Antlitz einen zombiehaften Ausdruck. Becca verspürte, eine leichte Gänsehaut auf ihren Unterarmen kribbeln und Dr. Wang fuhr mit ihren Ausführungen fort.

„Auf der Stirn der Toten fand sich eine frische Prellung, wie sie von einem stumpfen Gegenstand verursacht wird. Das fehlende linke Auge ist, entgegen dem ersten Eindruck, keinem Tierfraß durch Vögel oder ähnlichem Getier zuzuordnen", erklärte sie weiter und hielt einen Moment inne. Fast konnte man einen imaginären Trommelwirbel hören. „Und jetzt kommt`s. Die Obduktion ergab, dass der Augapfel herausgeschnitten wurde. Der Sehnerv und die Augenmuskeln wurden allerdings dabei nicht fachgerecht durchtrennt. Hier war eindeutig kein Chirurg am Werk. Benutzt wurde dennoch ein Skalpell oder eine ähnlich scharfe, kleinere Klinge. Diese einseitige Enukleation ereignete sich zum Glück post mortem."

„Warum, um Himmels willen, entfernt jemand einen Augapfel?", fragte Johanna Winkler in entsetzt schriller Tonlage. Der brachiale Anblick erzeugte Abscheu und stand im Gegensatz zu der distinguierten Erscheinung der Staatsanwältin. Ihre hellblonden Haare waren zu einem strengen Knoten im Nacken geformt. Die schneeweiße Bluse hob sich kontrastreich vom dunkelblauen Businessblazer ab. Sie trug einen auffälligen Ehering an den makellos gepflegten Händen, der mit einem üppigen Diamanten besetzt war.

„Vielleicht lagen anatomische Veränderungen an dem Auge vor, die uns Hinweise geben könnten, wer die Tote ist. Möglicherweise eine spezielle Anomalie oder ein vorher erfolgter Augen-OP? Es könnte sich um einen Augentumor, verschiedenfarbige Regenbogenhäute, oder etwas in der Art handeln", Li-Ming zuckte mit den Schultern. „Denkbar als Ursache wäre ebenso ein zuvor stattgefundener Unfall mit Zerstörung des Augapfels. Wie bei einer Säureverätzung beispielsweise. Allerdings finden sich auf der restlichen Gesichtshaut keinerlei Anzeichen einer solchen Verätzung, was wiederum gegen diese Theorie spricht."

Staatsanwältin Winkler verzog angewidert das Gesicht.

„Hoffen wir mal, dass es sich nicht um einen Psychopathen handelt, der dabei ist, Augäpfel zu sammeln. Eine Vitrine bestückt mit, in Formaldehyd eingelegter Augen. Wahrlich eine gruselige Vision", warf Becca trocken ein und dachte erneut an den Fußgänger mit der schwarzen Augenklappe zurück.

Der Beamer wechselte zu einer Großaufnahme des linken Arms und Dr. Wang sagte: „In der linken Armbeuge befindet sich eine deutlich sichtbare Punktionsstelle, wie sie nach Gebrauch einer Verweilkanüle entsteht."

„Kannst du schon sagen, ob irgendwelche Medikamente darüber verabreicht wurden?", unterbrach Becca die Forensikerin.

„Nein, der toxikologische Bericht und die histologische Untersuchung stehen noch aus."

„Aber die Punktionsstelle in Kombination mit dem Krankenhausnachthemd deutet auf eine vorangegangene ärztliche Behandlung hin, oder?" Die Kommissarin beugte sich interessiert nach vorne.

Eine zarte Spur schälte sich langsam heraus.

„Ja, das sehe ich auch so, Becca. Mit Ausnahme der Milz sind jedoch im Gesamtorganismus der Frau keinerlei pathologische Auffälligkeiten zu finden. Sie erscheint im herkömmlichen Sinn gesund."

„Ist sie vergewaltigt worden?", warf Kriminalobermeisterin Martina Weber mit ihrer dunklen Stimme ein.

„Aufgrund der langen Liegedauer der Leiche kann ich sexuellen Missbrauch weder bestätigen noch dementieren, Frau Weber. Spermaspuren, oder massive Gewaltanwendungen, ließen sich zumindest nicht nachweisen. Das Mädchen ist aber irgendwann in ihrem Leben schon einmal sexuell aktiv gewesen. Das Hymen ist nicht mehr intakt und auch der Schließmuskel des Anus ist unnatürlich gedehnt und deutet auf erfolgten Verkehr hin. Hat sonst jemand Fragen bis hierhin?“ Li-Ming sah auffordernd in die Runde.

„Die Unterernährung, die du erwähnt hast, wie signifikant ist die?“, hakte Becca nach.

„Ihr Bodymaßindex misst 18,1. Es liegt somit nur ein leichtes Untergewicht vor. Das kann bei einem Teenager durchaus bewusst gewählt sein. Mager-Models als Vorbilder in den Medien erzeugen leider des Öfteren einen ungesunden Schlankheitswahn bei weiblichen Jugendlichen. Ich kann aber ebenso nicht ausschließen, dass die junge Frau aus ärmlichen Verhältnissen stammt und deshalb untergewichtig war.“

„Kannst du die Liegezeit der Leiche weiter eingrenzen?“, fragte Martina.

„Ja, dazu wollte ich gerade kommen.“

Dr. Wang betätigte die Fernbedienung. Das Foto einer dunkelmetallisch schillernden Fliege mit einer Wespentaille erschien im Projektorlicht. „Diese Dame hier nennt sich *Insecta Sepsidae* oder auch auf gut Deutsch, Schwingfliege. Sie war so freundlich, den ungünstigen Witterungsverhältnisse zum Trotz, ihre Eier in der leeren Augenhöhle abzulegen. Diese haben sich über ihr Larvenstadium hinaus zu Puppen entwickelt. Ich verfolge derzeit, wann ihre Entwicklung endgültig abgeschlossen ist und die Puppe zum fliegenden Insekt wird. Daraus ergeben sich dann für uns weitere Eingrenzungsmöglichkeiten. Der Tatzeitpunkt liegt nach den momentanen Erkenntnissen zwischen dem vierzehnten und achtundzwanzigsten Februar. Sie kann über einen Monat dort gelegen haben. Mehr gibt es von meiner Seite erst in den kommenden Tagen wieder.“ Die zierliche, fast zerbrechlich wirkende Erscheinung der promovierten Rechtsmedizinerin stand im krassen Gegensatz zu ihrer beeindruckenden Persönlichkeitspräsenz, als sie ihren Bericht abschloss.

„Danke, Li-Ming“, sagte die Kommissarin anerkennend. „Martina? Kevin? Haben eure Befragungen gestern vor Ort etwas ergeben? Haben wir irgendwelche Zeugen?“

„Leider nein, Becca.“

Polizeiobermeisterin Martina Weber hatte sich ebenfalls von ihrem Platz erhoben und schob die randlose Brille auf dem Nasenrücken zurecht. Die halblangen, schmutzigblonden Haarsträhnen harmonierten mit dem bieder wirkenden Gesamteindruck ihrer Person. Ihre erfahrene, selbstsichere Stimme erfüllte den Besprechungsraum.

„Der Hundebesitzer, der die Leiche entdeckte, ist einundvierzig Jahre alt und heißt Werner Lüber. Er geht, nach eigenen Angaben, nur selten in dieser Gegend mit seinem Labrador spazieren. Zuletzt, wie er aussagte, im Januar, als noch Schnee lag. Herr Lüber konnte keine-relevanten Hinweise geben. Ich denke, wir können ausschließen, dass er mit der Tat etwas zu tun hat. Ich werde seinen Background der Vollständigkeit halber jedoch eingehend durchleuchten. Zudem haben wir mit dem Hofgutsleiter des Affenbergs in Mendlishausen gesprochen. Außer ihm hielten sich während der Winterpause drei Tierpfleger, ein Tierarzt und zwei Biologen auf dem Hof auf. Wir konnten mit allen Personen sprechen. Niemand ist irgendetwas Ungewöhnliches aufgefallen. Die Angestellten erschienen uns auf den ersten Blick unverdächtig. Wir werden sie in den nächsten Tagen nochmals einzeln intensiver vernehmen. Vorstrafen hat keiner. Den rückwärtigen, außerhalb des Gehegezauns liegenden Teil des Affenberg-Geländes, haben die Mitarbeiter nach ersten Aussagen seit über vier Wochen nicht mehr betreten. Die Zäune werden in der Regel vom Gehegeinneren aus kontrolliert und die Tote lag ja jenseits davon.“ Martina stupste den mehr als dreißig Jahre jüngeren Kollegen neben ihr mit dem Ellenbogen an. „Sag du was zum Straussenhof.“

Kevin, der dezent rot im Gesicht anlief und erst einmal schluckte, richtete sich überrumpelt auf, blieb aber vorsichtshalber auf seinem Stuhl sitzen.

„Der Straussenzucht Hofbesitzer, Tobias Ude, 62 Jahre und seine Ehefrau Bettina, 58 Jahre, trafen wir um 16.35 Uhr während der Fütterung ihrer Tiere an. Das Ehepaar lebt allein. Der Hof beherbergt um die hundertdreissig Strauße, die im Winter in einem Offenstall gehalten werden.“ Kevin spähte auf das vor ihm liegende Smartphone, welches ihm als Notizblock diente. „Beide Personen haben auf Nachfragen keine verdächtigen Beobachtungen in den letzten Wochen gemacht. Das Ehepaar ist momentan als unverdächtig einzustufen.“

Der lehrbuchhafte Bericht von Kriminalkommissaranwärter Kevin Mittenmann hatte die angespannte Stimmung im Raum ungewollt gelockert. Sein jungenhaftes Gesicht strahlte eine herzerfrischende Nervosität aus. Ein unmerkliches, verständnisvolles Lächeln legte sich in die Gesichtszüge der anwesenden Kollegen. Der ein oder andere dachte dabei wehmütig an die eigenen ersten Berufsjahre zurück. Die Kommissarin hätte etwas darum gegeben, einen versierten Mentor, wie Martina in ihrer Anfangszeit bei der Polizei, zur Verfügung gehabt zu haben. Einzig KHK Herz wirkte, wie üblich, versteinert und gänzlich unbeteiligt.

„Danke Martina. Danke Kevin. Bleibt da dran und checkt bitte die Vermisstenkartei quer." Becca blickte in die Runde. „Ich denke, wir gehen jetzt alle zurück an die Arbeit. Ayla, würdest du die umliegenden Krankenhäuser und Augenkliniken durchtelefonieren und herausfinden, wo im Umkreis von 100 Kilometern in den letzten sechs Wochen Augenoperationen durchgeführt wurden? Und frag nach, welche Klinik solche Nachthemden benutzt, wie sie das Opfer getragen hat. Solltest du Unterstützung brauchen, kann Kevin dir helfen, sobald die Vermisstendatenbank durchgeforstet ist."

Die Kommissarin verließ, nachdem sie zwei der von Dr. Wang am Ausgang deponierten OP-Masken eingesteckt hatte, als eine der Letzten den Besprechungsraum. Auf dem Flur vibrierte ihr Smartphone in ihrer Jackentasche.

„Ich komme gleich nach!", rief Becca dem sich entfernenden Team auf dem langen Gang hinterher. Auf dem Display leuchtete das Wort Mutter in hellen Druckbuchstaben. *Schon wieder?*

„Mama? Was gibt`s? Es ist gerade echt ungünstig."

„Rebecca-Kind, wir müssen ..."

Die Kommissarin war inzwischen in die Damentoilette abgebogen, um das Gespräch entgegenzunehmen. Sie lehnte sich gegen das Waschbecken und musterte unwillkürlich ihr Spiegelbild mit dem Smartphone am Ohr.

„Ich kann jetzt wirklich schlecht reden. Wir sind mitten in einer Mordermittlung." Sie versuchte mit dieser Erklärung, ihre Mutter resolut abzuwürgen.

„Es ist wichtig Rebecca. Es ist ...", Beccas Mutter hielt erneut inne und es war ein tiefes Schnauben zu hören, bevor sie fortfuhr,

„...es ist wegen Aage."

Die Sätze kamen unnatürlich abgehackt. Die Stimme ihrer Mutter hatte einen gepressten Unterton, der die Kommissarin aufhorchen ließ.

„Was ist mit Aage?", fragte Becca scharf und hörte im selben Moment ihre Mutter aufschluchzen.

„Aage hat, also er hat ...", inzwischen weinte Helga Brigg hörbar.

„Mama!", rief Becca ungeduldig. „Nun sag schon! Was ist mit Aage?"

Eine dunkle Ahnung erfasste ihr Innerstes.

Helga Brigg schniefte in den Hörer.

„Er hat vorhin angerufen."

Pause.

„Er sagt, er hat eine neue Freundin." Kurz ist es still, bevor Beccas Mutter das Ungeheuerliche herausposaunt. „Kannst du dir das vorstellen?! Da ist eine andere Frau in seinem Haus! In Tajas Bett!"

„Mein Gott, Mama!" Der Kommissarin fiel ein Stein, nein, eine ganze Lawine vom Herzen. „Und ich dachte schon, dass er sich etwas angetan hat. Bitte, jetzt beruhige dich erst einmal."

„Ich soll mich beruhigen? Ist das alles, was du dazu zu sagen hast, Rebecca? Meine Tochter ist kaum unter der Erde, da hat ihr Ehemann bereits einen Ersatz für sie gefunden! Du musst ihn sofort anrufen und zur Vernunft bringen. Das geht so nicht!"

Verdammt, nicht auch noch so etwas, schoss es Becca durch den Kopf. *Musste denn immer alles gleichzeitig schief gehen?* Für einen Bruchteil von Sekunden verspürte die Kommissarin eine Welle heftiger Wut auf Aage. Nicht, weil er in seiner Trauer und Einsamkeit Halt bei einer neuen Frau suchte, sondern weil er ihre Eltern unnötigerweise verletzte und nicht zuletzt Becca selbst damit den Alltag erschwerte. Hätte er das nicht diskret eine Weile für sich behalten können?

„Ich verstehe durchaus, dass das für euch nicht einfach zu ertragen ist, aber ich kann da wirklich nichts machen." Die Kommissarin bemühte sich einen beschwichtigenden, sanften Ton zu treffen. „Aage ist erwachsen, Mama. Er kann tun und lassen, was er will. Du weißt doch, wie abgöttisch er Taja geliebt hat. Er ist einsam und verzweifelt und sucht Trost."

„Dass du ihn auch noch in Schutz nimmst, ist wirklich das Letzte, Rebecca!", erwiderte Helga Brigg tiefverletzt keifend, bevor sie wütend auflegte.

Die Kommissarin blieb eine Weile regungslos vor dem Spiegel im Waschraum stehen und musterte kritisch ihr Abbild darin. Sie erschien mit ihren schlanken 1,77 Metern Körperlänge relativ groß. Die braunen, wachen Augen waren mit dezenten Schattenringen untermalt. Ihre Gesichtshaut fand sie eine Spur zu blass, ein Umstand, der durch die dunklen kurzen Haare noch verstärkt wurde. Zwei Wirbel sorgen dafür, dass es selbst dem besten Friseur nicht gelang, ihre chaotisch undamenhaft wirkende Frisur zu bändigen. Becca bemerkte, dass sie offensichtlich in den letzten Wochen ein paar Kilo abgenommen hatte.

Ich habe schon mal besser ausgesehen. Sie seufzte und beugte sich weiter nach vorne. *Oh mein Gott, waren das etwa Falten dort in den Augenwinkeln?* Ihre Augen verwandelten sich plötzlich, einer optischen Täuschung ähnlich, zu Tajas Augen, und es schien ihr, als blicke die tote Schwester aus dem Spiegel heraus. *Ich vermisse dich so sehr, Taja. Du hättest mir Tipps gegeben, welche Creme ich gegen die Falten nehmen sollte.* Sekundenlang starrte die Kommissarin in das Spiegelglas, um die aufsteigende Tränenflut zurückzudrängen.

Dann zwängte sich im Hintergrund völlig banal ein mächtiger Turm hochgestapelter, weiß leuchtender Toilettenpapierrollen vor die Vision Tajas in ihr Blickfeld. Pragmatisch und resolut zugleich, löste sich die Kommissarin von dem Trugbild und klemmte sich kurzerhand zwei Rollen unter den Arm. Im Supermarkt war heute Morgen alles restlos ausverkauft gewesen. Eine nationale Notlage rollte auf Deutschland zu und die Leute kaufen wie verrückt Klopapier. Unfassbar.

Erst als sich die Kriminalhauptkommissarin ganz sicher war, dass sie ihre Emotionen wieder im Griff hatte, begab sie sich zurück in den Flur Richtung Büro.

Jan Herz hatte zwischenzeitlich das monströse Whiteboard, vor dem er stand, mit diversen Tatortfotos und einem Landkartenausschnitt bestückt. Die Kommissarin stellte sich neben ihn, als sie hereinkam und blickte stur geradeaus. Fast berührten ihre Schultern sich. Ein zartes Signal in Richtung Zusammenarbeit ging davon aus. Beccas Augen musterten eine Weile stumm die Tafelfläche. Sie hatte das unbestimmte Gefühl, etwas sagen zu müssen.

„Jan", begann sie zögerlich, „also, wegen des Versetzungsgesuchs, ..."

„Wo sehen wir Ermittlungsansätze?"

KHK Herz beugte sich zur Landkarte hin, die den Leichenfund mit einem roten Fähnchen markierte und überging Beccas halbherziges Friedensangebot völlig.

„Was ist da?", fragte er und zeigte auf eine Gebäudemarke an der Landstraße 200a, direkt im Wald.

Becca folgte seinem Blick.

„Hmmm. Keine Ahnung. Da sind wir doch auf der Rückfahrt vom Tatort ins Präsidium nach Ravensburg vorbeigekommen, oder? Diese Straße führt von Tüfingen, vorbei am Schloss, direkt nach Salem hinein." Sie setze sich an ihren Computer und rief die detaillierte Bodenseekreiskarte vom Polizeiserver auf. „Dort ist es", verkündigte sie nach wenigen Sekunden. „Es handelt sich um das Firmengelände der Badener Landfleisch GmbH. Liegt mitten im Wald. Das sind beinahe zwei Kilometer bis zum Tatort und die L200a liegt dazwischen. Ist wohl eher unbedeutend für unseren Mordfall."

KHK Herz kam vom Whiteboard an ihren Monitor gelaufen und warf ebenfalls einen Blick auf die Karte. „Ich denke, dass man dort trotzdem nachhaken sollte."

Die Kommissarin, die insgeheim erleichtert war, dass der Kollege das Thema mit dem Versetzungsgesuch nicht weiter erörtern wollte, lenkte, obwohl sie nicht von seiner Meinung überzeugt war, flugs ein. „Okay, wie du meinst. Martina soll mit Kevin vorbeifahren. Bedeutendere Ansätze haben wir zurzeit ja eh nicht."

KHK Herz drehte sich wie in Zeitlupe zu Becca um und blickte sie erstmals seit Monaten direkt an.

„Erinnerst du dich an den Suizid der Fünfzehnjährigen vor zwei Wochen? Viktoria Lobwild?" Als Becca mechanisch nickte, fuhr Jan fort. „Ihre Eltern sind die Inhaber von Badener Landfleisch. Volltreffer!"

„Ach ja?", erwiderte Becca widerstrebend, „stimmt, ein eigenartiger Zufall, zugegeben, aber darüber hinaus? Als Treffer würde ich das nicht gerade bezeichnen."

„Wir fahren selbst hin", meinte KHK Herz resolut im Hinausgehen. Sein befehlsartiger Kasernen-Tonfall ließ keinen Raum für Interpretationen und der Kommissarin blieb des lieben Friedens willen nicht viel anderes übrig, als sich ihm anzuschließen.

Der Dienstwagen schob sich nur langsam durch den samstagnachmittags Verkehr auf der Bundesstraße 33 vorwärts. Beccas Smartphone vibrierte und zeigte einen Anruf aus dem Präsidium von Ayla Schneider-Demir an. Die Kommissarin schaltete auf Freisprechen um.

„Ayla, schieß los! Jan hört mit. Konntest du schon etwas herausbekommen?"

„Nein, leider nicht, Becca. Wir haben sämtliche Kliniken, Reha- und Kureinrichtungen im Umkreis von einhundert Kilometern abtelefoniert. Das waren immerhin über hundertfünfzig Anrufe. Einen Teil davon haben Kevin und Martina mir glücklicherweise abgenommen, sonst wären wir noch nicht so weit. Leider völlige Fehlanzeige. Das Modell dieses Nachthemds ist in keiner dieser Kliniken standardmäßig eingeführt. Tut mir leid", ertönte die Stimme der Sekretärin verzerrt, aber hörbar frustriert im Wageninneren.

Der Wagen der beiden Kommissare fuhr gerade am Schlosssee in Salem vorbei. Auf einer angrenzenden Wiese schritten sechs Weißstörche gemächlich auf der Suche nach Nahrung durch das feuchte Gras. Ihre langen Schnäbel und hohen Beine leuchteten intensiv rötlich und gaben der sonst noch eher trostlosen, winterlichen Landschaft, einen Hauch von Frühlingsaussichten.

„Und was ist mit den Augen-OPs, die im Umkreis durchgeführt wurden?", hakte Becca nach.

„Ambulante Augenoperationen fanden massenhaft in der Region statt. Zum Beispiel operative Laserkorrekturen von Kurz- oder Weitsichtigkeit. Praktisch jeder niedergelassene Augenarzt führt kleinere Operationen durch. Die Arztpraxen habe ich erst zu einem Bruchteil durchtelefonieren können. Bisher leider ebenso Fehlanzeige. Auch was die in Praxen zum Einsatz kommenden OP-Hemden abgeht, sofern sie denn überhaupt welche verwenden."

„Mist. Das bringt uns nicht voran", seufzte Becca. „Danke trotzdem und macht da weiter, auch wenn es mühsam ist. Wir haben nicht viele alternative Spuren."

„Ach ja", schob Ayla ergänzend hinterher, „Kevin hat übrigens mit Martina zusammen die Vermisstendatenbank gecheckt. Auch da kein Treffer im mutmaßlichen Alter des Opfers. Wir wissen also weiter nicht, wer unsere Tote ist. Li-Ming meinte, dass der Zahnstatus nichts Auffälliges hergibt. Aber sie gibt ihn natürlich trotzdem an die Zahnärzte zum allgemeinen Abgleich raus. Die Zahnspange des Opfers checkt sie ebenfalls noch ab. "

„Okay, dann gib jetzt bitte das Foto der Toten an die Presse raus. Staatsanwältin Winkler hat grünes Licht für diesen Schritt gegeben", beschloss Becca. Es musste eine strategische Entscheidung getroffen werden, um den Ermittlungen einen Schubs zu geben. Die Beweislage war einfach zu spärlich. „Die Zeit ist reif, sich an die breite Öffentlichkeit zu wenden. Vielleicht bringt uns das weiter. Da rennt eine junge Frau in einem Krankenhausnachthemd barfuß im Winter durch den Wald und wird erwürgt. Anschließend wird ihr ein Auge herausgeschnitten und niemand vermisst sie? Wir haben nix. Keinerlei Ansatz bisher. Ich hätte nie damit gerechnet, dass wir in dieser provinziellen Hinterlandgegend auf einen derart undurchsichtigen Fall stoßen könnten. Da wünscht man sich fast zu einer stinknormalen Ermittlung im Drogenmilieu von Konstanz zurück. Bis dann, Ayla", meinte die Kommissarin, bevor sie die Off-Taste drückte.

Jan lenkte den Wagen stumm durch Salem-Stefansfeld. Wenige hundert Meter nach den letzten Häusern erhob sich linker Hand in Alleinlage die gotischbarocke Kulisse von Schloss Salem. Die ehemalige Abtei des Zisterzienserordens, die im Jahr 1929 unter anderem von Prinz Max von Baden gegründet wurde, mauserte sich in den vergangenen Jahrzehnten zu einer Eliteschule. Die renommierte Einrichtung konnte sich mit ehemaligen Schülern wie Königin Sophia von Spanien brüsten oder hochadliger Prominenz wie Prinz Philip, Duke of Edinburgh, Gemahl von Queen Elisabeth II..

Das prächtige Anwesen galt heutzutage als das größte Internat Deutschlands. Darüber hinaus spielte es eine bedeutende Rolle als kulturhistorische Stätte und war daher für Touristen oder kunstgeschichtlich interessierte Besucher gleichsam geöffnet.

Nach dem imposanten Schlossbau führte der kurvige Verlauf der Landstraße die Kommissare über zwei Kilometer unspektakuläre Wiesenlandschaft, die letztlich in einen Waldstrich überging. Inmitten dieser Waldstrecke erschien rechter Hand ein unscheinbares, weißes Schild, mit der Aufschrift „Badener Landfleisch GmbH", das wiederum eine schmale Einfahrt markierte. Ein Gebäude war von der Straße aus nicht zu erkennen.

„Mal ehrlich", meinte Becca, die skeptisch durch die Windschutzscheibe spähte. „Ich verspreche mir nichts von unserem Trip hierher. Ein brutal erscheinender, hemdsärmeliger Schlachter als Täter käme mir doch ein wenig zu klischeehaft vor, um tatsächlich wahr zu sein. Zudem das auch nicht die Frage beantworten würde, warum unserer Toten ein Auge fehlt. Der Metzger hätte wohl eher die Lenden oder den Schinken seines Opfers entfernt." Es gelang ihr nicht, sich dieses sarkastisch gemeinte Bild zu verkneifen. Vielleicht war es auch unbewusst ein Versuch, KHK Herz mit dieser geschmacklosen Bemerkung aus der Reserve zu locken. „Oder glaubst du gar, dass Hugo Lobwild höchst persönlich in seinem maßgeschneiderten Anzug, eine junge Frau im Nachthemd durch den Wald jagte und tötete?", schloss die Kommissarin in spöttischem Tonfall an, während sie auf eine mittelgroße Halle, die in ihr Blickfeld geriet, zusteuerten. Jan ignorierte, wie gewohnt, Beccas Anwesenheit und sah konzentriert auf den vor ihnen liegenden, asphaltierten Vorhof.

Das einstöckige Gebäude des Schlachthofes war aus Stahlelementen gefertigt und vermittelte eine sterile, schmucklose Industrieatmosphäre. Der Anblick bildete einen krassen Gegensatz zu den umgebenden, natürlich gewachsenen Waldbäumen und erst recht zum Ambiente des eben an ihnen vorübergezogenen Salemer Schlosses. Die Außenwand des Gebäudes war mit hellgrauen Lüftungsklappen durchbrochen. Ein riesiges, geschlossenes Rolltor an der Front diente offenkundig zur Anlieferung des Viehs. Mittig führte eine schmale Stahltreppe zu einer Eingangstür.

Becca und Jan stiegen aus. Es war keine Menschenseele zu sehen. „Ich werfe mal einen Blick auf die Rückseite", schlenderte die Kommissarin lustlos von dannen, während KHK Herz mit den ihm eigenen geschmeidigen Bewegungen die stählerne Treppe zur Fronttüre aufwärts glitt. Hinter dem Gebäude, das ausschließlich von Wald umgeben war, führte ein weiteres, etwas kleineres Rolltor in ein tiefer gelegenes Kellergeschoss. Vielleicht ein Lager, mutmaßte Becca. Das Tor war jedenfalls verriegelt und das Gelände wirkte auch rückwärtig wie ausgestorben. Ein schmaler, unspektakulär erscheinender Trampelpfad führte durch die hohen Bäume hindurch, tiefer in den Wald.

KHK Herz bog um die Ecke und schüttelte den Kopf. „Nichts. Die Tür vorne ist abgeschlossen."

„Die scheinen am Samstagnachmittag nicht zu arbeiten. Da wird uns wohl nichts anderes übrigbleiben, als bis Montag abzuwarten“, erwiderte Becca und wandte sich dem Dienstwagen zu.

„Oder wir statten dem Ehepaar Lobwild einen privaten Besuch zu Hause ab“, stellte KHK Herz motiviert fest. „Ist nicht weit von hier.“

Becca entgegnete genervt aber bestimmt, „Blödsinn. Das bringt doch nichts. Wir fahren nach Ravensburg zurück. Ich habe gleich gesagt, dass wir uns das hier sparen können.“

„Wie du willst. Dann starten wir meinetwegen Richtung Präsidium und reden über Versetzungsgesuche, wenn dir das lieber ist“, antwortete Jan Herz eiskalt.

Die Kommissarin biss sich auf die Lippen und schluckte die heftige Erwiderung, die ihr auf der Zunge lag, herunter. Als sie in den Wagen einstieg, kochte die Wut in ihr. Der Kollege konnte offensichtlich scharf schießen, wenn er etwas durchsetzen wollte. Nun gut. Das würde sie sich merken. Sollte er diese eine Schlacht gewinnen. Den Krieg würde sie schon noch zu ihren eigenen Gunsten wenden.

Zehn Minuten später betätigte Jan Herz den Klingelknopf am Eingang der Lobwildschen Villa. Eine weiße, etwa ein Meter hohe, splitternackte, männliche Statue flankierte den Kiesweg am Haus, die Becca bei ihrem ersten Besuch vor Wochen nicht aufgefallen war. Dem Pfeil und Bogen in seiner Hand nach zu urteilen, handelte es sich um ein Abbild Amors, des römischen Gottes der Liebe. Ausgerechnet. Der Kommissarin fiel die unsympathische Begegnung mit Inge Lobwild wieder ein. Der Amor konnte wohl kaum von der unterkühlten Dame des Hauses aufgestellt worden sein. Das sich dem Kiesweg anschließende, weit geöffnete Garagentor direkt vor dem Hauptgebäude, gab den Blick auf einen graumetallischen Mercedes-Benz-SUV frei. Ein offener Carport lehnte sich elegant an die Garage an. Dessen Dach war mit Solarzellen bestückt und wurde von einem blauen Audi e-tron geschmückt. Das neuwertig erscheinende E-Auto hing an einer Wallbox-Ladestation.

Die Kommissarin starrte provokant in die Überwachungskamera am Eingang der Villa. Total sinnlose Aktion das alles, ging es ihr dabei grollend durch den Kopf. Nur widerwillig setzte sie sich die inzwischen im Außendienst vorgeschriebene OP-Maske auf. Zunächst hatte sie die Maske verkehrt herum befestigt, bevor sie bemerkte, dass dieses blöde Ding einen verstärkten Naseneinsatz hatte. Sich zu vermummen fühlte sich immer noch fremd und irgendwie albern an.

Wenige Sekunden nach dem Klingeln öffnete der Hausherr höchstpersönlich die Tür. Es schien, als hätte er den ungebetenen Besuch bereits kommen gesehen. Die Kamerabilder waren ihnen vermutlich vorausgeeilt.

„Aha, die geballte Staatsmacht. Vorbildlich maskiert, wie ich sehe. Was verschafft mir die Ehre ihres Besuchs?“ Hugo Lobwild empfing sie mit einem entspannten, eher belustigten Gesichtsausdruck. Seine akkurat gebügelte schwarze Bundfaltenhose und das grüne Polohemd saßen perfekt.

„Herr Lobwild, es tut uns leid, Sie an einem freien Nachmittag stören zu müssen. Wir hatten es vor wenigen Augenblicken in Ihrer Firma probiert, trafen dort aber niemanden an. Da dachten wir, wo wir schon mal in der Nähe sind, kommen wir einfach kurzer Hand vorbei.“ Becca versuchte, einen charmanten Tonfall in ihre Stimme zu schmuggeln. Mit ihrer hochgewachsenen Statur und dem taffen Auftreten gelang es ihr jedoch nur ansatzweise, ein hilfebedürftiges Weibchenschema glaubhaft zu bedienen. „Wir haben im Zusammenhang mit einem ungeklärten Todesfall im näheren Umkreis Ihres Unternehmens ein paar wenige Fragen an Sie und Ihre Belegschaft.“

Herr Lobwild öffnete die Tür einladend.

„Meinetwegen, dann kommen Sie für einen Moment herein. Ich helfe gern, wenn ich kann. Meine Frau muss ich allerdings entschuldigen. Sie fühlt sich nicht wohl und hat sich für einen kurzen Augenblick hingelegt. Das war in den letzten Wochen alles zu viel für sie.“

Becca und Jan folgen Hugo Lobwild durch den Flur in das großzügige Wohnzimmer. Auf dem wuchtigen Marmortisch standen zwei halbvolle dampfende Kaffeetassen. Was man als Indiz für eine überhastete Flucht der Hausherrin vor dem unangekündigten Besuch werten konnte.

„Wenn ich Sie richtig verstanden habe, geht es um die Tote, die gestern am Affenberg gefunden wurde?“, fragte der Hausherr im Plauderton, als befände er sich auf einer Cocktailparty. „Was eine Tragödie. In der Bäckerei ums Eck gab es heute Morgen, als meine Frau Brötchen holte, kein anderes Gesprächsthema. Das halbe Dorf war zusammengekommen. Wissen Sie bereits, was genau geschehen ist?“ Hugo Lobwild setzte sich in die großzügige Wohnlandschaft und griff nach einer der Kaffeetassen. „Und was könnten wir womöglich dabei für Sie tun?“ Der lächelnde Hausherr bot den beiden Kommissaren trotz seiner zur Schau gestellten Hilfsbereitschaft keinen Sitzplatz an, wie die Kommissarin sehr wohl registrierte.

„Wir befragen routinemäßig alle Personen, die sich im Umkreis des Tatorts zum fraglichen Zeitpunkt aufgehalten haben könnten. Ihr Schlachthof, Herr Lobwild, liegt lediglich zwei Kilometer von der Stelle entfernt, wo wir die Leiche gefunden haben und so fragen wir uns, ob Sie beziehungsweise Ihre Belegschaft etwas Ungewöhnliches gesehen oder gehört haben.“

„Von welchem Datum möglicher Beobachtungen sprechen wir denn bitte?“, fragte Hugo Lobwild höflich. Er vermittelte dabei einen aufmerksam, kooperativen Eindruck. Zumindest nach außen hin. Die Kommissarin bewertete diese Wahrnehmung aus Erfahrung nicht als authentisch. Wenn es Menschen nutzte, mutierten so manche zu perfekten Mimen. Vermutlich lernte man diese Art der Schauspielerei mit den Jahren in der Geschäftswelt in Reinperfektion. Jedoch welchen Grund, so fragte sie sich insgeheim, sollte der Unternehmer haben, seine Hilfsbereitschaft vorzutäuschen?

„Wir können den in Frage kommenden Zeitraum, um den es sich handelt, aktuell auf zehn Tage zwischen dem vierzehnten bis achtundzwanzigsten Februar eingrenzen“, erklärte Becca.

„Verstehe. Das ist Wochen her. Da muss ich kurz in mich gehen.“

Hugo Lobwild sah für einen Moment demonstrativ nachdenklich in den Garten hinaus, was die Annahme eines möglichen Schauspiels durchaus unterstrich. Das künstliche Buchsbaumszenario draußen verstärkte den Eindruck. Dieser Mann, das war offensichtlich, dachte nicht nach, sondern er tat nur so und er gab sich keinerlei Mühe, diesen Umstand zu verbergen. Ein Hauch von Hohn, gerade genug, um nicht unverschämt zu wirken, mischte sich in seine anschließenden Worte. „Es tut mir äußerst leid, aber ich kann mich beim besten Willen nicht entsinnen, dass in den letzten Monaten etwas Außergewöhnliches vorgefallen wäre. Ich werde selbstverständlich meine Frau nach ihrer Ruhezeit bitten, ebenfalls darüber intensiv nachzudenken.“ Der Villenbesitzer räusperte sich geräuschvoll, bevor er bedauernd fortfuhr. „Womit wir nach dem achtundzwanzigsten Februar beschäftigt waren, ist Ihnen hinlänglich bekannt. Wir leiden außerordentlich unter dem Eindruck des Verlustes unserer Tochter, wie Sie sicher nachvollziehen können." Hugo Lobwild sah die Kommissarin gelassen an. „Um Ihre Frage abschließend zu ergänzen, keiner meiner Angestellten hat etwas Ungewöhnliches in letzter Zeit gemeldet. Ich werde mich aber sehr gerne in der nächsten Woche explizit bei meinen Mitarbeitern danach erkundigen. Das dürfte nun Ihr Anliegen hinreichend geklärt haben. Sie entschuldigen mich jetzt bitte. Ich habe heute noch ein anstrengendes Geschäftsessen vor mir", erwiderte Lobwild weiter zuvorkommend, als er sich erhob, um das Gespräch demonstrativ zu beenden.

„Die Befragung Ihrer Mitarbeiter werden wir schon selbst übernehmen", schaltete sich, in aggressivem Tonfall und zu Beccas grenzenloser Überraschung, KHK Herz ins Gespräch ein.

Ein amüsiertes Lächeln huschte über Hugo Lobwilds Gesicht. „Das steht Ihnen selbstverständlich frei. Ich hoffe allerdings, dass Ihr Rumänisch dafür ausreichend ist, Kommissar Herz."

„Vă mulţumesc! La revedere", entgegnete dieser, wie aus der Pistole geschossen, in lupenreinem rumänisch, „und mein korrekter Berufstitel lautet im übrigen Kriminalhauptkommissar, *Herr* Lobwild." KHK Herz drehte sich nach diesem abschließenden Satz militärisch zackig um die eigene Achse und marschierte zügig dem Ausgang zu.

Die Kommissarin nickte dem sprachlos gewordenen Hausherrn verabschiedend zu, bevor sie gleichfalls den Raum verließ. Sie war von den ungeahnten Sprachkenntnissen und dem verbalen Eingreifen ihres Kollegen nicht minder überrascht worden.

Der im Flur hängende Rothirschkopf blickte ihr mit glasigen, starren Augen hinterher.

Sieh einer an, ging es Becca durch den Kopf, als sie die Haustüre der Lobwildschen Villa von außen zudrückte, der Kollege entpuppt sich als Sprachgenie. Laut sagte sie an KHK Herz gewandt:

„In diesem Fall, sollten wir auf einen Sprung in der Bäckerei vorbeifahren, die Lobwild eben erwähnt hat. Zum einen habe ich Hunger und zum anderen gilt es den Umstand zu nutzen, dass wir dort einen Quell an gesammeltem Dorftratsch anzapfen könnten."

„Sofern um diese Uhrzeit überhaupt geöffnet ist“, erwiderte Jan mit Blick aufs Smartphone. „Es ist 16.45 Uhr. Das könnte knapp werden.“

Minuten später betraten die beiden Ermittler den Verkaufsraum der Bäckerei in Salem. Eine Verkäuferin mit adretter Hochsteckfrisur und Gummihandschuhen an den Händen war gerade dabei, die nicht verkauften Backwaren in große Körbe zu verstauen. Ihre Kollegin, bewaffnet mit Eimerchen sowie Lappen, wischte penibel sämtliche Oberflächen ab.

„Do händ se abber au Glück. Mer schließet glei, weil Samschtig isch. Unner de Woch händ mer länger offe, wisset Sie“, meinte die Bäckereifachverkäuferin redselig zu den mutmaßlichen Kunden, ohne eine Antwort zu erwarten. „Was wendt Ihr?“

„Welche Sorte Brötchen haben Sie denn um diese Zeit noch übrig?“, fragte die Kommissarin zurück.

Ein köstlicher Duft nach Brotteig erfüllte den Raum.

„Moment! I luege a mol“, die Verkäuferin schaute hilfsbereit hinter sich in einen der Körbe. „Also än Laugeweck hätt i no azumbiete und au a paar Salemgauerle. Oder wellet se gar a Nüssle-Brotlaib?“

„Ich nehm ein Laugen und ein Salemgauerle, bitte.“

KHK Herz hatte aus einem Seitenregal einen Müsliriegel und eine Tüte hiesige Äpfel auf die Verkaufstheke gelegt. Nachdem Becca den gesamten Einkauf mit der Spesenkreditkarte bezahlt hatte, hielt sie der Dame hinter der Theke ihren Dienstausweis unter die Nase.

„Kriminalpolizei Ravensburg. Wir würden Ihnen dann gerne noch ein paar Fragen stellen. Es dauert auch nicht lange.“

Die Angesprochene und ihre Kollegin hielten in ihren Tätigkeiten abrupt inne und sahen die beiden Ermittler erschrocken an. Kriminalpolizei? Das hörte sich nicht vertrauenserweckend an.

„Mir händ alle Empfählunge eighalte“, ging die Bäckersfrau augenblicklich in Verteidigungshaltung. „Do danne stoht ä ganz neie Desinfektionsflasch fer die Leut. Un mir selbscht wäschet uns ständig d´Händ, gell Bärbel?!“ Die beiden Verkäuferinnen sahen sich hilfesuchend gegenseitig an.

„Ja, schon gut, das glauben wir Ihnen“, erwiderte Becca beschwichtigend, „wir sind nicht wegen der Viruspandemie hier, sondern ermitteln wegen der Toten, die gestern am Affenberg aufgefunden wurde."

„Ach so!" Irgendwie hörte sich die Bäckereiangestellte unpassenderweise erleichtert an. Es kursierten im Dorf krude Geschichten von hohen Strafen für Pandemiesünder und geschlossenen Geschäften, die sich nicht an die Auflagen gehalten hatten. Da war es, eine Tote hin oder her, beruhigend deswegen keinen Ärger am Hals zu haben.

„Was ä arms Mädel. Dass sowas schlimms hier bei uns au passiert, hätt i it denkt. Wisset se scho, wer´s gsi isch?", fragte die Verkäuferin mit der Hochsteckfrisur. Sie erschien sichtlich gelöst, dass ihre Arbeit keinen Anlass zur Beschwerde gegeben hatte. Zurzeit kamen viele Läden einfach nicht mehr mit, welche Hygienevorschriften Gültigkeit hatten und welche nicht. Stress pur.

„Nein, leider nicht, deshalb dachten wir, Sie könnten uns möglicherweise weiterhelfen? Sie hören und sehen hier doch so einiges den Tag über. Ist Ihnen in letzter Zeit etwas Ungewöhnliches im Dorf aufgefallen? Das kann mehrere Wochen oder Monate zurückliegen. Hat sich ein Kunde auffällig verhalten? Oder hat Ihre Kundschaft vielleicht über seltsame Dinge gesprochen?"

Bärbel setzte ihren Putzeimer am Thekenrand ab und wandte sich der Kommissarin zu.

„Bärbel Becker", stellte sie sich vor. „Ich bin die Geschäftsführerin unserer Filiale. Klar bekommen wir hier tagtäglich Dorfklatsch zu hören. Aber da war meines Wissens nichts dabei, was uns aufhorchen lassen würde. Wisset Sie, bis auf ein paar wenige entgleiste Jugendliche, ist die Welt hier in Salem noch halbwegs in Ordnung." Ihre Kollegin mit der Hochsteckfrisur und dem ausgeprägten Dialekt nickte derweil bekräftigend hinter der Theke.

„Bei Ihnen kauft, soweit uns bekannt ist, doch auch Herr Lobwild ein, oder?", hakte Becca direkt auf den Punkt kommend nach.

„Ja, schon." Eine zögerliche Denkpause entstand. „Die Familie zählt seit langem zur Kundschaft. Ich kann nur Gutes über die Lobwilds sagen und dass ihre Tochter kürzlich gestorben ist, das ist eine ganz furchtbare Tragödie. Sie war so ein nettes, hübsches Mädchen. Das halbe Dorf war auf der Beerdigung. Und nebenbei bemerkt möchte ich generell nicht über meine Kunden tratschen. Wissen Sie, man kennt sich hier meist schon über viele Jahre, und die

Familie Lobwild zeigte sich der Dorfgemeinschaft gegenüber in puncto Spenden für Vereine oder bei Festen immer sehr großzügig und sozial."

„Verstehe." Der vermeidliche Quell des Klatsches war eine Niete, stellte Becca frustriert für sich fest. „Dennoch vielen Dank für Ihre Mithilfe, Frau Becker. Wir lassen unsere Karte da, falls Ihnen oder einer ihrer Angestellten doch noch etwas einfallen sollte. Einen schönen Feierabend", verabschiedete sich die Kommissarin beim Hinausgehen. Jan Herz schloss sich ihr stumm an.

Es war zum verrückt werden. Wieder nichts. Sie stocherten im Nebel herum. Der Fund der Leiche lag über 24 Stunden zurück und sie hatten weiterhin keine heiße Spur.

Draußen vor der Bäckerei trat Becca in einem kurzen Anfall von spontanem Übermut dicht von hinten an KHK Herz heran und schnappte sich mit einer flüssigen Bewegung den aus der Hand ihres Kollegen baumelnden Autoschlüssel.

Jan fuhr augenblicklich zusammen, als sie seinen Unterarm dabei unabsichtlich berührte und für einen Bruchteil von Sekunden schien es, als wolle er sie angreifen. Er riss den Arm ruckartig empor und seine angespannte Körperhaltung signalisierte kampfbereite Alarmbereitschaft. Eine Aura der Gefährlichkeit umgab den Exelitesoldaten und die Kommissarin trat instinktiv einen Schritt zurück.

Der flüchtige Moment war in einem Wimpernschlag wieder vorbei. Die antrainierte Kampfmaschinerie, die tief im Verborgenen in KHK Herz schlummerte, hatte für Bruchteile von Sekunden ungewollt seine Alltagsfassade durchbrochen und ihr tödliches Gesicht gezeigt.

„Ich fahre", meinte Becca bestimmt und überging den Vorfall kommentarlos. „Wir nehmen die Route durchs Deggenhausertal. Der Umweg schenkt sich von der Kilometerentfernung zurück ins Präsidium nach Ravensburg nichts. Ich muss kurz zu Hause anhalten und den Kater füttern. Es wird heute für uns bestimmt noch länger gehen."

Nach zehn Minuten Fahrt, in denen die Kommissarin in das äußerst köstlich schmeckende Laugenbrötchen biss und Jan seinen Müsliriegel vertilgte, erreichten sie Beccas Wohnung in Wittenhofen. Jan blieb, trotz der Aufforderung sie zu begleiten, im Auto sitzen.

Becca füllte indes dem hungrigen Kater schnell die Futterschüssel und ging auf die Toilette. Im Flur blinkte der Anrufbeantworter. Als sie ihn abhörte, erklang Aages tieftraurige Bassstimme.

„Hi Becca, ich muss dich unbedingt sprechen. Bitte melde dich nach Dienstschluss."

Im Schlafzimmer wechselte Becca die verschwitzte Bluse gegen eine neue, bevor sie hinaus zum Wagen eilte. Der Schwager würde warten müssen. Nachdem Gato Macho sich lautstark maunzend beklagte, dass er erneut allein gelassen wurde, schritt dieser mit erhobenem Schwanz in den Garten hinaus und die Kommissarin stieg wieder ins Auto ein.

Wenige Minuten später, sie befanden sich immer noch auf der Landstraße im Deggenhausertal und fuhren in Richtung Ravensburg, ertönte ein Anruf von Kriminalobermeisterin Martina Weber im Wageninneren. Jan drückte vom Beifahrersitz aus den Knopf der Freisprechanlage.

„Martina, grüß dich", nahm Becca den Anruf entgegen, während sie zügig einen Traktor überholte. „Wir sind auf dem Rückweg ins Präsidium. Was gibts?!"

„Wir brauchen euch hier dringend! Legt einen Zahn zu!", erwiderte Martina hörbar angespannt. Ihre herbe Stimme erschien eine Spur dunkler als üblich. „Während ihr in Salem wart, fand auf dem Rathausplatz in Ravensburg eine offiziell genehmigte Demonstration mit einigen hundert Teilnehmern der Anti-Corona-Szene statt. Die Demo verlief so weit einigermaßen friedlich. In der Dämmerung wurde die Versammlung auf dem Scheffelplatz ordnungsgemäß aufgelöst. Allerdings haben sich daraufhin etwa fünfzig gewaltbereite Teilnehmer erneut zusammengerottet, um den Demonstrationszug illegal fortzusetzen. Sie bewegen sich inzwischen über die Parkstraße zur Gartenstraße. Der größere Teil der Gruppe läuft Richtung Präsidium, ein paar wenige entgegengesetzt zum Frauentor", erklärte die Polizeiobermeisterin im Eiltempo. „Wir haben einfach nicht genug Einsatzkräfte vor Ort. Die, die da sind, sind restlos überfordert, weil ein Teil der uniformierten Kollegen aufgrund der Pandemiekontrollen an die österreichische Grenze abgezogen wurde. Hier fliegen Steine und Feuerwerkskörper. Es gab bereits die ersten Verletzten. Ich gehe jetzt zur Verstärkung ebenfalls da raus. Gebt also Gas! Macht schnell, wir brauchen jeden Mann!“ Martina hatte, ohne auf eine Gegenreaktion abzuwarten, aufgelegt.

Die Kommissarin nahm die Kollegin beim Wort und erhöhte augenblicklich, noch in der Kurve, die Geschwindigkeit. KHK Herz ließ das Seitenfenster runter und setzte das Blaulicht aufs Dach, zudem schaltete er den Polizeifunk an. Die Dramatik der hektischen Funksprüche sprach für sich. Der Satz, der am häufigsten durch die Anlage schnarrte, lautete: „Brauchen dringend Unterstützung. Beamte werden angegriffen. Bitte kommen.“

Eine Viertelstunde später bogen Becca und Jan mit quietschenden Reifen in die Gartenstraße, in der auch das Präsidium lag, ein. Das Gebiet ums Frauentor, rechter Hand der Abbiegespur, erschien momentan ruhig zu sein. Drei leere Streifenwagen standen davor. Offensichtlich waren einige Kollegen zu Fuß in der Innenstadt unterwegs. Ihr Blaulicht bildete sich gespenstisch zuckend auf den Steinen der mittelalterlichen Stadtmauer ab.

Becca und Jan passierten soeben im Wagen das Ravensburger Klinikum und das Präsidium lag fast in Sichtweite. Auf der Straße weiter vorne bahnte sich der randalierende Mob seinen Weg. Ein Pulk vermummter, düsterer Gestalten bewegte sich grölend im künstlichen Licht der Straßenlaternen. Steine, Flaschen und Feuerwerkskörper flogen durch die Luft. Eine überschaubare Gruppe Polizisten, dicht zusammengedrängt und mit erhobenen Plexiglasschutzschilder versuchten, die Wurfgeschosse der Angreifer abzuwehren.

Ein knallrotes Zivilfahrzeug bog offensichtlich völlig ahnungslos von der kreuzenden Seitenstraße in Richtung des Mobs, der den Wagen augenblicklich wie eine Woge einkesselte und dessen Weiterfahrt verhinderte. Die Kommissarin drückte die Bremspedale durch und stoppte abrupt.

„Scheiße!“ Entsetzt starrte sie durch die Windschutzscheibe. „Das ist der Spider von Li-Ming!“

Für einen Wimpernschlag beobachteten die beiden Ermittler wie ohnmächtig, was sich vor ihnen abspielte. In Bruchteilen von Sekunden waren zwei massig wirkende Männer auf das flache Sportwagendach gesprungen. Einer schwang einen Baseballschläger über dem Kopf. Ganz offensichtlich lag es in seiner Absicht, das Wagendach zu zertrümmern.

Jan Herz riss die Beifahrertür auf und sprintete los. Becca schrie derweil hektisch in das Funkgerät, „Kollegen Höhe Präsidium, Gartenstraße werden angegriffen. Brauchen dringend Unterstützung!“, dann rannte sie KHK Herz hinterher.

Im Laufen nahm die Kommissarin wahr, dass Jan mit einem einzigen Schlag einen bulligen Typen mit tätowiertem, kahlem Schädel auf den Boden geschickt hatte, der sich ihm unvorsichtigerweise in den Weg gestellt hatte. Der Exsoldat warf sich bereits auf den Nächsten, der sich zwischen ihm und Li-Mings Wagen befand.

Roh gebrüllte Worte der entfesselten Meute *Holt euch das Virus-Schlitzauge!* und *Macht die Schlampe fertig!*, erreichten Beccas Ohr. Auch sie stürzte sich nun blindlings in die Menge. Die Waffe zu ziehen erschien in dem Getümmel völlig kontraproduktiv. Die Kommissarin spürte, wie sie gegen einen harten muskelbepackten Körper prallte. Sie wurde an der Jacke gepackt und herumgeschleudert. Als der Fausthieb, den sie nicht kommen sah, ihre Schläfe traf und sie auf den Asphalt schlug, brüllte jemand *Bullenfotze*.

Den Tritt der Springerstiefel in ihren Solarplexus nahm sie nur noch entfernt wahr. Die Kampfgeräusche und das Sirenengeheul klangen surreal, wie von weit her, in ihrem Ohr. Becca lag paralysiert und zusammengerollt wie ein Embryo auf der Seite. Sie sah benommen ein Gewirr von Schuhen und Beinen an sich vorüberziehen.

Ihr Körper gehorchte nicht mehr.

Irgendwann, ihr selbst kam es wie eine Ewigkeit vor, packte jemand KHK Brigg untern den Achseln und zog sie über den Boden. Das Nächste, was Becca wahrnahm, war, dass sie in einem Rettungswagen lag. Grelles Licht blendete ihre Augen. Sie hatte eine Blutdruckmanschette am Arm und ein Rettungshelfer leuchtete mit einer Stabtaschenlampe in ihre Pupillen.

„Geht es wieder?“, fragte der freundlich, fast liebevoll blickende Sanitäter besorgt. Er hatte ein jugendlich bärtiges Gesicht und strahlend helle Augen. Für einen kurzen Moment kam er der Kommissarin wie eine Heiligenerscheinung vor. Sie stemmte sich mühevoll in eine halb aufrechte Position. Ihr Kopf protestierte bei der Bewegung.

„Ja, ich denke schon“, murmelte sie.

„Sie waren für etwa zwanzig Minuten ohnmächtig. Vermutlich haben Sie eine leichte Gehirnerschütterung abbekommen. Die Beule am Wangenknochen wird schnell vergehen. Aufgeplatzt ist die Haut nicht“, meinte der Sanitäter. „Ich habe Ihnen etwas Paracetamol intravenös verabreicht und würde Sie gerne vorsichtshalber für eine Nacht zur Beobachtung in die Klinik mit nehmen.“

Die Kommissarin war inzwischen wieder voll da. Mit einem Bein schon von der Trage herunter erwiderte sie deshalb, „Nein danke. Alles okay. Was ist mit meinen Kollegen?“

„Einige sind verletzt und zum Teil im Krankenhaus. Ich gebe Ihnen ein paar Tabletten für zu Hause mit. Schonen Sie sich in den nächsten Tagen.“

Wenn der Sanitäter die Kommissarin für unvernünftig hielt, ließ er es sich nicht anmerken. Er befreite sie von der Blutdruckmanschette, drückte ihr einen Tablettenblister in die Hand und Becca verließ den Sani-Wagen. Ihr Kopf reagierte auf die Bewegungen mit einem dezenten Druckgefühl.

Draußen im Neonlicht herrschte nach wie vor chaotisches Durcheinander. Gebrüllte Befehle, Einsatzfahrzeuge mit Blaulicht und vereinzelt stattfindende Festnahmen, registrierte die Kommissarin aus den Augenwinkeln heraus. An Li-Mings rotem Sportwagen, oder was davon übrig war, stand Polizeipräsidentin Katrin Scheurer und hatte beschützend einen Arm um die Rechtsmedizinerin gelegt. Jan Herz, offensichtlich ebenfalls weitgehend unverletzt, befand sich daneben. In seinem Gesicht zeichneten sich oberflächliche Schrammen ab.

„Wieder okay, Becca?“, Katrin sah ihrer Hauptkommissarin besorgt entgegen.

„Ja, es ist nichts“, erwiderte diese.

Der rote Alfa Romeo war beim Näherkommen unübersehbar im Eimer. Die Windschutzscheibe und Teile der Karosserie hatten den Baseballschläger-Angriffen nicht standhalten können. Becca legte ihre Hand mitfühlend auf Li-Mings Arm. Diese blickte sie an und meinte mit ungewohnt zurückhaltender Stimme:

„Martina ist im Krankenhaus. Sie hat einiges abbekommen. Vor allem eines ihrer Beine ist stark verletzt. Wir hoffen, dass es nicht lebensbedrohlich ist. Kevin ist bei ihr in der Klinik und gibt Bescheid, wenn sich an Martinas Zustand etwas Gravierendes ändert.“ Li-Mings Stimme zitterte. „Wenn Jan nicht gewesen wäre, würde ich jetzt neben ihr im Krankenhaus liegen. Oder Schlimmeres“, fügte sie kaum hörbar hinzu. „Gut, dass es vorbei ist.“

Katrin Scheurer übernahm resolut das Kommando und nickte der Gruppe aufmunternd zu.

„Ich denke, wir fahren so bald als möglich alle nach Hause. Morgen ist Sonntag und so dringend wie wir Ergebnisse im Affenberg-Fall benötigen, so brauchen wir nach diesem Schock doch eine kurze Pause. Ruht euch einen Tag aus. Am Montag werden wir mit vollem Einsatz an unsere Ermittlungen anknüpfen. Jan, du geleitest bitte Dr. Wang sicher nach Hause."

Als Becca eine dreiviertel Stunde später die Haustür in Wittenhofen aufschloss, streifte sie erschöpft die Schuhe ab. Sie nahm auf dem Weg ins Schlafzimmer eine weitere Tablette Paracetamol. Aage würde sie morgen zurückrufen. Heute ging einfach nichts mehr. Für einen Moment dachte sie an Martina, die im Krankenhaus um ihr Bein, wenn nicht sogar um ihr Leben kämpfte. Es war ungerecht, hatte Kriminalobermeisterin Martina Weber sich doch extra vom turbulenten Konstanz, ins vermeintlich ruhigere Ravensburg versetzen lassen. Nun hatte die fortschreitende Verrohung der Gesellschaft sie bis in die ländlichen Gefilde verfolgt.

Gato Macho, die seltene Gelegenheit ausnutzend, dass die Schlafzimmertür offenstand, war mit einem beherzten Sprung im Bett gelandet. Anschließend kuschelte er sich schnurrend in Beccas Kniekehlen, die augenblicklich eingeschlafen war.

Becca Brigg

Verhärtete Fronten

Tage später - Donnerstag, der 19.03.2020

Die nachfolgenden Tage waren wie im Flug vergangen. Gleich montags war KHK Herz gemeinsam mit KKA Kevin Mittenmann in die Badener Landfleisch GmbH gefahren. Sie befragten die dort angestellten Schlachthofmitarbeiter. Dreiundzwanzig Personen insgesamt. Acht rumänische Schlachthelfer befanden sich darunter, die der deutschen Sprache so gut wie nicht mächtig waren. Ein Umstand, den KHK Herz nicht aufzuhalten vermochte. Die Belegschaft hatte jedoch bedauerlicherweise keinerlei Neuigkeiten ausgesagt.

Dienstags stellte Hauptkommissarin Brigg dann fest, dass irgendein blöder Scherzkeks den linken Vorderreifen ihres Wagens auf dem Präsidiumsparkplatz aufgeschlitzt hatte. Das Messer war demonstrativ steckengelassen worden. Sie konnten keine Fingerabdrücke daran sichern und auch die Überwachungskameras gaben nichts her. Becca vermutete eine Retourkutsche aus einem früheren Fall. Komisch war nur, dass die Kommissarin noch nicht lange in Ravensburg agierte. Es gab hier genaugenommen niemanden, der bereits Grund genug für einen solchen Racheakt gehabt hätte. Nervig war zudem, dass damit ihr Feierabend flöten ging. Die Symptome der Gehirnerschütterung kamen durch den Ärger mit Wucht zurück und sie schluckte weitere Paracetamoltabletten. Es zog sich an diesem Abend ewig, bis eine Kfz-Werkstatt den Reifen ersetzte und ihr zur Heimfahrt verhalf.

Die Kommissarin, deren Kopfschmerzen sich erst gegen Ende der Woche vollständig zurückgezogen hatten, bemühte sich im Präsidium, Martinas Aufgaben, so gut es ging, zu übernehmen. Sie schrieb Berichte, pflegte Verhörprotokolle in den Computer ein und recherchierte zum Thema Augenoperationen. Es gestaltete sich dabei langwierig und mühselig, die lateinlastige Fachsprache der Ärzte zu verstehen und relevante Informationen herauszufiltern.

Wieso mussten Mediziner und nebenbei bemerkt auch Juristen, sich vorzugsweise in einer für den Otto-Normal-Verbraucher nicht verständlichen Sprache ausdrücken?, fragte sich die Kommissarin wiederholt. Es gab andere studierte und ebenfalls sehr kluge Menschen, die nicht mit ihrer Art der Kommunikation den Laien von vornherein aus ihren fachlichen Erkenntnissen ausschlossen. Die Hauptkommissarin fragte sich tatsächlich, ob Mediziner und Juristen zu ihrem puren Vergnügen den Mitmenschen das Leben schwer machten. Wieso formulierte man beispielsweise Gesetze in einer Art und Weise, die denen, die sie befolgen sollten, auf den ersten Blick gar nicht verständlich sein konnten? Das entbehrte jeglicher Logik, wie Becca fand. Schwang da der Narzissmus ganzer Berufszweige mit?

Die Kommissarin war über den Umstand erleichtert, dass es immerhin eine offizielle Dienstanweisung bezüglich des Verfassens von Obduktionsberichten gab. Die Mediziner waren in diesem Fall verpflichtet, sich in einer für den Laien verständlichen und nachvollziehbaren Sprache auszudrücken. Nicht auszudenken, wenn sie sich bei jeder Leiche durch das Medizinerlatein kämpfen müssten.

Diverse, aus dem Labor kommende Spurenauswertungen waren in diesen Tagen ebenfalls zu sichten und nach Relevanz, den Fall am Affenberg betreffend, zu beurteilen. Die Kommissarin und ihr Team kämpften sich verbissen durch die Papierstapel und Datenfluten. Eine öde und mühselige Tätigkeit, die von wenig Erfolg gekrönt war.

Zudem prägten die Nachwehen der Krawalle von Samstagnacht die Tage. Ein Verbindungsmann des LKA war wegen des Tatbestands politisch motivierter Gewalt und zur Unterstützung des Präsidiums extra angereist.

Die Schwabenmeer-Zeitung hatte am Montagmorgen mit den Geschehnissen seine Hauptseite gefüllt. Die Schlagzeile, Straßenschlacht nach Demonstration - bürgerkriegsähnliche Zustände in Ravensburg, übertrieb dabei maßlos. Weiter hieß es im Artikel: Erwiesenermaßen haben sich unter friedliche Demonstranten der Anti-Corona-Proteste verschiedene politische Strömungen gemischt. Ein bunter Mix aus Neonazis, Linksextremisten und gewaltbereite Krawallmacher versammelten sich in Ravensburg. Das erschreckende Fazit, acht Beamte wurden zum Teil schwer verletzt, so berichte die Zeitung. Eine Beamtin wird weiterhin intensivmedizinisch betreut. Ihr

Bein wurde brutal mit einem Baseballschläger zertrümmert. Der mehrfach vorbestrafte Täter, der der rechten Szene zugeschrieben wird, konnte verhaftet werden und befindet sich in Untersuchungshaft. Die Landesregierung hat den Verfassungsschutz eingeschaltet. Über den Vorfall aus Ravensburg wird inzwischen bundesweit berichtet.

Auf Seite 2 der Schwabenmeer-Zeitung verkündete ein weiterer Artikel mit plakativer Überschrift. *Chinesisch stämmige Medizinerin wird Opfer eines rassistischen Übergriffs! Beherzter Einsatz von Exfeldjäger rettet Frau das Leben.* In der Nacht zum Sonntag griffen mit Baseballschlägern bewaffnete Männer den Wagen einer Ärztin aus Ravensburg an, so die Zeitung. Die promovierte Forensikerin, die rein zufällig in die aufgeheizte Menge geriet, wurde wegen ihres asiatischen Aussehens angefeindet. Die verbalen Attacken und Sprechchöre des gewaltbereiten Mobs zielten dabei auf die Verbreitung des mutmaßlich erstmals in China auftretenden Coronavirus ab. Die Stimmung eskalierte und fünf der Angreifer versuchten, die Medizinerin mit Gewalt aus ihrem Fahrzeug zu zerren. Die Frau musste dabei um ihr Leben fürchten.

Dem schnellen Eingreifen eines Kriminalhauptkommissars des neuen Kriminalkommissariats 1 in Ravensburg ist es zu verdanken, dass es nicht zum äußersten kam. KHK Herz hatte vor seinem Dienstantritt in Ravensburg, Anfang Januar, bereits zehn Jahre im 4. CRC-Zug einer Feldjägerkompanie der Bundeswehr gedient. Die CRC-Spezialisierung steht dabei für Crowd and Riot Control. Es handelt sich hier um eine im Raum- und Objektschutz angesiedelte Spezialeinheit der Feldjägerkräfte. Das beherzte Eingreifen von Kriminalhauptkommissar Herz war nach Augenzeugenberichten immens effektiv und zügig. Die fünf, von dem ehemaligen Elitesoldaten unschädlich gemachten Angreifer, wurden zunächst ambulant medizinisch versorgt und anschließend in Untersuchungshaft gebracht. Sie erlitten leichte Verletzungen. Die betroffene Ärztin und KHK Herz blieben indes im Großen und Ganzen unverletzt. Auf die brutalen Schläger wartet eine Anklage wegen Landfriedensbruch, Widerstand gegen die Staatsgewalt sowie versuchtem Totschlag. Das Landeskriminalamt ermittelt in dieser Sache. Die vor Ort agierende Schutzpolizei war bei dem Zwischenfall am Samstagabend deutlich in der Minderzahl und erkennbar überfordert. Ein Teil der normalerweise in Ravensburg stationierten Polizeikräfte wurde Tage vorher an die österreichische Grenze abgezogen, um Corona-Einreisekontrollen durchzuführen. Setzt das Innenministerium die Sicherheit der Bevölkerung zu Gunsten der Pandemieeindämmung aufs Spiel? Lesen Sie dazu unser Interview auf Seite sechs mit Frieder Ohnbart, Landrat des Landkreises Ravensburg.

Ein breites Foto des völlig zerstörten Alfa Romeo inmitten der mit Glasscherben übersäten Straße, sowie eine Aufnahme des noch friedlichen Demonstrationszuges Stunden vorher, ergänzten den Artikel.

Erst auf Seite vier der Schwabenmeer-Zeitung, ganz weit unten, fand sich eine kurze Notiz. *Die Polizei bittet die Bevölkerung um Hinweise bezüglich einer unbekannten Toten. Wer kennt diese Frau?* Abgebildet war das Gesicht der Leiche am Affenberg. Ein schwarzer Balken kaschierte dabei geschickt die leere Augenhöhle des Opfers.

Die Kommissarin, die etwas zu spät an diesem Donnerstag das Großraumbüro betrat, wurde von Kevin, der an seinem Schreibtisch saß, förmlich angestrahlt.

„Martina wurde heute Morgen von der Intensivstation zurück auf Normalstation verlegt“, sprudelte er sichtlich erleichtert los. Man sah dem Youngster des Teams an, welcher Stein ihm vom Herzen fiel, weil seine Mentorin endlich über den Berg war. „Zunächst sah es so aus, dass sie ihr das Bein abnehmen müssen, aber die Ärzte sagen jetzt, dass sie es mit Sicherheit erhalten können. Martina hat eine künstliche Kniegelenksteilprothese eingesetzt bekommen und die Oberschenkel- und Unterschenkelfrakturen wurde mit Schrauben und Platten chirurgisch versorgt. In ein paar Tagen kann sie vielleicht schon in die Reha-Klinik verlegt werden. Ich soll allen ihre Grüße ausrichten, aber sie mag aktuell mit niemand von euch telefonieren. Es geht ihr psychisch nicht besonders gut. Besuchen dürfen wir sie leider auch nicht. Die Kliniken lassen wegen des Virus keine Menschenseele mehr herein.“

„Das ist trotzdem endlich einmal eine gute Nachricht, Kevin“, meinte Becca erleichtert. „Jetzt musst du zusammen mit Ayla die Stellung hier vorne im Büro halten. Du wirst das schon schaffen. Wir zählen fest auf dich!“

Der Youngster sah bei den Worten seiner Vorgesetzten nach einer Mischung zwischen Stolz und Unsicherheit aus. Sein jungenhaftes Gesicht passte so gar nicht zu der durchaus beeindruckenden Körperlänge. Er steckte im Körper eines stattlichen Mannes, der im Kontrast zu dem bartlosen Antlitz eines Schulbubs stand.

Becca wandte sich Ayla zu. „Hat die Pressemitteilung in der Zeitung im Fall unserer namenlosen Toten schon was ergeben?"

„Nein. Die wenigen Anrufe, die rein kamen, erwiesen sich allesamt als Fehlalarm. Kevin und ich gehen weiter allen Hinweisen nach."

„Dann gebt die Meldung auch noch ans SeeTageblatt raus. Wir müssen den Radius erweitern. Irgendjemand muss sie doch vermissen, Herrgott nochmal." Der Kommissarin kam der gestrige Abend in den Sinn, den sie mit Gato Macho und einer halben Flasche Rioja Reserva verbracht hatte. „Hast du die Ansprache der Kanzlerin gestern im Fernsehen gesehen?", fragte Becca die Freundin unvermittelt.

„Ja, heftig, oder?", antwortete Ayla. „Wie lauteten die Originalworte? *Es ist ernst. Nehmen Sie es auch ernst.*" Ayla riss ihre braunen Bambiaugen weit auf. „Echt spooky. Wo mir eigentlich politische Statements sonst immer wie weichgespültes Wischiwaschi in den Ohren klingen. Zudem ist Frau Merkel normalerweise nicht gerade für ihre Emotionalität berühmt, oder? Da gruselt es einem schon, wenn die Regierungschefin so deutliche Worte findet."

Die Kommissarin nickte bestätigend und meinte, „Wir sollen zwar Sozialkontakte meiden, aber wir nehmen trotzdem wie geplant demnächst ein Gläschen, oder?" Wer zusammen arbeitete, konnte auch zusammen trinken. Becca zwinkerte Ayla zu und entschwand zu KHK Herz hinter die Rauchglaswand.

Der Kollege stand breitbeinig vor der reichlich mit Zetteln und Fotos bestückten Tatortwand. Unter seinem eng anliegenden schwarzen Shirt zeichneten sich eine Reihe von fein definierten Rückenmuskeln ab.

„Guten Morgen. Brainstorming?", gesellte sich Becca fragend zu ihm. Jan Herz nickte wortlos. „Dann fassen wir doch mal zusammen, was wir haben", meinte die Hauptkommissarin. „Die Tote ist zwischen fünfzehn und siebzehn Jahre alt. Sie wurde mit bloßen Händen erwürgt. Es findet sich keinerlei Fremd-DNA unter den Fingernägeln, sagt das Labor. Es fand also keine oder nur eine äußerst schwache Gegenwehr statt. Das Labor hat Spuren von Verbandmaterial am Kopf der Toten sicher stellen können. Das unterstützt die

Theorie, dass die Frau womöglich einer vorherigen Augen-OP unterzogen wurde.“ Becca tippte mit dem Zeigefinger auf das Tatortfoto mit der Leiche der jungen Frau. „Wir wissen immer noch nicht, wie das Opfer heißt und woher sie stammt. Auch nicht, ob der Mörder derjenige ist, der das Auge entfernt hat. Und *last but not least* wissen wir nicht, wie sie überhaupt an den Tatort kam. Niemand vermisst sie.“ Becca seufzte. „Nicht gerade üppig! Die Staatsanwaltschaft und Katrin Scheurer machen uns die Hölle heiß“, schob sie frustriert hinterher. „Der Gassigeher konnte zweifelsfrei ausgeschlossen werden. Er war im fraglichen Zeitraum nachweislich in einer Kureinrichtung an der Ostsee wegen seiner Raucherlunge. Was ihn nicht davon abhält weiter zu qualmen. Die Vernehmungen der Mitarbeiter von der Badener Landfleisch GmbH durch Kevin und dich verliefen ebenfalls ohne jegliches Ergebnis. Da gab es angeblich nicht die geringsten Vorkommnisse“, schloss Becca die deprimierende Rekapitulation ab.

Jan Herz hielt den Kopf leicht schief und wirkte für einen Augenblick mit seinem wachen Blick einem Uhu nicht unähnlich. Er betrachtete nachdenklich die aufgehängten Fotos vom Schlachthof. „Richtig“, meinte er dann trocken. Es entstand eine kurze Pause.

„Du sagst es.“

Stille.

„Nichts.“ KHK Herz wandte seinen Blick Becca zu und blickte sie mit seinen fast schwarz scheinenden Augen direkt an. „Und genau das ist es“, sagte er betont bestimmt. „Normalerweise findet man bei intensiver Durchleuchtung eines Schlachtbetriebes immer irgendetwas. Wenn schon nichts eindeutig Illegales, so doch zumindest etwas aus Otto-Normal-Verbraucher-Sicht moralisch Verwerfliches. Miese Werksverträge, Schlachthelfer ohne Papiere, Bezahlung unter Mindestlohn, überlange Schichten, fehlende Arbeitspausen, Arbeitsschutzmängel, Steuerhinterziehung und so weiter und so fort. Aber nicht hier. Nicht bei der Badener Landfleisch GmbH. Die rumänischen Arbeiter, mit denen ich mich unterhalten habe, sprechen von den besten Arbeitsbedingungen ihres Lebens. Anständige Unterkunft, Bezahlung über Mindestlohntarif, die Arbeitsmittel werden gestellt, und die Arbeitszeiten sind geregelt. Und samstags wird überhaupt nicht gearbeitet. Ich habe mich umgehört. Das ist für diese Branche absolut ungewöhnlich. Selbst die Tiere werden laut Veterinäramt überdurchschnittlich fair behandelt. Die Badener Landfleisch GmbH hat eine ganz und gar lupenreine, strahlendweiße Weste."

Es war die längste Rede am Stück, die KHK Herz je geäußert hatte, stellte Becca zu ihrem Erstaunen fest.

„Du meinst zu lupenrein, um tatsächlich wahr zu sein? Hmmm", überlegte die Kommissarin, „möglicherweise gibt es für all deine aufgeführten Punkte harmlose Erklärungen. Was wäre zum Beispiel, wenn die Lobwilds jüdischen Glaubens sind und dass deshalb samstags nicht geschlachtet wird?" Becca sah in Jans Gesicht. Der Kollege wirkte kurzzeitig irritiert.

„Schabbat?", schob die Kommissarin, ihren spontanen Gedankengang erklärend, hinterher. „Das wäre doch eine völlig plausible Begründung, oder nicht? Auch die anderen Argumente, die du aufzählst, könnten absolut harmlos sein. Ich sehe nicht, wie uns das weiterhelfen könnte", ergänzte Becca, der diese ausgedehnte Kommunikation mit dem Kollegen fast unheimlich vorkam. So viele Sätze waren noch nie zwischen ihnen gewechselt worden.

„Wohl kaum", entgegnete Jan. „Juden und Muslime haben zwar ihre eigenen Schlachtgesetze, schon wahr, aber es ist nicht vorstellbar, dass die Badener Landfleisch GmbH koscher oder halal schlachtet. Es wäre öffentlich bekannt, wenn dem tatsächlich so wäre, und zudem ist Schächten in Deutschland gesetzlich untersagt. Außerdem scheint die Haupteinnahmequelle der Firma laut Finanzamt auf geschlachteten Schweinen zu beruhen. Nein. Das passt ganz und gar nicht." Jan schüttelte vehement seinen Kopf, bevor er fortfuhr. „Ich habe mir den Umsatzbericht des Schlachthofs vom letzten Jahr angesehen. Die Zahlen sprechen definitiv eine andere Sprache." Er kniff konzentriert die Augen zusammen. „Authentisch erscheint die weiße Weste des Unternehmens oberflächlich gesehen schon. Die entsprechenden Arbeitsverträge untermauern die Aussagen der Mitarbeiter. Dreissig Angestellte können nicht perfekt synchron lügen. Kevin und ich haben uns bei der Befragung durchaus Mühe gegeben. Dennoch bleibe ich dabei, irgendetwas stimmt hier nicht. Das Unternehmen schreibt schwarze Zahlen sagen die Bilanzen, aber die könnten deutlich höher ausfallen, wenn die Arbeitsverträge den allgemein üblichen Bedingungen angeglichen wären." Jan wiegte erneut seinen Kopf hin und her. „Reine Menschenfreundlichkeit? Daran kann ich nicht so ganz glauben. Dieser Anwalt der Lobwilds ..."

„Von Waldensturz? Der Verwaltungsrechtler mit dem schmierigen Grinsen?", ergänzte Becca feixend. Dieser windige Typ mit der Clark-Gable-Optik war ihr von Anfang an ein Dorn im Auge gewesen.

Jan nickte und fuhr fort, „ ...der war bei den Befragungen der rumänischen Schlachthelfer durchgehend anwesend und hat sich trotzdem nicht ein einziges Mal eingemischt. Er hat meine sämtlichen Fragen geradezu devot durchgewinkt."

„Hmm. Für einen Anwalt ungewöhnlich dieses friedfertige Verhalten. Stimmt, schon. Ich kann dennoch nach wie vor keinerlei Ansatz für weitere Ermittlungen erkennen."

Jan legte erneut seinen Kopf nachdenklich schief und runzelte die Stirn. „Der Selbstmord von Viktoria Lobwild ist absolut wasserdicht? Haben wir da nichts übersehen?"

„Nein, haben wir definitiv nicht. Der Suizid des Kindes ist einwandfrei bewiesen. Li-Ming sowie die SpuSi bescheinigen eine eindeutige Spurenlage. Das dumme Mädel hat sich hundertprozentig ohne Fremdeinwirkung ins Jenseits befördert. Dein Instinkt in allen Ehren, Jan, aber fast alles, was du an Auffälligkeiten anführst, erscheint mir erklärbar." Die Kommissarin konnte ihre Neugierde indes nicht länger zügeln und nutzte die gelöste Stimmung zu einer privaten Frage. „Wieso sprichst du überhaupt fließend rumänisch? Lernt man das bei neuerdings der Bundeswehr?"

KHK Herz fixierte sie sekundenlang stumm, als würde er abschätzen, ob sie eine Reaktion wert sei. Die Frage irritierte ihn offensichtlich und für einen Moment glaubte Becca, dass sie keine Antwort erhalten würde.

„Meine Mutter war Rumänin", lautete dann doch seine knappe Erwiderung, bevor er unvermittelt und ohne ein weiteres Wort den Raum verließ.

Und was ist daran so geheimnisvoll, ging es Becca durch den Kopf. Immerhin, so registrierte sie, hatte sie überhaupt eine Antwort erhalten. *So, so, du bist also Halbrumäne. Das erklärt deinen dunklen Teint und die fast schwarzen Augen.* Auch die ausgeprägt dunklen Bartstoppeln von KHK Herz ließen auf tiefschwarzes Haupthaar schließen, selbst wenn das durch den stets blank rasierten Schädel kaum auffiel. Was sollte das eigentlich überhaupt mit dieser selbsterwählten Glatze, fragte sie sich zum wiederholten Male. Einen Schönheitswettbewerb ließ sich nicht damit gewinnen, so viel stand fest.

Die Kommissarin hatte ihren wiederholten Ärger über den Kollegen nicht vergessen. Und dass er sich aktuell ein wenig zahmer zeigte, täuschte sie nicht darüber hinweg, dass er durchaus unbequem sein konnte. Sie musste unbedingt mehr über KHK Herz in Erfahrung bringen. Schon alleine der Umstand, dass er Rückendeckung aus der Führungsriege genoss, machte ihn unberechenbar. Wissen war Macht und ließ sich im geeigneten Moment als Waffe einsetzen. Vielleicht würde es nicht notwendig werden, aber sicher war sicher.

Nachdenklich betrachtete Becca ihre Topfpflanzen auf der Fensterbank. *Ließ das Einblatt nicht schon wieder seine Blätter hängen?* Die Hauptkommissarin stand auf, um dem Grün ein wenig Wasser zu gönnen, während ihre Gedanken weiter schweiften. *Wie hieß denn der Typ vom militärischen Abschirmdienst bei dem Seminar damals in Köln gleich nochmal? Willi soundso. Hatte sie nicht seine Nummer abgespeichert?*

Becca stellte die Gießkanne zurück und nahm ihr Smartphone zur Hand. In den Tiefen des Adressbuchs wurde sie fündig. Willi König, MAD, Köln und eine Mobilnummer. Verbale Deeskalationstechniken nannte sich damals der mehrtägige Fortbildungskurs. Sie selbst war von ihrer ehemaligen Dienststelle zu dem Seminar geschickt worden und checkte sich in eines der zentralen Hotels, unweit des Kölner Doms ein. Gleich am ersten Tag der Fortbildung traf sie dann auf den humorvollen Willi, der zufällig im selben Gebäude abgestiegen war. Willi König war mindestens fünfzehn Jahre älter als sie. Ein erfahrener Veteran mit bereits ergrautem Haar. Becca konnte damals nicht nachvollziehen, weshalb ein gestandener Haudegen vom militärischen Abschirmdienst diesen Grundlagenkurs überhaupt besuchte und vermutete, dass der Kollege an irgendeiner Sache dran war. Egal, sie hatten sich auf Anhieb verstanden und zwei Nächte in der Hotelbar miteinander gelacht, diskutiert und gezecht.

Möglicherweise konnte Willi, der beim MAD naturgemäß an weitreichende Informationen über Bundeswehrangehörige dran kam, ihr mehr über Jan Herz erzählen. Es war schlichtweg nicht akzeptabel, mit jemanden zusammenzuarbeiten, der nichts von sich preisgab. Ein Versuch war es wert, dachte sie und wählte spontan Willis Nummer und sie hatte Glück.

„König", meldete sich prompt die unverwechselbar, rauchige Stimme mit Kölner Dialekt.

„Becca Brigg hier, grüß dich Willi. Das Deeskalationsseminar? Köln, vor zwei Jahren?"

Kurz war es still im Hörer. Man konnte förmlich hören, wie der MAD-Mann sein Gehirn durchforstete.

„Becca! Klar! Allet jut bei dir? Was macht der Bodensee?" Ein tiefes Lachen vibrierte im Hörer. „Warte mal! Wie ging dein spezieller Saufspruch damals? Ach was tut das Herz so weh, wenn ich im Glas den Boden-seh! Bodensee! Der Brüller! Und Schwupps hatten wir die nächste Runde Kölsch bestellt. Mann o Mann, das waren vielleicht zwei schöne Abende!", lachte der MAD-Senior dröhnend. „Aber ich vermute, dass du den alten Willi nicht deshalb anrufst, oder Mädsche?"

„Stimmt. Scharfsinnig erwischt Willi, auch wenn ich mich echt freue, deine Stimme zu hören. Ich wollte dich um eine kleine Auskunft bitten. Inoffiziell versteht sich. Es geht um einen ehemaligen Feldjäger. Ich wüsste zu gern, warum er nicht mehr bei der Truppe ist und auch, ob er bei Auslandseinsätzen dabei war."

„Ein Verdächtiger oder ein Liebhaber?"

Becca konnte bei dieser Frage Willis schelmisches Grinsen förmlich sehen, wobei er glücklicherweise keine Antwort erwartete.

„Dann lass mal rüberwachsen. Ich schau, was ich für dich tun kann, Mädsche."

„Der Name lautet Jan Herz. Jahrgang 1978. Mutter Rumänin. Er hat eine auffällige Narbe am Hinterkopf. Zudem rasiert er sich grundsätzlich den Schädel kahl, trägt ausschließlich schwarze Klamotten und ist schweigsam. Mehr ist mir nicht bekannt. Wäre schön, wenn du mir weiterhelfen könntest."

„Klaro. Kleinigkeit."

„Danke, ich bin dir was schuldig, Willi."

„Wenn ich mal an den Bodensee runterkomme, gibst du einen aus! Ich melde mich wieder. Und pass wegen des vermaledeiten Virus auf dich auf, hörst du? Tschö!" Willi König hatte aufgelegt.

Becca legte ihr Smartphone nachdenklich beiseite. *Na, da bin ich aber mal gespannt. Ich werde schon noch herausfinden, was mit dir nicht stimmt, Kollege Herz ...*

Nur wenige Minuten nach dem Telefonat meldete sich Dr. Wang. „Hey Becca, ich bin seit gestern wieder im Dienst und habe Neuigkeiten für euch."

„Schön von dir zu hören, Li-Ming. Wie geht es dir denn inzwischen? Haben die drei Tage frei gereicht, um den Schock vom Samstag einigermaßen zu verdauen?", fragte Becca mitfühlend. Es war nicht auszudenken, was der Forensikerin am vergangenen Samstag hätte zustoßen können.

„Ich bin so weit okay, danke der Nachfrage. Zu Hause und hier im Präsidium ist alles gut. Nur abends alleine auf der Straße macht sich zugegeben ein angespanntes, bedrohliches Gefühl breit. Da lässt mein Sicherheitsgefühl doch noch zu wünschen übrig. Bevor sich da was Bleibendes an Ängsten festsetzen kann, habe ich mich freiwillig entschieden, in den nächsten Wochen regelmäßig den Kollegen vom polizeipsychologischen Dienst aufzusuchen." Die Forensikerin holte hörbar tief Luft und meinte optimistisch. „Das kriege ich wieder hin."

„Da bin ich zuversichtlich. Wenn jemand das hinbekommt, dann du. Dave Bernstein scheint als Psychologe einen guten Job zu machen, wie man hört", Becca bewunderte Li-Ming für ihren offenen Umgang mit dem traumatischen Erlebnis. Die beiden Frauen kannten sich zwar erst seit Beccas Wechsel nach Ravensburg im Januar, jedoch war der Ton zwischen der Forensikerin und der Kriminalhauptkommissarin von Anfang an freundschaftlich gewesen. Man respektierte sich gegenseitig.

„Schieß los. Was hast du für uns? Wir können alles brauchen, was uns irgendwie weiter hilft!", meinte Becca.

„Die toxikologische Untersuchung ist jetzt abgeschlossen." Li-Mings Stimme klang selbstsicher wie immer. „Unsere Tote vom Affenberg hatte Abbauprodukte eines Narkosemittels im Blut. So erklärt sich ihre geringe Gegenwehr. Sie war kaum handlungsfähig und durch das Medikament deutlich leistungsgeschwächt."

„Das bedeutet, dass der Täterkreis Frauen potentiell mit einschließt, oder?"

„Ja, die körperlichen Kräfte einer weiblichen Person hätten unter diesen Umständen ausgereicht, das Opfer mit bloßen Händen zu erwürgen. Außerdem konnte ich hohe Dosen von Prednisolonacetat und Azathioprin nachweisen. Zudem hat sie das Herpes-Simplex-Virus im Blut und die Milz ist vergrößert."

„Und was könnte das alles für uns bedeuten? Kannst du mir das bitte übersetzen?", fragte Becca.

„Ich kann mit Sicherheit sagen," erklärte Dr. Wang, „dass die Tote wenige Tage vor ihrem Tod eine allgemein übliche Vollnarkose mit dem Narkotikum Propofol erhalten hat. Das ist das gleiche Zeug, an dem Michael Jackson vor Jahren mutmaßlich ums Leben gekommen ist. Es war damals in allen Zeitungen zu lesen." Li-Ming war noch nicht fertig mit ihren Ausführungen und fuhr fort. „Zudem ist unsere Tote mit hohen Dosen Cortison und Immunsuppressiva behandelt worden. Der Wirkstoff Azathioprin ist ein Mittel, dass das körpereigene Immunsystem unterdrückt. Es wird bevorzugt bei Organtransplantationen und gegen Autoimmunerkrankungen verabreicht. Eine Autoimmunerkrankung konnte ich allerdings bei der Toten bislang nicht feststellen. Bleibt also eine kurz bevorstehende oder bereits erfolgte Organtransplantation als These stehen. Aber auch hierfür gibt es nach der Obduktion auf den ersten Blick keinerlei Anhaltspunkt."

„Also sind wir so weit wie vorher?", bemerkte Becca enttäuscht.

„Nicht so voreilig", antwortete Dr. Wang. „Einige Blutuntersuchungen laufen noch. Und ich möchte diese Fährte gedanklich mit dir weiterspinnen, auch wenn es kompliziert oder rätselhaft erscheint. Denn das Herpes-Virus im Blut des Opfers allein rechtfertig die Gabe solch hoher Dosen an Immunsuppressiva nicht. Den meisten medizinischen Laien ist das Herpes Virus sehr gut bekannt, weil es bei einem regelrechten Verlauf mit den typischen Lippenbläschen einhergeht. Das ist lästig, teils schmerzhaft und unangenehm aber eben nicht dramatisch. Es ist zudem weit verbreitet. Schätzungsweise achtzig Prozent der Bevölkerung tragen dieses Virus in sich. Das ist zunächst also nichts Spektakuläres."

Die Forensikerin hielt für einen Moment inne, um ihre Gedanken zu sortieren.

„Schließen wir einmal den selteneren Fall mit ein, der den meisten Laien zum Glück völlig unbekannt ist: Das vermeintlich harmlose Herpesvirus kann nämlich im Extremfall das Gehirn oder, und jetzt halte dich fest, das Auge befallen und dort ernste Schäden anrichten. Auch die Milzvergrößerung der Frau würde zu einem derartigen Infektionsgeschehen passen." Li-Ming holte tief Luft. „Daraus folgt logischerweise, da unserer Leiche ein Auge fehlt, die Theorie einer möglichen geplanten oder bereits erfolgten Organtransplantation. Ich kann dir allerdings sagen, dass Transplantationen von kompletten Augäpfeln heute noch nicht durchgeführt werden können. So weit ist die Medizin aktuell nicht. Möglicherweise wurde dem Opfer aber Augenhornhaut transplantiert.“ Die Forensikerin schob abschließend hinterher, „Betrachte das Gesagte bitte als rein spekulativ, Becca. Wir reden hier über eine Summierung von Auffälligkeiten, die wie in einem Puzzle zusammenpassen, aber eben nicht zwangsläufig zusammengehören müssen. Da der Augapfel der Toten fehlt, kann ich meine Theorie nicht beweiskräftig untermauern.“

„Das Labor konnte Verbandsmaterialreste an der Augenpartie der Leiche sichern. Das würde zu einem vorangegangenen Augen-OP passen und deine Vermutungen stützen. Möglicherweise ist unserer Toten deshalb das Auge nach ihrem Tod entfernt worden. Hast du sonst noch etwas?“, hakte Becca nach.

„Ja, ich habe tatsächlich einen weiteren Hinweis für euch“, teilte Dr. Wang triumphierend mit. „Der Abgleich des Zahnstatus in der Zahnarzt-Datenbank ergab keinen Treffer. Doch das Modell der festsitzenden Zahnspange, die wir im Mund der Toten fanden, lässt den Rückschluss zu, dass das entsprechende Zahntechniklabor und somit unser Opfer vermutlich aus dem osteuropäischen Raum stammt. Der mittelständische Hersteller der Zahnspange sitzt in Vilnius, der Hauptstadt Litauens und deren Vertriebsgebiet ist glücklicherweise auf Osteuropa beschränkt.“

„Kannst du das regional näher eingrenzen?“, entgegnete Becca aufgeregt, jetzt endlich weitere Ansatzpunkte gefunden zu haben.

„Nun ja“, sagte Dr. Wang, „ganz eindeutig abgrenzen lässt es sich nicht, aber wenn ich euch wäre, dann würde ich in Lettland, Litauen, Polen, Rumänien oder der Ukraine anfangen zu suchen. Dort liegt der Hauptabsatzmarkt des besagten Zahnspangenmodels.“

„Die Ukraine? Na super!“, entgegnete Becca schnaubend. „Da haben wir zumindest in den dortigen Krisengebieten aktuell keinerlei Chancen an zuverlässige Informationen zu kommen. Diese russischen Separatisten verwandeln die gesamte Region in einen chaotischen Dauerkonflikt. Das alles nach einer bestimmten Zahnspange abzugrasen, wird zu einer Sisyphosaufgabe.“

„Wie sagte einst der edle Konfuzius? Der Mann, der den Berg abtrug, war derselbe, der anfing, kleine Steine wegzutragen“, antworte Li-Ming frohgelaunt.

„Stimmt, da ist was dran. Dank deiner exzellenten Arbeit haben wir nun immerhin einen Ermittlungsansatz. Das kommt wirklich zur rechten Zeit. Katrin Scheurer macht von oben runter bereits mächtigen Druck. Ich werde nachher Jan über deine Ergebnisse informieren. Apropos KHK Herz", lenkte Becca das Thema des Gesprächs um, „er scheint seit deiner heldenhaften Errettung bei der Demo einen Tick zugänglicher geworden zu sein. Vorhin war er sogar zu einem gemeinsamen Brainstorming mit mir in der Lage. Weißt du vielleicht zufällig, was mit ihm los ist? Hat er dir irgendetwas erzählt? Katrin Scheurer scheint als Einzige die Geschichte hinter seinem skurrilen Verhalten zu kennen und die mauert."

„Nein. Er hat nichts gesagt und ich weiß auch nicht, ob ich sein Geheimnis überhaupt wissen möchte. Aber er erfüllt meiner Meinung nach alle Kriterien einer sozialen Phobie. Was soviel bedeutet, dass er mehr oder weniger bewusst soziale Kontakte vermeidet."

„Du glaubst, dass er schon immer so ein Ekel war?", fragte Becca ungläubig.

„Nein. Eher nicht. Da er jahrelang bei der Bundeswehr im Team arbeiten musste, hat er früher offenbar ein halbwegs normales Sozialleben hinbekommen. Naheliegend wäre ein traumatisches Erlebnis als Auslöser für sein ablehnendes Verhalten. Das wäre in der Vita eines Ex-Soldaten nicht ungewöhnlich. Was natürlich reine Spekulation ist." Li-Ming klang zurückhaltend. Sie war generell nicht der Typ für Klatsch und Tratsch.

„Hmm. Das macht es allerdings nicht einfacher ihn auszuhalten." Becca gelang es nicht, ihren Frust zu verbergen. Sie wollte es auch gar nicht. Der Kollege war nach wie vor eine echte Zumutung.

„Jan mag zwischenmenschlich schwer zu ertragen sein Becca, aber seine Einsatzfähigkeiten sind fantastisch. Das musst auch du zugeben. Mich nach Rambo-Manier da rauszuhauen und seine Kontrahenten nicht ernsthaft zu verletzen, das war schon eine grandiose Leistung, finde ich. Ich wünsche ihm sehr, dass es ihm gelingt, sich aus seiner inneren Hölle zu befreien."

„Tja, das hoffe ich in meinem eigenen Interesse ebenso. Und hoffen wir weiterhin, dass er nicht anfängt, wie John Rambo die ganze Gegend in Schutt und Asche zu legen. Ich sehe schon bildlich vor mir, wie er in Tarnkleidung durchs Bodenseeschilf robbt", kicherte Becca überdreht ins Telefon. „Ich gehe jetzt in die Kantine runter, vielleicht sehe ich dich da? Hoffentlich gibt es nicht wieder Rosenkohl. Wintergemüse! Wenn ich das schon höre. Bäh! Ich kann diese grünen Kugeln nicht mehr sehen."

Als die Hauptkommissarin eine dreiviertel Stunde später aus der Mittagspause ins Großraumbüro eintrat, standen die Kollegen samt Uwe Link und Staatsanwältin Winkler in einer dicken Traube um den 22-Zoll-Monitor von Ayla herum. Der Anblick war reichlich ungewöhnlich, so dass Becca sich von Neugierde gepackt dazugesellte.

Für einen kurzen Moment fühlte sie sich an die Katastrophe vom 11. September 2001, als die Twin Towers fielen, erinnert. Auch damals waren Kollegen in dichtgedrängten Trauben um die Monitore herum gestanden. Schockiert und zunächst völlig sprachlos.

Becca stellte sich auf die Zehenspitzen und spähte über die Schulter von Staatsanwältin Winkler. Vorne flackerte ein Fernsehbericht über den Computerbildschirm. Ein müde aussehender Reporter, der mit todernster Miene in die Kamera blickte, sendete offensichtlich live aus dem italienischen Bergamo. So verkündete es der unten eingeblendete Schriftzug. Endlose Kolonnen von Militärfahrzeugen fuhren dicht hinter ihm vorbei. Die Fernsehkamera schwenkte plötzlich zu einer der Unimog Ladeflächen, auf der mehrere Holzsärge gestapelt lagen. Der Sprecher berichtete aufgeregt von einer unübersehbaren Menge an Coronatoten in Oberitalien. Die Lage sei gänzlich außer Kontrolle, informierte er erschüttert sein Publikum. Es gäbe erhebliche Probleme bei der Beseitigung der Leichen, da die örtlichen Krematorien völlig überlastet waren. Nahe Angehörige dürften sich nicht mehr von Sterbenden verabschieden und Geistliche hätten keinen Zutritt in die hoffnungslos überfüllten Krankenhäuser, so der geschockte Reporter weiter. Das Bild wechselte auf eine norditalienische Intensivstation. Patienten lagen haufenweise notdürftig versorgt auf einem riesigen Flur herum. Es herrschte unübersehbares Chaos. Einem erschöpften Arzt liefen die Tränen übers Gesicht. Er sah aus, als hätte er einige Tage nicht geschlafen.

„Wie furchtbar! Die armen Menschen!" Ayla war blass um die Nase geworden und saß fassungslos auf ihrem Drehstuhl, als sie sich zu den anderen herumdrehte. „Italien ist doch gleich um die Ecke. Mein Gott, wenn das auch zu uns überschwappt, was dann?!"

KHK Herz zuckte scheinbar gleichgültig mit den Achseln und verschwand wortlos hinter der Rauchglasscheibe an seinen Arbeitsplatz. Er hatte genug gesehen.

„Bei uns kann so etwas nicht passieren. Das ist völlig ausgeschlossen“, kommentierte Staatsanwältin Winkler Aylas entsetzte Worte resolut. „Wir sind deutlich organisierter und zudem besser vorbereitet als die Italiener. Unsere Regierung hat das unter Kontrolle, keine Sorge, Frau Schneider-Demir.“ Die Staatsanwältin klang dabei mächtig überzeugt von der Überlegenheit deutscher Fähigkeiten. Es wirkte unangemessen überheblich. „Sie werden sehen, die Corona Regeln werden sich nun auch bei uns weiter verschärfen, damit es gar nicht so weit kommen kann. Alles wird dicht gemacht. Davon können Sie sicher ausgehen. Das ist ja wohl völlig klar. Und so kriegen wir dieses fiese Virus in den Griff“, fuhr die Staatsbeamtin enthusiastisch fort, als würde sie sich auf das alles freuen wie ein Kind auf sein erstes Geschenk. „Sehen Sie, am Montag werden die Schulen und Kitas geschlossen. Und die privaten Kontakte müssen sich ebenfalls deutlich reduzieren. Da wird es sicher auch noch ein paar weitere Einschränkungen geben. Wenn wir alle mitmachen, klappt das.“ Frau Winkler runzelte nachdenklich die Stirn. „Wobei ich ehrlich gesagt keine Ahnung habe, wohin ich ab Montag mit meinen drei Kindern soll.“ Gemurmelt schloss sie an: „Das kam jetzt doch ein wenig plötzlich.“

„Was eine Scheiße!“, brach es ungewöhnlich derb aus Kevin in frustriertem Tonfall hervor. „Das Rockfestival am Salemer Schloss können wir offensichtlich in diesem Jahr vergessen. Ich hab mich so darauf gefreut und die machen einfach alles dicht! Das ist doch der Oberhammer! Und was ist mit der Bundesliga?“

„Kevin!“ Ayla blickte den Youngster völlig entgeistert an. „Da draußen sterben massenhaft Menschen! Wie kannst du da jetzt an Fußball oder Musik denken?“

Bevor Kevin etwas zu seiner Verteidigung einwenden konnte, bellte Uwe Link emotional in die Runde.

„Ihr seid alle viel zu gutgläubig!“ Sein Tonfall war dabei einen Tick zu laut ausgefallen. „Ihr müsst nicht alles glauben, was die Medien erzählen. Das sind doch nur Fake-News. Lasst euch doch keine Angst machen, Herrgott!“ In leiserem, beinahe beschwörendem Ton schloss er an, „Es gibt da einen namhaften Wissenschaftler, der erklärt im Internet genau, was in Wirklichkeit los ist. Googelt doch einfach mal nach Professor Dr. H. Winder. Das müsst ihr euch unbedingt ansehen! Dieses ganze, schon seit Wochen andauernde, endlose Pandemiegequatsche ist pure kalkulierte Panikmache. Nichts weiter! Dieses Virus ist tatsächlich nicht schlimmer als die herkömmliche Grippe!“

„Ach? Und wie erklärst du dir, dass der Bericht eben aus Italien und die vielen Toten ganz offensichtlich ...“, weiter kam Becca mit ihrer Entgegnung nicht, da Polizeipräsidentin Katrin Scheurer durch die Bürotür hereinschneite und noch in der Türfüllung stehend zu reden begann.

„Bestens, dass ich euch alle auf einen Schlag erwische.“ Der Präsidentin entging die aufgeheizte Stimmung im Team völlig. „Wir haben ein winziges Problem. Die für heute angekündigte Maskenlieferung ans Haus ist leider komplett ausgefallen. Die Lieferung wird sich laut dem Großhändler um einige Tage verzögern. Der Markt ist in puncto Desinfektionsmittel und OP-Masken vollständig leergefegt. Wir werden also zunächst einmal improvisieren.“

„Wie bitte? Und jetzt?“, entgegnete Becca entnervt. „Die zwei Masken, die wir von Li-Ming bekommen haben, helfen nicht lange weiter. Sollen wir etwa oben-ohne da raus?“ Der eben gesehene Bericht aus Italien hatte seine emotionalen Spuren hinterlassen. Der Anblick der vielen Särge verunsicherte selbst eine gestandene Kommissarin.

„Frau Scheurer“, warf nun auch Ayla aufgeregt ein. „Wir haben eben gerade diese verstörenden Bilder aus Italien gesehen. Das kann doch nicht wahr sein, dass ausgerechnet die Polizei ohne Schutzausrüstung dasteht?“

Kevin schüttelte ebenfalls entrüstet den Kopf. „Im Dienst des Staates den Kopf hinhalten und allen anderen den Arsch retten, aber unsere eigene Sicherheit ist offensichtlich völlig wurscht. Ich glaub`s ja nicht.“

„Tja, Kevin. Gewöhn dich schon mal dran, dass das Verhältnis zwischen Risiko und Entlohnung im Polizeidienst nicht stimmt. Das ist nicht erst seit gestern bekannt“, feixte Uwe Link schadenfroh.

„Nein“, Katrin Scheurers Tonfall kreuzte bestimmt und souverän dazwischen. „Ihr geht selbstverständlich nicht ohne Maske da raus. Das wäre nicht nur aus Sicherheitsgründen, sondern auch rein optisch das falsche Signal. Der globale Polizeiapparat fungiert hier als Vorbild. Ihr müsst eure Masken momentan mehrfach benutzen. Solange bis der Nachschub kommt. Geht mit gutem Beispiel voran. Zur Not wascht sie eben mal aus. Dr. Wang hat jede Menge Desinfektionsmittel gebunkert. In diesem Punkt sind wir versorgt. Es tut mir wirklich leid, aber ich kann nicht zaubern. Der ganze Erdball meldet zeitgleich Bedarf an Hygieneartikeln an. Sogar das Innenministerium ist inzwischen in die Beschaffungsmaßnahmen involviert. Wir tun also alles, was geht. Das wird schon! Wir müssen jetzt zusammenhalten." Die Polizeipräsidentin sah geschäftig auf ihre Smartwatch. „Um 14.00 Uhr treffen wir uns zu einer Besprechung wegen unserer unbekannten Toten. Tragt die bis zum jetzigen Zeitpunkt gesammelten Ermittlungsergebnisse im Affenberg-Fall bis dahin zusammen. Gegen 15.00 Uhr geben Staatsanwältin Winkler und ich eine gemeinsame Pressekonferenz, um die bisherigen Ergebnisse zu kommunizieren. Danke."

Frau Scheurer rauschte energisch und ohne eine Antwort des Teams abzuwarten, aus dem Büroraum. Die Kommissarin rollte genervt mit den Augen und wandte sich zu ihren Kollegen um. Dass die Polizeipräsidentin nicht mit einem einzigen Wort auf die Geschehnisse in Italien eingegangen war, empfand sie als mangelnde Kommunikation aus der Führungsebene. Sie selbst würde solche kritischen Phasen effektiver lösen, wenn sie den Chefsessel eines Tages innehaben sollte, nahm sie sich vor.

„Tja. Ihr habt es ja gehört. Dann tragen wir mal in der nächsten halben Stunde die Ergebnisse zusammen." Ironisch ergänzend fügte sie hinzu, „Schwer zu schleppen haben wir nicht, bei den wenigen bisherigen Erkenntnissen. Das wird eine äußerst schweigsame Pressekonferenz, fürchte ich. Kevin, wie weit bist du in Osteuropa bezüglich der offenen Vermisstenfälle?"

„Die Kollegen aus Litauen haben vor zehn Minuten ihre aktuelle Liste gefaxt und sogar eine zusammenfassende Einschätzung mitgeliefert. Demnach wird im fraglichen Alter unserer Toten, beziehungsweise in dem uns bekannten Zeitraum, in Litauen keine Person vermisst. In Lettland und Polen sieht es leider ähnlich aus. Rumänien steht noch aus und bis wir aus der Ukraine eine Antwort erhalten, kann es wohl einige Zeit dauern. Die haben dort aktuell andere Sorgen."

„Verflixt. Scheint, dass das Glück uns meidet wie ein Vampir die Sonnenstrahlen. Fasst du trotzdem die spärlichen Fakten der Voruntersuchung von der Badener Landfleisch GmbH für die Besprechung zusammen? Irgendetwas müssen wir der Chefin und der Staatsanwältin schließlich nachher präsentieren." Becca ging einen Schreibtisch weiter und fuhr fort. „Ayla, suchst du bitte den Bericht von der Gerichtsmedizin raus? Ach ja, und bevor ich`s vergesse, heute Abend bin ich bei meinen Eltern zum Essen eingeladen und habe keine Zeit, aber vielleicht möchtest du morgen nach Feierabend auf ein Glas Rotwein nach Wittenhofen kommen? Jetzt, wo ein offizieller Lockdown beginnt, weichen wir halt mit unserem After-Work-Drink ins Private aus, meinst du nicht?"

„Prima. Morgen passt, Becca", erwiderte Ayla und lächelte der trüben Stimmung zum Trotz. In diesen Tagen tat es gut Verabredungen zu treffen. Der Lockdown und die Aufforderung, alle Sozialkontakte zu vermeiden, verwandelten diese plötzlich zu einem wertvollen Gut.

Nichts mehr erschien selbstverständlich.

Um Punkt drei Uhr hatte das komplette Team den Besprechungsraum gefüllt. Polizeipräsidentin Katrin Scheurer ergriff als Erste das Wort. „Bevor wir zu den Ermittlungsergebnissen im Fall der Toten vom Affenberg kommen, möchte euch Staatsanwältin Winkler etwas mitteilen. Bitte Johanna."

„Danke Katrin."

Die Staatsanwältin strich sich mit einer knappen Handbewegung eine blonde Haarsträhne hinters Ohr. Ihr stahlblauer Hosenanzug und die blasse Haut verliehen Johanna Winkler einen kühlen, distanzierten Touch, dennoch wirkte sie auf ihre eigene Art schön, ähnlich einer Eiskönigin. Die farblich abgestimmten Pumps ließen sie noch imposanter wirken, als sie mit ihren fast 1,80 Metern ohnehin schon war.

„Ich möchte Ihnen einige Informationen zu den Ausschreitungen letzte Woche aus meiner Sicht darlegen. Das dürfte, bei der Schwere der Delikte, im Interesse aller Anwesenden liegen. Und immerhin waren sie persönlich auf die ein oder andere Art davon betroffen." Die meisten am Tisch nicken zustimmend. Lediglich KHK Herz verzog keine Miene, als die Staatsanwältin fortfuhr. „Diejenigen Subjekte, die durch Gewaltbereitschaft bei der Demonstration auffielen, konnten nahezu alle identifiziert und vernommen werden. Diverse Überwachungskameras haben uns da in die Hände gespielt.

Den meisten Verdächtigen droht eine Verurteilung wegen Widerstands gegen die Staatsgewalt sowie Landfriedensbruch. Bei den Angreifern gegen Dr. Wang kommen Volksverhetzung, Nötigung sowie Körperverletzung hinzu. Da kommt also einiges zusammen. Drei der Schläger waren aktenkundig. Sie werden mindestens sechs Monate einsitzen müssen." Es folgte eine kurze Kunstpause. „Die anderen Randalierer kommen leider vermutlich, wie bei Erstdelikten üblich, mit einer Bewährungsstrafe davon."

„Und das Schwein, das Martinas Bein auf dem Gewissen hat? Kommt der auch mit ein paar Monaten auf Bewährung davon?", warf Kevin aggressiv ein. Der Youngster war noch zu unerfahren, um seine persönliche Betroffenheit professionell zu verbergen. Es war bitter zu hören, dass die Strafen relativ milde ausfielen.

Die eisblauen Augen der Staatsanwältin hefteten sich überlegen und kühl auf Kevin. Jeder der sie ansah, bekam unwillkürlich den Eindruck, dass man diese Frau im Gerichtssaal nicht gegen sich haben wollte.

„Ihre Sorge kann ich definitiv zerstreuen KKA Mittenmann. Bei dem Angreifer von Martina Weber werde ich die Höchststrafe von zehn Jahren fordern. Da der Mann in der Vergangenheit mehrfach straffällig gewesen ist und die Verletzungen von Frau Weber schwer wiegen, werde ich meinen ganzen Ehrgeiz daran setzen, dass der Täter nicht mehr so schnell in die Mitte der Gesellschaft zurückkehren wird. Das ist mir ebenfalls ein persönliches Anliegen, wie ich Ihnen versichern kann." Mit diesem letzten Statement ließ sich die Staatsanwältin elegant auf ihren Stuhl zurückgleiten.

Ein zustimmendes Raunen zog durch den Raum.

„Becca", meinte Katrin Scheurer nach einem kurzen Moment, „würdest du uns die neusten Erkenntnisse im Affenberg-Fall darlegen?"

„Sicher."

Die Kommissarin bemühte sich, optimistisch und siegreich zu klingen. Es gehörte irgendwie zum üblichen Ritual. Denn viel hatte ihr Team an Erfolgen nicht gerade vorzuweisen. Der Fund der Leiche würde morgen eine Woche zurückliegen und sie tappten weiterhin im Nebel herum. Stocherten hier und stocherten da. Es war deprimierend und zäh. Also half es, wenigstens so zu tun, als ob. Die Führungsetage drängte auf Resultate. Aber vor allem war es hilfreich, die Arbeitsmoral der eigenen Leute nicht völlig in den Keller sinken zu lassen.

„Dank Dr. Wangs Hinweis mit der Zahnspange konnten wir den Suchradius der Vermisstendatei auf Osteuropa einschränken. Das wird uns definitiv weiterhelfen. Noch liegen aber nicht alle Ergebnisse aus den entsprechenden Ländern vor. Die junge Frau ist laut Gerichtsmedizin zwischen sechszehn und achtzehn Jahre alt. Ihr Auge wurde unprofessionell post mortem entfernt. Unter den Fingernägeln der Toten konnten wir keine Fremd-DNA sicherstellen. Auf ihrer Kleidung dafür um so mehr. Von verschiedenen Personen. Jedoch können wir diese bislang niemandem zuordnen. Das steht noch aus. Auch die anhaftende DNA eines im Umkreis der Toten gefunden Kondoms lässt sich nicht zuteilen." Becca hielt kurz überlegend inne und trank einen kleinen Schluck Wasser. „Durch die Erkenntnisse der SpuSi konnten wir allerdings die Laufrichtung des Mädchens zum Tatort bestimmen. Demnach wurde sie am Hauptweg von einem Auto abgesetzt, bevor sie sich zu Fuß Richtung Schiretgraben bewegte. Wieso sie sich überhaupt in dem Wald aufhielt, ist uns nicht bekannt. Gesichert gilt indes, dass die Tote Tage oder Stunden vor ihrer Ermordung medizinisch behandelt wurde. Darauf deuten das Nachthemd, die Medikamentenspuren im Blut sowie nachgewiesene Fasern eines Augenverbands hin." Becca blickte stoisch in die Runde.

Für einen Moment war es mucksmäuschenstill im Raum.

„Du willst mit deinem spärlichen Statement nicht etwa andeuten, dass das alles war, oder?" Katrin Scheurers Unterton drückte erheblichen Unmut bei der eher rhetorisch gemeinten Frage aus, als sie ihre Hauptkommissarin nachäffte.

„Vermutlich? Liegt nicht vor? Steht noch aus?" Die Polizeichefin schnaubte wütend und zog die Augenbrauen missbilligend hoch. „Was tut ihr eigentlich den ganzen Tag? Ihr hattet fast eine Woche Zeit und ihr wisst nichts? Wo hat sich die Frau vor ihrem Tod aufgehalten? Wo wurde die Tote medizinisch behandelt? Verdächtige? Neue Ansätze? Irgendetwas?" Die Polizeipräsidentin blickte giftig in die Runde, so dass das gesamte Team letztlich betreten zu Boden sah. „Das ist erbärmlich", schob die oberste Chefin, absichtlich verletzend hinterher.

„Nein. Ist es nicht!"

Jan Herz schlug unerwartet mit der Faust krachend auf die Tischplatte. Die restlichen Anwesenden am Konferenztisch zuckten zusammen. „Wir haben durchaus Verdächtige. Wir haben Anhaltspunkte“, fuhr er energisch fort, „dass in der Familie Lobwild, beziehungsweise in deren Unternehmensführung von der Badener Landfleisch GmbH, etwas nicht mit rechten Dingen zugeht. Der Schlachthof, sowie das Privathaus der Lobwilds, liegen zudem nur wenige Kilometer vom Tatort am Affenberg entfernt. Außerdem hat das Ehepaar erst kürzlich ihre Tochter durch einen Suizid verloren. Diese Anhäufung von Auffälligkeiten kann kein Zufall sein.“

„Welche Anhaltspunkte sind das konkret, KHK Herz?“ Staatsanwältin Winkler hatte ihren Eisköniginnen-Blick interessiert auf den Exfeldjäger gerichtet.

Becca warf eilig, bevor Jan Herz selbst antworten konnte, unterstützend ein, „Das Unternehmen verzeichnete im vergangenen Jahr einen Jahresumsatz von gerade einmal schlappen 110000 Euro. Das ist erheblich weniger als bei vergleichbaren Schlachthofbetreibern der Konkurrenz. Trotzdem hält die Firma beharrlich an ihrem branchenunüblichen Geschäftsgebaren fest.“ Becca hob ihre Hand theatralisch in die Luft, um die einzelnen gespreizten Finger, für alle gut sichtbar, bei ihrer Aufzählung nacheinander einzuklappen. „Erstens, die Mitarbeiter werden überdurchschnittlich gut bezahlt und zweitens sind die Unterkünfte der Schlachthelfer branchenunüblich in gehobener Wohnqualität ausgestattet. Drittens, sogar die Tiere werden mittels teurer Injektion vor dem Schlachten betäubt und nicht, wie anderenorts üblich und zudem deutlich billiger, durch simplen Elektroschock. Viertens, samstags finden ohne einleuchtende Erklärung keinerlei Schlachtungen statt. Und schließlich fünftens, das erwirtschaftete Einkommen reicht für die exquisite Villa samt den davor stehenden schicken Autos der Lobwilds nicht aus. Ganz zu schweigen von dem Schulgeld für die elitäre Salemer Schlossschule, die die kürzlich verstorbene Tochter besuchte.“

Jan ergänzte zustimmend nickend eilig, „Eine absolut unrentable Unternehmensführung also, wie die Kollegin Brigg völlig richtig darlegte. Ungewöhnlich zahm agiert auch der Anwalt der Lobwilds. Er schaltete sich bei der Befragung der Mitarbeiter nicht ein einziges Mal Einspruch erhebend ein. Und sie gaben sich Mühe demonstrativ gläsern und transparent zu wirken.“

„Ihr könnt euch glücklich schätzen, dass der Anwalt der Familie friedfertig reagierte.“ Johanna Winklers Ton wirkte ebenso stählern wie ihr blauer Hosenanzug. „So, wie ich das sehe, hattet ihr für die Befragung der Mitarbeiter keinerlei handhabe“, konterte sie.

„Frau Winkler, hier stimmt doch etwas nicht. Das ist doch nicht zu übersehen!“ Beccas Stimme bekam einen beschwörenden Unterton. „Wir bräuchten lediglich einen Durchsuchungsbeschluss für den Schlachthof und die Villa, um den Verdacht zu untermauern. Da stehe ich voll und ganz hinter KHK Herz.“

„Schön, dass Sie sich ausnahmsweise einmal mit KHK Herz einig sind, KHK Brigg.“ Die Staatsanwältin richtete sich in ihre imposante Höhe auf. „Dennoch. Wir werden nicht ohne triftigen Grund einen Unternehmer bei seiner Arbeit stören. Ungewöhnliches Geschäftsgebaren gehört nicht in den klassischen Modus Operandi eines Mörders. Wer seine Firma, warum auch immer, in die Insolvenz gleiten lässt, macht sich per se nicht strafbar. Punkt. Entweder Sie bringen mir eindeutige Beweise, dass das Ehepaar in den Mordfall verstrickt ist, oder die Familie Lobwild ist tabu.“ Die frostige Juristin richtete ihre Augen auf Becca und Jan und lächelte kalt. „Und mit tabu, meine ich auch tabu. Ein Durchsuchungsbeschluss ist zum jetzigen Zeitpunkt nicht ansatzweise denkbar. Schlimm genug, dass die Familie vor kurzem ihr einziges Kind beerdigen musste. Ich gehe davon aus, dass diese Dienstanweisung klar bei Ihnen ankam. Statt im Nebel herum zu stochern, sollten Sie alle Ihre Hausaufgaben besser erledigen.“

Erneut blickte das Team betreten auf die Tischplatte. Ihnen war bewusst, dass sie nicht mit Erfolg glänzten.

„Ähmm, Frau Winkler? Frau Scheurer?“

Kevin sah aufgeregt und mit hochrotem Kopf, von seinem Smartphone zu den Damen der Führungsriege und unterbrach damit überraschenderweise das peinliche Schweigen im Raum. Das komplette Team wandte sich dem Youngster erstaunt zu, der sich immerhin traute, in diese Missstimmung verbal einzugreifen. Was wiederum Kevins rötliche Gesichtsfarbe noch einmal intensivierte.

„Wir haben soeben einen Namen rein bekommen. Die rumänischen Kollegen konnten unsere Tote identifizieren.“ Ein erleichtertes Wispern zog durch den Sitzungssaal, als Kevin fortfuhr. „Die Rückverfolgung der Zahnspange ergab einen Treffer und die DNA passt. Unsere Tote vom Affenberg heißt Stella Radu, geboren am 23.10.2004, wohnhaft in Sinaia, Südkarpaten. Das ist ungefähr eine

Autostunde von der Hauptstadt Bukarest entfernt. Stella lebte laut den rumänischen Kollegen dort mit ihrer Mutter und drei jüngeren Geschwistern. Sie wurde am 15. Februar von ihrer Familie als vermisst gemeldet."

„Das passt absolut zum fraglichen Zeitfenster", meinte Becca.

Polizeipräsidentin Scheurer nickte Kevin anerkennend zu.

„Auch wenn Fortuna Ihnen dabei gewogen war: Bestens KKA Mittenmann", lobte sie den jungen Mitarbeiter. „Setzen Sie sich mit den rumänischen Kollegen in Verbindung und bitten Sie sie, die Familie von Stella Radu bis wir vor Ort sind vorerst nicht über deren Tod aufzuklären." Die Präsidentin wandte sich Jan zu. „KHK Herz, Sie fliegen gleich morgen früh nach Rumänien. Dass Sie der Landessprache mächtig sind, sollten wir nicht ungenutzt lassen. Frau Schneider-Demir kümmert sich um Ihre Flugtickets und Frau Winkler um die notwendigen offiziellen Dokumente der Amtshilfe. Becca, du machst hier vor Ort weiter. Und seid froh, dass euer Nachwuchs-Kollege die Stimmung im letzten Moment gerettet hat." Staatsanwältin Winkler zugewandt ergänzte die Polizeipräsidentin in freundschaftlichem Tonfall, „Komm Johanna, die Pressemeute wartet. Nun haben wir wenigstens etwas zu berichten."

Damit rauschte die Führungsriege aus dem Besprechungsraum und das Team machte sich erneut an die Arbeit.

Zwei Stunden später verließ die Kommissarin völlig ausgepowert das Präsidiumsgebäude. Ein Abendessen gemeinsam mit ihren Eltern war längst überfällig geworden. Bislang hatte sie sich erfolgreich davor gedrückt. Von ihrer eigenen Trauer um Taja, sofern sie nicht gerade an den vermaledeiten grünen Kreuzen am Ackerrand vorbeifuhr, ließ sie sich durch die Polizeiarbeit ablenken. In der elterlichen Wohnung hingegen würde ihr eine Verdrängung nicht gelingen, das war ihr schmerzlich bewusst. Der Seelenschmerz und die Verzweiflung um diese persönliche Tragödie waren da allgegenwärtig. Die Räume dort erinnerten an frohe Kindheit. An Tage ohne Kummer. An unbeschwertes Mädchenlachen. Um so unerträglicher erschien der Verlust der Schwester. Ein kaum auszuhaltender Kontrast.

Auf der B33 Richtung Meersburg schaltete Becca die Freisprecheinrichtung an und wählte Aages Festnetznummer in Schleswig-Holstein.

„Jorgensen?"

Die Stimme des Schwagers klang alt und müde, obwohl er erst 36, also immerhin neun Jahre jünger, als sie selbst war.

„Hi Aage. Ich wollte mal hören, wie es bei dir so aussieht. Ich hatte für einen Rückruf in den letzten Tagen keine Zeit, hier war einiges los."

„Schon gut, Becca. Ich weiß, dass du viel zu tun hast. Trotzdem fein, dass du zurückrufst. Ich hätte mich die Tage sonst auch nochmal gemeldet. Tajas Geburtstag steht doch demnächst an. Ich wollte dich fragen, ob ich ein paar Tage bei dir wohnen kann, wenn ich dafür runter an den Bodensee komme. Die Hotels sind wegen des Corona-Lockdowns alle dicht und bei deinen Eltern bin ich, wie du wahrscheinlich inzwischen mitbekommen hast, nicht mehr willkommen." Kurz war es still im Hörer, als suche er nach Worten. „Ich habe Sabine, die Frau, die bei mir war, bereits wieder vor die Tür gesetzt. Ihr habt ja recht. Das war natürlich viel zu früh und es passte auch nicht mit uns. Ich habe es nach wenigen Tagen dann selbst gemerkt. Zu spät halt. Es war ein Fehler. Tut mir echt leid, wenn ich euch da Kummer gemacht habe." Seine Redeflut stoppte abrupt. Vermutlich schnürte die einsetzende Traurigkeit ihm die Kehle zu.

„Aage, alles gut", erwiderte Becca verständnisvoll. „Du musst dich nicht bei mir entschuldigen. Ich fand das nur natürlich, dass du dich einsam fühlst, nachdem Taja nicht mehr da ist. Das leere, riesige Haus tut dir nicht gut. Mach dir keine allzu großen Vorwürfe. Und klar kannst du bei mir schlafen. Jederzeit. Du bist gern gesehen. Ich sitze momentan im Auto und fahre zu meinen Eltern zum Abendessen. Ich rede nachher mit ihnen. Gib den beiden ein bisschen Zeit. Der Verlust von Taja ist für sie nicht einfach, und sie stammen zudem aus einer anderen Generation. Mit lockeren Partnerwechseln tun sie sich generell schwerer."

„Ja. Ich weiß. Ich wollte sie bestimmt nicht kränken. Taja fehlt mir so, Becca." Man konnte seine Tränenflut jetzt förmlich über die Wange fließen hören.

„Ach Aage, mir fehlt sie doch auch. Wenn du da bist, dann reden wir ganz viel über Taja. Es wird gut tun, sich mit dir zusammen an sie zu erinnern. Wann kommst du denn?" Die Kommissarin bemühte sich, die eigenen Tränen zurückzudrängen.

„Genau weiß ich es nicht. Ihr Geburtstag fällt dieses Jahr am 30.

März auf einen Montag. Ich denke, ich komme vielleicht samstags schon, wenn ich darf? Also nur, wenn es für dich okay ist?"

„Ja, klar. Ich habe ein separates Gästezimmer, wie du weißt, und wenn ich im Dienst bin, hast du sowieso die ganze Wohnung für dich alleine zur Verfügung. Der Ersatzschlüssel ist rechts an der Terrassentür unter dem Steinmännchen. Geh einfach rein, wenn du da bist. Bei mir weiß man ja nie, wann ich Feierabend habe."

„Wie läuft es denn bei der Arbeit? Wie ist es mit dem neuen Kollegen?", fragte Aage nach.

„Oje. Themenwechsel." Becca seufzte laut.

„So schlimm?"

„Schlimmer. Vom Regen in die Traufe würde ich sagen. Ich dachte, nach Konstanz schlimmer geht nimmer, aber da habe ich mich offensichtlich getäuscht. Dieser gestörte Exsoldat, der sich Kollege nennt, hat sich zwar einen winzigen Tick inzwischen gebessert, aber es ist immer noch eine echte Zumutung, mit so jemanden zusammen zu arbeiten."

„Was macht er denn?" Aage war scheinbar dankbar über jede Ablenkung von seinen eigenen Problemen.

„Nix macht er. Das ist es ja eben. Der kommuniziert nicht. Mit niemanden. Immer nur Job, Job, Job. Kein Funke Empathie, kein privates Wort. Ein autistischer Workaholic, wenn du mich fragst. Er scheint einen Dachschaden von seiner Zeit beim Militär zu haben. Ich ziehe gerade Erkundigungen über ihn ein. Das kriege ich schon noch raus. Wirst sehen."

„Du tust was?" Aage klang befremdlich.

„Na ja, man will schließlich wissen, mit wem man es tun hat, oder nicht? Der geht mir echt auf den Nerv!"

„Ähm, na ja", erwiderte Aage zögerlich. „Erkundigungen über einen Kollegen hinter dessen Rücken einzuholen, ist jetzt nicht gerade die feine englische Art, oder? Hast du ihn denn mal gefragt, was mit ihm los ist?"

Becca antwortete überrascht, „Nö, nicht direkt. Der redet doch eh niemals über sich. Die Mühe nachzufragen, kann man sich von vornherein sparen."

„Vielleicht nicht, Becca. Einen Versuch ist es doch wert, bevor man hintenrum agiert, oder? Mich würde das sehr kränken, wenn ich Jan wäre und das mitbekäme. Vielleicht ist er auch einfach anders gestrickt als du? Denk mal drüber nach."

„Er erfährt es ja nicht. Meine angezapfte Quelle ist sicher", entgegnete Becca pragmatisch.

„Trotzdem. Frag ihn doch mal", blieb Aage hartnäckig bei seiner Meinung.

„Na gut. Vielleicht", seufzte Becca einlenkend. „Ich denke zumindest drüber nach. Versprochen. Ich bin jetzt kurz vor Überlingen und muss Schluss machen. Danke für dein Ohr. Wir können weiter diskutieren, wenn du da bist. Vermutlich weiß ich bis dahin auch mehr über den Kollegen. Halt die Ohren steif. Ich leg ein gutes Wort bei meinen Eltern für dich ein."

„Danke. Bist ein Schatz, Becca. Guten Appetit dir und fang dir den blöden Virus nicht ein!"

Als die Kommissarin auf der B31 die Barockkirche Birnau passierte, lag der See dunkel schimmernd unterhalb des imposanten Bauwerks. Die Lichter der angrenzenden Städte spiegelten sich im abendlichen, fast schwarz wirkenden Bodenseewasser. Es war sternenklar und windstill. Die Wasseroberfläche schien völlig glatt und verströmte eine wunderbare Ruhe. Nur das Mondlicht reflektierte sich ab und zu wellenartig darin. *Eigentlich ein wunderschöner Abend*, zog es Becca durch den Kopf. Sie genoss die bezaubernde Stimmung des Seeblicks und nach einer weiteren Viertelstunde Fahrt, bog sie in Überlingen in die Straße ihrer Kindheit ein. Das Sechsparteienmietshaus, in dem ihre Eltern nach wie vor lebten, hatte sich seitdem kaum verändert. Nur seine Fassadenfarbe war inzwischen eine andere.

Beccas Mutter empfing, während sie sich die arbeitsamen Hände an der Küchenschürze abtrocknete, ihre Tochter im Flur in besorgtem Tonfall.

„Du siehst blass aus, Rebecca. Isst und schläfst du nicht genug? Oder arbeitest du zu viel?" Helga Brigg roch, als Becca sie umarmte, nach Niveacreme, die sie seit jeher benutzte sowie nach dem süßlichen Duft angebratener Zwiebeln. Die Mutter trug ihre dunkelblonden Haare aus praktischen Gründen kinnlang. Frisörbesuche galten der sparsamen Frau als zeitraubend und unnötig. Für ihre vierundsiebzig Jahre hatte sie erstaunlich wenig Graues dazwischen und die Frisur an sich war in den letzten vier Jahrzehnten unverändert. Eine schlichte, dezent goldumrandete Brille sowie fehlendes Make-up hinterließen einen natürlichen und unverfälschten äußeren Eindruck. Die stets konservative Kleidung, ohne grelle Farben oder auffällige Muster, unterstrich eine gelebte Gutbürgerlichkeit.

„Was gibt es denn heute Leckeres, Mama?"

Die Kommissarin folgte ihrer Mutter in die winzige Küche, die ihre besten Jahre lang hinter sich hatte. Abgestoßene Kanten und Zierleisten, hier und da blätterte ein wenig Lack von einer der Schranktüren. Helga Brigg liebte ihre Möbel. Sie brauchte kein neumodisches Gelump, wie sie selbst immer wieder betonte.

„Ich mache uns Schäufele mit Kraut und Kartoffelbrei. Das magst du doch so gerne, Schatz. Gestern war Wochenmarkt auf der Hofstatt unten. Der Metzgerstand hatte ein recht ordentliches Stück in der Auslage liegen." Helga Briggs wöchentliche Marktgänge unterlagen einer jahrzehntelangen Routine. Die Welt mochte am Untergehen sein, ein Marktgang jedoch war unumgänglich. „Weißt du, dass ich jetzt an den Marktständen in einer Reihe anstehen soll? Mit einer Maske auf? Ist das zu glauben?! Aber woher man diese Maske nehmen soll, verrät einem keiner. Die Apotheke nebenan hatte zumindest keine mehr. Frau Kretting von oben hat mir eine geschenkt. Sonst hätte ich nicht gehen können." Helga Brigg war merklich erbost. Beinahe wäre der legendäre Marktgang an einer simplen Hygienevorschrift zerbrochen. Unvorstellbar. „Ach ja, wenn du Toilettenpapier, Nudeln oder Mehl brauchst, unser Vorratskämmerle ist proppevoll. Da nimm dir was mit. Dein Vater hat uns ordentlich eingedeckt, als es losging. Im Organisieren war er immer schon meisterhaft. Die nächsten zwei Jahre brauchen wir keinen Nachschub", lachte Beccas Mutter. „Was meinst du denn zu dem ganzen Zirkus um dieses Virus?"

„Hmmm, lecker."

Becca schaute in den Sauerkrauttopf. Dunkle Wacholderbeeren blubberten im Sud. Es duftete köstlich.

„Ein, zwei Rollen Toilettenpapier könnte ich schon brauchen. Vor fünf Tagen, als ich das letzte Mal einkaufte, waren die Regale im Supermarkt wie leergefegt. Wir haben übrigens sogar im Präsidium Schwierigkeiten, Masken zu beschaffen. Sobald die Großbestellung dort ankommt, bringe ich euch welche vorbei. Ihr solltet wirklich auf euch aufpassen, Mama. Inzwischen denke ich, dass man die Sache ernstnehmen sollte. Vor allem die Älteren sind gefährdet." Becca berührte ihre Mutter kurz am Arm. Diese zurückhaltende Form der

Zärtlichkeit war alles, was zwischen Mutter und Tochter passte.

„Ach, da mach dir mal um uns keine Sorgen, wir haben schließlich die Nachkriegszeit heil überstanden. Vergiss das nicht."

Helga Brigg goss warme Milch in die Kartoffeln. Es duftete herrlich nach frisch geriebener Muskatnuss.

„So ein paar Viren kriegen uns nicht unter. Da haben dein Vater und ich schon ganz anderes überlebt. Und jetzt raus hier. Du weißt, dass ich niemand in meiner Küche brauchen kann, wenn der Endspurt beginnt. Dein Vater sitzt im Wohnzimmer."

Die Kommissarin ließ sich aus der Küche schicken und erlag im Flur der Versuchung, die Klinke zum ehemaligen Kinderzimmer herunterzudrücken. Der Raum war inzwischen als Gästezimmer eingerichtet und nur die Tapete stammte noch aus den Kindertagen. Ein feines beiges Strichmuster, völlig retro, auf weißem Grund. Sie setzte sich für einen Moment auf den Stuhl, der neben dem Gästebett stand. Das Fenster zeigte zur wenig befahrenen Straße hinaus.

Ich weiß noch, was für einen Schrecken ich bekam, als wir Taja beim Verstecken spielen, auch nach längerem Suchen, nicht mehr finden konnten. Die kleine, wilde Schwester war heimlich über das offene Fenster nach draußen auf den Fenstersims geklettert. Sie balancierte darauf und hatte den Klappladen beigeholt, hinter dem sie kauerte, um nicht entdeckt zu werden. In ihrer ganz eigenen ungestümen Art, jegliche Gefahr leugnend. Obwohl die Wohnung im Erdgeschoss lag, waren es doch vom Sims zum Erdboden etwa zwei Meter. Für eine Siebenjährige hoch genug, sich wenigstens den Arm zu brechen. Die Erwachsenen schimpften. *Aber das Versteck war eindeutig genial. Ich konnte dich tatsächlich zum ersten Mal beim Versteck spielen nicht finden, obwohl ich das als Ältere sonst immer fertig brachte.* Bevor die Tränen wegen der einstürmenden Erinnerungen ihre Chance bekamen, stand Becca abrupt auf und lief, die Geister der Kindheit hinter sich lassend, ins Wohnzimmer. Als sie eintrat, saß Erich Brigg in einem der mit braunem Cordstoff bezogenen Sesseln, einen farblich passenden Cognacschwenker in der Hand. Seine achtundsiebzig Jahre sah man ihm deutlich an. Tajas monatelanger Überlebenskampf hatte einiges dazu beigetragen.

In dem Wohnraum der Eltern schien, ebenso wie in der Küche, die Zeit stehen geblieben zu sein. Die Schrankwand in Eiche rustikal, der große Orientteppich, die beigen Vorhänge. Relikte aus der

Kindheit. Einschließlich des Vaters, stellte sie fest. Nur die Bilder-Galerie mit den schwarzumrandeten Fotos ihrer Schwester war neu dazugekommen. Eine Kerze brannte davor.

„Komm mein Mädchen, setzt dich zu deinem alten Vater. Schön, dass du da bist", meinte Erich Brigg und klopfte auf das Sofa neben dem Cordsessel. „Möchtest du auch einen?", zeigte er fragend auf die halbvolle Cognacflasche.

Sie schüttelte den Kopf. „Na, der Wievielte ist das schon, Papa?", fragte Becca halb kritisch, halb neckend.

„Lass gut sein, Mädchen, ich bin erwachsen, weißt du. Jeder löst seine Probleme auf die eigene Art."

Die Kommissarin wusste aus Erfahrung, dass sein Tonfall bedeutete, dass dieses Thema für ihren Vater damit erledigt war. Er wich sogleich ablenkend aus.

„Nichts ist mehr, wie es war. Dieses Virus, die weltweiten Klimaveränderungen, die ganzen Konfliktherde rund um die Welt und populistische Politiker, wohin das Auge blickt. Das nimmt kein gutes Ende." Erich Brigg schüttelte schwermütig den Kopf.

„Du wirst sehen, Papa, diese Erreger besiegen wir."

Becca bemühte sich, ihren ganzen Optimismus in die Waagschale zu werfen. Die düstere Stimmung des Vaters gefiel ihr nicht. „Die Menschheit wird sich doch nicht von so einem Minimonster unterkriegen lassen. Und da weltweit die brillantesten Wissenschaftler mit Hochdruck daran arbeiten, werden wir sicher eine Lösung finden. Und für das Klima, da haben wir ja die Friday-Generation, die den Druck in die richtige Richtung aufbaut. Du wirst schon sehen, das wuppen wir."

„Es ist der Optimismus der Jungen, der aus dir spricht." Erich Brigg schenkte sich ein weiteres Glas Cognac ein. Ein goldgelbes Versprechen auf entspannende, wohltuende Wärme.

„Danke, dass du mich als jung bezeichnest", feixte die Kommissarin, um die Stimmung aufzulockern.

„Was macht die Arbeit?"

Erich Brigg hatte gedanklich nie aufgehört, Polizist zu sein. Sein Interesse an Beccas Arbeit war allgegenwärtig. Sie nutzte diesen Umstand mit Vorliebe als eine Art Reflexion. Die mannigfaltigen Erfahrungen ihres Vaters waren oftmals ein Quell für inspirierende Ermittlungsansätze.

„Nicht gerade erbaulich, Papa. Wir stehen bei dem aktuellen Mordfall völlig auf der Stelle. Es ist zum Verrücktwerden. Ich hoffe, der Kollege, der morgen extra deswegen nach Rumänien fliegt, kommt dort weiter. Sonst fällt mir einfach kein neuer Ansatz ein. Den einzig möglichen Weg eines Durchbruchs, eine Hausdurchsuchung bei latenten Verdächtigen, blockiert aktuell die Staatsanwaltschaft."

„Also hat sich seit meiner Pensionierung nicht viel verändert, oder?", zwinkert der Vater seiner Tochter zu. „Das alte Spiel. Manchmal braucht es beim Ermitteln eben auch ein bisschen Glück. Hört sich so an, als ob ihr noch keines hattet."

„Ist das so? Meinst du wirklich, dass Kommissar Zufall ein guter Ratgeber ist?"

„In verzwickten Fällen durchaus. Es gibt genug Cold Cases, die nie aufgeklärt werden konnten. Ein bisschen Hilfe von Fortuna hätte da ohne Frage weitergeholfen."

„Leider kann man das Glück nicht erzwingen. Wir bekommen die Puzzleteile diesmal nicht zusammengesetzt, weil uns schlichtweg nicht genug Teile zur Verfügung stehen", seufzte Becca. „Kommt erschwerend hinzu, dass mein Partner und ich nicht unbedingt ein Dreamteam darstellen."

„Hmm, das Thema hatten wir doch schon in Konstanz? Und davor in deiner Ausbildereinheit ebenso. Wo war das gleich noch mal gewesen?" Weiter kam Erich Brigg mit seinen Gedanken nicht, da Helga Brigg von der Küche aus zum Essen rief. „Na, dann gehen wir mal, bevor es Ärger gibt. Du weißt, bei Tisch kennt deine Mutter keine Verwandten. Aber du solltest vielleicht mal drüber nachdenken, Tochter, warum ausgerechnet immer du Ärger mit deinen Partnern auf der Arbeit hast", schloss der Überlinger Expolizist die Unterhaltung ab und erhob sich.

Die Kommissarin hatte den Eindruck, dass ihr Vater beim Gehen leicht schwankte. Die letzten Worte ihres Vaters trafen sie indes unvermittelt, auch wenn sie deren Direktheit auf den vielen Alkohol, den er getrunken hatte, schob. Später, als sie die elterliche Wohnung bereits verlassen hatte, fiel Becca auf, dass ihr Vater untypischerweise keinerlei weiterführendes Interesse an den Details des Affenberg-Falls gezeigt hatte.

Das Schäufele schmeckte ausgezeichnet. Die Kommissarin hatte schon lange nichts mehr so Gutes gegessen und langte kräftig zu. Das Tischgespräch bestritt Beccas Mutter fast im Alleingang. Sie schwärmte ausgiebig von der Trauerrede bei Tajas Beerdigung und wie mitfühlend der Pfarrer gesprochen hatte. Auch Tante Hedwig hätte das geäußert. Die Sozialstation komme jetzt täglich zu ihr, weil sie ständig vergisst, ihre Medikamente zu nehmen, wusste Beccas Mutter zu berichten. Tajas Grabstein würde bald geliefert. Die Grabgestaltung wollte Helga Brigg selbst übernehmen. Einen Gärtner engagieren kam gar nicht in Frage. Also ein paar Stiefmütterchen wären schön. Die haben so freundliche Gesichter. Findet ihr nicht, fragte die Hausherrin, ohne eine Antwort zu erwarten. Und im nächsten Frühjahr sollte alles voller Schneeglöckchen sein. Die hatte Taja doch so sehr geliebt.

„Deine Mutter geht jeden Tag zu ihr, weißt du. Mit dem Rad sind es ja nur fünf Minuten bis zum Friedhof hin“, sagte Erich Brigg und goss sich den Rest seines Walder-Bräu-Biers ein.

Es klang ein wenig nach Vorwurf in Beccas Ohren. Vielleicht auch deshalb, weil sie insgeheim ein schlechtes Gewissen hatte. Auf jeden Fall provozierte die Erklärung des Vaters prompt eine Verteidigungshaltung.

„Ich denke ständig an meine Schwester. Ein Grab brauche ich dafür nicht.“

Die Kommissarin war seit der Beerdigung nicht mehr auf dem Friedhof gewesen. Helga Brigg zuckte bei den ungeschminkten Worten ihrer Tochter verletzt zusammen, als hätte sie jemand geschlagen. Mist, warum habe ich nicht einfach meinen Mund gehalten?, schoss es Becca durch den Kopf.

Sie schob einlenkend hinterher, „Entschuldige, Mama. Ich habe halt auch meinen Beruf, der mich fordert, da bleibt nicht viel Zeit, um Taja auf dem Friedhof zu besuchen.“

„Genau, Mädel. Du hast das meiste im Leben vor dir und das ist gut so. Deine Mutter und ich, uns bleibt nur noch die Vergangenheit.“ Erich Brigg klang tieftraurig, aber vielleicht war es auch nur Alkohol, der aus ihm sprach. Passend dazu öffnete er prompt eine zweite Flasche Bier.

„Apropos Tajas Grab“, meinte Becca. „Demnächst ist doch ihr Geburtstag und Aage kommt dann runter an den See gefahren.“

„Dann soll er sie besuchen, wenn wir nicht da sind. Ich will ihn nicht sehen." Helga Brigg stand brüsk auf und fing resolut an, den Tisch abzuräumen.

„Ich helfe dir."

Becca stand ebenfalls auf und nahm die fast leere Schüssel mit dem Kartoffelbrei in die Hand.

„Lass uns doch in Ruhe darüber sprechen. Aage tut es wirklich leid, Mama. Er hat in seiner Verzweiflung einen Fehler gemacht und bereut das inzwischen. Ist das so schwer nachzuvollziehen?"

Helga Brigg verließ stumm und unversöhnlich den Raum in Richtung Küche.

„Becca Mädel, lass gut sein", warf Erich Brigg ein, „da kommst du nicht gegen an. Ich selbst kann Aage schon ein wenig verstehen, auch wenn ich es nicht gut heiße, dass er sofort eine Neue hatte. Aber deine Mutter hat das bis ins Mark verletzt. Gib ihr ein bisschen Zeit. Du weißt doch, wie sie ist. Sie beruhigt sich wieder."

Der Vater hatte inzwischen einen unübersehbar glasigen Blick.

Später, auf der Rückfahrt ins Deggenhausertal, kam es Becca vor, als ob sie nun die verantwortungstragende Erwachsene war und ihre Eltern sich zunehmend wie unvernünftige Kinder benahmen. Ihre Mutter wirkte hilflos in ihrer schon beinahe fanatisch anmutenden Trauer. Und der Vater hatte seinen Alkoholkonsum nicht mehr im Griff. Beide erschienen rückwärtsgerichtet und hochgradig verzweifelt.

Keine Eltern sollten ihr eigenes Kind überleben müssen, dachte die Kommissarin und unwillkürlich kam ihr das Ehepaar Lobwild in den Sinn. Wo war dort diese tiefe Verzweiflung erkennbar? War trauern Charaktersache? Litten reiche Menschen anders als mittelständische oder mittellose? Oder verfügten diese lediglich über perfektere Schauspielmechanismen, um ihren Kummer zu überspielen?

Als Becca ihre Wohnungstür an diesem Abend in Wittenhofen aufschloss, drängelte sich Gato Macho eilig an ihr vorbei. Die konstante Gewohnheit des Tieres wirkte wie Balsam. Wenigstens etwas auf das noch Verlass war.

„Hey, alter Rumtreiber."

Becca kraulte ihm zärtlich über sein schwarzes, dichtes Fell.

„Ich gebe dir was zu futtern und dann setzten wir uns für einen

Moment gemeinsam vor die Glotze. Was hältst du davon?“

Der Kater war bereits schnurstracks in der Küche entschwunden und signalisierte damit sein nonverbales Einverständnis zu Beccas Plänen. Genervt stellte die Kommissarin jedoch fest, dass das Fernsehprogramm heute erneut kein anderes Thema wie die Coronapandemie bot. Egal, auf welchen Sender sie zappte, es war von Lockdown, wütenden oder verzweifelten Menschen rund um den Globus, Toten und Intensivpatienten die Rede.

Der komplette Erdball schien aus den Fugen geraten.

Rumänien

Freitag, der 20. 03. 2020

„Guade Morge, Frau Brigg", Walter Mayer tippte grüßend mit dem Zeigefinger an seine dunkelblaue Dienstmütze.

„Guten Morgen, Herr Mayer, wie sieht`s aus?" Seit der Desinfektionsspender hinter der Eingangstür direkt vor des Pförtners Tresen montiert war, ließ sich ein höflicher Plausch kaum noch vermeiden. Manchmal war dieser Umstand vorteilhaft.

„Ich wollte Sie etwas fragen, Herr Mayer. Wo Sie jeden im Haus so gut kennen und von allen hoch geschätzt werden." Becca hatte den freundlichsten Tonfall ausgepackt, über den sie verfügte.

„Abber logo, stets zu Dienschte, Frau Hauptkommissarin. Womit ka i denn helfe?"

Walter Mayer beugte sich eifrig nach vorne. Der Pförtner war mit seinen vierundsechzig Jahren ausschließlich im Innendienst tätig und für jedes erdenkliche Gespräch, vorzugsweise mit jüngeren Frauen, sehr empfänglich.

„Ich möchte auf den Einstand von KHK Herz eine verspätete Willkommensrede halten. Er ist ja erst seit Anfang des Jahres in unserer Region. Eine harmlose, humorvolle Aufmerksamkeit, wissen Sie? Das wird ja aber nur dann wirklich gelungen und lustig, wenn man ein bisschen was etwas über ihn weiß. Und genau da hapert es. Haben Sie mir vielleicht ein paar Tipps? Sie bekommen doch so einiges mit. Kommt er manchmal zu spät? Oder bringt ihn jemand her? Holt ihn irgendjemand gar vom Dienst ab? Hat er Ihnen gegenüber etwas über sein Privatleben erwähnt?" Becca lächelte charmant. „Können Sie mir da nicht ein bisschen unter die Arme greifen, Herr Mayer?"

„Der Herz? Tja", Walter Mayer wischte sich über die buschigen Augenbrauen, „komischer Heiliger, wenn se mi fraget. Grüße tut der nie. Der schwätzt au nie mit mir. Der bhandelt mi, wie wenn i Luft wär. I hab den immer nur alleinig gesehet. Der isch überpünktlich am

Morge. Und am Obed isch er der Letschte, der zum Präsidium naus dappt. Erwarte, tut den koiner zu Haus, soviel wie der schafft. Wenn Sie mi fraget, dann gehört der in die Kategorie einsamer Wolf."

Auf Beccas Händen war zwischenzeitlich das Desinfektionsmittel getrocknet. „Hält sich KHK Herz denn an die neuen Hygieneanweisungen?"

„Ja, soweit i das weiß, scho. Mir isch wenigschtens nixs Anderes uffgfalle. Findet Sie dieses Gedöns um so nen Virus ned au a bissele übertriebe? Also i weiß ja ned. Unheimlich geradezu, dass der ganze Erdball inzwische spinne tut, oder? Wo uns das wohl noch hieführe tut, Frau Brigg?"

„Komische Zeiten sind das, da haben Sie recht. Ich muss jetzt aber leider ins Büro rauf," kürzte Becca das Gespräch gekonnt ab. Ihre Hoffnungen, Munition gegen den Kollegen zu sammeln, hatten sich nicht erfüllt. „Danke, Herr Mayer, dass Sie sich die Zeit genommen haben." Der Pförtner war in seiner Redseligkeit nur mit beherzter Entschlossenheit zu bremsen. Die Kommissarin betrat schleunigst den Fahrstuhl, bevor Walter Mayer das Gespräch mit dem nächsten Thema befeuern konnte. Darin war der geschwätzige Pförtner nämlich meisterhaft. Wenn man erst einmal angefangen hatte, mit ihm zu tratschen, fand er üblicherweise kein Ende mehr. Die sich automatisch schließende Fahrstuhltür erschien dabei wie so oft als letzte Rettung.

Das Büro machte an diesem Morgen einen regelrecht verwaisten Eindruck. Lediglich Kevin und Ayla saßen an ihren Schreibtischen. KHK Herz hatte die 6 Uhr Maschine vom Bodensee Airport Friedrichshafen über Frankfurt nach Bukarest genommen. Martina Webers leerer Platz klaffte wie eine offene Wunde im Büro und unterschied sich in der allgemeinen Wahrnehmung komischerweise völlig von dem Danebenstehenden, wegen Personalmangel generell vakanten Schreibtisch.

„Morgen Becca. Du solltest Dr. Wang zurückrufen. Sie klang so, wie wenn sie was Interessantes für uns hätte", verkündete Ayla, der eintretenden Kommissarin und schob dabei geschäftig Papiere auf Ihrem Schreibtisch hin und her. „Klappt das mit unserem Treffen heute Abend?", fragte sie nach.

„Ich rufe gleich bei Li-Ming durch, danke und klar klappt das heute Abend. Der Rotwein ist schon auf der Küchenzeile angerichtet.

Es war weise auf zu Hause auszuweichen, wo die Kneipen jetzt schon um 18.00 Uhr schließen müssen. Wer weiß, was als Nächstes dicht gemacht wird. Dieses bescheuerte Virus bringt alles zum Erliegen," Becca verdrehte genervt die Augen und verschwand hinter die Rauchglaswand an ihren Schreibtisch.

Sie strampelten sich jetzt seit einer Woche vergebens ab, um irgendwie in dem Fall der Toten vom Affenberg weiter zu kommen. Wenn KHK Herz in Rumänien nicht fündig wurde, dann gute Nacht. Es war eines der schlimmsten Dinge, die einem Ermittler passieren konnte. Mitunter verfolgte so ein ungeklärter Fall einen Kriminalbeamten sein Leben lang. Zumindest in dessen Seelenleben und es hielt sich hartnäckig dieser eine Gedanke: Was haben wir übersehen? Becca seufzte frustriert und blickte zur Fensterbank. Das Einblatt machte ebenfalls nach wie vor einen jämmerlichen Eindruck. *Ich sollte mich intensiver darum kümmern. Vielleicht sogar umtopfen? Oder düngen?* Zunächst goss die Hauptkommissarin in aller Ruhe ihre Pflanzen, bevor sie sich schließlich setzte und die interne Durchwahl zu Dr. Wang betätigte.

„Rechtsmedizin Ravensburg", Li-Mings Stimme klang selbstbewusst. Nichts deutete mehr darauf hin, dass sie vor wenigen Tagen das Opfer von traumatischen Erlebnissen gewesen war.

„Ich sollte dich zurückrufen?" Becca lehnte sich entspannt in den hohen Drehstuhl zurück. Es hatte was für sich, dass der Kollege in Rumänien war. Schade nur, dass die Alleinherrschaft nicht von Dauer war.

„Ja. Halt dich fest", sprudelte Li-Ming los, „heute Nacht kam ein rumänischstämmiger Mann, achtundzwanzig Jahre alt, hilfesuchend in die Notaufnahme der Ravensburger Klinik getorkelt. Er hatte Mühe, sich auf den Beinen zu halten. Der Rumäne spricht nur wenige Brocken Deutsch. Er zeigte massive Symptome einer Corona-Infektion und hat Fieber, Gliederschmerzen, Husten und einen Verlust des Geschmacksinns. Sein Name lautet Pavel Anghelescu. Er wurde augenblicklich isoliert, wie du dir denken kannst. Die Diagnose einer akuten Corona-Infektion ist inzwischen via Test hundertprozentig gesichert. Und nun rate einmal, wo dieser Mann arbeitet?" Die Medizinerin frohlockte. „Na???"

„Nein! Sag bloß!", antwortete Becca aufgeregt, der sofort die rumänischen Schlachthelfer der Badener Landfleisch GmbH einfielen.

„Du willst doch nicht etwa damit andeuten, dass bei den Lobwilds im Schlachthof die Seuche ausgebrochen ist?“

„Doch, genau so sieht es aus, Becca. Dachte ich es mir doch, dass dich das erfreut.“

„Ach. Sieh mal einer an“, die gedehnten Worte kamen triumphierend über Beccas Lippen. „Wenn das mal kein astreiner Grund für eine Betriebsdurchsuchung ist, dann weiß ich auch nicht! Verdacht auf Verstoß gegen das Seuchengesetz. Bingo! Danke Li-Ming – du hast mir eindeutig den Tag gerettet!“

„Immer gerne, Becca“, meinte die Forensikerin gut gelaunt, bevor sie auflegte.

Endlich, ein weiterer Ansatz. Kurz kam der Kommissarin ihr Vater in den Sinn, der von dem nötigen Glück in der Ermittlungsarbeit gesprochen hatte. Und dennoch trübte der nächste Gedanke die Freude, denn es fühlte sich unheimlich an, mit dem Virus, dass sie bislang nur aus der Presse kannten, direkt konfrontiert zu werden. Sozusagen Auge in Auge. Jetzt war es angekommen. In Ravensburg. Mitten unter ihnen. Doch es half nichts, sie mussten diesen Fall aufklären. Virus hin oder her. Die Hauptkommissarin stürmte hinter der Trennwand hervor. „Ayla, mach mir bitte einen eiligen Termin bei Staatsanwältin Winkler. Im Schlachthof der Badener Landfleisch GmbH gibt es einen bestätigten Coronafall. Ich brauche einen Durchsuchungsbeschluss. Kevin soll sofort mit der Isolierstation vom Klinikum Ravensburg einen Verhörtermin mit einem der Patienten dort klar machen. Es handelt sich um einen gewissen Pavel Anghelescu. Wir müssen dringend mit dem Mann sprechen. Ach ja, und wir benötigen einen externen Dolmetscher. Der Erkrankte ist Rumäne und KHK Herz treibt sich nach wie vor in Bukarest herum.“

Direkt im Anschluss an diese Worte klingelte Beccas Telefon, so dass sie hinter die Rauchglaswand zurückrannte, um den Anruf entgegen zu nehmen. „Kriminalkommissariat Ravensburg, Hauptkommissarin Becca Brigg.“

„Mädsche, dat dauert bei euch aber - wo hab ich dich denn hergeholt?“ Willi Königs rauchige Stimme dröhnte durch den Hörer.

„Willi!?“, meinte Becca überrascht. Mit diesem Anruf hatte sie momentan wahrlich nicht gerechnet. „Das ging aber fix. Habt ihr beim MAD nix zu tun? Wobei der Zeitpunkt deines Anrufs ein super

Timing ist. Mein Büro ist menschenleer und ich bin ungestört. Schieß los! Ich platze vor Neugier!“

„Na, dann will ich dich mal erlösen, bevor du platzt“, lachte Willi. „Hier seine Akte in Kurzfassung: Jan Adrian Herz, geboren am 14.11.1978 in Bukarest, Rumänien. Er kommt mit seinen Eltern nach Deutschland, als er sechs Jahre alt ist. Der Vater verstirbt drei Jahre später an Krebs.“

„Heiratet die Mutter wieder?“, fragte Becca dazwischen.

„Nein, zumindest ist dies nicht aktenkundig. Jan Herz wächst in Hessen, Seligenstadt auf und beendet mit einem eher ausbaufähigen Notendurchschnitt die Fachhochschulreife. Nach dem Grundwehrdienst wird er Berufssoldat und absolviert ein Studium der Pädagogik an einer Bundeswehr-Universität. Herz arbeitet sich beim Militär in relativ kurzer Zeit bis in die Offiziersebene zum Oberstleutnant hinauf. Er war dann einige Jahre Kommandeur des Feldjägerregiments in München. Der Mann verfügt über eine Spezialausbildung zum Hundeführer sowie eine Crowd-and-Riot-Control-Spezialisierung. Zudem ist er Träger des Ehrenkreuzes für Tapferkeit. Wenn du mich fragst, ist dieser Typ militärisch gesehen ziemliche Oberklasse. Zumindest rein kampftechnisch solltest du dich mit so einem nicht anlegen, wenn du meinen Rat hören möchtest. Da kann ich dich nur eingehend warnen. Du würdest mit hoher Wahrscheinlichkeit den Kürzeren ziehen.“

„Keine, Sorge, eine körperliche Auseinandersetzung hatte ich nicht im Sinn“, antwortete Becca ausweichend. „Und sonst? Noch irgendetwas Privates, das spannend wäre?“

„Wenig“, lautete Willis enttäuschende Entgegnung. „Er hat 2010 geheiratet. Ob die Ehe weiterhin besteht, entzieht sich meiner Kenntnis. Zumindest ist keine Scheidung in dem Bericht erwähnt. Es sind keinerlei Kinder ersichtlich. Die rumänische Mutter des Oberstleutnants lebt seit ein paar Jahren nicht mehr. Also nichts Auffälliges soweit.“

„Wenn alles so rund und stimmig erscheint, wieso weilt Jan Herz dann nicht mehr bei der Truppe? Vor allem wenn er aus militärischer Sicht so Extraklasse ist, wie du sagst?“, hakte Becca nach.

„Tja, hier wird es jetzt doch irgendwie eckig“, entgegnete Willi. „In seiner Bilderbuch-Militärkarriere hat er sich bei einem Einsatz in Afghanistan der Befehlsverweigerung schuldig gemacht.“

„Aha. Ja und? Ist das denn so ein gewaltiges Drama?", fragte Becca beinah naiv.

„Ja, das ist durchaus ein Drama." Willi räusperte sich. „Um das zu verstehen, muss man wissen, wie ein Militärapparat aufgebaut ist. Du solltest dabei an einen Ameisenhaufen denken, der scheinbar aus einem chaotischen Haufen von Individuen besteht. Genau genommen stellt er jedoch ein perfektes Kollektiv dar, bei dem jede einzelne Ameise genau weiß, welche Aufgabe sie hat. Das fein abgestimmte Zusammenspiel funktioniert aber nur solange einwandfrei, wie jede Ameise genau das macht, was sie machen soll. In der militärischen Hierarchie gilt deshalb eine Gehorsamsverweigerung als schwerwiegendes Delikt. Ein Offizierstitel wiegt dabei umso gravierender. Es gab Zeiten, und die sind gar nicht so lange her, da wurde man für so ein Vergehen ohne viel Federlesen an die Wand gestellt und umgehend erschossen. Du solltest dir vor Augen halten, dass die ganze Militärmaschinerie auf der Einhaltung von Befehlen basiert. Tanzt ein Rädchen nur geringfügig aus der Reihe, kann das für den Rest der Truppe sehr gefährliche Folgen haben. Laut Wehrstrafgesetz §20 kann eine Gehorsamsverweigerung, je nach Schwere des Vergehens, fünf Jahre Haft und mehr bedeuten."

„Oops." Becca war sichtlich überrumpelt. „Damit hätte ich wirklich nicht gerechnet. Und zu was wurde Jan Herz verurteilt?"

„Hmm." Willi klang zögerlich. „Jetzt wird es noch schräger. Denn der Oberstleutnant kam wegen mildernder Umstände mit einer Abmahnung davon und reichte direkt nach dem Urteil, sein Gesuch zum freiwilligen Ausscheiden aus dem Militärdienst ein."

„Was für mildernde Umstände?"

„Na ja, so richtig verstehen, tue ich das ehrlich gesagt selbst nicht. Laut Bericht, verweigerte Jan Herz den Befehl, um einer hochschwangeren Afghanin das Leben zu retten. Wobei er wohl klugerweise darauf achtete, nur sich selbst und nicht seine Kameraden in Gefahr zu bringen. Sonst hätte man ihn ganz sicherlich ordentlich verknackt. Oberstleutnant Herz wurde bei seinem illegalen Alleingang durch die Detonation eines Sprengsatzes der Taliban schwer am Kopf verletzt. Es gelang ihm jedoch, das Leben der Afghanin zu retten. Lediglich das ungeborene Kind verstarb durch die Druckwelle im Mutterleib. Seine Karriere war anschließend aufgrund der Befehlsverweigerung auf jeden Fall im Eimer. Beim Prozess des Militärgerichts wurde er mit Samthandschuhen angefasst und das kann aus meiner Erfahrung heraus nicht an der lebensrettenden Aktion an sich gelegen haben. Zivilisten zählen nicht viel beim Militär. Ganz gleich, welche persönlichen Gründe Herz für sein Tun hatte. Privatpersonen gelten, und das mag jetzt roh auf dich als Zivilistin wirken, meist als Kollateralschaden. Im Vordergrund steht grundsätzlich in erster Linie das Wohl der Truppe."

„Was vermutest du? Wieso diese Nachsicht?" Becca konnte sich keinen Reim auf den Bericht machen. War diese Afghanin gar eine Geliebte von Herz gewesen?

„Ich kann da selbst nur spekulieren, Becca", antwortete Willi. „Einen Teil der Urteilsmilde könnte man, nach dem Motto *schon-gestraft-genug*, seinen erlittenen, schweren Kopfverletzungen zuschreiben. Eine plausible Erklärung ist dies allerdings nicht. Mir scheint, es existiert da noch etwas, das nicht in den Akten steht."

„Und was könnte das sein?" Beccas Neugierde war weiter gewachsen.

„Da es in den Akten nicht schriftlich aufgenommen wurde, unterliegt es entweder einer militärischen Geheimhaltungsstufe, oder es handelt sich um etwas Privates. Ich tippe eher auf das Letztere, da ich an Geheimdossiers normalerweise dran komme. Es sei denn, es würde sich um ein enorm großes Ding von ganz weit oben handeln. Direkte Regierungsangelegenheiten oder Ähnliches. Was wohl eher unwahrscheinlich ist. So eine dicke Nummer war Jan Herz beim Militär dann auch wieder nicht. Nach seinem Austritt bei der Bundeswehr war er jedenfalls ein ganzes Jahr mit seiner körperlichen Genesung beschäftigt, bevor er eine berufsbegleitende, verkürzte Polizeiausbildung für ehemalige Soldaten in Anspruch nahm."

„Wie lange ist sein Ausscheiden aus dem Militärdienst denn her?"

„Er verließ die Truppe im Winter 2016", meinte Willi.

„Okay. Danke Willi, du hast echt was bei mir gut."

„Ich weiß, Mädsche. Irgendwann komme ich drauf zurück", schmunzelte Wilhelm König in den Hörer. „Wenn ich dir noch was anderes auf den Weg mitgeben darf, Becca. Diese Virus-Geschichte, ich weiß, dass da momentan ziemliches Chaos herrscht und man nicht so recht weiß, was man wem glauben soll. Aber hör auf einen alten Veteranen, nimm das bitte ernst. Pass auf dich auf, hörst du?!"

„Mach ich, du auf dich! Danke nochmal!"

„Allet jut Mädsche. Tschö!“ Der Kölner hatte aufgelegt.

Becca lehnte sich zurück und betrachtete nachdenklich das kränkelnde Einblatt auf der Fensterbank. *So so, ein frauenrettender Held bist du also. Warst du zu weich für die Truppe? Hattest du zu viel Empathie für die Zivilbevölkerung?* Der Gedanke schien kaum vorstellbar, wenn man KHK Herz heutige emotionsarme Hülle erlebte. Hatte ein Restmitgefühl für diese afghanische Frau sich über seine Pflichterfüllung gestellt? Oder war das etwa sein Kind in ihrem Bauch gewesen? Ein außerehelicher Seitensprung mit der Frau eines Taliban? *Hmm ...*

Das Telefonat hatte mehr Fragen aufgeworfen, wie beantwortet. Zumindest wusste sie jetzt, woher die auffällige Narbe an seinem kahlrasierten Hinterkopf stammte. Bevor die Kommissarin weitere Spekulationen anstellen konnte, schwebte Staatsanwältin Winkler überraschend und wie gewohnt elegant, durch die Öffnung der Rauchglaswand. Heute trug sie einen perfekt geschnittenen Nadelstreifenblazer, der ihr einen geschäftsmäßigen Business-Touch verlieh. Das blonde Haar war streng zu einem Knoten im Nacken gebunden. Der Büroraum schien urplötzlich kälter zu werden.

„Frau Brigg, ich störe Sie nur ungern in ihrer Meditation“, stichelte die Staatsanwältin ironisch. „Informieren Sie mich bitte trotzdem über die neusten Fakten.“

„Gern, Frau Winkler“, entgegnete die Kommissarin, die Provokation der Staatsanwältin geflissentlich übergehend. „Dr. Wang hat vor einer halben Stunde angerufen, dass im Klinikum Ravensburg in den frühen Morgenstunden ein rumänischer Staatsbürger mit einer akuten Coronainfektion eingeliefert wurde. Der Mann heißt Pavel Anghelescu und arbeitet in der Badener Landfleisch GmbH. Wir werden ihn nachher auf der Isolierstation verhören. Deshalb beantrage ich bei Ihnen eine Durchsuchung des Schlachtbetriebs der Lobwilds, und zwar wegen Verdacht auf Verstoß gegen das Seuchengesetz.“

Johanna Winkler nickte andeutungsweise.

„Glückwunsch KHK Brigg. Jetzt bekommen Sie Ihren ersehnten Durchsuchungsbefehl. Wenn auch zugegeben ungern. Der Privatbesitz der Lobwilds bleibt allerdings weiterhin tabu, dass wir uns da richtig verstehen.“

„Aber sicher doch, Frau Staatsanwältin. Wir planen, morgen früh im Schlachthof aufzumarschieren. Das erspart uns das Tiergebrüll und das viele Blut, da samstags dort nicht geschlachtet wird. Zudem sollte bis dahin KHK Herz aus Rumänien zurück sein."

„Halten Sie mich auf dem Laufenden. Ich stoße morgen vor Ort zu Ihnen und ich hoffe für Sie, dass es dort etwas zu finden gibt. Wenn nein, möchte ich nicht in Ihrer Haut stecken", erwiderte Johanna Winkler säuerlich im Hinausgehen und wirbelte dabei imaginäre Eisflocken hinter sich auf.

Zwei Stunden später betrat Becca mit Kevin sowie der angeforderten Dolmetscherin im Schlepptau das Krankenhaus in Ravensburg. An der Glasfront, vor dem Eingang zur Station im dritten Stock, prangte ein überdimensionales Schild mit der Aufschrift Isolierstation. Direkt daneben klebte deutlich warnend ein mächtiges gelbes Dreieck mit dem offiziellen Symbol für Biogefährdung. Vier unterbrochene schwarze Kreise auf gelbem Grund, die sich mit etwas Fantasie als Einzeller-Ansammlung interpretieren ließen. Ein schmuckloser, weißer Gang, der sich beim Eintreten vor ihnen erstreckte, war mit mehreren wuchtigen Stahltüren bestückt. Über den Türfüllungen leuchteten grüne Signallampen. Einige Personen, teils vermummt wie in Erwartung eines bevorstehenden Raumflugs, eilten geschäftig den Gang entlang. Die gesamte Atmosphäre wirkte hochsteril und auf surreale Weise wie aus einem Science-Fiction-Film entnommen. Das Ermittlungsteam wurde direkt hinter der sich hydraulisch schließenden Stationstür von einer resolut erscheinenden Mittfünfzigerin abgefangen. Ein Namensschild auf ihrer weißgekleideten Brust wies sie als Stationsleitung Erika Bunt aus.

Schwester Erika unterzog die Eintreffenden aus wach blickenden, grauen Augen mit einem prüfenden Blick. „Ich bin die leitende Stationsschwester, und sie müssen die Abordnung der Polizei sein, die mir angekündigt wurde. Ich werde Ihnen helfen, sich vorschriftsmäßig zu kleiden, bevor sie den Raum des Patienten betreten." Die dominante Schwester agierte in einer Art und Weise, die keinen Widerspruch zuließ und führte sie umgehend in einen Waschraum. Ein langes, poliertes Stahlbecken, unterteilt in fünf Segmente mit je einem Wasserhahn und einem Spender mit Seife sowie Desinfektionsmittel, befand sich an der linken Wand. Die gegenüberliegende Seite war mit Papierhandtuchspendern und Abfallbehältern bestückt. Ein grelles Neonlicht verstärkte die künstliche Atmosphäre in diesem rein funktionellen Raum.

„Waschen Sie Ihre Hände mit Seife gründlich bis zum Ellenbogen. Mindestens eine Minute lang.“ Erika Bunt deutete auf die Stahlbecken. „Anschließend trocknen Sie diese gut ab und reiben sie mit reichlich Desinfektionsmittel ein. Die Lösung muss auf der Haut vollständig verdunsten. Nicht wegwischen oder gar abtrocknen! Nehmen Sie sich die Zeit, die es braucht. Wenn Sie fertig sind, kommen Sie zu mir auf den Flur zurück. Dann wird auch der behandelnde Arzt zu uns stoßen.“ Nach diesen Sätzen rauschte die leitende Pflegefachkraft energisch aus dem Raum. Die Stahltür schloss sich sanft hinter ihr.

Schade, dass KHK Herz das Spektakel hier verpasste. Der Befehlston des Stationsdrachen hätte ihm sicherlich gefallen, dachte Becca, während sie Kevin von der Seite anblickte und ihre Finger sich mit der Seife beschäftigten.

„Und aufgeregt?“, fragte sie den Youngster.

„Na ja“, meinte Kevin Mittenmann, „unheimlich finde ich es hier schon irgendwie. Mit Krankenhäusern habe ich sowieso nichts am Hut und jetzt gleich eine Infektionsstation? Bist du dir sicher, dass wir uns da nichts einfangen können? Hier wird es nicht nur Coronaviren geben, oder?“

„Tröste dich, mir ist dabei ebenfalls nicht behaglich zumute. Bauen wir darauf, dass die Schwester genau weiß, was sie tut und uns zudem wohl gesonnen ist“, antwortete Becca trocken, die von der Dolmetscherin daraufhin einen erschrockenen Blick erntete. „Ich gehe zumindest hoffnungsfroh davon aus“, hängte Becca nach kurzer Pause an und grinste übertrieben.

Ihre Gesichtszüge wirkten dabei den Worten zum Trotz angespannt. Ähnlich wie Strom war die Gefahr die von Bakterien und Viren ausging nicht plastisch greifbar. Das machte es so grenzenlos unheimlich. Ein mulmiges Gefühl hatte das Team ergriffen und die Reinigungsprozedur endete schweigsam. Die Dreiergruppe stieß auf dem Flur wie angekündigt erneut auf Schwester Erika.

„Dr. Greiz ist bereits beim Patienten drin. Folgen Sie mir zur Schleuse.“ Eine der blankpolierten Stahltüren, über der eines der grünen Lichter hell leuchtete, öffnete sich auf leichte Berührung durch Schwester Erikas Ellenbogen geräuschlos. „Ziehen Sie einen der dunkelgrünen Einmalmäntel an.“ Die Krankenschwester deutete auf eine stählerne Kleiderhakenreihe an der Wand. „Sie müssen zunächst von vorne mit den Armen hineinschlüpfen. Wie bei einer Zwangsjacke“, schloss sie mit einem anzüglichen Grinsen an. Der schräge Humor von Erika Bunt war vermutlich nicht jedermanns Sache. „Im Anschluss wird der Mantel mit den körperumlaufenden Schlaufen vorne verschlossen. Ich helfe Ihnen beim Anlegen, sollten Sie Probleme haben.“ Die Einweisung des Drachens hatte immer noch kein Ende. „Stülpen Sie sich die hellblauen Überschuhe, sowie Einmalhandschuhe über. Danach nehmen Sie eine der grünen Kopfhauben und natürlich den Mundschutz. Dieser ist FFP3 zertifiziert und verfügt über einen Partikel-Filter. Ihre Atmung wird Ihnen dadurch zunächst erschwert vorkommen. Man gewöhnt sich aber schnell daran. Zu guter Letzt setzten Sie noch das Face-Shield auf. Dann kann es losgehen.“

„Wozu ist das grüne Licht draußen vor der Tür“, fragte Kevin mit dünner Stimme. Er kämpfte mit den Schlaufen des Schutzmantels und stellte sich durch die Nervosität ungeschickt an.

„Die Schleuse, in der wir uns momentan befinden, verfügt über ein Unterdrucksystem“, erklärte Schwester Erika. „Das Licht zeigt an, dass der Unterdruckmechanismus funktionsbereit ist. Diese optische Kontrolle ist wichtig, damit keine Keime aus den Zimmern in den Flur gelangen können.“ Kevins Augen blickten erneut nervös zum Patientenzimmer.

„Stelle dir einfach vor, du hättest kurzfristig zum SpuSi-Team gewechselt. Die sind doch oft genauso vermummt“, flüsterte Becca ihm mutmachend zu. Man sah dem Youngster die Angst vor einer Infektion mit irgendwelchen Keimen, inzwischen deutlich an. Die unsichtbare Gefahr zerrte an den Nerven.

„Welche anderen ansteckenden Krankheiten, außer Corona, behandeln Sie denn zurzeit auf Station? Es hat mich gewundert, dass es eine gesonderte Abteilung für Infektionskrankheiten in unseren ländlichen Gefilden gibt. Ich meine, in einer Uniklinik erwartet man so etwas, aber hier in Ravensburg?“, fragte die Kommissarin und schlüpfte in die hellblauen Plastiküberschuhe. Kevin und die Dolmetscherin setzten indes ein demonstrativ desinteressiertes Gesicht auf. Sie hätten liebend gerne auf weitere, Kopfkino fütternden Fakten, verzichtet. Durch die kleine Glasscheibe in der Tür zum Patientenzimmer konnte man beobachten, wie Dr. Greiz den Patienten an eine

Infusion anschloss.

„Wir verfügen über ein breites Sammelsurium“, beantwortete die Schwester unbekümmert Beccas Frage. „Zurzeit haben wir unerfreulicherweise einen Patienten mit multiresistentem Staphylococcus-aureus. Wir hoffen inständig, dass wir ein Überspringen der Keime auf andere Patienten rechtzeitig verhindern konnten. Eine Verbreitung innerhalb der Klinik wäre eine absolute Katastrophe. Diese multiresistenten Keime machen uns und allen anderen Krankenhäusern seit Jahren zunehmend zu schaffen. Schweine, Kälber, Puten oder Hähnchen werden häufig routinemäßig mit Antibiotika behandelt. Die Massentierhaltung tut dann ihr Übriges dazu. Neben dem Klimaschutz noch ein Grund mehr, unseren Fleischkonsum einzuschränken, wenn Sie mich fragen.“ Die Schwester kontrollierte locker plaudernd die Schutzkleidungen des Teams als wäre sie auf einem Kaffeekränzchen, während sie die Schilderung ihres Horrorkabinetts fortsetzte. „Zudem betreuen wir ein paar Erkrankte mit offener Tuberkulose, einen Patienten mit Hepatitis B und einen Individualtouristen aus der Karibik mit Thypus. Ach ja! Den besonders schweren Verlauf mit Skabies nicht zu vergessen.“ Schwester Erikas Tonfall klang richtig gehend stolz, als sei die Ansammlung von möglichst vielen Krankheitserregern eine ehrenhafte Auszeichnung.

„Skabies?“ Die Dolmetscherin machte große Augen. In ihren Ohren klang allein schon das Wort bedrohlich.

„Die Krätze im Volksmund. Verursacht von Milben“, erklärte Schwester Erika genüsslich. „Mikroskopisch kleine Krabbeltierchen, die Gänge unter der menschlichen Haut graben. Das ist gar nicht so selten, wie man meint.“ Die Dolmetscherin begann sich unbewusst zu kratzen und auch die Kommissarin verspürte plötzlich einen heftigen Juckreiz am Rücken.

Dann setzte das Team abschließend die FFP-Masken mit dem Filter auf. Diese Art der Maske ist wahrlich gewöhnungsbedürftig, stellte die Kommissarin, die bislang lediglich die chirurgische Maskenvariante kannte, tief Luft holend fest. Es fühlte sich an, als würde die Lunge mit hohem Kraftaufwand permanent gegen einen Widerstand ankämpfen oder als ob man durch ein langes Rohr atmen müsste. Man bekam unwillkürlich den Eindruck, zu wenig Sauerstoff zu erhalten. Zumindest gefühlt geriet der eigene Atemrhythmus durcheinander. Es erschien Becca unvorstellbar, wie das Krankenhauspersonal damit ganzen Tag arbeiten konnte. Sie bemühte sich, ihre Atmung zu normalisieren.

„Fertig?" Schwester Erika unterzog, als sei sie ein General bei der Truppeninspektion, sie alle nochmals einem strengen Kontrollblick.

Dann öffnete sich die Tür zum Patientenzimmer.

„Aha, die Exekutive wagt sich ins Seuchengebiet. Ich bin der behandelte Infektiologe von Herrn Anghelescu."

Dr. Greiz, dessen Stimme gedämpft wie bei *Darth Vader* unter dem Face-Shield hervor klang, deutete bei seinen Worten auf den Patienten, der aufrecht im Bett saß und eine Sauerstoffsonde in der Nase trug. Seine dunklen Haare standen wirr vom Kopf ab und er wirkte für seine achtundzwanzig Jahre verdammt jungenhaft und verletzlich. Pavel Anghelescu starrte seine Besucher mit schreckensweiten Augen an.

Ich würde auch Angst bekommen, wenn fünf bis zur Unkenntlichkeit vermummte Personen, wie in einem Science-Fiction-Film um mich herumstehen würden. Und mir zudem keiner sagen kann, ob ich dieses Virus in mir überlebe oder nicht, ging es der Kommissarin durch den Kopf. Der Mann tat ihr leid. Ein fremdes Land, der Sprache nicht mächtig und dann so etwas.

„Ich gebe Ihnen maximal zehn Minuten Zeit. Das muss reichen", fuhr der Infektiologe fort. „Den Patienten erwarten schwierige Tage. Seine Symptome sind bereits deutlich ausgeprägt. Halten Sie sich strikt an alle Anweisungen von Schwester Erika, dann kann Ihnen hier drin nichts passieren." Der Doktor nickte den Anwesenden grüßend zu und verließ den Raum.

Die Dolmetscherin, deren Augen nervös hin und her huschten, wandte sich mit einer Begrüßungsfloskel auf Rumänisch Pavel Anghelescu zu.

Doch kaum hatte sie ihre ersten Worte zu Ende gesprochen, da begann KKA Mittenmann urplötzlich an seinem Face-Shield zu zerren. Seine Bewegungen waren hektisch und fahrig.

„Ich bekomme keine Luft", überschlug sich seine gedämpfte Stimme panisch. Den Youngster hatte, bedingt durch die Atemerschwernis, eine waschechte Panikattacke gepackt.

„Ganz langsam", Schwester Erika reagierte unverzüglich mit

einer auf Notfälle trainierten, professionell ruhigen, aber zeitgleich bestimmten Stimme. „Ich führe Sie in die Schleuse zurück." Sie ergriff den Youngster energisch am Oberarm und bugsierte ihn, bevor er sich in seiner Panik durch ein Herunterreißen seiner Maske, kopflos den Viren aussetzen konnte, aus dem Raum. Kevins Körperlänge mass beeindruckende 1,92 Meter und es sah grotesk aus, wie die mindestens zwanzig Zentimeter kleinere Frau den momentan vor Angst völlig wehrlosen Mann mit sanfter Gewalt aus der Schleusentür schob.

Die anschließende Befragung, die Becca und die Dolmetscherin mit dem Patienten führten, ergab enttäuschenderweise keinerlei weiteren Ermittlungsansätze. Der Schlachthelfer sprach unter Mühen von seinem Arbeitgeber in den höchsten Tönen. Pavel Anghelescu rang mehrmals nach Sauerstoff und war nach wenigen Sätzen des Dialoges völlig erschöpft. Der körperlich kräftig wirkende Mann war, auch für den Laien erkennbar, definitiv sehr schwer erkrankt.

Die Maschine mit der KHK Herz flog, landete mit halbstündiger Verspätung in Bukarest. Es war 10.00 Uhr und das fahle Morgenlicht durchströmte die Ankunftshalle. Die Sicherheitskontrollen am Flughafen waren sowohl in Friedrichshafen wie auch in Frankfurt, durch die Coronapandemie deutlich verschärft. Es galt strikte Maskenpflicht in den öffentlichen Gebäuden. Maskierte, wohin das Auge blickte, Maskenträger auf der Rolltreppe, beim Bodenpersonal und in den Wartehallen.

Während des Flugs von Frankfurt nach Rumänien bekam KHK Herz einen lauwarmen Kaffee inklusive einem pappigen Brötchen, ein Döschen Marmelade sowie etwas Butter serviert. Von der EPA-Einmannpackung der Bundeswehr in kulinarischen Belangen nicht gerade verwöhnt, nahm Jan Herz die flugübliche Kalorienzufuhr mit stoischem Gleichmut hin. Er machte sich keinerlei hochtrabende Illusionen über die vor ihm liegende Aufgabe. Es war ungewiss, was ihn bei Stella Radus Familie in den Karpaten erwarten würde. Im besten Fall hilfreiche Spuren, im schlechtesten Fall Gleichgültigkeit.

Der Anflug auf die Hauptstadt Rumäniens, die in puncto Bevölkerungsdichte annähernd mit Hamburg mithalten konnte, bescherte einen weitläufigen Blick in die umgebenden Randbezirke und somit auf schier endlos erscheinende, rechteckige Landwirtschaftsparzellen. Rumänien galt immerhin als der größte Mais-

Produzent innerhalb der Europäischen Union. In ein paar Wochen würde dieser auf den momentan witterungsbedingten brach liegenden Feldern in die Höhe schießen. Bei genauerer Betrachtung waren die Parzellen aus der Luft gesehen, zudem von größeren Schaf- oder Ziegenherden bevölkert. Zwanzig Prozent der gesamten Landfläche bestand aus Weidefläche. Das Vieh lief größtenteils frei, ohne jegliche Zaunanlagen in Herden durchs Land. Für gewöhnlich wurde es notdürftig von minderjährigen Hirtenkindern und imposanten Ciobănesc Românesc Carpatin, einer rumänischen Schäferhundrasse, behütet. Und das, obwohl sich zeitgleich über sechstausend wild lebende Braunbären und mehr als dreitausend Wölfe im Land tummelten. Von den tausenden Luchsen, die ebenfalls den Jungtieren nachstellten, einmal ganz zu schweigen. Für in dieser Beziehung vergleichbar verwöhnte deutsche Schäfer oder Nutztierhalter waren solche Dimensionen blanke Horrorvorstellungen.

Die Landebahn, auf die der Flieger elegant aufsetzte, lag am nördlichen Stadtrand der Zwei-Millionen-Metropole Bukarest. Das im Vergleich zu Frankfurt überschaubare Ankunftsterminal ermöglichte es KHK Herz, zügig nach der Zollkontrolle auf die wartenden Kollegen der rumänischen Polizei zu stoßen. „Buna dimineata“, lautete die förmlich ausgetauschte Höflichkeitsfloskel, bevor sie zu dritt in einen, direkt am Eingang parkenden weißen Dacia Dokker mit der Aufschrift *Politia*, einstiegen.

Die rumänischen Kollegen verhielten sich einsilbig misstrauisch. Der *German*, hier geboren oder nicht, gehörte nicht mehr zu ihnen. Die Beamten waren im Großen und Ganzen über eine geteilte Akteneinsicht mit dem deutschen Fall vertraut, so dass die Gespräche während der Fahrt in die Berge nach Sinaia, sich um belanglose Alltagsthemen drehte. KHK Herz blieb weitgehend ausgeschlossen von der Unterhaltung. Es war ihm nicht unrecht.

Die zweispurige, moderne Europa-Schnellstraße in Richtung transsilvanischer Alpen war gesäumt vom Ackerland. Dazwischen lagen kleinere Ansammlungen schicker Einfamilienhäuser, unterbrochen durch halb zerfallene Wellblechhütten. Am Straßenrand verkaufte ein älterer Mann von der Rampe seines offenen Vans herunter Lebensmittel. Gegen die Kälte lief ein winziger, Aggregat betriebener Heizofen zu seinen Füßen.

Nach einer Stunde Fahrt erreichten sie schließlich Câmpina am

Rand der transsilvanischen Alpen. Die Landschaft wurde jetzt entschieden hügeliger und waldreicher. Die letzten dreißig Kilometer führten kurvig steil hinauf auf achthundert Höhenmeter. Ihr endgültiges Ziel, die Kleinstadt Sinaia mit etwa zehntausend Einwohnern, lag an der Intercity-Bahntrasse von Bukarest über Prag nach Wien. Vor ein paar Wochen war die Kurstadt noch voller Skitouristen gewesen. Jeden Winter ließen sich Tausende mit der örtlichen Seilbahn auf zweitausend Höhenmeter bringen, um die weitläufigen, bestens erschlossenen Pistenanlagen herunter zu wedeln. Im Hintergrund des Städtchens erhoben sich majestätisch die schneebedeckten Gipfel des Bucegi-Gebirges und gaben eine Ahnung darauf, wie gewaltig das Skigebiet sein musste.

Jetzt Ende März, obwohl zum Teil auch in Sinaia noch ein paar Fetzen Schnee lagen, war die Ski-Saison vorbei. Es würde drei Monate dauern, bis Mountainbiker und Wanderer wieder ein wenig Leben in die Stadt brachten. Die Seilbahn stand still. Die Kioske und Souvenir-Buden, die den Fahrbahnrand dicht an dicht säumten, waren nahezu alle verrammelt. Nur eine kleine Handvoll Verkäufer wartete auf vorbeiziehende Kundschaft. Ein zerlumpt wirkender Bauer zottelte behäbig mit seiner aus Rohholz gezimmerten Kutsche vorbei. Das magere Pferd, mit den hervorstehenden Kruppenknochen, trug noch immer ein struppiges stumpfes Winterfell. Der Anblick bildete einen harten Kontrast zu dem hinter dem Klepper aufragenden Vier-Sterne-Luxushotel, vor dem ein Mercedes der S-Klasse und ein extrabreiter SUV parkten.

Die rumänischen Beamten stoppten den Wagen vor einer Wohnsiedlung mit sechs identisch wirkenden Wohnblöcken, die versteckt in vierter Reihe hinter den Hotel-Prachtbauten lagen. Die schmutzig weißen Fassaden mit den über Putz liegenden elektrischen Leitungen verbreiteten einen heruntergewirtschafteten Eindruck. Die Sichtschutzgestelle der Balkone waren vermoost und teilweise zerbrochen. Einzelne Satellitenschüsseln klebten wie kontrastreiche Knöpfe der Moderne auf den verwitterten Häuserfronten.

Die drei Polizisten quälten sich eine Treppe bis in den fünften Stock hoch. Ein Fahrstuhl existierte nicht. Die Stufen waren ausgetreten, der Putz bröckelte im Treppenhaus von den Wänden. Die Wohnungstür mit dem Klingelschild *Radu* war mit Abziehbildchen irgendwelcher Schokoriegel übersät. KHK Herz erkannte einen bekannten rumänischen Fußballer darauf. Auf einem der anderen Abziehbilder war die gegelte Frisur von Cristiano Ronaldo schemenhaft erkennbar. Durch das Türblatt drangen deutlich hörbar lebhafte Kinderstimmen.

Es dauerte nur wenige Sekunden, bis eine kleine, untersetzte Frau ihnen die Tür öffnete. Jan Herz schätzte sie auf Mitte vierzig. Sie hatte ein verhärmtes, in jungen Jahren einstmals attraktives Gesicht. Die dunklen Haare wirkten ungekämmt und ein Schneidezahn fehlte in dem erstaunt geöffneten Mund. Die Augen der Frau blickten zutiefst erschrocken beim Anblick der drei teils uniformierten Männer. Ein Kleinkind mit triefender Rotznase klammerte sich an eins ihrer Beine. Zwei Jungs im Grundschulalter drängten sich dicht dahinter.

Eine knappe Ansage der rumänischen Kollegen genügte, dass Frau Radu, stumm, wie unter Schock stehend, die Wohnungstür weit öffnete. Ein kurzes *Dispare! Verschwindet!* der Mutter reichte aus, dass die Buben blitzschnell mit ihrer rotznäsigen Schwester im Schlepptau in einem der angrenzenden Zimmer verschwanden. Leise schlossen sie die Tür hinter sich. Ganz offensichtlich waren es die Kinder gewohnt, kurzfristig von der Bildfläche verschwinden zu müssen. Frau Radu deutete indes kraftlos in Richtung der offenen Küche. Sie ging voran und setzte sich auf einen nicht stabil aussehenden Küchenstuhl, den bangen Blick nicht von dem Besuch lösend. Ihr war sofort klar, dass das Auftauchen der Polizei nichts Gutes bedeuten konnte. Jan Herz setzte sich behutsam auf den anderen freien, nicht minder instabil wirkenden Stuhl. Er räusperte sich, bevor er anfing zu sprechen.

„Frau Radu, ich bin heute aus Deutschland hergeflogen, um Ihnen ein paar Fragen zu Ihrer Tochter Stella zu stellen", eröffnete KHK Herz auf Rumänisch das Gespräch. Die Mutter hatte sich bei seinen Worten verkrampft und brachte noch nicht einmal mehr ein Nicken zu Stande. Ihre Tochter also. Die plötzliche Erkenntnis, dass ihr in dem fremden Land etwas zugestoßen sein musste, stand der Frau jetzt förmlich ins Gesicht geschrieben. Mutterinstinkt.

Jan fuhr fort. „Erklären Sie mir bitte, wann und wieso Stella nach Deutschland gekommen ist. Wer hat Sie begleitet? Woher hatte Sie das Geld für die Reise? Es ist wichtig, dass Sie uns alles, was Sie wissen, erzählen."

Frau Radu wandte ihren inzwischen gänzlich starr erscheinenden Blick dem hellgelben Küchenmobiliar zu, dessen Lack von Kratzern und Flecken übersät war. Es wirkte, als würde dort ihr Antworttext stehen, den sie nur noch abzulesen brauchte. Mit tonloser leiser Stimme begann sie zu sprechen.

„Stella ist mein ältestes Kind, wissen Sie. Ich war fünfzehn, als sie geboren wurde. Ihr Vater, der sich kurz nach der Geburt Richtung Ungarn davon machte, hat sich nie um uns gekümmert. Seitdem gehe ich, um uns über die Runden zu bringen, in den Touristen-Hotels putzen oder kochen." Das durch harte Arbeit und Entbehrung verlebte Gesicht machte die Frau deutlich älter, als sie in Wahrheit war, registrierte Jan. Er korrigierte im Stillen das geschätzte Alter von Stellas Mutter von vierzig auf dreißig herunter.

„Unsere Stella hat die Schule zu Ende geschafft. Sie wollte eine Ausbildung in einem der Hotels abschliessen." Stolz drang aus den Worten der Mutter durch. „Dann, in der letzten Klasse, begann ihr linkes Auge zu tränen. Es juckte und schließlich kamen Schmerzen dazu. Ich glaubte ihr zunächst nicht und dachte, sie hat Angst vor den Prüfungen und will sich drücken." Die Stimme von Frau Radu war wieder leiser geworden. „Aber als sie den Schulabschluss trotz des tränenden Auges in der Tasche hatte, wurde es immer schlimmer mit ihr. Sie saß meist nur noch im dunklen Zimmer. Sie behauptete, das Licht würde ihr im Auge weh tun. Aus dem Auge lief manchmal weiße Flüssigkeit und es war knallrot." Frau Radu stierte weiter auf die hellgelben Möbelflächen. „Einer der Gäste aus einem Hotel in dem ich putze, hatte Mitleid mit uns und hat Stella nach Braşov zum Arzt gebracht. Es war ein großes Glück für uns."

„Wo genau ist dieser Gast Ihrer Tochter begegnet? Wie hieß er?", fragte Jan.

„Ich weiß es nicht", Frau Radu blickte weiter stur mit leerem Blick auf die Küchenfront. Ihre Antwort kam zu schnell und die Tatsache, dass sich Stellas jüngere Geschwister bei ihrer Ankunft durch ein einziges Wort der Mutter entfernten und seitdem nicht mehr zu hören waren, ließ Jan eins und eins zusammenzählen. Sein Tonfall wurde eine Gangart härter.

„Frau Radu, Sie werden mir jetzt ehrlich antworten: Haben Sie regelmäßig männliche Gäste aus einem Hotel bei sich zu Hause, deren Namen Sie nicht kennen?" Stellas Mutter zuckte wegen des scharfen

Tons des deutschen Polizisten zusammen, nickte aber schließlich ergeben. Jan beugte sich leicht vor. „Und sind Ihre Kinder dabei immer im Nebenzimmer?"

„Es geschieht nicht oft! Das müssen Sie mir glauben! Ich bin nicht so eine, wissen Sie." Ihre Stimme war inzwischen zum Flüstern geworden, doch die Augen hingen weiter starr im hellgelben Mobiliar. „Normalerweise hat meine Stella immer auf ihre Geschwister aufgepasst, wenn ein Gast hier war. Die Kinder haben wirklich nie etwas mitbekommen." Frau Radu schämte sich sichtlich vor den Beamten und sah für einen Moment zu Boden, bevor die Küchenmöbelfront erneut ihrem Blick Halt gab. „Ich verdiene nicht genug beim Putzen, um uns über die Runden zu bekommen, und die Väter der Kinder sind alle weg", fügte sie kaum mehr hörbar hinzu.

Jan nickte verständnisvoll. Er kannte die Armut, die in Rumänien, vor allem auf dem Land, überall sichtbar war. In seiner Kindheit waren sie oft bei seinen Großeltern in Siebenbürgen gewesen. Eine alleinstehende Frau ohne Mann, mit geringer Bildung und vier Kindern von verschiedenen Vätern hatte nicht mehr viele Optionen im Leben. Nicht nur in Rumänien. Dies war eine deprimierende weltweite Tatsache. Mit bemüht versöhnlicher Stimme fuhr Jan deshalb milder fort.

„Was genau sagte der Arzt in Braşov zu Stella?"

„Er war freundlich und hat viel untersucht. und gemeint, dass in Stellas Auge ein Virus ist, der bei den meisten Menschen nur Bläschen auf den Lippen machen würde. Aber bei meiner Stella war dieser Virus im Auge und er würde sie langsam blind machen. Der Doktor sagte, dass er da nichts machen könnte. Stella hatte sehr große Angst davor, nur noch ein Auge für den Rest ihres Lebens zu haben. Und was wäre, wenn sie das andere auch verliert? Sie wollte doch eine Ausbildung machen, irgendwann heiraten und Kinder bekommen. Wir waren tief verzweifelt. Dann aber hat der Arzt uns nach ein paar Wochen angerufen. Er sagte, dass man in Deutschland Stella helfen könnte. Es gäbe dort eine Stiftung von reichen Leuten, die für arme Menschen wie uns eine Operation bezahlen würden."

„Welche Art Eingriff sollte bei Stella gemacht werden?", hakte Jan nach.

„Ich habe nicht alles verstanden, aber sie wollten den Teil des Auges meiner Tochter, den das Virus kaputt machte, ersetzen. Der

Doktor hat gesagt, dass Stella nur einen Monat zur Heilung in Deutschland sein müsste, und dann wäre wieder alles gut. Ich habe schließlich das Papier unterschrieben, dass sie Stella operieren dürfen."

Jan sah die Mutter eindringlich an. „Das ist jetzt wirklich wichtig für uns, Frau Radu. Wer hat Stella nach Deutschland gebracht?"

„Meine Tochter wurde von einem Taxi abgeholt. Das war alles organisiert, wir mussten nichts tun. Sie flog allein. Das Ticket war für sie an einem der Schalter hinterlegt. In Deutschland hat eine Frau sie in Frankfurt in Empfang genommen und in die Klinik gefahren. So war es ausgemacht. Stella hat mich vom Flughafen in Deutschland aus angerufen und war so aufgeregt und überglücklich." Nach einer kleinen Pause fügte Stellas Mutter dazu. „Das war das letzte Mal, dass ich mit ihr gesprochen habe."

„An welchem Tag genau war das, Frau Radu?"

„Stella ist am 29. Januar in Bukarest abgeflogen."

„Hat Ihre Tochter in dem Telefonat etwas über diese Frau in Deutschland gesagt?"

Frau Radu schüttelte den Kopf. „Nein, sie hat nur gesagt, dass die Frau sehr, sehr freundlich wäre und dass alles in Ordnung sei. Mehr nicht." Für einen Moment war es still in der winzigen Küche. Nur eine alte, mit Bauernmalerei verzierte Wanduhr tickte leise. Die rumänischen Beamten hatten sich nicht ins Gespräch eingemischt und standen in ihren Uniformen wie Wächter in der Küchentürfüllung. Stellas Mutter rang indes mit der unausweichlichen Frage, die sie nicht stellen wollte und dennoch musste. KHK Herz verstand sie und ließ ihr die Zeit, die sie brauchte. Es vergingen einige Minuten bevor ein kleiner Ruck durch den Körper der Frau lief. Sie blickte, das erste Mal, seit sie sich an den Tisch gesetzt hatten, von den Küchenmöbeln weg und sah KHK Herz mit beschwörenden Augen direkt an, als könne sie dessen Antwort damit günstig beeinflussen.

„Ich hätte sie nicht gehen lassen sollen, nicht wahr?"

KHK Herz blieb stumm.

„Was ist mit meinem kleinen Mädchen passiert? Bitte sagen Sie es mir."

Jan erwiderte ihren Blick und antwortet sachlich, „Wir haben Ihre Tochter vor einer Woche tot in Deutschland aufgefunden. Es tut mir sehr leid, Frau Radu."

Stellas Mutter nickte stumm.

Ihre Tochter würde nicht mehr heimkommen, das war alles, was sie wissen musste. Zu fragen, was mit ihr genau passiert war, barg zum jetzigen Augenblick zu viele Schrecken.

„Ich muss Sie bitten, bei den Kollegen in den nächsten Tagen Ihre Aussage zu wiederholen. Wir benötigen Ihre Äußerungen schriftlich. Vielleicht haben wir dann weitere Fragen oder es ist Ihnen bis dahin noch ein wichtiges Detail eingefallen, was Sie jetzt vergessen haben." KHK Herz stand auf und nickte ihr verabschiedend zu.

„Wann kann ich meine Tochter beerdigen?", fragte Stellas Mutter tonlos.

„Wir helfen Ihnen sie schnell nach Hause zu holen."

Der ältere der rumänischen Kollegen war dicht an Frau Radu herangetreten. Jan bekam im Hinausgehen aus dem Augenwinkel mit, wie Stellas Mutter aus einem der Küchenschränke einen Geldschein herausholte, den sie dem Beamten stumm entgegen streckte.

Es hat sich nichts geändert, dachte KHK Herz daraufhin bitter. So vieles hatte sich zum Guten gewendet in diesem Land, aber diese verfluchte Korruption ließ sich einfach nicht ausrotten. Ähnlich einer Hydra wuchsen ihr immer neue Köpfe.

Die Wartezeit am Flughafen in Bukarest reichte gerade einmal für einen Burger vom Schnellimbiss. Die rumänischen Kontrollen gingen bislang auf die sich ausbreitende Coronapandemie nicht ein. Nur vereinzelt sah man in der Abflughalle Passagiere, die eine Maske trugen. Kriminalhauptkommissar Jan Herz war einer von ihnen. Auf dem Weg zum Abfluggate lief er an einem großflächigen Wandwerbeplakat vorbei.

Großwildjagd - Abenteuer - Freiheit! Ein exklusives Angebot! - stand darauf in großen Lettern. Darunter verschwammen die Köpfe von Braunbär, Wolf und kapitalem Hirsch im Fadenkreuz eines Jagdgewehres. Nur 7000 Euro für eine Bärentrophäe - ein Schnäppchen! - versprach das Plakat weiter. Ein paar Tausender, nur um zum persönlichen Vergnügen, ein wehrloses Tier abzuknallen. Jan Herz, der in Gedanken immer noch bei den ärmlichen Verhältnissen von Stella Radus Familie weilte, schüttelte angewidert den Kopf.

Es wurde in dieser Nacht nach 23.00 Uhr, bis KHK Herz erschöpft in Ravensburg angekommen war.

Am selben Abend, an dem sich KHK Herz auf dem Rückweg nach Deutschland befand, klingelte Ayla Schneider-Demir wie verabredet an Beccas Haustür in Wittenhofen. Die Polizeisekretärin genoss die ländlich geprägte Fahrt von Ravensburg durchs Deggenhausertal. Sie hielt unterwegs an einem der ganzjährigen Obststände an, um eine Tüte Äpfel zu erwerben. Es ging doch nichts über das heimische Obst.

„Für dich!" Ayla drückte, als Becca die Tür öffnete, der Freundin eine Flasche Wein in die Hand, an der ein kleines, verbeultes Kuvert baumelte.

„Danke, komm rein. Super, dass das endlich mal wieder mit uns klappt."

Becca lief voran und die beiden Frauen machten es sich im Wohnzimmer bequem. Die Ermittlerin öffnete neugierig das Kuvert, das an der Flasche hing, und zog eine schwarze Stoffmaske heraus, deren linke Hälfte den geschwungenen weißen Schriftzug *Masked Officer* trug.

„Ist ja ein Ding!" Becca probierte lachend die Maske an. „Wo gibt es denn so etwas?!"

„Na im Internet, wo sonst!" Ayla nippte an ihrem Glas. „Ich dachte, wo ihr da draußen doch jetzt gefährdet seid."

„Super. Danke! Es ist echt skandalös, dass das Präsidium keine Masken besorgen kann. Ein kleines Virus legt sämtliche Versorgungsketten lahm und alles steht Kopf."

„Ich gestehe, ich habe Angst, Becca. Ich konnte gar nicht glauben, dass ihr euch heute in diese Isolierstation hinein getraut habt. Ich für meinen Teil bin total verunsichert. Du nicht?"

Becca zuckte mit den Schultern.

„Doch schon irgendwie aber es hilft ja nichts. Da müssen wir jetzt durch. Wir werden nicht alle plötzlich tot umfallen. Weißt du, ich denke, wir verderben uns nicht den heutigen Abend mit dem Mist, oder?"

„Nein, hast Recht. Themenwechsel." Ayla ließ ihren Blick durch das großzügige Wohnzimmer gleiten. „Seit dein spanischer Casanova nicht mehr hier wohnt, ist es deutlich aufgeräumter bei dir".

„Na ja. Geht so. Schau bloß nicht in die Ecken. Eine regelmäßige Putzfee wäre nicht schlecht. Nach Feierabend habe ich einfach keine Lust mehr den Lappen zu schwingen, und der Kater bringt zusätzlich genug Dreck rein“, seufzte die Kommissarin und schenkte Rotwein in die Gläser.

„Bei deinem unruhigen Schichtdienst kann ich das verstehen“, antwortete Ayla. „Da geht es mir im Innendienst mit den geregelten Arbeitszeiten deutlich besser. Ich kann alles durchplanen. So lässt sich ein Haushalt leichter organisieren.“

„Tja, die Schichtarbeit kann ich nicht ändern und eine Putzfrau kann ich mir von dem kargen Gehalt leider nicht leisten.“

„Dann nimm halt einen Putzmann“, frotzelte Ayla„„aber nicht so einen wie dein spanischer Miguel. Sonst sieht es schlimmer aus wie vorher.“ Die beiden Frauen stießen an. Der Rotwein schlingerte verlockend in den bauchigen Gläsern hin und her.

„Nein, bestimmt nicht“, Becca schüttelte energisch den Kopf. „Ein Mann kommt mir nicht mehr so schnell ins Haus!“ Elegant schritt der hereingekommene Kater durch das Zimmer und strich dabei schnurrend um Beccas Beine. „Diesen vierbeinigen Macho natürlich ausgeschlossen.“

„Da bin ich mal gespannt“, lachte Ayla. „Wenn der Richtige kommt, wirst auch du wieder weich werden, wetten? Apropos Männer, habt ihr eigentlich von unserem wortkargen Kollegen aus Rumänien schon etwas gehört?“

„Jan? Erinnere mich bitte nicht an den.“ Becca rollte mit den Augen. „Nein. Das wird wohl spät werden, bis der wieder landet. Schade, dass sie ihn nicht gleich in Rumänien behalten“, schob sie bissig hinterher.

„Ach komm, Becca. Sooooo schlimm ist er nun auch wieder nicht.“

„Na, du musst ja nicht direkt mit ihm zusammenarbeiten.“ Beccas Unterton klang gereizt.

„Hmm, das ist ein passendes Stichwort.“ Ayla legte ihren Kopf bedeutungsvoll schief. „Du wirst das jetzt vielleicht nicht hören wollen, aber ich finde, du solltest mal drüber nachdenken, warum immer ausgerechnet du Probleme mit deinen Partnern hast.“

Die Kommissarin sah Ayla entrüstet an.

„Ach, ich soll drüber nachdenken? Ich bekomme ständig einen Idioten nach dem anderen als Kollegen an die Seite gestellt und ich soll das dann selbstkritisch hinterfragen? Echt jetzt?“ Becca wirkte zornig, als sie fortfuhr. „Du hast es doch selbst miterlebt, wie Rolf

Steiner mich jahrelang in Konstanz gemobbt hat. Und jetzt krieg ich diesen bekloppten Militärheini in Ravensburg an die Seite. Das ist doch nicht fair! Kannst du mir zum Beispiel erklären warum man, wenn man denn schon so eine hässliche, auffällige Narbe am Hinterkopf hat, diese auch noch extra zur Schau stellen muss, indem man sich den Schädel ständig blank rasiert? Das ist doch total bescheuert!"

„Man kann das ebenso aus einem anderen Blickwinkel betrachten, Becca", meinte Ayla gelassen.

„Na, dann raus mit deiner Sicht auf die Dinge. Komm, lass hören. Ich vertrag was." Becca lehnte sich demonstrativ in die Couchrückenlehne zurück. Sie war eindeutig in Rage. Erst der eigene Vater, der blöde Kommentare dahin gehend äußerte und jetzt auch noch die beste Freundin.

„Nun gut", Ayla war zur Konfrontation durchaus bereit. „Hier mal meine Version der Dinge. Also, mit den meisten Kollegen kommst du gut aus. So weit sind wir uns einig. Das war auch schon in Konstanz so. Wir haben uns beispielsweise dort miteinander angefreundet. Und du verstehst dich auch mit der neuen Forensikerin in Ravensburg auf Anhieb gut. Aber die, die mit dir direkt zusammen arbeiten, haben es, zumindest meiner Meinung nach, wirklich nicht ganz einfach."

„Wieso?"

„Na ja, du kannst nicht leugnen, dass du ehrgeizig bist. Dein sehnlichster Wunsch, eines Tages die Karriereleiter zur Polizeipräsidentin hochzuklettern, ist mir hinreichend bekannt. Auf der anderen Seite schreist du nie freiwillig hier, wenn es etwas außer der Reihe zu tun gibt. Unliebsames überlässt du stillschweigend deinen Partnern. Passieren Fehler, kehrst du sie unter den Teppich."

„Ach ja?"

Beccas Gesichtsausdruck zeigte jetzt deutliche Missbilligung. Ayla holte tief Luft, um fortzufahren. Es fiel ihr schwer, Klartext zu reden. Ihr war bewusst, dass Becca das zunächst verletzen würde. Doch eine wahre Freundschaft sollte das aushalten.

„Du fühlst dich von Rolf Steiner gemobbt, weil er sich gegen deine laissez faire Haltung gewehrt hat. Du hast ihn permanent unterwandert damit. Wer würde sich da nicht wehren? Und für den neuen Partner in Ravensburg bringst du nicht ansatzweise einen Funken

Verständnis oder Geduld auf. Im Gegenteil. Sein wunder Punkt ist ein regelrecht gefundenes Fressen für dich." Ayla legte eine Hand auf Beccas Knie. „Becca, du weißt, ich mag dich sehr, aber ehrlich gesagt ist dein Konkurrenztick gegenüber deinen Partnern rein zwischenmenschlich gesehen wirklich unangenehm. Du bist eine hervorragende Ermittlerin, doch auch die Qualität deiner Arbeit leidet darunter. Du solltest mal darüber nachdenken, wenn du wirklich eines Tages in die Führungsetage aufsteigen willst."

Becca hatte sich in den Sessel zurückgelehnt und trank ihr Glas in einem Zug leer. Sie goss es neu ein und erwiderte verletzt, „So siehst du das also. Wow. Du erwartest jetzt hoffentlich nicht, dass ich dir recht gebe?"

„Nein. Aber ich fände es gut, wenn du wenigstens dem Gedanken eine Chance geben würdest. Na komm, stoßen wir drauf an", meinte Ayla und hob versöhnlich ihr Glas.

„Okay. Aber nur, weil du eine so schicke Maske mitgebracht hast", entgegnete Becca zwar um eine Nuance milder gestimmt allerdings immer noch frostig.

„Ich bin ziemlich gespannt, was morgen bei eurer Durchsuchungsaktion im Schlachthof rauskommt", schwenkte Ayla ablenkend um. „Hast du eigentlich keine Angst, dich mit diesem Virus anzustecken? Wer weiß, ob nicht der ganze Schlachthof damit verseucht ist?"

Becca ergriff dankbar den Themenwechsel.

„Ein wenig mulmig ist mir schon. Zumindest hat mich der erkrankte Rumäne auf der Isolierstation ziemlich beeindruckt. Dem Mann ging es richtig dreckig. Und der ist noch jung. Aber wer fragt schon danach? Job ist Job, oder? Außerdem bin ich jetzt ja mit einer super Schutzmaske ausgestattet. Wovor soll ich mich also noch fürchten?", antwortete Becca mit Galgenhumor und wedelte mit der *Masked-Officer-Maske* in der Hand vor Aylas Gesicht herum.

Eine halbe Stunde später fuhr die Polizeisekretärin Richtung Konstanz davon. Die Stimmung der beiden Frauen war nicht mehr unbeschwert genug, um den Abend weiter in die Länge zu ziehen. Becca fütterte Gato Macho und ging anschließend sofort ins Bett. Der Wecker würde um 5.00 Uhr klingeln.

Die Durchsuchung der Badener Landfleisch GmbH war für 7.00 Uhr angesetzt.

Eine gewaltige Sauerei

Samstag, der 21. 03. 2020

Eine Fahrzeugkolonne fuhr im Morgengrauen auf das verlassen daliegende Gebäude der Badener Landfleisch GmbH zu. Der schneeweiße VW-Multivan der SpuSi blieb direkt vor dem monströsen Rolltor für die Schlachtviehanlieferung stehen. Dr. Wangs fabrikneuer Spider wirkte wie ein Spielzeugauto neben dem wuchtigen Bus der SpuSi. Staatsanwältin Winkler entstieg im dunkelblauen Cashmeremantel einer Limousine der gehobenen Luxusklasse. Ihre Brillantohrstecker blitzten im Scheinwerferlicht auf. Selbst jetzt in der eisigen Morgendämmerung wirkte die Juristin durchweg elegant und von ätherischer Schönheit. Sie hatte vor fünfzehn Minuten vom Wagen aus das Ehepaar Lobwild aus dem Schlaf geklingelt und sie von der unmittelbar bevorstehenden Durchsuchung ihrer Geschäftsräume in Kenntnis gesetzt. Der Durchsuchte hatte in Deutschland das gesetzlich verankerte Recht anwesend zu sein. Dieser Pflicht war somit Genüge getan und das Überraschungsmoment dennoch weiter auf der Seite der Kripo.

Jan Herz las nach einer sehr kurzen Nacht mit wenig Schlaf auf dem Weg vom Präsidium zum Schlachthof die Kommissarin in Wittenhofen auf. Er lieferte ihr, wie gewohnt einsilbig, während der viertelstündigen Autofahrt einen Kurzbericht über die Geschehnisse in Rumänien.

„Nun wissen wir wenigstens, weshalb die Kleine überhaupt nach Deutschland kam", meinte Becca aus dem Seitenfenster schauend, „nicht aber, wer hinter dieser ominösen Stiftung steckt, die sie hergelockt hat. Deshalb bringt uns dieses Wissen jetzt nicht viel. Zu schade, dass die Mutter keine Papiere von der angeblichen Stiftung besitzt. Wenn es die denn wirklich gibt. Vielleicht handelt es sich stattdessen auch um skrupellose Menschenhändler, die das Mädchen letztlich in ein Bordell bringen wollten. Ich vermute, du hast schon nach einer entsprechenden Institution geforscht?"

„Nichts." Jan sah konzentriert auf die Straße, während er den Kopf schüttelte. „Null Treffer innerhalb unserer Landesgrenzen. Es gibt keine Stiftung, die speziell Augenoperationen finanziert."

„Ich hatte mir mehr erhofft von deiner Reise. Wir stehen bei dem Mordfall mit unseren Ermittlungen komplett auf der Stelle", erwiderte Becca frustriert. Nach einem kurzen Moment fügte sie an, „Dann sehen wir mal, was unser Besuch in den Lobwildschen Hallen hier einbringt. Vielleicht bringt uns wenigstens das ein Stückchen weiter."

Die beiden Ermittler erreichten die Badener Landfleisch GmbH etwa zwanzig Minuten später als die restlichen Kollegen, die sich vor dem verschlossenen Schlachthofgebäude wartend versammelt hatten. Dafür aber zeitgleich mit Hugo Lobwild, der sich zusammen mit dem offensichtlich unvermeidlichen Herrn von Waldensturz im Schlepptau aus seinem Graumetallic-SUV schälte. Die Herren hatten, zu den frühmorgendlichen Temperaturen passend, eine äußerst frostige Miene aufgesetzt, was die Kommissarin mit einiger Genugtuung registrierte. Von einem charmanten Clark Gable Lächeln ist von Waldensturz auf jeden Fall heute meilenweit entfernt, dachte Becca schadenfroh.

Am Ende des langgezogenen, einstöckigen Gebäudes des Schlachthofes standen die uniformierten Beamten mit den rumänischen Arbeitern, die sie aus der etwa hundert Meter abseits davon gelegenen Gemeinschaftsunterkunft geholt hatten. Der schmale Trampelpfad zwischen den Bäumen, den Becca und Jan bei ihrem ersten Besuch zwar bemerkt, aber als unbedeutend ignoriert hatten, führte zu dem überschaubaren Flachbau, in dem die Angestellten des Schlachthofs untergebracht waren. Die Männer, ebenfalls aus dem Schlaf gerissen, gestikulieren lebhaft und redeten aufgeregt durcheinander.

„Ich möchte Sie bitten, meinen Mandanten unverzüglich über den Grund dieser skandalösen Aktion aufzuklären!"

Von Waldensturz hatte sich drohend nah auf Jan Herz zubewegt und berührte jetzt fast dessen tiefschwarze Lederjacke. Sein intensiver, nach Knoblauch riechender Mundgeruch, ließ den Schluss zu, dass es zum Zähneputzen vorhin nicht mehr gereicht hatte.

„Ihnen ebenso einen guten Morgen, Herr Anwalt. Soviel Zeit wird wohl sein", warf Becca von der Seite ein, die aus Geruchsbelästigungsgründen dankbar war, den noch immer ungewohnten Mundschutz tragen zu müssen.

Jan Herz sah mit seinen fast eins neunzig Körperlänge bedrohlich auf den dicht vor ihm stehenden Anwalt herunter. Seine Stimme klang bei der Antwort durch die Maske gedämpft.

„Gerne kläre ich Sie auf. Verdacht des Verstoßes gegen das Seuchenschutzgesetz.“ Sein Tonfall verlagerte sich in eine subtile Drohung. „Und wenn Sie nicht augenblicklich den korrekten Mindestabstand der neuen Coronaverordung von einem Meter fünfzig zu mir einhalten, bekommt nicht nur ihr Mandant ein Problem, Herr Anwalt.“

„Ich soll bitte was gemacht haben?“

Hugo Lobwilds Stimme überschlug sich fast, während von Waldensturz offensichtlich beeindruckt von KHK Herz Auftritt unwillkürlich einen Schritt zurücktrat. Es war unübersehbar, dass er unter großer Anspannung stand. Die morgendliche Aktion schien ganz und gar nicht nach seinem Geschmack. Staatsanwältin Winkler rauschte derweil unterstützend mit dem Durchsuchungsbeschluss in der Hand heran, während die Kommissarin zu einer genüsslichen Erklärung ansetzte:

„Gestern Abend wurde einer ihrer rumänischen Arbeiter auf die Isolierstation des Ravensburger Klinikums eingewiesen, Herr Lobwild. Der Mann wurde positiv auf das Coronavirus getestet. Sein Gesundheitszustand ist äußerst bedenklich. Alles Weitere können sie direkt mit Staatsanwältin Winkler besprechen“, fügte Becca, jedes einzelne Wort auskostend, hinzu.

Von Waldensturz drehte sich von der Hauptkommissarin weg und polterte nicht gerade gentlemanlike los.

„Ich protestiere auf das schärfste, Frau Staatsanwältin. Vor allem bestehe ich darauf, dass der Schlachthof nicht Gegenstand ihrer Ermittlung sein darf. Die Durchsuchung muss sich zwingend auf die Unterkünfte unserer Mitarbeiter beschränken. Wer weiß, was die da außerhalb ihrer Arbeitszeit treiben.“

„Das glaube ich Ihnen gerne, Herr Anwalt, dass Sie das gerne so hätten. Jedoch steht der Arbeitsplatz in direktem Zusammenhang mit der Überprüfung über die Einhaltung des Seuchengesetzes, da uns momentan nicht bekannt ist, wo genau sich die Infektionsquelle befindet. Wenn ich also bitten darf, Herr Lobwild?“ Staatsanwältin

Winkler deutete mit ausgestrecktem Zeigefinger auf die noch immer verschlossene, seitliche Eingangstür zur Schlachthalle.

Hugo Lobwild blickte mit sichtlichem Entsetzen seinen Anwalt an. „Johann, bitte. Wir müssen das nicht akzeptieren, oder?“

Von Waldensturz sah seinen Mandanten mit versteinerter Miene an. „Da kann ich leider nichts machen, Hugo.“

„Das ist ein ganz normaler Schlachtbetrieb, Frau Staatsanwältin. Sie werden außer den üblichen Gerätschaften nichts Interessantes finden“, schob Hugo Lobwild in beschwörender Stimmlage hinterher.

„Aufschließen!“

Johanna Winkler wiederholte die Aufforderung in unmissverständlichem Befehlston und deutete erneut auf den Seiteneingang. Dann fuhr sie zu Hugo Lobwild gewandt in süßlich eiskaltem Ton fort, „wenn wir nichts finden, wird es ja wohl kein Problem sein, dass wir Ihre Knochensägen und Messeransammlungen da drinnen begutachten. Und sollten Sie jetzt nicht unverzüglich alle Türen zu Ihrer Firma öffnen, Herr Lobwild, dann weise ich die Kollegen an, diese aufzubrechen. Ich stehe nicht zu meinem persönlichen Vergnügen in der Kälte herum.“

Der Unternehmer fügte sich schließlich mit kreidebleicher Miene und überreichte zähneknirschend Jan Herz seinen Schlüsselbund. Der Zorn, der in ihm brodelte, war unübersehbar. Die Beamten drangen augenblicklich einem Bienenschwarm gleich in die Räumlichkeiten des Schlachtbetriebs ein und begannen routiniert Schränke und Schubladen zu öffnen. Das große Rolltor an der Gebäudefront fuhr indes ebenfalls ratternd nach oben und ein Pulk weißgekleideter SpuSi-Mitarbeiter strömte ins Innere.

Draußen war die Personalienaufnahme bei den rumänischen Arbeitern inzwischen komplett und ein uniformierter Kollege trat an Jan und Becca heran.

„Die Durchsuchung der Schlafstätten und Aufenthaltsräume ist abgeschlossen. Bei den Personalien gab es keinerlei Auffälligkeiten. Die Papiere und Räumlichkeiten sind völlig in Ordnung. Dr. Wang konnte keine weiteren Personen mit Coronasymptomen identifizieren. Das Labor wird in zwei Tagen die genauen Ergebnisse der PCR-Abstriche liefern. Die Arbeiter sind bis dahin zur Quarantäne in Ihrer Unterkunft verpflichtet.“

„Danke, Kollege.“

Becca sah im Augenwinkel, dass der eher günstige Bericht nicht zur Entspannung von Lobwilds Gesichtszügen beitrug. Ein Umstand, der sie aufhorchen ließ. Ihr Gefühl sagte ihr eindeutig, dass hier etwas gewaltig zum Himmel stank.

Was verbarg Lobwild? Was war in diesen Schlachthallen verborgen, das sie nicht finden sollten?

Die Schlachtstraße mit ihren von der Decke hängenden Fleischerhaken wirkte im grellen Neonlicht wie erwartet brachial. Manch einer war froh, nicht in den laufenden Betrieb geraten zu sein. Die komplett hell geflieste Halle war mehrfach an den Wänden mit grünen Wasserschläuchen bestückt um das Tierblut, das hier werktags in Strömen floss, in die am Boden versenkten Gullys zu spülen. Gewaltige Edelstahlwaschtische säumten die Wand.

„Sie sehen, es gibt hier nichts für Sie zu ermitteln. Die Badener Landfleisch GmbH ist seit Jahrzehnten bekannt für ihre artgerechte Schlachtung. Wir stehen für Qualität allererster Güte. Das schließt den Umgang mit unseren Mitarbeiten selbstverständlich mit ein. Ihre Kriminalbeamten haben sich da in etwas verrannt, Frau Staatsanwältin. Sie werden nichts Auffälliges vorfinden."

Von Waldensturz klang eloquent, als würde er gerade ein Referat auf der Lebensmittelindustriemesse halten. Er frohlockte offensichtlich, weil die Durchsuchung inzwischen so gut wie abgeschlossen war. Johanna Winkler verzog keine Miene. Wenn sie enttäuscht war, weil sie bisher nicht fündig waren, so ließ sie es sich nicht anmerken. Ein bluffender Pokerspieler hätte es nicht besser gekonnt. Unvermittelt richtete sich der Eisköniginnen-Blick auf den Rechtsverdreher.

„Noch stehen die PCR-Test-Ergebnisse von Dr. Wang aus, Herr von Waldensturz. Freuen Sie sich also nicht zu früh."

„Wir wissen, dass hier irgendetwas zum Himmel stinkt. Das war sicher nicht unser letztes Zusammentreffen", presste Becca desillusioniert Richtung Hugo Lobwild hervor. Jan Herz schlug frustriert mit der Faust gegen die Wand. Seine Emotionen waren auch nonverbal zu verstehen. Den beiden Ermittlern dämmerte es, dass die Durchsuchung ein kompletter Reinfall war.

Sie hatten nichts. Rein gar nichts.

„Wir brauchen euch unten im seitlichen Kellerabgang. Der Eingang dort ist gesichert wie Fort Knox! Wir benötigen einen Schlüssel oder einen Code oder etwas Ähnliches."

Kevin Mittenmann war wie eine Lichtgestalt und erheblich aufgeregt im weit geöffneten Maul des Rolltors erschienen. Sein blasses Gesicht hob sich vom dunklen Himmel im Hintergrund ab und die Wangen hatten durch das von vorne strahlende Neonlicht eine rötliche Färbung angenommen. Mit seinen gerade einmal achtundzwanzig Jahren wirkte er wie ein übereifriger Student. Und doch war der Kriminalpolizeianwärter ein weiteres Mal der Überbringer guter Nachrichten.

Das seitliche Rolltor im Untergeschoss. Genau. Das gab es ja auch noch. Becca hatte es bei ihrem ersten Besuch als mögliches Gerätelager im Kellergeschoss abgetan. Kevins Worte ließen augenblicklich Hoffnung im Polizeiteam aufkeimen. Hugo Lobwild aber wurde bei den Sätzen des Youngsters um Nuancen blasser, sofern das überhaupt noch möglich war. Er wechselte einen unübersehbar hektischen Blick mit von Waldensturz.

Staatsanwältin Winkler, die beiden Hauptkommissare, Lobwild und sein Anwalt begleiteten Kevin zum rückwärtigen Teil des Schlachthofs. Sie folgten der abschüssigen Zufahrt Richtung Kellergeschoss und passierten das geöffnete, kleinere Seitenrolltor. Die Atmosphäre, die sich ihnen in dem etwa neun Quadratmeter großen Vorraum bot, glich einem hermetisch abgeriegelten Areal. Die massive Edelstahltür war mit einem elektronischen Zahlenschloss gesichert. Allein die enorme Stärke der Türfüllung ließ auf eine effektive Schallschutzdämmung schließen. Das rote Signallämpchen einer Überwachungskamera über dem Eingang signalisierte Aufnahmebereitschaft. Staatsanwältin Winkler sparte sich diesmal den Atem für den Befehl „Aufschließen" und zeigte nur stumm auf den Ziffernblock.

Hugo Lobwild schritt mit eisiger Miene hinzu, um eine sechsstellige Zahlenkombination einzutippen. Er hatte verloren. Für den Moment zumindest.

„Mein Mandant wird vorerst keine weiteren Aussagen mehr machen," kommentierte von Waldensturz in das leise Summen der sich automatisch öffnenden Tür.

Die Ermittler standen vor einem Flur, von dem vier Stahltüren abgingen. Becca fühlte sich schlagartig an die Isolierstation der Ravensburger Klinik erinnert. Eine der ersten Türen verfügte über ein

Glassichtfenster in Augenhöhe. KHK Herz spähte als Erster hindurch und meinte sarkastisch:

„Wen operiert ihr denn hier? Schlachtvieh?"

Gleichzeitig betätigte er den automatischen Türöffner. Ein voll ausgestatteter Operationssaal breitete sich vor ihnen aus. Der krakenartige Arm einer OP-Leuchte hing über einem elektrisch höhenverstellbaren Behandlungsstuhl. Ein Narkosegerät mit einem Infusomat an der Seite stand daneben. Einige kleinere Geräte, deren Funktion auf den ersten Blick nicht erkennbar waren, waren mit dunkelgrünen OP-Tüchern abgedeckt. Becca behielt Hugo Lobwild im Visier, der im Flur wie versteinert stehen geblieben war, als würde er sich nicht in sein eigenes Haus hinein trauen.

Staatsanwältin Winkler ging derweil in den Raum und meinte laut, „Na, auf die Stellungnahme bin ich jetzt aber gespannt, Herr von Waldensturz. Mir ist unter dieser Adresse kein Kliniksitz bekannt. Ihnen etwa?"

„Wir erklären uns später im Präsidium", antwortete Johann von Waldensturz mühsam beherrscht.

Die zweite Stahltür, die im Flur abging, diesmal ohne Glaseinsatz, führte das Team in ein winziges Lager. Mannshohe Regale waren beidseits vollgestopft mit OP-Container, Infusionsflaschen und Kartons mit medizinischem Verbrauchsmaterial.

„Sehr spannend", kommentierte KKA Mittenmann, der gerade die dritte Tür schwungvoll öffnete. Das Team fühlte sich wie ein Entdecker bei der Expedition ins Unbekannte und jede Stahltür versprach eine neue Überraschung. Dieses Mal verschlug es selbst Staatsanwältin Winkler die Sprache.

Ein strahlendweiß gefliester Raum, der etwa sechzig Quadratmeter maß, breitete sich vor ihnen aus. Es sah darin aus, wie in einem gigantischen, auf Hochglanz poliertem Hightechlabor. Zwei Männer in papierähnlichen, blauen Schutzanzügen drehten sich überrascht der sich öffnenden Tür zu. Der Jüngere der beiden war etwa um die vierzig, hatte ein weiches, fast feminin wirkendes Gesicht mit langen Wimpern und einem schmalen Schmollmund, der an einen prallen Regenwurm erinnerte. Er stand vor einem Reagenzglasträger und hielt eine aufgezogene Spritze mit imposanter Injektionsnadel in der Hand.

Der zweite Mann trug einen ausladenden Spitzbart im Gesicht, so dass durch die zusätzlich haarverdeckende Overallhaube des Schutzanzugs kaum etwas von dessen Antlitz zu erkennen war. Seine dezent mandelförmigen Augen und die buschigen dunklen Brauen ließen eine asiatische Abstammung vermuten. Seine Hände ruhten auf einer Computer-Tastatur.

Das Skurrilste an dem Anblick waren jedoch die weiter hinten, in klinisch sauberen Boxen befindlichen Schweine, die genauso hygienisch rein wie ihre steril wirkende Umgebung wirkten.

Hauptkommissarin Becca Brigg fand als Erste ihre Sprache wieder. „Kriminalpolizei. Stellen Sie augenblicklich Ihre Arbeit ein. Sie sind vorläufig wegen des Verdachts des Verstoßes gegen das Tierschutzgesetz sowie des Seuchengesetzes festgenommen. Es steht Ihnen zu, sich zum Tatvorwurf zu äußern. Sie müssen sich insbesondere nicht selbst belasten. Haben Sie diese Belehrung verstanden?“ Beide Männer, in ihren übrigen Bewegungen eingefroren, nickten.

Von Waldensturz wandte sich indes beschützend den Papieranzugträgern zu. „Keine Sorge, meine Herren, ich begleite Sie durch Ihre Verhöre. Verweigern Sie bis dahin vollständig die Aussage.“

„KKA Mittenmann, führen Sie die beiden Herren zu den Kollegen nach oben. Sie können schon mal in unserem VW-Bus Platz nehmen.“ Johanna Winklers Stimme triefte vor Befriedigung. Sie genoss die Szene, ohne sich Mühe zu geben, dies zu verbergen. „Herr von Waldensturz und Herr Lobwild werden Sie ebenfalls nach oben begleiten. Ach ja, und bitten Sie Dr. Wang zu uns herunter, wir benötigen ihre Expertise.“

„Es riecht hier noch nicht mal nach Schwein“, stellte Becca erstaunt fest, den Blick auf die Tiere gerichtet.

„Was ist das, Lobwild?“, rief KHK Herz dem Schlachthofbesitzer nach. Selbst der hartgesottene Exsoldat schien fassungslos. „Ein Sciencefiction-Zuchtstall? Oder ein Wettbewerb, welches Schwein wirft die meisten Ferkel? Oder wie bekommt die Sau zum maximalen Schlachtgewicht? Wozu braucht ihr dann diesen OP-Raum da vorne?“ Jan Herz hatte sich spontan zu mehren zusammenhängenden Sätzen gleichzeitig herabgelassen, wie die Kommissarin feststellte.

„Das ist doch völlig krank!“

Hugo Lobwild ging auf die verbale Provokation nicht ein und folgte seinem Anwalt wortlos und mit gesenktem Kopf nach draußen.

Jan Herz bewegte sich indes dicht an die Boxen der Schweine heran und auch die Tiere kamen näher. Ihre runden Augen funkelten neugierig. Die vier Kästen, in denen sich jeweils sechs erwachsene Säue auf engstem Raum drängten, waren mit einer Futterstahlrinne ausgestattet. Die übrigen zwei Boxen beherbergten Muttertiere mit je über zehn quiekenden, rosafarbenen Schweinchen. Die Muttersäue waren innerhalb der Box in einem engen Gitter derart eingezwängt, dass sie sich weder vorwärts, seitlich oder rückwärts bewegen konnten. Sie hatten lediglich die Wahl zwischen Liegen und Stehen. Ihre einzige Aufgabe schien daraus zu bestehen, den Ferkeln eine permanent zugängliche Milchbar zu bieten. Rein äußerlich wirkten die Tiere unversehrt. Doch sie standen auf blankem Stahlboden mit eingefrästen Rillen darin, durch die der Urin und Kot abfließen konnte. Wärmelampen hingen obendrüber und tauchen die hautfarbene Schwarte in einen künstlich pinkfarbenen Schimmer.

Ganz offensichtlich diente der an der Wand hängende Schlauch dazu, den unnatürlich sauberen Boxenboden regelmäßig abzuspritzen. Im Kunstlicht sahen die Tiere irgendwie synthetisch aus, so als würden sie gar nicht richtig existieren. Allein ihre Grunzlaute verliehen ihnen etwas Lebendiges. Möglicherweise beruhte der Eindruck auch auf der peniblen Reinlichkeit, die man in einem Schweinestall nicht erwartete.

„Schau dir das mal an, Becca“, Jan Herz winkte seine Kollegin zu sich und deutete auf eine mittelgroße Sau. Aus ihrem gedrungenen Nacken ragte ein plastikgrüner Katheter, der mit zwei groben blauen Nähten in ihrer Schwarte fixiert war.

„Kommt mal hierher“, rief Staatsanwältin Winkler aus der anderen Raumseite des Labors. Die Juristin stand mit angewidertem Gesichtsausdruck vor zwei, je etwa einem Quadratmeter kleinen, soliden Stahlkäfigen.

„Affenberg“, kommentierte KHK Herz trocken.

Nur dieses eine Wort. Mehr brauchte es nicht.

Zwei eingepferchte Berberaffen saßen apathisch in den Käfigecken. In ihren Augen lag kein Glanz mehr und der leere Blick reagierte nicht auf die Menschen, die sich vor ihren Käfigen versammelt hatten.

„Was eine bodenlose Sauerei“, brach es aus der Kommissarin betroffen heraus.

Dr. Wang trat durch die Tür zum Labor und blieb zunächst gleichfalls absolut überrumpelt von den Eindrücken stehen. Ihre aparten Augen weiteten sich, so dass sie jetzt fast typisch mitteleuropäisch rund erschienen.

„Wow. Das nenne ich mal einen Volltreffer."

„Kannst du uns auf den ersten Blick Hinweise geben, welche Doktor-Frankenstein-Nummer hier abläuft, Li-Ming?" Becca hatte sich der Forensikerin zugewandt. Der Anblick der Affen in den Käfigen war schlichtweg unerträglich. „Kann das etwas mit unserem Coronavirusfund zu tun haben?", schob sie fragend hinterher.

„Aufs Blaue geraten Becca, sieht das für mich eher nach einer Art Zuchtforschungsprojekt aus. Mit Corona hat das hier auf jeden Fall nichts zu tun, da wette ich was drauf. Ein Hochsicherheitslabor, das an Erregern der höheren Risikogruppen forscht, sieht definitiv anders aus. Da kann ich euch erst einmal beruhigen."

„Du meinst, dass die Schweine in dem OP nebenan zu Zuchtzwecken operiert werden? Und was ist dann mit den beiden Affen da hinten?", hakte Becca ungeduldig nach.

Li-Ming zuckte mit den Schultern.

„Da bin ich momentan echt überfragt. Gib mir bitte ein paar Minuten, um mich umzuschauen. Ich kann deine Ungeduld nachvollziehen, aber Zaubern ist auch mir nicht möglich."

„Ich wollte dich nicht bedrängen, entschuldige", antworte die Kommissarin, die einsah, dass sie momentan überreagierte. „Die Kollegen von der SpuSi kommen gleich herunter und unterstützen dich. Wir fahren derweil mit den drei festgesetzten Herren ins Präsidium. Informiert uns bitte unverzüglich, wenn ihr eine ungefähre Ahnung habt, was hier läuft."

„Klar machen wir", meinte Li-Ming abwesend.

Sie hatte sich inzwischen Handschuhe über die zierlichen Hände gezogen und starrte fasziniert auf einen der Computermonitore. Eine Exceltabelle mit einigem Zahlenwirrwar bildete sich auf dem Bildschirm ab. Die Forensikerin war bereits ganz in ihrem Element.

Als Becca und Jan durch den schmalen Flur zurückliefen, blieb KHK Herz vor der immer noch verschlossenen, vierten Tür stehen. Die hatten sie durch den Laborfund völlig vergessen. Die beiden Ermittler sahen sich für den Bruchteil einer Sekunde in die Augen, unsicher welche Überraschung hinter der letzten Tür nun noch folgen könnte. Dann drückte die Kommissarin letztlich langsam die Klinke herunter.

Der Blick auf einen nur etwa zwölf Quadratmeter bemessenden Raum wurde frei, der einer frisch getünchten Mönchszelle ähnelte. Ein schmales Krankenhausbett, das Metall cremefarben beschichtet war, war das einzige Möbelstück darin. Die graue Matratze war mit einem Plastikschoner überzogen. Ein paar wenige Lüftungsschlitze sowie eine grelle, in die Decke eingelassene LED-Leuchte, ergänzen das minimalistische Bild.

KHK Herz trat an das Bett heran und hob die an der Seite baumelnden, aus hellem Leder gepolsterten Handgelenkfixierungen, in die Höhe.

„Für Schweine ist das jedenfalls nicht gedacht. Wenn das der OP-Aufwachraum ist, dann sollten die Erwachenden, offensichtlich nicht selbstständig weggehen können."

„Sieht aus wie eine Gefängniszelle, wenn du mich fragst", ergänzte Becca ernst. „Komm, wir fahren ins Präsidium. Die SpuSi wird hier drinnen sicher noch ihren Spaß haben."

Vier Stunden später betrat die Kommissarin den Verhörraum 1 im Präsidium. Ihr war bewusst, dass Staatsanwältin Winkler und Kevin durch die verspiegelte Scheibe vom Nebenraum aus zusahen. KHK Herz saß zeitgleich im Verhörraum 2 zusammen mit dem zweiundvierzigjährigen Biochemiker Dr. Kleinert und Johann von Waldensturz. Ganz offensichtlich hielt der Jurist diesen Mandanten für den Anfälligeren der im Schlachthof verhafteten Wissenschaftler. Denn er hatte sich bei den simultan stattfindenden Verhören spontan, für die Begleitung einer der beiden Herren entscheiden müssen. Was zugegeben auch in der Intention der Ermittler gelegen hatte. Als Becca die Tür des Verhörraums betont sanft hinter sich schloss, sah der am Tisch sitzende Mann ihr selbstbewusst in die Augen. Ohne seinen blauen Papier-Overall wirkte der Wissenschaftler klein und gedrungen. Die dunklen Augen verbreiteten einen intelligenten, aufgeweckten Eindruck. Becca setzte sich ihm gegenüber und zeigte harmlos lächelnd auf die Kamera in der Raumecke.

„Ich mache Sie darauf aufmerksam, dass unser Gespräch aufgezeichnet wird. Die üblich rechtlichen Belehrungen haben Sie vorhin nach der erkennungsdienstlichen Behandlung mitgeteilt bekommen. Sie müssen Ihre Maske jetzt absetzen. Als verhörende Ermittlerin habe ich das Recht, Ihre Mimik beobachten zu können. Ich selbst", fuhr Becca fort, „trage dafür zu unser beider Schutz eine FFP2-Maske. Zudem gewährleistet der zwischen uns stehende Tisch den pandemiebedingten Mindestabstand. So weit das Organisatorische. Fangen wir also direkt mit den Personalien fürs Protokoll an. Ihr vollständiger Name?"

Nach wenigen Sekunden des Zögerns kam die Antwort in einem heiser dunklen Bass. „Dr. Seishin Kobayashi."

„Ihr Geburtsort sowie ihr Geburtsdatum, Herr Doktor Kobayashi?"

Der Wissenschaftler antwortete gelassen, „Kawasaki, Japan, am 15. September 1956."

„Wie lautet Ihre offizielle Berufsbezeichnung und seit wann praktizieren Sie in Deutschland?"

„Ich verfüge über einen Masterabschluss in Biomedizin der Universität Tokio. Promoviert habe ich 1992 in Deutschland an der Uni Marburg. Seitdem lebe und arbeite ich in ihrem Land." Der Mediziner sprach fließend Deutsch und nur ein geringfügiger Akzent verriet seine ursprüngliche Herkunft.

„Ist es richtig, Herr Dr. Kobayashi, dass Sie einige Jahre in München an einem Sonderforschungsprojekt für xenogene Zell- und Organtransplantationen mitgewirkt haben, bei dem es unter anderem um sogenannte Xenotransplantationen ging?"

Die Augen des Wissenschaftlers verengten sich fast unmerklich. Die Frage hatte eindeutig die pure Grunddaten-Erfassung verlassen. „Ja, das ist korrekt", gab er gedehnt zu. „Das kann jeder, der möchte, in einschlägigen Fachzeitschriften nachlesen. Sie haben offensichtlich Ihre Hausaufgaben in den letzten Stunden gemacht, Frau Kommissarin."

„Dann erklären Sie mir doch bitte, was ein Spezialist ihres Formats in einem nicht angemeldeten und somit illegalen Labor im Kellergeschoss einer Provinzschlachterei zu schaffen hat?" Beccas Tonfall war bis zu diesem Zeitpunkt gleichbleibend höflich geblieben. Nun wurde ihr Ton eine Spur schärfer.

„Ich werde dazu keine Aussagen machen." Der Biomediziner hatte sich demonstrativ aufgerichtet und die Arme ablehnend vor der Brust verschränkt.

„Unsere Forensikerin, Frau Dr. Li-Ming Wang", fuhr Becca unbarmherzig fort, „ebenfalls eine Koryphäe auf ihrem Gebiet, hat mir ein wenig Material zum Thema Xenotransplantation und den damit vorangehenden Genmanipulationen zusammengestellt. Ziel dieser Forschungen aus der experimentellen Medizin ist es demnach, Tiere als Organersatzteillager für die Menschheit heranzuzüchten."

Becca sah kurz in ihre Unterlagen. Der komplexe Sachverhalt stellte für medizinische Laien eine echte Herausforderung dar.

„Die EU-Kommission hat Xenotransplantationen wiederholt unter dem Schutzklauselverfahren §26 Abs. 2 der Tierversuchsverordnung eingegliedert. Es handelt sich dabei um Tierversuche, die den Lebewesen starke Schmerzen, oder zumindest sehr schwere Leiden erzeugen. Diese Schädigungen halten, laut Definition, zudem voraussichtlich lange an und können durch die Verursacher nicht gelindert werden. Ist das richtig, Herr Dr. Kobayashi?"

„Sind Sie Polizistin oder Tierschützerin?", beantwortete der Biomediziner die Frage mit der sarkastischen Gegenfrage verächtlich. Er wirkte dabei betont gelangweilt und seine Stimmlage erschien weitgehend emotionslos.

„Quellen belegen, dass bei besagtem Münchner Sonderforschungsprojekt an dem Sie mitgewirkt haben, fünfundzwanzig Pavianen unter Vollnarkose Schweineherzen implantiert wurden", fuhr Becca unbeirrt fort. „Wir sprechen hier wohlgemerkt von Primaten, unseren nächsten Verwandten und nicht von irgendwelchen Mäusen oder Ratten. Was schon schlimm genug wäre. Die Schweine, die bereits unter ethisch fragwürdigen Bedingungen speziell für diesen Fall, um das Abstoßungsrisiko zu minimieren, genmanipuliert herangezüchtet wurden, wurden durch die operative Herzentfernung als Kollateralschaden getötet." Die Kommissarin vollführte eine kurze Kunstpause und trank einen Schluck Wasser. „Ich frische Ihr Gedächtnis einmal weiter auf, Herr Doktor. Vier der fünfundzwanzig Affen, denen ein Schweineherz implantiert wurde, starben innerhalb der ersten drei Tage qualvoll. Die restlichen Paviane wurden in den nächsten Wochen und Monaten unterschiedlichsten Versuchsreihen mit diversen schweren Nebenwirkungen ausgesetzt." Becca fixierte Dr. Kobayashi mit ihrem Blick, wie ein Raubtier seine Beute, als sie fortfuhr. „Nur zwei Tiere überlebten letztendlich ein knappes halbes Jahr die Tortur, was frenetisch in den Fachkreisen der Transplantationsmedizin von vielen Ihrer Kollegen als großartiger Erfolg gefeiert wurde. Die anderen, in nicht artgerechten Einzelkäfigen separierten Affen, starben nach und nach qualvoll an unterschiedlichem Organversagen."

Becca beugte sich zu ihrem Gegenüber leicht nach vorne und ließ ihren Tonfall deutlich aggressiver werden.

„Mal ganz abgesehen davon, wie ethisch fragwürdig das Erzeugen von sogenannten Chimären generell ist, erlaube ich mir die Frage, Herr Dr. Kobayashi: Sind Sie ein Mensch, den das Leid anderer Lebewesen, im speziellen Fall unserer nächsten Verwandten, völlig kalt lässt?" Becca beugte sich immer weiter zu dem Mediziner vor und fuhr angewidert fort. „Finden Sie es ethisch nicht auch äußerst fragwürdig, dass wir hier am Affenberg in Salem bemüht sind, für den Arterhalt dieser Tiere zu kämpfen, während zeitgleich Wissenschaftler dieselben Mitlebewesen in ihren Versuchen massakrieren? Woher stammen die zwei Berberaffen in Ihrem Labor?"

Der Mediziner blickte mit arroganter Miene auf.

„Offensichtlich fehlt Ihnen bedauerlicherweise der Weitblick, die bedeutenden Zusammenhänge für die gesamte Menschheit zu erkennen, Frau Brigg. Aber das wäre wohl von einem Laien zu viel verlangt", schloss er herablassend ab.

Beccas Strategie, den Wissenschaftler mit der blumigen, wenn auch leider realistischen Schilderung der Tierversuche moralisch unter Druck zu setzen, war völlig ins Leere gelaufen. Die Reaktion des Biomediziners war verletzend sachlich und klang, als setze er zu einem Referat in einem Hörsaal der medizinischen Fakultät voller Erstsemesterstudenten an.

„Erlauben Sie mir, dass ich Ihren offensichtlich beschränkten Wissenshorizont etwas erweitere, Frau Hauptkommissarin. Was Ihrer Kenntnisnahme nämlich unter anderem fehlt, ist die Tatsache, dass es generell zu wenig humane Organspender gibt. Und zwar weltweit. Wir können den Bedarf an Spenderorganen jeglicher Art nicht ansatzweise decken. Jährlich sterben tausende von Menschen, denen wir medizinisch hätten helfen können, wenn die entsprechenden Organe zur Verfügung stehen würden. Die Xenotransplantation, in Kombination mit Gentransfermethoden, wird uns dieses Problem langfristig abnehmen. Aber eben nur, wenn wir an den bestehenden Hürden, wie zum Beispiel der natürlichen, leider immer noch problematischen

Abstoßungsreaktion des menschlichen Organismus bei Transplantationen, ernsthaft arbeiten." Dr. Kobayashi war jetzt in seinem Element und seine Augen bekamen einen fanatischen Glanz. „Haben Sie eine Ahnung, wie viele Menschenleben dadurch gerettet werden könnten? Wissen Sie, was es für die Eltern eines herzkranken Kindes bedeutet, wenn sie kein geeignetes Spenderherz auftreiben können? Was sind da schon ein paar tote Versuchstiere im Vergleich?" , schloss der Wissenschaftler verächtlich.

„Ein paar tote Tiere?", echote Becca mit ironischem Unterton. So leicht ließ sich sie nicht unterkriegen. „Ich finde, Sie verharmlosen die Dimension erheblich. Meiner Informationen nach beziffert sich die Zahl der wissenschaftlich genutzten Versuchstiere in Deutschland auf sage und schreibe 2,9 Millionen. Jährlich, wohlgemerkt."

„Ja, kann sein", meinte der Wissenschaftler lapidar, „und Sie glauben, das wäre eine beeindruckend große Anzahl? Dann denken Sie mal über Folgendes nach: Wie viele Tiere, Frau Brigg, werden jedes Jahr geschlachtet, um unseren übermäßigen und übertrieben unersättlichen Hunger nach Fleisch zu befriedigen, den wir problemlos ebenso gut teilweise pflanzlich abdecken könnten? Ich will es Ihnen sagen. Die Zahl beläuft sich auf 800 Millionen Tiere jährlich. Da sind knapp 3 Millionen Versuchstiere vergleichsweise ein Mückenschiss. Und was die oft kritisierte Käfighaltung in der Forschung anbelangt: Die Mehrzahl unserer Schlachttiere lebt ebenfalls nicht auf grünen Bio-Wiesen und ist teils schwerem Leiden ausgesetzt, bevor es im Schlachthof endlich erlöst von seinem Elend am Haken hängt. Wo ist da das breite Mitleid der Bevölkerung? Verzichtet deshalb der deutsche Grillmeister freiwillig auf seine Bratwurst?"

Der Mediziner war noch nicht fertig mit seiner Gegenargumentation und hatte inzwischen unübersehbare Freude an der Diskussion.

„Und ein weiterer zahlenmäßiger Vergleich für Sie zum Nachgrübeln. Ist Ihnen bekannt, Frau Hauptkommissarin, wie viele Tiere tagtäglich auf unseren Straßen überfahren werden und mehr oder weniger qualvoll an einem der Seitenstreifen verenden? Nein? Eine Studie besagt, dass europaweit jährlich etwa 30 Millionen Säugetiere und fast 200 Millionen Vögel im Straßenverkehr ums Leben kommen. Wollen Sie jetzt freiwillig auf Autos verzichten, um Tierleben zu retten? Nein? Jaaa, aber wenn es um 2,9 Mille Versuchstiere geht, dann kommen sie alle mit moralisch erhobenem Zeigefinger um die

Ecke. Da wird die ganz große Mitleidskeule ausgepackt." Dr. Kobayashi schnaubte empört. „Sie maßen sich an, das Leben eines überfahrenen Rehkitzes aus Bequemlichkeitsgründen ganz selbstverständlich geringer zu schätzen, als das Leben eines wissenschaftlichen Versuchstieres. Dabei ist der Affe im Labor im Vergleich zum überfahrenen Bambi wenigstens nicht ganz sinnlos verstorben. Das ist eine Doppelmoral, die ich so nicht stehen lassen kann und will, Frau Kriminalhauptkommissarin Brigg."

Die Kommissarin hatte sich nicht aus der Ruhe bringen lassen. Wenngleich die Argumentation des Wissenschaftlers auf ihren bewusst provokanten Angriff tatsächlich zum Teil schlüssig schien. Die Welt war nicht schwarzweiß. Dennoch, das Thema Tierversuche war ihr nach wie vor höchst unsympathisch.

„Wenn Sie so hundertprozentig hinter Ihrer Arbeit stehen, dann erklären Sie mir doch bitte Ihre mehr als fragwürdige Rolle in dem Lobwildschen Kellerlabor. Wir wissen inzwischen durch eine Erstauswertung der Daten, dass es sich bei den dort aufgefundenen Tieren um sogenannte Knockout-Schweine handelt. Also Tiere, die mittels Genschere für mögliche Transplantationen hinsichtlich ihrer Immunverträglichkeit manipuliert wurden. Lebende Ersatzteillager, wie sie sich die Transplantationsmedizin wünscht. Verkaufen Sie die Schweine weiter? An wen?"

„Kein Kommentar." Der Mann hatte sich erneut mit verschränkten Armen zurückgelehnt.

Die Kommissarin gab nicht auf. „Wozu dieses illegale Risiko, wo Labore doch offiziell eine Genehmigung für geplante Genmanipulationen einholen können und teils auch durchaus Erfolg damit haben. Es sterben jährlich bis zu eine Million Versuchstiere in einwandfrei genehmigten, legalen Laboren, allein für die transgene Forschung. Darüber gibt es hochoffizielle Statistiken, das ist absolut kein Geheimnis. Ein Weiterverkauf Ihrer Tiere würde sich von daher doch finanziell gar nicht rechnen, oder? Was dann? Was tun Sie mit diesen Schweinen und den beiden Affen? Wozu dient der OP-Saal?"

„Kein Kommentar." Dr. Kobayashi mauerte weiter.

„Unsere Spurensicherung wird das komplette Untergeschoss auseinandernehmen. Sie können sich sicher sein, dass wir dadurch sowieso erfahren werden, wen oder was sie da operieren, beziehungsweise was Sie sonst dort so alles treiben. Und natürlich auch, woher

Sie Ihre Tiere beziehen. Eine Zusammenarbeit mit uns würde sich auf die künftige strafrechtliche Entwicklung Ihres Falles günstig auswirken. Vorausgesetzt, Ihr Kollege in Verhörraum 2 hat sich gegenüber KHK Herz nicht schon vor Ihnen kooperativ gezeigt", fügte Becca smart lächelnd an. „Denken Sie an Ihre Karriere, Herr Dr. Kobayashi. Die möchten Sie doch nicht frühzeitig komplett an die Wand fahren?"

Der Wissenschaftler grinste höhnisch. „Netter Versuch, Frau Brigg. Nur so viel, die Affen sind mein persönliches Forschungsfeld. Sie haben nichts mit dem Schweine-Projekt zu tun, zu dem ich nicht aussagen werde. Die zwei Berber wurden mir von einer loyalen Quelle, die ich Ihnen ebenfalls nicht nennen werde, besorgt. Das nehme ich auf meine Kappe. Ihr Affenberg-Streichelzoo in Salem hat den Verlust dieser Tiere bislang noch nicht einmal bemerkt", erklärte Kobayashi verächtlich. „Die haben ja genug. Mehr werde ich Ihnen nicht auf die Nase binden."

Der Mediziner lehnte sich erneut demonstrativ zurück. Er hatte eine unsichtbare Mauer um sich gezogen. Sein gelassener Blick und seine Haltung ließen Becca nonverbal wissen, dass sie momentan hier nicht weiterkommen würde. Die Kommissarin sah ein solches Verhalten nicht zum ersten Mal und wusste aus Erfahrung, dass es Zeit war, das Verhör zu beenden.

„Wie Sie möchten. Wir beantragen, dass Sie einem Haftrichter vorgeführt werden. Ich hoffe, Sie genießen unsere Gastfreundschaft."

Becca verließ den Raum zügig Richtung Besprechungszimmer, in dem sich zwischenzeitlich KHK Herz, Polizeipräsidentin Katrin Scheurer und Staatsanwältin Winkler eingefunden hatten.

„Und? Hast du was Brauchbares? Hat er geredet?", fragte Becca direkt beim Eintreten. KHK Herz schüttelte den Kopf und Katrin Scheuerer verbalisierte Jans Einsilbigkeit.

„Dr. Jürgen Kleinert, der Biochemiker des Labors, hat mit der Rückendeckung seines Anwalts keinerlei Angaben gemacht. Er scheint fachlich nicht über die Kompetenzen des bei dir weilenden, japanischen Kollegen zu verfügen. Wir gehen davon aus, dass er eher ein kleineres Rädchen im Getriebe ist. Von Waldensturz hat indes angekündigt, dass er wegen der möglichen strafrechtlichen Konsequenzen für seine drei Mandanten zusätzlich einen Strafrechtskollegen hinzuziehen wird." Die Polizeipräsidentin sah ihr Ermittlungsduo an. „Becca, ich wünsche, dass du gemeinsam mit Jan das Verhör von Hugo Lobwild durchführst. Nehmt ihn zwischen euch in die Zange", schloss Katrin Scheurer bestimmt ab.

„Wir benötigen zwingend etwas eindeutig Belastendes zu Lobwild", schaltete sich Staatsanwältin Winkler ins Gespräch ein und klemmte sich eine blonde Haarsträhne hinters Ohr. „Bislang kann ich ihm lediglich eine fehlende Genehmigung für das Labor unter die Nase halten. Eine direkte Beteiligung findet sich nicht. Wenn die PCR-Tests der Schlachthofarbeiter in puncto Coronavirus negativ sind, fällt auch der Vorwurf des Verstoßes gegen das Seuchenschutzgesetz in sich zusammen. Das reicht nicht mal annähernd für einen beständigen Haftbefehl. Und bis die Spurensicherung uns Ergebnisse liefert, kann es dauern." Staatsanwältin Winkler holte kurz Luft in ihrem Redeschwall. „Bei den beiden Laborratten sieht es da schon besser aus. Da wir sie in flagranti erwischt haben und die Versuche nicht genehmigt sind, gilt zumindest der Tatbestand der wiederholten Tierquälerei. Da kommt die illegal betriebene Forschung noch obendrauf. Das reicht mir für eine vorübergehende Festnahme. Aber auch hier gilt, wir müssen unbedingt wissen, was da in Wirklichkeit gespielt wurde." Die Staatsanwältin blickte hektisch auf die goldene Cartier Armbanduhr am Handgelenk. „So spät schon!? Ich muss los. Meine Mutter bringt mir die Kinder gleich heim. Was für ein Chaos!"

„Samstag, sechszehn Uhr, und schon Feierabend. So gut hätte ich es auch mal gerne", bemerkte Becca ironisch, während sie der auf dunkelblauen Pumps hinauseilenden Staatsanwältin hinterher sah.

„KHK Herz, ich erwarte noch heute Ihren schriftlichen Bericht aus Rumänien. Da Sie gestern Abend spät landeten und heute Morgen bereits früh im Einsatz am Schlachthof waren, sehe ich über die verspätete Berichtsabgabe ausnahmsweise hinweg." Der Blick Katrin Scheurers erfasste autoritär beide Ermittler. „Und ich erwarte ebenfalls, dass ihr mir nachher im Verhör mit Lobwild Ergebnisse liefert. Diesen Bericht möchte ich dann gleichfalls heute Abend auf meinem Schreibtisch sehen, Becca." Die Polizeipräsidentin deutete auf einen Stapel Kartons in der Ecke des Raums. „Ach, und bevor ich es vergesse. Unsere Maskenlieferung ist endlich angekommen. Ich verlange künftig eine konsequente Beachtung der Maskenpflicht von allen Mitarbeitern. Verteilt diese am Montag bei den Kollegen."

„Apropos Kollegen", hakte Becca nach, bevor die Präsidentin hinausstürmen konnte, „unser Team ist ja geschrumpft, seit klar ist, dass Martina krankheitsbedingt für einige Zeit ausfallen wird. Bekommen wir einen Ersatz für die ausgefallene Kollegin?"

„Nein. Natürlich nicht. Woher sollte ich den denn deiner Meinung nach nehmen?", antwortete Katrin Scheurer scharf. „Da wir davon ausgehen, dass Martina Weber nach jetzigem Erkenntnisstand wieder in den Dienst zurückkehren wird, muss KKA Mittenmann schneller als geplant verantwortungsvollere Aufgaben übernehmen und flügge werden. Er wird da schon rein wachsen. Und jetzt ab mit euch zu dem Verhör mit Lobwild."

Die Kommissarin hätte gerne noch angemerkt, dass Martina mit dem zertrümmerten Bein nie wieder im Außeneinsatz Dienst machen würde und dass es ebenso fraglich war, ob sie überhaupt jemals ins Team zurückfand. Zudem hatten sie ohnehin eine Vollzeitstelle vakant. Aber Katrin Scheurer hatte bereits zielstrebig den Raum hinter sich gelassen.

Kurze Zeit später saßen sich Hugo Lobwild, Johann von Waldensturz und die beiden Ermittler an einer weißen Tischplatte mit runden Stahlfüßen gegenüber. Das Mobiliar im Verhörraum war minimalistisch, die Sitzflächen hart und nicht dazu bestimmt bequem zu sitzen. Jetzt würde sich zeigen, ob sie die Nuss knacken konnten.

„Samstag, der 21. März 2020, 17 Uhr. Befragung von Hugo Lobwild in Anwesenheit seines Rechtsbeistandes Johann von Waldensturz. Es sind außerdem zugegen KHK Jan Herz sowie KHK Rebecca Brigg. Der Befragte wurde über seine Rechte belehrt. Das Gespräch wird aufgezeichnet", diktierte Becca routiniert leiernd ins Kameramikrofon, bevor sie fortfuhr. „Fürs Protokoll, Herr Lobwild. Nennen Sie bitte Ihren Namen, Ihren Geburtsort sowie das Geburtsdatum."

„Hugo Lobwild, geboren am 2. Februar 1979 in Immenstaad am Bodensee", antwortete der Unternehmer.

„Welche Berufsausbildung haben Sie Herr Lobwild?"

Die Antwort kam zügig. „Ich verfüge über eine abgeschlossene Lehre zum Metzger sowie eine Weiterbildung zum Fleischtechniker. Zusätzlich kann ich ein Fernstudiumabschluss in Betriebswirtschaftslehre vorweisen."

„Sie sind seit über fünfzehn Jahren Inhaber der Badener

Landfleisch GmbH und besitzen außerdem einen gültigen Jagdschein, ist das richtig?", fuhr Becca fort.

Hugo Lobwild nickte.

„Besitzen Sie Schusswaffen?"

„Da, soweit mir bekannt ist, niemand angeschossen wurde, ist die Frage irrelevant", intervenierte Johann von Waldensturz.

„Sie haben vor wenigen Wochen ihre Tochter verloren," schaltete sich Jan, den Finger in die Wunde legend, in das Gespräch ein. „Das muss als Vater nur schwer zu ertragen sein?"

Hugo Lobwild sah wegen des unerwarteten Themenwechsels irritiert zu seinem Anwalt herüber. Der Trick ihn damit aus dem Gleichgewicht zu bringen hatte vorerst funktioniert.

„Die Frage trägt ebenfalls nichts zum Sachverhalt bei. Mein Mandant wird darauf nicht antworten", wandte von Wadensturz prompt ein.

„Weitläufig trägt die Frage durchaus zum Sachverhalt bei, Herr von Waldensturz", entgegnete Jan scharf. „Ihr Klient lebt auf einem hohen Sozialstatus-Niveau. Seine Tochter war Schülerin im Eliteinternat Salem. Zudem besitzt er die Villa am Schlosssee, zwei Luxusklassewagen, eine Yacht und pachtet jährlich ein Jagdrevier. Die Bilanzen der Badener Landfleisch GmbH geben die dafür benötigten Summen jedenfalls nicht her. Ich frage Sie also Herr Lobwild, woher stammen die finanziellen Mittel für Ihren kostspieligen Lebenswandel?"

„Mein Mandant wird sich zum jetzigen Zeitpunkt nicht dazu äußern", erwiderte von Waldensturz.

„Wir haben eine illegale Zucht genmanipulierter Schweine, so wie einen nicht genehmigten, voll funktionstüchtigen Operationssaal in Ihrer Firma aufgedeckt. Unsere Spurensicherung wird das komplette Untergeschoss auf links drehen, so viel kann ich Ihnen versprechen." Beccas Stimmung war angesichts des arroganten Gehabes des Anwalts inzwischen im Keller angelangt. „Will ihr Mandant sich dazu äußern, Herr von Waldensturz?"

„Ja, werde ich", meinte Hugo Lobwild völlig überraschend. „Ich gebe zu Protokoll, dass ich zwar Kenntnis von diesen Räumlichkeiten habe, jedoch bin ich weder der Betreiber des Labors noch des angeschlossenen Operationssaals. Ich verfüge über keinerlei medizinisches Fachwissen."

„Sie wollen uns allen Ernstes erzählen, dass Sie lediglich die Räume zur Verfügung stellten?“ Becca hob ironisch fragend eine Augenbraue an. „Die Gebäudeteile im Untergeschoss sind mit massiven Schallschutzmaßnahmen und einer Sicherheitstür geschützt. Die perfekte Tarnung für die Knockout-Schweinezucht. Sollte jemals nur ein Quieken nach außen gedrungen sein, werden sich Ihre rumänischen Arbeiter im oberen Stockwerk wohl kaum im laufenden Schlachtbetrieb darüber gewundert haben. Wir gehen davon aus, dass Ihre angestellten Mitarbeiter davon tatsächlich nichts mitbekommen haben. Vermutlich schlachten Sie auch deshalb samstags nicht, damit Sie an einem Tag in der Woche unbeobachtet Transporte durchführen können. Ist es nicht so?“ Beccas Frage war eher rhetorisch gemeint, denn sie erwartete zu diesem Zeitpunkt keine ehrliche Antwort darauf. Lobwild enttäuschte sie nicht und mauerte wie vermutet. „In diesem Keller finden illegale Operationen statt. In ihrem Keller, wohlgemerkt. Aber Sie, Herr Lobwild, als Inhaber und Geschäftsführer der Badener Landfleisch GmbH wollen da nicht involviert gewesen sein? Das ist tatsächlich alles andere als glaubhaft.“

„Wir sind hier zum Glück nicht in der Kirche, insofern zählt Ihr Glaube beziehungsweise Nichtglaube in keiner Weise, Frau Hauptkommissarin Brigg. Gibt es sonst etwas, das Sie meinem Mandanten mutmaßlich unterstellen möchten?“, flötete von Waldensturz.

„Wer ist dann der Betreiber des Labors und des OPs, wenn Sie es nicht sind? Die beiden Wissenschaftler?“, schob Jan hinterher. Sie stellten ihre Fragen in hohem Tempo, um den Druck zu erhöhen. Doch der Anwalt und sein Mandant beherrschten die Taschenspielertricks ebenso.

„Nein, Dr. Kobayashi und Dr. Kleinert sind nicht verantwortlich. Sie sind lediglich ihrer Arbeit nachgegangen.“ Der Schlachthofbesitzer fühlte sich wohl in seiner Haut. Seine Stimme klang gefestigt und siegessicher.

„Wer, Lobwild?“, hakte Jan hartnäckig nach.

„Da Sie es sowieso herausbekommen, will ich Ihnen an dieser Stelle weiterhelfen“, der Metzger lehnte sich nach diesen Worten mit der Andeutung eines Lächelns völlig entspannt zurück. „Es handelt sich um meine Frau. Die zweite Geschäftsführerin der Badener Landfleisch GmbH.“ Ein unpassendes Grinsen machte sich auf dem Gesicht des Unternehmers breit.

„An dieser Stelle berechtigt das Zeugnisverweigerungsrecht meinen Mandanten aus persönlichen Gründen zur umfassenden Aussageverweigerung“, warf von Waldensturz genussvoll und mit einem beinahe fröhlichen Tonfall ein.

Jan und Becca sahen sich verblüfft an. Es war sonnenklar, dass es sich hier um eine abgesprochene Aussage handelte; ein abgekartetes Spiel. Nur worin bestand die Finte?

„Sie liefern Ihre eigene Frau ans Messer, Lobwild?“, fragte KHK Herz mit einer hochgezogenen Braue überrascht.

Mit dieser Wendung hatten sie nicht gerechnet.

Die Kommissarin drehte sich zu dem uniformierten Kollegen an der Tür um. „Bitte veranlassen Sie, dass Frau Lobwild unverzüglich zur Befragung aufs Revier gebracht wird.“

Jan Herz sah derweil betreten auf den Boden. Es dämmerte ihm bereits, dass ihnen ein schwerwiegender Fehler unterlaufen war. Sie hätten die, juristisch ihrem Gatten gleichwertige Unternehmerin, nicht vollkommen außer Acht lassen dürfen.

„Das können Sie sich sparen, Frau Hauptkommissarin“, kommentierte von Waldensturz unbekümmert, noch bevor der Beamte den Raum verlassen konnte.

„Meine Gattin ist im Laufe des heutigen Morgens von Friedrichshafen nach Frankfurt geflogen“, fügte Hugo Lobwild hochzufrieden hinzu, „und anschließend weiter nach Brasilien. Dort findet aktuell ein internationaler Lebensmittelkongress statt. Vermutlich wird sie sich länger in der Region aufhalten. Wir haben uns übrigens vor kurzem getrennt. Unsere Beziehung hielt dem Verlust unserer gemeinsamen Tochter nicht mehr stand.“

Hugo Lobwilds Züge umspielte ein selbstgefälliges Lächeln.

„Nachdem wir das geklärt haben, werden mein Mandant und ich Sie unter diesen Umständen wieder verlassen. Ich denke, Sie haben keinerlei Handhabe ihn länger aufzuhalten. Sollten Sie weitere Fragen haben, erreichen Sie mich jederzeit in meiner Kanzlei. Ich wünsche ein schönes Wochenende.“ Der Anwalt und Hugo Lobwild erhoben sich und verließen unbehelligt den Raum.

Becca und Jan saßen einträchtig minutenlang wie erstarrt an der weißlackierten Tischplatte, um den Schock zu verdauen, dass sie soeben schlichtweg ausgebootet worden waren. Letztlich betrat Katrin

Scheurer wutschäumend den Raum und schlug auf die Tischplatte, dass es nur so schepperte. Der Hall erzeugte ein leichtes Echo in dem überschaubaren Verhörraum, der von ihrer polternden Stimme unterbrochen wurde.

„So ein hirnloser Mist! Wie konnte euch das passieren? Warum hattet ihr die Ehefrau nicht auf dem Schirm? Dieser Anwalt führt uns vor wie die Anfänger!" Die Polizeipräsidentin raufte sich buchstäblich die Haare und schrie ihre Wut hinaus.

„Himmel! Ein Verwaltungsrechtler!!!"

Becca und Jan erwiderten nichts. Was auch. Es gab keine Verteidigungsmöglichkeit. Sie hatten definitiv Mist gebaut.

„Ich hoffe inständig für euch beide, dass die SpuSi in den nächsten Tagen etwas findet, was wir diesem windigen Betriebswirt-Metzger nachweisen können. Sonst sieht es düster aus. Schreibt eure Berichte und fahrt heim. Ich will euch heute nicht mehr sehen." Die Polizeipräsidentin knallte im Hinausgehen demonstrativ die Tür hinter sich zu.

Gegen neunzehn Uhr saß Becca endlich in ihrem Wagen und fuhr in der Dunkelheit Richtung Wittenhofen durchs Deggenhausertal. Das Autoradio spielte *Countryroads*, während eines der grünen Kreuze am Straßenrand in ihrem Blickfeld vorbei sauste. Ich bin so wahnsinnig müde, Taja, dachte die Kommissarin deprimiert. Die emotionalen Höhen und Tiefen dieses Tages hatten es in sich gehabt. Heute war ein absoluter Horrortag gewesen. In einer Woche würden sie Tajas Geburtstag feiern. Dann würde sie endlich einmal einen Tag frei haben.

Das Smartphone vibrierte und unterbrach ihre Gedanken. Das Display zeigte Mutter in hellen Druckbuchstaben an. Becca drückte die Freisprechtaste.

„Mama? Du hör mal, es ist echt schlecht momentan. Ich bin im Auto und hatte einen ziemlichen Scheißtag". Zunächst war es ganz still, nur die Motorengeräusche surrten vor sich hin. „Mama? Bist du da?"

Ein kurzes Schniefen war zu hören, bevor Helga Brigg mit brüchiger, abgehackter Stimme sprach. „Dein Vater, Becca, sie haben ihn eben mitgenommen."

Dann war es wieder still in der Leitung.

„Moment!“ Schrille Alarmglocken drangen durch Beccas müdes Bewusstsein. „Wer hat Papa mitgenommen? Wohin denn?“ Es blieb weiter still. „Mama? Nun red doch endlich, Herrgott!“, verlor Becca die Geduld.

„Ich konnte ihn nicht mehr wecken und wusste nicht, was ich tun sollte.“ Helga Briggs abgehackte Stimme erfüllte das Wageninnere. Es war zu hören, dass sie weinte. „Er saß in seinem Sessel wie immer, aber ich konnte ihn einfach nicht aufwecken.“

„Und dann?“ Die Kommissarin hatte inzwischen den Wagen an den Seitenrand gefahren und angehalten. Sie bemerkte, dass sie begann, sich vor der Antwort der Mutter fürchten.

„Ich hatte solche Angst, dass er tot ist. Dann habe ich gesehen, dass er atmet, und habe den Notruf gewählt.“

„Gut Mama, das hast du gut gemacht. Und wo ist Papa jetzt?“, fragte Becca erleichtert. Er lebte, allein das zählte. Sie hatte ihre sonst so beherrschte Mutter noch nie dermaßen aufgelöst erlebt. Sie schien völlig neben sich zu stehen.

„Sie haben ihn ins Krankenhaus mitgenommen. Mit Blaulicht. Die ganze Nachbarschaft hat das mitbekommen. Das gibt bestimmt Gerede.“

„In welches Krankenhaus, Mama?“

„Na, hier bei uns in Überlingen. Ich durfte aber nicht mitfahren. Wegen Corona. Ich darf nicht bei ihm sein!“ Helga Brigg weinte nun lauter.

„Hör zu, Mama, du legst dich jetzt ein bisschen auf die Couch und ich fahre in die Klinik. Danach komme ich sofort zu dir.“

„Nein Rebecca. Hast du nicht gehört? Die lassen dich nicht rein zu Papa wegen der Pandemie. Wir sollen zu Hause bleiben, haben sie gesagt. Das Krankenhaus ruft an, wenn sich etwas verändert.“

„Ich komme zu Papa rein, keine Sorge. Wozu hast du eine Tochter bei der Polizei. Ich brauche zwanzig Minuten zur Klinik. Nimm eine der Beruhigungstabletten von Tajas Beerdigung. Du kannst im Moment sowieso nichts tun. Leg dich hin, bis ich später komme.“

Dann legte die Kommissarin auf, steuerte den Wagen auf die Fahrbahn zurück und gab Gas. Für einen Moment fühlte sie sich versucht, das Blaulicht verbotenerweise aufs Dach zu setzen. Doch die B31 war am heutigen Samstagabend wie leergefegt, so dass sie zügig Richtung Überlingen vorankam. Schwungvoll fuhr sie durch den letzten Kreisel an der Klinik und parkte direkt neben der Notaufnahme. Im Augenwinkel nahm Becca irritiert durch den ungewohnten Anblick ein überdimensionales, weißes Zelt wahr, als sie aus ihrem Wagen stieg. Unmittelbar darauf kam ein, völlig in Schutzkleidung eingehüllter Mensch, auf sie zu gelaufen und wedelte erregt mit den Armen.

„Hier können Sie nicht stehen bleiben, Sie behindern ankommende Rettungskräfte. Sie müssen Ihren Wagen auf die Besucherparkplätze stellen. Setzen Sie bitte umgehend Ihre Maske auf. Kommen Sie wegen Coronasymptomen?"

Der Anblick des Vermummten war Becca bereits von der Isolierstation bekannt und dennoch wirkte es jetzt in der Dunkelheit surreal. Sie beugte sich ins Wageninnere und fischte ihre Maske hervor. Als sie sie aufgesetzt hatte, deutet sie auf den Schriftzug *Masked Officer* und tastete zusätzlich nach dem Dienstausweis in ihrer Hosentasche.

„Kriminalhauptkommissarin Brigg, Dienststelle Ravensburg. Sie haben vorhin einen gewissen Erich Brigg eingeliefert bekommen. Ich möchte sofort zu ihm."

„Keine Chance, Frau Hauptkommissarin", erwiderte der Vermummte mit einem knappen Blick auf den Ausweis. „Das Krankenhaus ist wegen des Coronavirus hermetisch abgeriegelt. Hier kommt momentan nur rein, wer ernsthaft krank ist. Sonst keiner."

„Hören Sie, Erich Brigg ist mein Vater und es scheint ihm wirklich schlecht zu gehen." Becca entzifferte das Namensschild auf dem weißen Overall. Herr Pfleger Knoch.

„Es tut mir leid, aber ich kann Sie nicht hinein lassen. In diesen Zeiten gibt es keinerlei Ausnahmen. Die Lage ist zu ernst. Wir können das Wohl der anderen Patienten nicht gefährden", antwortete der Pfleger unbarmherzig.

Der Kommissarin platzte die Hutschnur. Wie konnte man nur so verdammt unkooperativ sein? „Mein Vater stirbt vielleicht gerade da drin und Sie wollen mir allen Ernstes den Zutritt verwehren? Wer ist Ihr Vorgesetzter?" Sie war lauter geworden als beabsichtigt und fühlte sich wie vor den Kopf geschlagen. Immerhin arbeiten Rettungskräfte und Polizei normalerweise Hand in Hand. Da griff man sich auch mal gegenseitig helfend unter die Arme. Schließlich stand man auf derselben Seite. Dieses sture Verhalten war absolut ungeheuerlich.

„Frau Brigg, mein Vorgesetzter wir Ihnen auch nichts anderes sagen. Wir würden momentan noch nicht einmal die Kanzlerin hineinlassen. Die Pflegedienstleitung erreichen Sie zudem erst wieder am Montag. Aber ich werde versuchen, ob Dr. Hecker auf ein kurzes Gespräch zu Ihnen raus kommen kann. Er hat Ihren Vater aufgenommen," versuchte der Pfleger zu beschwichtigen.

„Ja, tun Sie das", lenkte Becca verärgert ein. Für einen Moment dachte sie nach, ob sie sich an dem Pfleger vorbei drängeln sollte. Ihr Konto an Ärger war heute jedoch schon gefüllt genug, so dass sie einsah, dass es klüger war auf den Arzt zu hoffen.

„Warten sie bitte in dem Covidtestzelt hier vorn am Eingang", meinte der Pfleger und verschwand in der Notaufnahme. Becca betrat das Zelt, dessen Anblick sie bisher nur aus dem Fernsehen kannte. Man sah solche Zelte, wenn eine Reportage aus irgendeinem Katastrophengebiet ausgestrahlt wurde. Jetzt stand so ein Teil plötzlich mitten in Deutschland vor einer Klinik. Das Zeltinnere war mit einem Holzboden ausgelegt und in mehrere Kabinen unterteilt. Im Vorraum standen vier Stühle in größerem Abstand zueinander. Becca setzte sich auf einen von ihnen und wartete.

Es dauerte nur wenige Minuten, bis ein Arzt mit Faceshield und Maske hereinkam. Seine Gesichtszüge wirkten völlig erschöpft, als er sich auf einen der anderen Stühle fallen ließ.

„Frau Brigg, ich bin Dr. Hecker. Ich habe Ihren Vater vor einer Stunde untersucht. Er ist immer noch nicht ansprechbar, aber ich kann Sie beruhigen. Sein Zustand ist als stabil zu bezeichnen. Wir haben ihn vorsichtshalber auf die Überwachungsstation gelegt. Seine Vitalzeichen geben aktuell keinen Anlass zur Sorge."

„Das ist zwar eine gute Nachricht, Dr. Hecker und danke, dass Sie extra zu mir herauskommen, aber ich möchte trotzdem doch bitte meinen Vater kurz sehen. Der Pfleger wird Ihnen sicher mitgeteilt haben, dass ich bei der Kripo arbeite?"

„Frau Kriminalhauptkommissarin, so wie Ihnen wird es in den nächsten Monaten leider vielen Angehörigen ergehen. Ich glaube gerne, dass das schwer zu ertragen ist, aber wir handeln im Sinne aller Patienten, wenn wir uns aufgrund der Pandemielage konsequent verhalten und niemanden hereinlassen. Ich werde da auch bei Ihnen keine Ausnahme dulden. Es tut mir leid."

„Was hat mein Vater denn überhaupt?", fragte Becca unwirsch.

In ihr brodelte es. Scheiß Virus.

Der Mediziner rieb sich erschöpft über die Augen, bevor er antwortete, „Ihr Vater wurde in einem stark alkoholisierten, nicht weckbaren Zustand vom Notarzt hierher gebracht. Eine erste Untersuchung der inneren Organe ergab keinen signifikanten Hinweis auf eine schwere Leber- oder Bauchspeicheldrüsenschädigung. Allerdings fanden wir Anzeichen einer Fettleber. Die Höhe seines Alkoholspiegels deutet darauf hin, dass Ihr Vater ganz offensichtlich schon länger ein andauerndes Alkoholproblem hat." Dr. Hecker strich sich langsam mit den Fingern über die Stirn, als könne er damit die dahinter liegenden, müden Gehirnzellen motivieren.

„Meine jüngere Schwester ist vor wenigen Wochen an Krebs verstorben. Seitdem trinkt er zu viel, das ist richtig. Aber ein Alkoholiker ist er deshalb noch lange nicht", wandte die Kommissarin abwehrend ein.

„Frau Brigg, der Grat zwischen einem kurzfristigen Frusttrinken und der Entwicklung hin zum Alkoholiker ist ziemlich schmal. Ich vermute, dass Ihr Vater schon vor dem Tod ihrer Schwester dem Alkohol nicht abgeneigt war, oder?"

„Na ja, wenn Sie damit meinen, dass er ab und zu mit Kollegen nach Feierabend einen trinken ging, oder dass er auf Familienfeiern gerne ausgelassen war? Aber das macht doch fast jeder."

„Nein. In dieser Intensität macht das eben nicht jeder. Ein Bierchen zum Abendessen, danach eines beim Fernsehen und beim Skatabend ein paar Schnäpschen dazu und so weiter und so fort. Frau Brigg glauben Sie mir, wir haben einen Blick dafür. Ihr Vater hat ein Problem, das er angehen muss, sonst wird er es bald mit organischen Schäden zu tun bekommen, die nicht mehr rückgängig zu machen sind."

„Hmm. Wie geht es nun weiter?", fragte Becca schockiert, obwohl sie nicht recht glauben konnte, was sie gehört hatte.

Mein Vater ein Abhängiger? Der überkorrekte Polizist, den nichts umhauen konnte? Unmöglich!

„Ich gehe davon aus, dass Ihr Vater morgen mit einem ausgedehnten Kater aus seiner vorübergehenden Somnolenz erwachen wird. Wenn sein Covid-19-Testergebnis am Montag negativ ist und sich sonst keine weiteren Schäden zeigen, wird er am Dienstag wieder nach Hause entlassen. Wir sind von der Regierung angewiesen, alle verfügbaren Kapazitäten der Pandemiebekämpfung zur Verfügung zu stellen. Das meiste Personal wurde auf die Intensivstationen oder auf die Isolierstation abgezogen. Wir arbeiten in der Notaufnahme inzwischen in Doppelschichten. Das heißt, Ihr Vater wird nur so lange wie unbedingt nötig bei uns bleiben können. Um ein Klinikbett für einen Entzug mit anschließendem Suchttherapieplatz müssen Sie sich selbst kümmern. Ihr Hausarzt hilft Ihnen sicherlich dabei."

Pfleger Knoch streckte seinen Kopf kurz in die Zeltöffnung und nickte Dr. Hecker auffordernd zu.

„Ich muss jetzt wieder rein. Alles Gute, Frau Hauptkommissarin." Der Arzt sah Becca mitfühlend im Hinausgehen in die Augen. Sie war immer noch geschockt von dem eben Gehörten und blickte dem völlig erschöpften Notfallmediziner wortlos hinterher.

Mein Vater ein Alkoholiker? Wie soll ich das nur Mama beibringen?

Für ein paar Minuten blieb die Kommissarin dort sitzen, wo der Arzt sie zurückgelassen hatte, und sie stierte minutenlang gegen die Zeltwand.

Sie war am Ende ihrer Kräfte.

Präsidium Ravensburg

Montag, der 23.03.2020

Der vorangegangene Samstag, der Tag also an dem Beccas Vater ins Krankenhaus eingeliefert worden war, war gleichzeitig vom Inkrafttreten der neuen Corona-Verordnung geprägt. Sämtliche Gastronomiebetriebe und Friseure im ganzen Land wurden geschlossen. Über 80 Millionen Menschen, war angehalten, ihre Wohnungen nur noch für notwendige Besorgungen, wie die Beschaffung von Lebensmittel oder Arztbesuche, zu verlassen. Zwischenmenschliche Kontakte, so die Regierung weiter, waren auf ein absolutes Minimum zu reduzieren. Dieser Lockdown, immerhin ein Eingriff in die Grundrechte der Bürger, wie es von mehreren Seiten kritisch hieß, wurde durch die Polizei überwacht. Verstöße gegen die Pandemiemaßnahmen konnten mit bis zu 25000 Euro Bußgeld sowie mehrjährigen Haftstrafen geahndet werden, vermeldeten die Medien landesweit. Die Kommissarin fragte sich, woher die Horden von Polizisten kommen sollten, die solche Kontrollen durchführten. Die Dienststellen waren in der Regel auch ohne Coronapandemie schon am Limit.

Diese ausgewöhnliche Samstagnacht verbrachte Becca notgedrungen bei ihrer Mutter, denn ab einundzwanzig Uhr galt bis auf weiteres eine allgemeine Ausgangssperre für die gesamte Bevölkerung. Sämtliche Straßen im Land lagen verwaist. Es gab nunmehr nächtliche Geisterstädte, wie man sie sich in den kühnsten Träumen nicht hätte vorstellen können.

Eine gespenstische Stille lag über der Düsterheit.

Der gestrige Sonntag dann war erfüllt von immer wiederkehrenden Gesprächen zwischen Tochter und Mutter, in denen Helga Brigg jegliche Suchtneigung ihres Mannes zum Alkohol vehement leugnete. Ja, er war gesellig, zugegeben, aber alle tranken doch ab und zu ein Gläschen, verteidigte sie den Gatten. Die Kommissarin ließ sich im Laufe des Nachmittags mit Dr. Hecker verbinden, der immer noch, oder zumindest schon wieder, im Bereitschaftsdienst arbeitete. So erfuhren sie, dass Erich Brigg inzwischen ansprechbar war und sich keine weiteren ernsteren körperlichen Umstände ergeben hatten.

Beccas Mutter schien gänzlich verunsichert. Die Zeit ihres Lebens toughe und eigenständige Frau verzweifelte an den beängstigenden Einschränkungen, die das Virus verursachte. Und jetzt kam hinzu, dass die Ärzte sowie die eigene Tochter einen Alkoholiker aus ihrem Ehemann machen wollten. Helga Briggs konservative, gutbürgerliche Weltanschauung war in ihren Grundmauern tief erschüttert. Der komplette Erdball schien von Hysterie und Schreckensnachrichten erfasst. Ein Umstand, der parallel verlaufende private Tragödien deutlich unerträglicher scheinen ließ, als sie ohnehin waren. Niemand konnte zum jetzigen Zeitpunkt beantworten, wie viele Menschen durch dieses Virus noch sterben würden. Oder war gar das Ende der Menschheit nahe?

Die bislang vermeintliche Kontrolle über das persönliche Dasein erschien zunehmend illusorisch.

Der Mensch, der von eigenen Gnaden ernannte Beherrscher der Erdkugel, war zum Spielball einer proteinhaltigen Substanz degradiert. Er befand sich im Würgegriff von einem Etwas, das im herkömmlichen Sinne gar nicht wirklich lebte.

Am Sonntagabend dann, eine Stunde vor der Ausgangssperre, fuhr Becca nach Wittenhofen zurück, um in ihrem eigenen Bett zu schlafen. Die Nacht in der elterlichen Wohnung war kurz gewesen. Sie hatte sich, wie schon so oft seit Tajas Tod, unruhig hin und her gewälzt. Wirre Visionen über das Mädchen vom Affenberg vermischten sich mit Bildern ihres Vaters, der eine genmanipulierte Sau streichelte.

Der Wagen der Kommissarin passierte einmal mehr im Dämmerlicht die barocke Kulisse der Basilika Birnau, die sich in traumhafter Hanglage am nahen Bodenseeufer erhob. Der See lag unterhalb davon, völlig unbewegt, wie ein glatter Spiegel. Das stille, friedvolle Bild setzte sich direkt auf dem Asphalt der Bundesstraße fort. Wo gewöhnlich sonntagabends Kolonnen von Wochenendausflüglern Richtung Stuttgart oder Ulm im Stopp-and-Go-Tempo zuckelten, herrschte heute Abend durch die beginnende Sperrstunde gähnende Leere.

Ironie des Schicksals, befand die Kommissarin. Die Menschheit bekämpfte ein Virus und als positives Nebenprodukt wurde der längst überfällige Klimaschutz unfreiwillig umgesetzt. Keinerlei Autos auf den Straßen und es gab nicht einen einzigen Flieger-Kondensstreifen Richtung Zürich oder Friedrichshafen über dem Himmel am Bodensee. Und diese Szenarien fanden zeitgleich in den meisten anderen Kulturen der Erde ebenfalls statt.

Die Welt hielt den Atem an.

Dann versterben wir wenigstens mit sauberer Luft, ging es Becca sarkastisch durch den Kopf. Sie fühlte sich nach wie vor innerlich zerrissen, ob sie sich fürchten oder das Ganze eher doch als völlig überzogen deklarieren sollte.

Gato Macho schmiegte sich die komplette Nacht zum Montag dicht in Beccas angewinkelte Kniekehlen. Vermutlich hatte er sie die vergangenen Stunden vermisst oder zumindest tat es der eigenen Seele gut, daran zu glauben. Möglicherweise irritierte den Kater aber auch ganz banal die völlig veränderte Geräuschkulisse seiner Umwelt. Denn die Welt war so viel stiller geworden, seitdem die Menschen sich ängstlich in ihre steinernen Höhlen zurückgezogen und ihre Lärm machenden Maschinen mit ihnen innehielten. Ein wahrer Segen für die geräuschsensiblen Ohren eines Katers.

Als der Wecker am Montagmorgen schließlich klingelte und die Kommissarin verschlafen Richtung Küche schlenderte, war alles wie immer. Der Spuk der letzten Nacht hatte sich gelegt. Gato Macho wartete auf der Küchenzeile auf sein Frühstück und raunzte in dringlicher Tonlage. Becca beeilte sich, die Dose mit Katzenfutter zu öffnen. Die grünen Augen des Katers fixierten sie dabei. Doch trotz einer relativ guten Nacht fühlte sich die Kommissarin immer noch nicht richtig ausgeruht.

Stunden später öffnete Becca die Tür zum Großraumbüro im Präsidium und prallte unvermittelt gegen ein kleines Mädchen mit wirren blonden Locken, das ungebremst in sie hineinrannte.

„Hoppla, wer bist du denn?“

Die Kommissarin hatte das Kleinkind reaktionsschnell an den Schultern festgehalten, damit es durch den Aufprall nicht umfiel. Zu ihrer Verblüffung bemerkte sie neben Ayla am Schreibtisch ein weiteres Kind, das konzentriert auf einem Blatt Papier herum kritzelte.

„Was ist denn hier los?“, fragte Becca und schob die Kleine vor sich her.

„Ach“, antwortete die Polizeisekretärin selig lächelnd, „das sind nur die beiden Jüngsten von Staatsanwältin Winkler. Klara und Luisa. Die Kindergärten sind doch ab heute wegen des Lockdowns geschlossen. Sie wusste einfach nicht wohin mit den Süßen und hat sie kurzerhand mit hierher gebracht. Ich habe angeboten, dass sie sie ein Weilchen hierlassen kann, während sie ein Gespräch mit dem Haftrichter führt.“

„Aber das geht so nicht. Hier hängen Fotos von Leichen herum“, schüttelte Becca entrüstet den Kopf. „Wir sind doch kein Ersatz für eine Kindertagesstätte. Die Winkler soll ihren Nachwuchs bei den Großeltern abliefern.“

„Nee. Ältere Personen dürfen mit ihren Enkeln wegen der Ansteckungsgefahr nicht in Kontakt kommen“, erklärte Ayla geduldig. „Frau Winklers Mutter ist zudem Hochrisikopatientin. Das geht also mal gar nicht. Es blieb wirklich nur, die beiden Kleinsten mit hierher zu bringen. Sie haben die Kinder ja schon aufgeteilt. Ihre Neunjährige ist mit dem Vater heute Morgen zu Airbus Defence gegangen. Er arbeitet dort als leitender Entwicklungsingenieur“, ergänzte Ayla. „Die können ja nicht die drei Kinder zu Hause sich selbst überlassen. Oder wochenlang nicht arbeiten gehen. Denn wer weiß, wie lange der Spuk andauern wird.“

Die dreijährige Luisa war inzwischen auf Kevins Schoß geklettert, während der seine Computertastatur malträtierte. „Ein Gutes hat der Lockdown jedenfalls, man kommt momentan zur Arbeit ohne im Stau zustehen“, meinte der Youngster prompt. „Vielleicht ist das ein gutes Zeichen. Offensichtlich sind viele tatsächlich im Homeoffice geblieben.“

„Na ja Kevin, das Getriebe eines Satelliten bei Airbus, kann man auf jeden Fall nicht im Homeoffice zusammenschrauben und auch eine Staatsanwältin ist nicht in der Lage ihre Aufgaben von zu Hause aus zu erledigen. Zumindest nicht alle. Ich verstehe echt nicht, wie die Regierung sich das vorstellt. Diese Ausgangssperre ist absolut alltagsuntauglich.“ Ayla stellte der dreijährigen Klara einen Kakao aus der bürointernen Mikrowelle hin.

Die Kommissarin schüttelte fassungslos den Kopf, ohne sich weiter in die Diskussion einzumischen, und verschwand hinter der Rauchglaswand. Was sollte man dazu noch sagen? Ein Irrsinn!

Jan Herz saß an seinem Monitor, als Becca hereinkam. „Um neun Uhr ist Besprechung“, meinte er wortkarg, ohne aufzusehen.

„Hoffen wir mal, dass die SpuSi bis dahin etwas gefunden hat“, erwiderte Becca seufzend, während sie ihre Topfpflanzen auf der Fensterbank wässerte. Es war frustrierend, dass sie in dem Fall einfach nicht weiterkamen.

„Ich wäre heute beinahe zu spät zur Arbeit erschienen“, äußerte KHK Herz unvermittelt und blickte nun doch von seinem Monitor hoch. Dann stand er auf und legte behutsam einen Klarsichtbeutel, in dem ein stilettartiges Messer lag, auf Beccas Schreibtisch. „Das steckte heute Morgen in meinem Reifen. Fingerabdrücke Fehlanzeige.“

Die Kommissarin blickte den Kollegen stirnrunzelnd an. „Stand dein Wagen bei dir vor der Wohnung?“ Jan nickte. „Hmm. Erst bei mir ein Platten durch ein Messer, dann bei dir? Da will uns definitiv jemand von der Arbeit abhalten oder einschüchtern. Oder beides.“

„Das sehe ich auch so“, nickte KHK Herz.

„Haben die Kollegen die Flüge von Inge Lobwild rekonstruieren können?“, fragte Becca. Sie würden sich später mit dem Messerstecher beschäftigen müssen. Wer immer das gewesen war, hatte weitreichende Verbindungen, um die Privatadresse von KHK Herz herauszubekommen.

„Ja, leider. Die schlürft definitiv an einem brasilianischen Strand Caipirinhas. Die Passdaten stimmen überein und es gibt Bilder einer Überwachungskamera am Flughafen.“ Jan fuhr sich mit der Hand über seinen kahlrasierten Schädel. Auch er wirkte nicht ausgeschlafen.

Der Dienstapparat klingelte in den Moment der Stille hinein.

„Herz?“, sprach Jan in den Telefonhörer, als er den Anruf entgegennahm. „Ja. Oberstleutnant a.D. Jan Herz.“ Er hatte während der Nennung seines ehemaligen Dienstgrades unwillkürlich Haltung angenommen. „Bundespolizei? Worum geht es?“ KHK Herz hörte eine halbe Minute konzentriert dem Anrufer zu, bevor er erwiderte, „Würden Sie mich heute Abend nochmals kontaktieren? Ich kann im Moment nicht frei sprechen. Okay. Wiederhören“, dann legte er langsam den Hörer auf und wandte sich erneut seinem Monitor zu.

Der Kommissarin war sofort klar, dass der Anruf nicht ihren Fall betraf. *Bundespolizei? Interessant.* Beccas Gedanken sortieren das eben Gehörte nachdenklich aber schweigend ein.

Um kurz vor neun begab sich das Team der Kripo 1 geschlossen zum Besprechungsraum. Lediglich Ayla blieb mit den beiden Kindern von Staatsanwältin Winkler zurück.

Uwe Link war mit Polizeipräsidentin Katrin Scheurer im Gespräch, als die Kommissarin eintrat. Der SpuSileiter war sichtlich erregt.

„Meine Frau wird ab heute nichts mehr verdienen und die letzten Wochen waren auch schon mau. Niemand sagt ihr, wann sie den Laden wieder aufmachen kann. Es fällt so mir nichts dir nichts ein komplettes Gehalt weg. Wie soll das gehen? Wir müssen immerhin laufende Kosten bezahlen! Unser neuer Wagen ist nicht abbezahlt und der Kredit für die Wohnung läuft ja auch weiter. Wie sollen wir das bitteschön stemmen?“ Uwe hatte sich bereits richtig in Rage geredet. Seine Gesichtsfarbe hatte vor Ärger eine rötliche Färbung angenommen. Als bekennender Covid-19-Maßnahmen-Gegner tat er sich ohnehin mit den Auflagen des Lockdowns deutlich schwer.

„Herr Link, es tut mir wirklich leid, dass Ihre Frau die Boutique vorübergehend schließen musste“, versuchte die Polizeipräsidentin, den Mitarbeiter zu beschwichtigen. „Ich verstehe Ihre finanziellen Sorgen dadurch sehr gut. Kann Ihnen denn jemand aus der Familie zur Überbrückung aushelfen? Ich bin mir sicher, dass langfristig die angekündigten Finanzhilfen der Regierung ausgezahlt werden. Der Lockdown betrifft leider viele Unternehmen. Vor allem Kleinunternehmer, die sowieso keine größeren Rücklagen haben. Da sind Sie nicht allein. Kopf hoch, Herr Link. Man wird Sie nicht hängen lassen. Im Moment geht es ausschließlich darum, so viele Menschenleben wie möglich zu retten.“

„Genau das ist doch der Irrsinn!“, regte sich der SpuSileiter auf. Seine Schläfenadern traten zwischenzeitlich bedrohlich hervor, als würden sie demnächst platzen. „So viele Menschenleben sind doch gar nicht in Gefahr, dass man diese blödsinnigen Maßnahmen rechtfertigen könnte! Die stinknormale Grippe, die jährlich tausende Tote fordert ....“

Polizeipräsidentin Scheurer hob ihre Handfläche wie ein Stoppsignal in die Luft, direkt vor Uwe Links Gesicht. Die Argumentationskette des SpuSileiter mit dem Grippevirusvergleich war inzwischen allen im Präsidium hinreichend bekannt. „Ich muss Sie an dieser Stelle unterbrechen, Herr Link. Die Kollegen sind da. Wir sind komplett und müssen anfangen. Die Zeit drängt."

Damit wandte sich Katrin Scheurer brüsk von dem Mitarbeiter ab, stellte sich an den Kopf des Konferenztisches und fing unmittelbar an zum zwischenzeitlich vollständig versammelten Team zu sprechen.

„Nach der Durchsuchung der Badener Landfleisch GmbH haben wir Hugo Lobwild mangels Beweisen am Samstagabend wieder laufen lassen müssen. Die beiden dort beschäftigten Wissenschaftler befinden sich in Untersuchungshaft. Da unsere zuständigen Ermittler Inge Lobwild keinerlei Bedeutung zugemessen haben, ist diese inzwischen in Südamerika abgetaucht." Der kurze Seitenblick der Polizeipräsidentin auf Becca und Jan war eisig, als sie fortfuhr. „Ich muss wohl nicht erwähnen, dass wir auf keine Auslieferung von dort hoffen dürfen. Wir werden die Erkenntnisse der Spurensicherung und der Forensik mit den anderen Ermittlungsergebnissen abgleichen, um das weitere Vorgehen festzulegen. Bitte Dr. Wang, Ihre Show." Katrin Scheuer setzte sich.

Li-Ming hatte ihr Klemmbrett angehoben und blätterte eine Seite zurück. „Die Ergebnisse der PCR-Tests der rumänischen Schlachthelfer werden wegen Überlastung des Labors erst am Dienstagmorgen abrufbar sein. So lange sind diese in ihrer Unterkunft in Quarantäne. Ein möglicher Verstoß gegen das Seuchenschutzgesetz ist also nach wie vor offen." Die Forensikerin blätterte eine Seite vor. „Einwandfrei bestätigt hat sich aber, dass die Knockout-Schweine, die wir im Untergeschoss der Badener Landfleisch GmbH gefunden haben, gleich mehrfachen Genscheren-Prozeduren ausgesetzt waren. Zum einen tragen die Schweine Fremd-DNA in sich, die teilweise ihre körpereigenen Gene ausschaltet, also ausknockt. Zum anderen handelt es sich aber gleichzeitig um Knock-in-Schweine, da manipulierte Proteine zusätzlich die DNA der Tiere funktionell beeinträchtigen. Fazit, das Borstenvieh wurde eindeutig für das übliche Procedere einer Organentnahme biotechnologisch verändert."

„Wir wissen aber nicht, welche Organe transplantiert werden sollten, oder Frau Dr. Wang?", Staatsanwältin Winkler hatte sich interessiert nach vorne gelehnt. Es wirkte, als würde ein Windhund Witterung aufnehmen.

„Doch, inzwischen haben wir darauf eine Antwort. Die gefundenen Proben in den Objektträgern, sowie die Präparate im

Kühlfach des Labors, lassen den Schluss zu, dass Dr. Kobayashi und Dr. Kleinert an Hornhauttransplantationen gearbeitet haben."

„Hornhaut?" Kevin blickte verständnislos in die Runde. Sein Gesichtsausdruck war dabei dermaßen entgeistert, dass es komisch wirkte. „Ich dachte, die möchte man los sein, wenn man sie hat und rennt deshalb zur Fußpflege. Wer lässt sich denn bitteschön Hornhaut transplantieren?"

Die Erheiterung, die sich unter den Kollegen breitmachte, hatte etwas Befreiendes.

„Die Hornhaut der Augen, KHK Mittenmann, nicht die der Füße."

Dr. Wang gelang es, einigermaßen ernsthaft zu bleiben. Anders die Kollegen am Tisch, die immer noch mit breitem Schmunzeln und Kichern reagierten. Der Youngster lief prompt knallrot an.

„Kannst du uns das bitte näher erklären, Li-Ming?", warf Becca ein.

„Aber gern. Im Jahr 2010 wurde im chinesischen Wuhan die meines Wissens weltweit erste Hornhauttransplantation, die von einem Schwein entnommen wurde, erfolgreich durchgeführt. In Deutschland ist dieses biotechnologische Verfahren, das man auch Xenotransplantation nennt, aus verschiedenen Gründen noch nicht etabliert. Ich hole mal ein bisschen zum besseren Verständnis aus. Verletzungen und Infektionskrankheiten können die äußere Schicht des Auges, die sogenannte Hornhautschicht, nachhaltig zerstören. Dies führt dann leider meist zur Erblindung der Betroffenen. Entweder partiell, also teilweise, oder beide Augen betreffend. Helfen könnte in vielen Fällen eine Hornhauttransplantation von Mensch zu Mensch, die legal mit Zustimmung des Spenders in Deutschland erfolgen kann. In einem minimalen Eingriff wird post mortem einer geeigneten Person die Augenhornhaut entfernt und dem Empfänger implantiert. Die etwa einstündige Operation ist relativ unkompliziert. Die Patienten können die Klinik in der Regel nach wenigen Tagen verlassen. Dieses Verfahren ist bewährt und hat eine sehr hohe Erfolgsquote. In Deutschland werden auf diese Weise jährlich über neuntausend Augenhornhäute transplantiert. Ein Routineeingriff. Tausende Patienten gehen aber dennoch leer aus, weil die Restbevölkerung einer Augenhornhautentnahme nach ihrem Tod leider oft nicht zugestimmt hat. Viele Patienten erblinden also nur, weil die

Organspendebereitschaft ihrer Mitmenschen zu gering ist. Hier schließt sich der Kreis zur Forschung der Xenotransplantation aus unserem Kellerlabor wieder. Die Augenhornhäute der genmanipulierten Schweine könnten die unzureichende Anzahl an Spenderorganen möglicherweise ausgleichen. Ergänzend weise ich darauf hin, dass die Wissenschaft seit einiger Zeit an rein künstlichen, also in der Petrischale gezüchteten Hornhäute forscht. Sollte das gelingen, wäre diese Methode, bei der keine zweite Spezies leidet, selbstverständlich deutlich eleganter. Noch exquisiter wäre es natürlich, wenn bis dahin, die allgemeine Organspendebereitschaft größer würde und die Spende von Mensch zu Mensch stattfindet."

Jan und Becca blickten sich, wie auf ein unsichtbares Kommando hin, gleichzeitig an. Bei beiden Ermittlern hatte es schrill geklingelt.

„Stella. Unser Opfer vom Affenberg. Dem Mädchen fehlte ein Auge. Wäre es denn möglich, dass der jungen Frau bei einer illegal durchgeführten Operation Schweine-Augenhornhaut in dem Kellerlabor transplantiert wurde?", stellte die Kommissarin diese schier unfassbare Theorie in den Raum.

„Und dann ging bei der OP irgendetwas schief und um das zu vertuschen, wurde das Auge komplett entfernt?", ergänzte Jan fragend.

Li-Ming nickte. „Ja, das ist eine mögliche Erklärung. Aber es lässt sich mit den Mitteln der Gerichtsmedizin nicht beweisen, da das extrahierte Auge des Opfers nicht gefunden wurde. Und wenn es nach der Entnahme niemand direkt in Formalin eingelegt hat, dürfte von dem entnommenen Augengewebe, ganz gleich, wo es entsorgt wurde, inzwischen sowieso nichts mehr übrig sein. Aber zu diesem Thema wird euch möglicherweise Uwe Link etwas zu sagen haben. Zudem bringe ich euch in Erinnerung, dass das Auge der Toten vom Affenberg nicht professionell von einem Chirurgen entfernt wurde. Also, von meiner Seite war es das vorerst."

Der SpuSileiter, inzwischen wieder mit normaler Gesichtsfarbe, erhob sich. Sein Puls schien sich normalisiert zu haben.

„Wir haben bis spät in den Samstagabend hinein das komplette Untergeschoss der Badener Landfleisch GmbH akribisch durchsucht. Neben den Fingerabdrücken der beiden Wissenschaftler ließen sich ebenso die von Hugo Lobwild und seiner Frau in den Räumlichkeiten finden. Wir hatten enormes Glück, dass Inge Lobwild 2019 auf dem

Chip ihres neu beantragten Personalausweises die Fingerabdrücke speichern ließ. Wir hätten uns ansonsten mit einer zügigen Identifikation zunächst schwergetan. Die Datenlage in dem Laborcomputer lässt den Schluss zu, dass seit mindestens drei Jahren geforscht wurde. Die IT-Abteilung ist aber immer noch mit der Auswertung der einzelnen Dateien beschäftigt."

Uwe Link blickte herausfordernd in die Runde. Er gefiel sich in der Rolle desjenigen, der die gesamte Aufmerksamkeit auf sich zog.

„Und nun zum eigentlichen Höhepunkt unserer Erkenntnisse. Nachdem Dr. Wang uns auf die Augenhornhäute hingewiesen hat, haben wir die Spuren mit unserer einäugigen Leiche vom Affenberg abgeglichen und gleich mehrere Treffer gelandet."

Uwe räusperte sich theatralisch, bevor er die Bombe platzen ließ.

„Stella Radu befand sich definitiv sowohl in dem OP-Saal wie auch in dem kleinen Aufwachraum gegenüber. Wir haben ihre Fingerabdrücke am Metallrahmen des Krankenhausbetts gefunden. Und ebenso an einem der Infusionsständer. An der Kleidung der Toten konnten wir die DNA des Ehepaars Lobwild nachweisen. Sie haben das Opfer zweifelsohne gekannt." Uwe Link schwang beide Arme dramatisch wie zu einem Tusch, bevor er enthusiastisch fortfuhr. „Und wir haben außerdem in dem Laborkeller Fingerabdrücke von weiteren unbekannten Menschen gefunden. Wir sprechen hier von sechzehn verschiedenen Personen, deren Abdrücke wir bislang nicht abgleichen können. Sie sind nicht in unserer Datenbank gespeichert."

Für einen Augenblick war es mucksmäuschenstill im Raum.

Die Nachricht, dass sie einen Zusammenhang zwischen den Fällen beweisen konnten und somit einen bedeutenden Schritt weiter in den Ermittlungen gekommen waren, musste sich zunächst setzen. Jan Herz sprach nach einer Weile aus, was in diesem Moment allen Anwesenden durch den Kopf ging.

„Das bedeutet, Stella war nicht die einzige Patientin, die sich dort aufgehalten hat und operiert wurde. Es gibt noch andere." Dann fügte er leise hinzu, „Hoffen wir, dass diese am Leben sind."

„Aber möglicherweise waren nicht alle Personen, deren Fingerabdrücke im Operationssaal zu finden sind, auch Patienten." Die Kommissarin bemühte sich, ihrer Stimme einen optimistischen Klang zu verleihen. Die bloße Vorstellung, weitere sechzehn Leichen zu finden, war erdrückend. „Es muss einen Anästhesisten für die

Narkose und einen Ophthalmologen, der operierte, gegeben haben. Unsere beiden Wissenschaftler verfügen jedenfalls nicht über die nötigen Skills für einen operativen Eingriff dieser Größenordnung. Eventuell gab es auch so etwas wie eine assistierende Krankenschwester? Oder Reinigungskräfte?"

„Was bringt einen Menschen dazu, sich in einem illegalen Operationssaal einem chirurgischen Eingriff zu unterziehen. Wie dumm kann man sein?" Kevin blickte erneut verständnislos von einem zum anderen. „Vor allem dann, wenn es um die eigene Sehkraft geht. Man müsste meinen, dass man sich die Klinik und den behandelten Arzt vorher genau ansieht und gesund misstrauisch ist, oder? Heutzutage holt doch jeder vernünftige Mensch vor einer OP eine Zweitmeinung ein."

„Stellen Sie sich einmal vor, Sie sind, warum auch immer, von der plötzlichen Erblindung eines einzelnen Auges betroffen", erklärte Li-Ming dem Youngster zugewandt. „Was glauben Sie, welches innere Entsetzen und welche Ängste die Betroffenen ausstehen? Berufsträume platzen, weil niemand beispielsweise einen sehbehinderten Chirurgen, Elektriker oder Scharfschützen einstellen will. Auch die personenbefördernden Berufe wie Pilot, Zugführer oder Kraftfahrer sind dann tabu. Hinzu kommt der Umstand des Stigmas. Die Betroffenen fühlen sich oft nicht vollwertig. Ihr Selbstbewusstsein leidet massiv. Man glaubt, für die Partnerwahl nicht mehr attraktiv genug zu sein. Die Sehbehinderung ist oftmals für andere sichtbar, so dass man sich angestarrt fühlt. Und dann kommt die Angst dazu, die Sehkraft des zweiten Auges auch noch zu verlieren und gänzlich im Dunkel zu leben. Glauben Sie mir KHK Mittenmann, das sind ausreichend Gründe, nicht so genau nachzufragen, wenn einem jemand einen Strohhalm der da heraus führt, anbietet. Und das gilt in besonderem Maße für Menschen, die finanziell wenig bis gar keinen Spielraum haben."

„Haben wir weitere Erkenntnisse von Bedeutung?" Staatsanwältin Winkler sah in die Runde. „Wissen wir, wie der Kontakt zu den potentiellen Versuchspatienten hergestellt wurde?"

Becca schüttelte den Kopf. „Solange wir nicht alle Mitspieler in dem Spiel kennen, werden wir das Puzzle nicht zusammensetzen können."

Uwe Link hob die Hand und warf ein, „Übrigens, die DNA des

Kondoms, das wir in der Nähe der Leiche fanden, lässt sich bisher keiner Person zuordnen. Die Wahrscheinlichkeit ist somit äußerst gering, dass es etwas mit der Toten am Affenberg zu tun hat."

„Okay. Dann weiter an die Arbeit." Polizeipräsidentin Katrin Scheurer sah auf ihre Smartwatch. „Hugo Lobwild nehmen wir uns heute Nachmittag erneut vor. Bestellt ihn ein. Die Spurenlage reicht uns jetzt für eine vorläufige Festnahme. Vielleicht sind immer noch Patienten in Gefahr, diese Möglichkeit dürfen wir nicht außer Acht lassen. Die Besprechung ist beendet." Katrins Kopf ruckte herum. „Becca, ich möchte dich sprechen. Komm bitte in mein Büro."

Der Kommissarin schwante nichts Gutes.

„Mach die Tür zu", meinte Minuten später Katrin Scheurer, während sie sich hinter ihrem Schreibtisch verschanzte. Becca blieb mit etwas Abstand davor stehen. „Kurz vorneweg. Betrachte unsere Unterredung als motivierendes Mitarbeitergespräch. Ich frage dich ganz direkt. Was ist los mit dir, Becca?"

„Nix. Alles okay, Katrin." Die Kommissarin blickte trotzig über den Schreibtisch hinweg.

„Okay, nennst du das? Ihr lasst, so mir nichts dir nichts, eine Hauptverdächtige laufen, ja schlimmer noch, beachtet sie bei den Ermittlungen gar nicht und du sagst, es ist nichts?"

„Moment! Das war ich ja wohl nicht allein", versuchte Becca verteidigend einzuwerfen.

„Nein. Jetzt frage ich aber dich und du solltest dir abgewöhnen, deine Fehltritte auf andere abzulenken. Ein wenig Selbstkritik hat noch niemand geschadet", entgegnete Katrin Scheurer scharf.

„Bitte? Ach, so. Ja, klar. Der arme, traumatisierte Exsoldat kann ja nichts dafür. Weißt du eigentlich, dass Jan Herz hinter deinem Rücken in Verhandlung mit der Bundespolizei steht?", warf Becca frostig ein. Sie hatte es so satt. Warum lag die Schuld immer nur bei ihr?

„Genau dieses Verhalten meine ich, Becca. Warum schwärzt du KHK Herz jetzt bei mir an, statt dich auf deinen Job zu konzentrieren? Schon in Konstanz konnte ich dieses destruktive Verhalten an dir beobachten. Auch KHK Steiner wurde auf diese Weise torpediert. Merkst du nicht, dass deine Konzentration immer wieder wegen dieser Nebenkriegsschauplätze leidet? Ich habe Verständnis, dass der tragische Tod deiner Schwester dich mitnimmt, aber wir haben alle unsere Päckchen zu tragen. Ganz besonders in diesen bedrohlichen Pandemie-Zeiten. Das Letzte, was wir da noch brauchen können, sind deine privaten Feldzüge gegen einzelne Teammitglieder. Ich erwarte, dass du in Zukunft dein Privatleben und deine persönlichen Aversionen professionell von der Arbeit abkoppelst. Da das nun schon das zweite Gespräch dieser Art in den letzten Wochen ist, komme ich um Maßnahmen, die dich diesbezüglich weiterbringen, nicht herum. Du warst vorgewarnt. Ab nächster Woche nimmst du wöchentliche Gesprächstermine zu deiner Unterstützung bei unserem Psychologen wahr. Dave Bernstein wird sich mit dir in Verbindung setzen und einen Termin vorschlagen. Kam das an?"

„Katrin, das ist nicht nötig, ich habe dich verstanden. Es wird nicht mehr passieren. Ich bekomme das ohne externe Hilfe hin. Versprochen."

„Schön. Ich verlasse mich darauf. Dein Gang zu Dave Bernstein wird trotzdem stattfinden." Die Polizeipräsidentin blieb hart und die Kommissarin nickte notgedrungen einlenkend. Es fühlte sich absolut ungerecht an, aber sie wusste, dass ein weiter Protest zwecklos sein würde.

„Mir ist übrigens bekannt", fuhr die Vorgesetzte unbarmherzig fort, „dass die Bundespolizei KHK Herz wegen seinen Fähigkeiten als Exelitesoldat zum Grenzschutz abwerben wollte. Da wegen der Pandemie die Außengrenzen wieder voll gesichert werden, fehlt dort fähiges Führungspersonal. Doch KHK Herz zeigt sich dem Präsidium gegenüber loyal. Er hat mir versichert, dass er nicht wechseln wird. Soweit zu deinem Denunzierungsversuch des Kollegen." Der verächtliche Blick von Katrin Scheurer sprach Bände und in Becca machte sich Scham breit. Wenngleich es sie gleichzeitig ärgerte, dass die Verbindung von Jan Herz zur Führungsriege stärker war, als sie vermutet hatte. Der Mann verhielt sich offensichtlich durch und durch transparent. „Dennoch werde ich auch mit KHK Herz selbstverständlich ein Gespräch wegen eurem unverzeihlichen Patzer führen. So etwas darf sich nicht mehr wiederholen." Die Polizeipräsidentin war immer noch nicht fertig. „Wegen der Messerangriffe auf eure Autos, habe ich zwei Kollegen der Kripo 4 hinzugezogen. Sie untersuchen, warum Jan und du bedroht werden und im günstigsten Fall auch von wem. Wir können das nicht einfach unter den Teppich kehren. Wer weiß, was sich derjenige als Nächstes ausdenkt. Euer Team konzentriert sich ausschließlich auf den Affenberg-Fall. Das war dann alles. Du kannst jetzt gehen."

Die Kommissarin flüchtete die Treppe herunter und bog im Flur auf die Damentoilette ab. Sie schloss sich augenblicklich in einer der Kabinen ein und setzte sich auf den Toilettendeckel. Die Augen brannten und ihre Kehle war wie zugeschnürt. Die Erleichterung bringenden Tränen wollten dennoch nicht kommen. Stattdessen schlug sie mit Faust einige Male gegen die Trennwand und schrie laut:

„Verdammt, verdammt, verdammt."

Das hellgraue Aluminiumblech der Kabine zeigte sich scheppernd völlig unbeeindruckt. Die Kommissarin musste mehrmals tief durchatmen, bevor sie mit gestrafften Schultern, zurück ins Büro ging.

Ayla empfing die Eintretende dort mit den Worten, „Ich lege gerade ein Namensregister der Augenärzte und Anästhesisten im Umkreis von 50 km an. Kevin unterstützt mich dabei. Das Verhör mit Lobwild und seinem Anwalt ist für fünfzehn Uhr angesetzt, soll ich dir von Staatsanwältin Winkler ausrichten."

Die dreijährige Luisa spielte derweil mit ihrer älteren Schwester fangen um Aylas Schreibtisch herum. Kinderlachen erfüllte den Raum. Becca nickte, murmelte ein *Super!* und wollte direkt weiter gehen.

„Ist irgendetwas? Gehts dir nicht gut?", fragte Ayla mit dem Instinkt einer Freundin.

„Nein, alles gut. Es liegt viel Arbeit vor uns. Ich geh gleich nach hinten zu Jan. Wir müssen uns abstimmen."

Als die Kommissarin hereinkam, stand KHK Herz am Whiteboard und deutete auf Beccas Schreibtisch.

„Ich habe dir den Artikel von heute Morgen hingelegt."

Becca sah die Montagsausgabe der Schwabenmeer-Zeitung an ihrem Platz liegen. Die Schlagzeile *Großrazzia im Schlachthof bei Salem* war auf der ersten Seite in unübersehbar dicken Lettern abgedruckt. Den Polizeieinsatz konnte man für hiesige Verhältnisse spektakulär nennen, so dass das Ereignis es über das Verbreitungsgebiet des SeeTageblatts hinaus bis in die oberschwäbische Presse geschafft hatte. Der Artikel berichtete über den Verdacht des Verstoßes gegen das Seuchenschutzgesetz. Nach einigen Spekulationen über die Rolle des Unternehmers Hugo Lobwild und der diskreten Erwähnung des vorangegangenen Todes seiner Tochter, verlor sich der Zeitungsartikel in den üblichen Plattitüden über die fleischverarbeitende Industrie. So kam das Thema Lohndumping sowie das generelle Leid von Schlachttieren zur Sprache. Hinterfragt wurde ebenso, ob es theoretisch möglich war, dass coronapositive Schlachthelfer das Fleisch mit Viren verunreinigten. Schwebte der Verbraucher gar in unmittelbarer Übertragungsgefahr? Ein Immunologe, der von der Zeitung interviewt wurde, hielt dieses Szenario jedoch für unwahrscheinlich.

Erwähnt wurden ebenso die in Quarantäne sitzenden rumänischen Arbeiter sowie der erkrankte Pavel A. auf der Isolierstation im Ravensburger Krankenhaus. Immerhin galt er als der erste offizielle Coronafall der Stadt. Sein gesundheitlicher Zustand sei ernst, berichtete die Presse weiter. Irritierend, wenn nicht gar völlig ungewöhnlich, fand der artikelverfassende Reporter den Umstand, dass die Razzia durch die Polizei bis spät in den Samstagabend andauerte.

Was steckte hinter der Durchsuchung der Geschäftsräume?, stellte die Schwabenmeer-Zeitung in den Raum. Ihre Leser konnten auf weitere Details in den kommenden Tagen gespannt sein, so die Presse abschließend.

„Unsere Mitarbeiter haben offensichtlich dichtgehalten. Die Sache mit dem illegalen Labor scheint nicht durchgesickert zu sein“, kommentierte die Kommissarin den Artikel.

Jan nickte. „Ich habe inzwischen die Lobwilds intensiv durchleuchtet. Ihre private Vermögenslage ist hervorragend, wobei Inge Lobwild etliches an Kapital in die Ehe mitbrachte. Wir sprechen hier von knappen 1,5 Millionen Euro. Man könnte also dem immerhin dreizehn Jahre jüngeren Ehemann, durchaus ein Vorteilsmotiv bei der Heirat vor fünfzehn Jahren unterstellen.“

„Das passt doch charakterlich“, kommentierte Becca Jans Worte bissig. Sie spürte dabei einen unterschwelligen Groll auf den Schlachthausbesitzer in sich brodeln. Die erlittene Demütigung war nicht vergessen.

KHK Herz fuhr fort. „Das Ehepaar ist Mitglied im hiesigen Golfclub. Zudem ist Hugo Lobwild passionierter Jäger mit eigener Pacht. Außerdem haben sie im Hafen von Immenstaad eine Yacht Namens *Bodenseeperlchen* liegen.“

„Lauter kostspielige Hobbys“, stellte Becca zusammenfassend fest.

„Es geht noch weiter“, meinte Jan. „Während Hugo Lobwild Ratsmitglied bei der Initiative *Achtsames Schlachten* ist, bekleidet seine Gattin den Ehrenvorsitz in der Stiftung *Kinder, Kinder*. Und jetzt wird's richtig interessant. Ich habe mich bei der Suche nach Organisationen über Deutschlands Grenzen hinausbewegt und bin fündig geworden. Inge Lobwild ist Gründerin sowie Vorsitzende der Stiftung *Augenlichter Europa* mit Sitz in Antwerpen.“

„Das ist in der Tat spannend“, antwortete Becca. „Ist der Name *Augenlichter* denn Programm? Weißt du schon mehr darüber?“

„Inge Lobwild hat die Stiftung mit 25.000 Euro Eigenkapital gegründet. Der eingetragene Zweck lautet auf Unterstützung sehbehinderter Menschen. Das Stiftungsvermögen beläuft sich inzwischen auf 2,5 Millionen Euro.“

„Da haben wir unser Netzwerk zur Beschaffung von Patienten in puncto Hornhaut - Xenotransplantationen“, stellte die Kommissarin befriedigt fest.

„Das sehe ich genau so, Kollegin.“ Es war das erste Mal, dass KHK Herz seine Mundwinkel zu einer Art Grinsen verzog. „Gehen wir mal davon aus, dass der Kreis, der von dem illegalen Labor Kenntnis hat, aus Sicherheitsgründen möglichst klein gehalten wird. Dann könnte es sich bei der Frau am Flughafen, die Stella abgeholt hatte und die die Mutter erwähnte, tatsächlich um Inge Lobwild persönlich gehandelt haben.“

Becca nickte zustimmend. „Wobei sich nach der langen Zeit kaum ein Zeuge melden wird, der sie dort gesehen haben könnte. Bleibt die Frage zu klären, ob der Tod des Mädchens einkalkuliert war oder ob sie beseitigt wurde, weil beispielsweise bei der OP etwas schief ging. Laut Li-Ming ist das Verfahren der Schweinehornhautübertragung inzwischen so weit ausgereift, dass die Patienten nach dem Eingriff meist keine größeren medizinische Nachwehen haben.“

Jan umkreiste die Worte an der Tafel *Stella Rumänien* mit einem blauen Whiteboardmarker.

„Ich denke, dass die Lobwilds ihre Versuchskarnickel wegen der Vertuschungsvorteile aus dem Ausland hierher locken. Vorzugsweise Menschen, die aus ihrer Armut heraus nicht viel nachfragen, wenn ihnen jemand Hilfe in ihrer Verzweiflung anbietet. Laut Dr. Wang war die experimentelle Versuchsphase weitgehend vollendet."

Becca brummte bestätigend und spann den Faden des Kollegen sofort weiter. „Das langfristige Ziel der *Stiftung Augenlichter* ist, wenn die Experimentierphase einmal abgeschlossen ist, dass finanzstarke zahlende Kundschaft unter der Hand das bekommt, was sie so dringlich ersehnen: ein neues Augenlicht. Und das, mittels einer supermodernen Technik. Einer Methode, bei der man nicht jahrelang auf ein Spenderorgan warten muss und das auf Abruf verfügbar ist. Die Illegalität wird dabei erst einmal stillschweigend unter den Teppich gekehrt und unser kriminelles Paar wird dadurch zunehmend reicher und reicher."

„Die maßgebliche Frage im Moment ist, wie viele menschliche Laborratten befinden sich aktuell in ihren Fängen? Und wo sind sie? War dies das einzige Labor, oder gibt es weitere?", stellte Jan Herz in den Raum.

Die Kommissarin nickte zustimmend. „Ja, wir müssen Gas geben, wenn wir künftigen Missbrauch von Sehbeeinträchtigten oder sogar Schlimmeres verhindern wollen."

Jan blickte Becca in die Augen. Den beiden Ermittlern war bewusst, dass soeben ihre erste konstruktive Zusammenarbeit stattgefunden hatte. Eine echte, gemeinsame Fallanalyse. Becca überspielte den peinlichen Moment, indem sie sich eilig ihren Pflanzen auf der Fensterbank zuwandte. Ihr Denunzierungsversuch vorhin bei Katrin Scheuer, erschien ihr urplötzlich unfair.

Wie gerufen lief Kevin zwischen den Rauchglasscheiben hindurch und wedelte mit einem Stapel Papier in seiner Hand.

„Wir sind die Listen der Mediziner durch. In ganz Deutschland praktizieren insgesamt 6443 Augenärzte und 3987 Anästhesisten. Von den Letztgenannten leben elf Personen im Bodenseekreis. Nimmt man die angrenzenden Landkreise dazu, dann errechnen wir in unserem Suchradius 42 in Frage kommende Narkoseärzte. Spielen wir dasselbe Modell mit den Augenärzten durch, dann bleiben dort 76 Namen und Adressen stehen."

„Fangt mit den Anästhesisten an", entschied Becca, „das geht schneller. Erweitert den Kreis um Salem herum Adresse um Adresse. Alle in Frage kommenden Ärzte werden um eine freiwillige Abgabe ihrer DNA gebeten. Ach und Kevin, es macht nichts, wenn es schnell geht. Du verstehst, was ich meine. Vielleicht helfen uns frühe Ergebnisse bei dem anstehenden Verhör von Lobwild weiter. Wir müssen diese selbsternannten Forschungsförderer knacken, koste es, was es wolle.“

Ein Energieschub an Enthusiasmus ergriff das gesamte Team. Sie hatten endlich greifbare Spuren, denen sie folgen konnten. Die Aussicht, Schaden von weiteren Patienten abzuwenden, verlieh zusätzlich Flügel.

Punkt fünfzehn Uhr saßen sich Jäger und Gejagte erneut im Verhörraum gegenüber. Beide Parteien taxierten einander argwöhnisch. Der Schlachthofbesitzer und sein Anwalt ahnten zu diesem Zeitpunkt noch nichts von den neuen Erkenntnissen der Ermittler. Sie fühlten sich nach wie vor siegessicher überlegen. Deren Ahnungslosigkeit verschaffte den Kripobeamten einen deutlichen Verhörvorteil. Hinter der verspiegelten Glasscheibe verfolgten im Nebenraum Kevin und Staatsanwältin Winkler das Verhör.

„Montag, der 23. März 2020, fünfzehn Uhr. Befragung von Hugo Lobwild in Anwesenheit seines Rechtsanwaltes, Johann von Waldensturz. Es sind zudem anwesend KHK Jan Herz sowie KHK Rebecca Brigg. Der Befragte wurde über seine Rechte belehrt. Das Gespräch wird aufgezeichnet,“ diktierte Becca den üblichen Text routiniert ins Kameramikrofon und ließ dabei den Schlachthofbesitzer nicht aus den Augen. Jede Reaktion konnte jetzt wichtig sein.

„Frau Hauptkommissarin, welchem Umstand hat mein Mandant diese erneute Vorladung zu verdanken? Wir dachten, alle Anschuldigungen gegen ihn hinreichend entkräftet zu haben?“

Von Waldensturz war bereits in der Stimmung mit scharfer Munition zu schießen. Zumindest ließ sein Ton dies erahnen.

„Wir befragen Ihren Mandanten als Zeugen in einem ungeklärten Mordfall“, ließ KHK Herz die Katze aus dem Sack schlüpfen.

Es fand ein schneller Blickwechsel zwischen Hugo Lobwild und von Waldensturz statt. Das erste Verhör war lediglich wegen des möglichen Verstoßes gegen das Seuchenschutzgesetz zu Stande gekommen. Jetzt ging es um Mord. Eine völlig andere Dimension. Die Kommissarin schob stumm ein Foto der toten Stella Radu vor den Schlachthofbesitzer, während Jan Herz unmittelbar die Befragung einleitete.

„Herr Lobwild, haben Sie diese Frau schon einmal gesehen?“

Hugo Lobwilds Augen streiften flüchtig das Foto, dann schüttelte er den Kopf. Er verzog dabei keine Miene. Auch ein mögliches Mitgefühl bei Betrachtung der einäugigen Leiche war nicht erkennbar. „Nein. Kenne ich nicht.“

„Vielleicht kannten Sie die Frau, als sie noch zwei Augen hatte und lebte?“, hakte die Kommissarin angriffslustig nach.

Hugo Lobwild schüttelte erneut verneinend den Kopf.

„Nein. Natürlich nicht“, meinte Becca ironisch. „Eigenartigerweise konnten wir auf der Kleidung der Toten die DNA von Ihnen und Ihrer Frau sicherstellen. Komisch, nicht? Wo Sie sie doch gar nicht kennen.“ Die Kommissarin konnte ein hämisches Grinsen nicht unterdrücken. „Ich weise Sie darauf hin, dass in diesem Augenblick, während wir hier sitzen, unsere Kollegen Ihre private Villa mittels richterlichen Beschlusses durchsuchen.“

Endlich wurde Hugo Lobwild eine Spur blasser im Gesicht. Seine Gesichtsmuskeln zuckten unwillkürlich und verrieten die innere Erregung.

Wir haben ihn erschreckt, stellte Becca mit Befriedigung fest.

„Wir haben den dringenden Verdacht, dass das ermordete Mädchen sich in Ihrem Haus aufgehalten haben könnte. Zumindest sind ihre Fingerabdrücke sowie ihre DNA in dem Keller-OP des Schlachthofes und dem dazugehörigen Aufwachraum sichergestellt worden. Oder wie bezeichnen Sie persönlich den Raum, indem Ihre menschlichen Versuchskarnickel gefangen gehalten wurden?“

„Das ist eine reine Unterstellung. Niemand wurde dort gefangen gehalten“, erwiderte von Waldensturz prompt. „Mein Mandant wird zu gegebener Zeit eine Erklärung abgeben. Bis dahin wird er keine weiteren Fragen mehr beantworten.“

„Sollten wir die Fingerabdrücke des toten Mädchens in Ihren Privaträumen finden Lobwild, dann gnade Ihnen Gott.“ Jans Blick war tiefgefroren.

„Eine leere Drohung, Herr Hauptkommissar“, warf der Anwalt souverän ein. Er war abgebrüht genug, sich nicht so leicht einschüchtern zu lassen. „Die Fingerabdrücke beweisen dann lediglich, dass das Mädchen sich dort aufgehalten hat, nicht, dass es dort auch verstorben ist. Damit hat mein Mandant nichts zu tun.“

„Wer hat in ihrem OP die Operationen durchgeführt, Lobwild? Wer hat die Narkose eingeleitet? Wir möchten Namen. Noch können

Sie uns entgegenkommen und das Strafmaß mildern." Becca überging den Juristen und ließ Hugo Lobwild nach wie vor nicht aus dem Blick. In diesem Moment streckte Kevin seinen Kopf überraschend durch die Türfüllung herein und nickte wortlos.

„Wir unterbrechen die Befragung für einen Augenblick. Das gibt Ihnen die Gelegenheit mit Ihrem Anwalt zu überlegen, ob es nicht besser wäre, zu kooperieren", sagte Becca auf das vereinbarte stumme Zeichen des Youngsters hin und sie verließ gemeinsam mit Jan Herz den Raum.

„Und?", fragte Jan auf dem Flur vor der Verhörzimmertür.

„Uwe Link hat eben angerufen", berichtete Kevin. „Sie haben in der Lobwildschen Villa einen möblierten Kellerraum gefunden, der übersät ist mit den Fingerabdrücken des rumänischen Mädchens. Ganz offensichtlich hat sie sich dort längere Zeit aufgehalten. Der Raum ist schallisoliert und mit einer dicken Stahltür abschließbar. Das Mobiliar scheint hochwertig und komfortabel. Sogar eine Toilette mit Nasszelle ist integriert. Es wurden in dem Raum weitere, nicht identifizierbare Fingerabdrücke sichergestellt, die nun mit denen, die wir im OP des Schlachthofs gefunden haben, abgeglichen werden."

„Danke Kevin. Das reicht definitiv, um dieses Schwein vorerst hierzubehalten", erwiderte Becca erleichtert und öffnete erneut die Tür zum Verhörraum. Mit Genugtuung wandte sie sich dem Unternehmer zu. „Herr Lobwild, wir nehmen Sie hiermit fest. Sie sind im Verdacht, in direktem Zusammenhang mit der Ermordung von Stella Radu zu stehen. Ich weise Sie darauf hin, dass alles, was Sie sagen, vor Gericht gegen Sie verwendet werden kann."

„Das ist doch lächerlich. Sie haben nichts", meinte von Waldensturz verächtlich.

„Das sieht die Staatsanwaltschaft anders, Herr Anwalt. Wir haben ein ermordetes Mädchen mit einem fehlenden Auge, die sich nachweislich unter mysteriösen Umständen in den geschäftlichen und privaten Räumen ihres Mandanten aufgehalten hat", erklärte Becca. „Ihr Klient hat uns mehrfach belogen und liefert uns zum Sachverhalt keinerlei plausible Erklärungen. Seine Ehefrau ist mutmaßlich flüchtig. Einer seiner Mitarbeiter liegt im Krankenhaus auf der Isolierstation und zwei Weitere befinden sich in Untersuchungshaft. Das genügt für einen hinreichenden Anfangsverdacht, Herr Anwalt. Das Gespräch ist hiermit beendet. Führen Sie den Mann ab."

Die Kommissarin spürte eine Welle der Befriedigung bei ihrem letzten Satz. Sie hatte jedes einzelne Wort davon genossen.

„Ich hole dich bis morgen raus, Hugo. Versprochen!“, bemühte sich Johann von Waldensturz, seinen wütenden Mandanten im Hinausgehen aufzumuntern.

Gewogenheit

Dienstag, der 24.03.2020

Die Kommissarin war am Montagabend direkt nach dem Verhör von Hugo Lobwild in Überlingen bei ihrer Mutter vorbeigefahren. Der Vater befand sich immer noch im Krankenhaus und wartete auf sein Coronatestergebnis. Helga Brigg hatte sich inzwischen glücklicherweise von dem durchlebten Schrecken erholt und stand erneut tatkräftig im Leben.

Am heutigen Dienstagmorgen dann hielt Pförtner Walter Mayer die Kommissarin während des Händedesinfizierens am Präsidiumseingang auf.

„Guade Morge, Frau Brigg. I tät Sie geschwind spreche wolle. Es isch wege dem Uwe Link. Sell Frau hat doch de Klamottenlade wege dere Pandemie schließe müsse. Do händ mir uns überlegt, dass wir für die sammle täte. Zur Überbrückung, wisset se?“ Walter Mayer hielt Becca ein überdimensionales, rosarotes Sparschwein unter die Nase. „Die meischte händ än Fuffi nei dan“, ergänzte der Pförtner erwartungsfroh.

„Da erwischen Sie mich leider auf dem falschen Fuß Herr Mayer“, flunkerte Becca spontan. „Ich glaube, ich habe aber einen Zwanziger bei mir. Man zahlt inzwischen ja nur noch mit Kreditkarte.“ Die Kommissarin kramte den blauen Euroschein aus dem prall gefüllten Portemonnaie hervor und steckte ihn in den Schlitz der Sau. Gerne tat sie dies nicht, aber die Situation ließ ihr wenig Wahl, wenn sie den Schein wahren wollte. Ihre Sympathien waren für den SpuSi-leiter inzwischen stark abgesunken, seit dieser zum Querdenker mutierte. Mehr habe ich für den Motzkopp von Coronaleugner nicht übrig, dachte sie insgeheim mit Groll. Sollte der sich erst einmal den gültigen Regeln, die letztlich alle mittragen mussten, fügen und sich damit am Wohl der Allgemeinheit beteiligen, dann würde ihre eigene Hilfsbereitschaft sich wieder großzügiger auswirken. Uwe Link war vor der Pandemie bereits ein nicht gerade angenehmer Zeitgenosse gewesen, ein Umstand über den sie stets hinweg sah, doch nun hatten seine Ecken und Kanten Dimensionen erreicht, die sie störte.

Unbemerkt hatte das Virus es im Vorbeigehen geschafft, die Gesellschaft in zwei Teile zu spalten. Das war eine krude Tatsache.

Laut äußerte Becca an den Pförtner gewand, „Danke fürs Kümmern, Herr Mayer. Und übrigens eine gute Idee, ausgerechnet ein Schwein als Spardose zu wählen. Mit denen haben wir es oben eh gerade zu tun. In tierischer und humanoider Form“, sagte sie zu dem verdutzt wirkenden Mayer, bevor sie vor weiteren Verbalattacken in den Fahrstuhl flüchtete.

„Nanu, heute kein Kinderhort hier?“, stellte die Kommissarin beim Eintreten ins Büro befriedigt fest.

„Nein. Frau Winkler ist es gelungen, ihre Nachbarin als Notnagel für die Kinder zu gewinnen“, erwiderte Ayla.

„Immerhin etwas. Wie weit seid ihr mit dem Abklappern der Mediziner-Adressen gekommen?“

„Die Anästhesisten haben wir durch“, kam Kevin erklärend hinter seinem Schreibtisch vor. „Demnach befinden sich drei der in Frage kommenden Ärzte aktuell im Ausland. Einer bei einem Kongress in Mexiko und die beiden anderen im Pauschalurlaub. Wobei ich mich wirklich frage, wer in diesen Lockdown-Zeiten den Nerv hat zu verreisen“, schnaubte der Youngster verächtlich, bevor er mit seinem Bericht fortfuhr. „Ein weiterer Anästhesist liegt mit einem schweren Covid-19-Verlauf auf der Intensivstation und scheidet damit ebenso aus. Ein anderer ist an Krebs erkrankt und wird stationär in einer Strahlenklinik behandelt. Auch Ärzte sind offensichtlich nicht unsterblich. Bleiben insgesamt siebenunddreißig potentiell Verdächtige übrig. Lediglich acht davon konnten wir noch nicht erreichen. Einer verweigert übrigens völlig die Mitarbeit. Die restlichen Narkoseärzte haben ihre Einwilligung zur Abgabe ihrer DNA spontan zugesagt.“

Becca seufzte. „Also gibt es zusammenfassend nur einen Mediziner, der die DNA-Abgabe verweigert und acht, die noch nicht gefragt wurden, richtig?“

„Ja, so sieht es aus“, bestätigte Kevin.

„Was ist das für ein Mensch, dieser Verweigerer?“, wollte Becca wissen. „Hast du mit ihm gesprochen oder Ayla?“

„Ich war das,“ erwiderte Kevin ernst. „Der ist meiner Meinung nach so ein Typ, der generell gegen alles ist. Gegen den Staat, gegen Gesetze, gegen Coronamaßnahmen. Auf jeden Fall gegen alles, was von irgendwelchen Behörden kommt. Er verhielt sich mir gegenüber äußerst ablehnend. Quasi am Rande der Unverschämtheit. Der Typ passt, wenn du mich fragst, von seiner Einstellung zu den Krawallbrüdern die Martinas Bein auf dem Gewissen haben. Nur eben mit akademischem Titel vorneweg“, meinte der Youngster trocken. „Die Verweigerung seiner Mitarbeit in puncto DNA ist für ihn, die logische Konsequenz seiner grundlegenden Haltung. Der Originalsatz dazu lautete: Dieses System bekommt von mir gar nichts freiwillig.“

„Verstehe“, nickte Becca, positiv amüsiert über den selbstsicher auftretenden Kevin. Der Youngster war in den letzten Tagen über sich selbst hinausgewachsen. „Ich denke deiner Beschreibung nach, dass du richtig liegst und dass das vermutlich nicht unser Mann ist. Dennoch behalten wir ihn vorerst auf der Liste der Verdächtigen. Versucht bitte, heute die restlichen acht Personen zu erreichen, und fangt parallel gleich damit an, die Augenärzte abzuklappern. Die Uhr tickt.“

„Machen wir. Aber das wird mindestens zwei Tage dauern“, antwortete Kevin.

„Ja, das ist mir klar. Es hilft nichts, wir brauchen die Namen. Uns läuft die Zeit davon. Wir können die U-Haft von Lobwild und den beiden Wissenschaftlern nicht endlos ausdehnen. Zudem wissen wir immer noch nicht, ob weitere Patienten unmittelbar in Gefahr sind.“

Jan hob den Kopf nicht, als die Kommissarin sich Minuten später an ihren Platz setzte.

„Die Presse. Jetzt ist es raus.“

Becca griff sich die Dienstagsausgabe der Schwabenmeer-Zeitung, die auf ihrem Schreibtisch lag. *Transplantationsskandal im Bodenseekreis* lautete die alles beherrschende Schlagzeile. Berichtet wurde über den Fund des illegalen Labors und die Festnahme von mindestens drei Personen. Der Artikel erwähnte, dass Mitinhaberin Inge Lobwild aktuell nicht auffindbar war und die Ehe des Unternehmerpaars schon länger gekriselt habe. Einige enge Freunde des Paares hätten dies unabhängig voneinander exklusiv der Schwabenmeer-Zeitung berichtet. Demnach soll Hugo Lobwild, der immerhin dreizehn Jahre jünger als seine Gattin ist, sich gerne in Begleitung von attraktiven, blutjungen Frauen gezeigt haben. Die Bekannten, die interviewt wurden und die nicht namentlich erwähnt werden wollten, schilderten, dass der Unternehmer die Rolle eines im Luxus schwelgenden Lebemanns verkörperte. Seine Gattin sei eher der Machertyp, der es nur ums Geschäftliche ginge. Inge Lobwild hätte die elitären, gesellschaftlichen Kontakte ihres kommunikativen Gatten reichlich ausgenutzt, um Spenden für ihre diversen Stiftungen einzutreiben.

Die Aussagen dieser sogenannten Freunde wirkte nicht objektiv auf die Kommissarin und schon gar nicht freundschaftlich, eher als ob der Neid der Besitzlosen bei ihren Schilderungen mitschwang. Aber Menschen sprachen oft unbedarfter mit der Presse als mit der Polizei und so konnte man den Artikel zumindest als Bereicherung werten. Ein möglicher Zusammenhang zur Leiche am Affenberg wurde von der Zeitung indes nicht erwähnt. So tiefgreifend waren die Kontakte der Journalisten in Polizei-Interna dann doch nicht gediehen.

„Der Artikel deckt sich mit meinem persönlichen Eindruck von den Lobwilds, als wir sie kennenlernten nach dem Suizid der Tochter," kommentierte Becca den Zeitungsartikel. „Inge Lobwild wirkte damals auf mich mehr aggressiv denn trauernd. Auch erschien mir die Beziehung des Ehepaars eher pragmatisch, denn emotional zugewandt. Beide Elternteile waren nicht sehr interessiert an einer plausiblen Erklärung für den Freitod ihrer Tochter. Schon ungewöhnlich, oder? Ich schob das damals auf den Schock."

„Das war mir nicht bekannt", stellte Jan trocken fest.

Beiden Kommissaren war, ohne dass es einer von ihnen deutlich aussprach, zeitgleich bewusst, dass dieser Umstand ein Ergebnis ihrer damals schlechten Zusammenarbeit war. Hätte ein gemeinsames Reflektieren stattgefunden, wäre das aus ermittlungstechnischer Sicht möglicherweise hilfreich gewesen.

„Einen Zusammenhang zu unserer Leiche aufgrund eines komischen Gefühls herzustellen, wäre vermutlich trotzdem unrealistisch erschienen," versuchte Jan Herz ihre begangenen Fehler zu relativieren.

Becca nickte dankbar. Sie hatte von Li-Ming frühzeitig den Fingerzeig erhalten, dass für die Erdrosselung von Stella Radu auch eine Frau als Täterin in Betracht kommen würde. Die Kommissarin hatte diesen Hinweis fallen gelassen und dem Kollegen Herz nie weitergeleitet. Sie war zu dem Zeitpunkt mit den persönlichen Recherchen zu KHK Herz Vergangenheit beschäftigt gewesen. Jetzt sah sie zerknirscht ein, dass sie dem Exsoldaten unrecht getan hatte, und bereute ihr Handeln zutiefst. Sie hätte sich auf ihre Arbeit konzentrieren müssen. Ihr Konto mit Patzern und emotionalen Baustellen war momentan wirklich gefüllt genug.

Die verbale Entlastung durch den Kollegen war indes Balsam. Jan Herz wirkte auf Becca inzwischen deutlich zwischenmenschlich mitfühlender, als das noch vor wenigen Tagen der Fall gewesen war. Sie waren tatsächlich auf einem guten Weg ein bisschen warm miteinander zu werden.

Uwe Links Konterfei erschien in der seitlichen Raumöffnung und durchbrach den positiven Moment zwischen den beiden Hauptkommissaren.

„Zu eurer Info, wir haben insgesamt acht verschiedene Fingerabdrücke, sowohl im Keller der Lobwildschen Villa wie auch im Aufwachraum des OP gefunden, die wir übereinstimmend miteinander abgleichen konnten. Es wurden demnach mindestens sieben weitere Patienten operiert. Zumindest laut Spurenlage. Ich kann natürlich nicht ausschließen, dass der Raum zwischendurch gründlich gereinigt wurde und es noch andere Forschungsopfer gegeben hat."

„Okay, danke Uwe. Haben die Überwachungskameras im Schlachthof oder in der Villa etwas ergeben?"

„Nein. Die Bänder werden alle zwei Tage automatisch gelöscht und erneut überschrieben. Die IT-Abteilung meint, dass man leider keine der Daten wiederherstellen kann."

„Eben kommt von Li-Ming eine interne Nachricht rein." Jan hatte den Blick nicht vom Monitor gewendet. „Die Quarantäne der rumänischen Arbeiter wurde soeben aufgehoben. Ihre Corona-Tests waren allesamt negativ."

„Immerhin konnten wir einen größeren Seuchenausbruch im Umkreis damit ausschließen. Das hat auch etwas Positives", meinte Becca.

Nachdem Uwe Link wieder abgezogen war, schlenderte Kevin ins Teamleitungsbüro und berichtete frohgelaunt, „Wir hatten Glück! Es bleiben, von dem Querulanten mal abgesehen, jetzt lediglich zwei

Anästhesisten übrig, die wir nicht erreichen konnten. Die anderen haben wir inzwischen alle ans Telefon bekommen und deren Zusagen für einen DNA-Abgleich erhalten."

„Super Kevin! Gute Arbeit."

Becca nickte ihm aufmunternd zu. Ihr war bewusst, wie anstrengend diese nervtötende, aber wichtige Sisyphusarbeit war.

Jan Herz nahm ruckartig seine Jacke vom Stuhl.

„Warte Kevin! Wir beide fahren direkt zu den zwei Medizinern hin. Dann wissen wir schneller, woran wir sind."

Der Youngster war augenblicklich voller Enthusiasmus bei der Aussicht mit KHK Herz in den Außeneinsatz zu fahren.

„Auch gut. Ich übernehme das nächste Verhör mit Lobwild derweil im Alleingang. Viel Erfolg euch."

Die Kommissarin blickte den beiden Männern nachdenklich hinterher, die rein optisch unterschiedlicher nicht sein konnten. Gegen die geschmeidigen, pantherartigen Bewegungen von KHK Herz erschien der Youngster mit seinen fast zwei Metern Körperlänge und den schlaksigen Beinen unbeholfen und linkisch.

Becca setzte sich an ihren Schreibtisch und konzentrierte sich auf die bisherigen Ermittlungsergebnisse. Wenn Jan und Kevin einen Treffer bei den Anästhesisten landeten, hatten sie einen weiteren Schuldigen. Dann fehlte ihnen nur noch der Augenchirurg im Puzzle. Und natürlich die Erkenntnis, wer davon letztlich der Mörder von Stella Radu war. Das Klingeln des Telefons riss die Kommissarin erneut aus ihren Gedanken.

„Ja?"

„Becca, hier ist Ayla. Ich habe einen möglichen Zeugen in der Leitung. Der junge Mann sagt, dass er Marvin heißt. Er war wohl ein Bekannter von Viktoria Lobwild. Er würde gerne eine Aussage machen. Ich stelle ihn durch, ja?"

„Hallo?", sagte Becca in den Hörer. „Sie sprechen mit Kriminalhauptkommissarin Brigg."

„Hi." Die Stimme klang jung. Sehr jung. „Ja, also, ich bin ein Freund von Viktoria. Ich meine, ich war es. Ähm, ich hab den Artikel im SeeTageblatt gelesen und ..."

„Immer der Reihe nach, Marvin", unterbrach Becca die aufgeregte Stimme des Jugendlichen. „Ich darf doch Marvin sagen, oder?

Wie heißt du denn mit Nachnamen und wo wohnst du?"

„Mein Name ist Schröterlust und ich lebe im Internat der Schlossschule Salem."

„Nun denn, Marvin. Dann schieß mal los. Was möchtest du uns sagen?"

„Die letzten zwei Tage war in der Zeitung ein Artikel über die Eltern von Viktoria. Ich habe Vicky wirklich gemocht, wissen Sie. Wir waren in derselben Klassenstufe und haben uns echt gut verstanden."

„Wart ihr zusammen, du und Viktoria?", fragte Becca nach.

„Ja. Waren wir. Bis kurz vor ihrem Selbstmord. Ich kann immer noch nicht glauben, dass sie das gemacht hat." Marvins Stimme klang tieftraurig. Man konnte hören, dass es ihm schwerfiel, darüber zu sprechen. „Ihre Eltern sind sehr streng, wissen Sie. Sie durfte eigentlich keinen Freund haben. So haben wir uns heimlich getroffen. Viktoria wurde im Laufe der Zeit immer ängstlicher, dass wir erwischt werden könnten."

„Wie lange ging das mit euch beiden?"

„Wir waren fast sechs Monate zusammen. Eines Tages erzählte sie mir, dass ihr Vater Sex mit fremden Frauen hätte."

„Woher wusste sie das?"

„Die Kellertür in ihrer Villa wäre immer abgeschlossen gewesen, aber sie wusste, wo der Schlüssel ist. Vicky ist neugierig geworden, was es da unten so Geheimnisvolles gäbe, und hat sich ein paarmal hinunter geschlichen. Sie erzählte, dass Frauen zeitweise bei ihnen in einem Kellerraum wohnen würden. Vicky glaubte, dass es Prostituierte waren. Sie war echt geschockt, dass ihr Vater fremdging."

„Marvin, wann genau war das? Weißt du das noch?"

„Das muss so etwa drei Wochen vor ihrem Tod gewesen sein."

„Kannst du für eine Aussage ins Präsidium kommen?"

„Nein, ich denke nicht. Meine Eltern und die Schule wissen nicht, dass ich bei Ihnen anrufe."

„Verstehe. Dann reden wir hier noch ein bisschen, wenn du einverstanden bist. Hat Viktoria ihre Eltern mit ihren Beobachtungen konfrontiert?"

„Ja, sie sprach zunächst mit ihrer Mutter, da sie dachte, dass die das alles nicht wüsste."

„Das war aber nicht so oder?"

„Nein. Ihre Mutter wurde richtig gehend wütend und meinte,

dass sich Viktoria nicht in die Angelegenheiten von Erwachsenen einmischen soll und dass sie im Keller generell nichts verloren hätte. Sie bekäme enormen Ärger, wenn sie mit irgendjemand darüber sprechen würde. Sie wäre zu jung, um das alles zu verstehen." Marvin holte kurz Luft. „Vicky war stinksauer, dass ihre Eltern ihr einen Freund verbieten und selbst außerehelichen Sex betreiben."

„Wieso glaubte Viktoria, dass es sich bei den Frauen um Prostituierte handelt?"

„Die wenigen Male, in denen Vicky ihrem Vater in den Keller folgte, konnte sie durch den oberen Glaseinsatz der Zimmertür schauen. Es wirkte, wie wenn die Frauen keinen Spaß beim Sex hätten. Sie trugen dabei laut Viktoria immer eine Art weiße Augenbinde. Ihr Vater verhielt sich, den Schilderungen von Vicky nach, ziemlich rücksichtlos. Manchmal wehrte sich eine der Frauen, dann hielt ihr Vater sie einfach fest und machte weiter. Vicky fand das alles total pervers, wie irgend so ein Sadomasoscheiß. Sie war völlig durcheinander wegen dieser Geschehnisse und der Reaktion ihrer Eltern."

„Was sagte denn ihr Vater dazu?"

„Das weiß ich nicht. Sie hat ja auch zunächst nur mit ihrer Mutter darüber geredet."

„Marvin, warum habt ihr euch getrennt, du und Viktoria?"

„Ein paar Tage nachdem sie mir das alles erzählte, war sie, als wir uns nach der Schule trafen, extrem durcheinander. Sie wollte nicht mehr, dass ich sie berühre. Vicky zog ihre Hand zurück, als ob ich die Pest hätte. Ich habe sie natürlich gefragt, was los sei. Sie meinte, dass sie sich von mir trennen würde, und hat Schluss gemacht. Ich sollte auf ein besseres Mädchen warten. Sie wäre nicht mehr gut genug für mich. Ich versuchte sie zu überreden sich weiter mit mir zu treffen, aber sie hat gesagt, ihr Vater hätte es ihr verboten. Er würde sich ab jetzt um sie kümmern." Marvin war hörbar erschüttert. Es fiel dem Teenager schwer, weiterzusprechen. „Ich weiß nicht, ob das eine Ausrede war oder ob es stimmte. Es hätte doch gar kein besseres Mädchen für mich geben können. Ich wollte doch nur sie. Wenn ich nicht gleich aufgegeben hätte, um sie zu kämpfen, würde Vicky heute vielleicht noch leben", schloss der junge Mann tieftraurig ab.

„Marvin, du kannst rein gar nichts dafür, dass Viktoria nicht mehr lebt. Das kannst du mir wirklich glauben", bemühte sich die Kommissarin, die Selbstvorwürfe des jungen Mannes zu lindern. „Du bist sehr, sehr mutig, dass du bei uns angerufen hast und mir das alles erzählst. Das hast du vollkommen richtig gemacht. Viktoria wäre stolz auf dich. Sie hätte sich sicher nicht von dir getrennt, wenn die Erwachsenen in ihrem Umfeld nicht so einen Druck auf sie ausgeübt hätten. Nochmal, du bist nicht im geringsten Schuld daran. Diesen Schuh müssen sich andere anziehen. Hast du jemanden, mit dem du darüber reden kannst?" Die Kommissarin dachte mitfühlend, dass kein junger Mensch mit dem Freitod seines Mitschülers konfrontiert werden sollte. Solche negativen Erfahrungen konnten emotionale Narben fürs Leben hinterlassen.

„Ja, ich habe einen guten Kumpel auf meinem Zimmer, der mir zuhört und der Vicky ebenfalls gekannt hat. Zusammenhalt wird bei uns großgeschrieben, wissen Sie. Was passiert denn jetzt mit Viktorias Eltern?", fragte Marvin verzagt.

„Aktuell haben die Lobwilds Probleme verschiedenster Art mit der Polizei. Einzelheiten darf ich dir leider nicht verraten. Wir werden sehen, was daraus wird. Wäre es okay für dich, wenn wir deine Eltern kontaktieren und sie bitten, einer schriftlichen Aussage zuzustimmen? Wenn sie dem nicht zustimmen, ist das auch in Ordnung, aber es würde uns weiterhelfen deine Stellungnahme bei einem möglichen Gerichtsprozess verwerten zu können."

„Das ist kein Problem. Ich rede heute Abend mit ihnen", versicherte Marvin. „Ich muss jetzt aber zurück in den Unterricht."

„Wieso Unterricht?", entgegnete Becca. „Ich dachte, alle Schulen und Kindergärten wären seit gestern geschlossen?"

„Da wir eine private Internatsschule sind und auch dort leben, dürfen wir aktuell zusammen weiter lernen. Wir haben bereits Lüfter in den Klassenräumen installiert und sitzen im Wechselunterricht alleine an einem Tisch. In den Pausen müssen wir aber alle eine Maske tragen. Unsere Schulleitung konnte sie, trotz des weltweiten Mangels, organisieren. In der Freizeit dürfen wir nur noch zu zweit zusammen sein. Ein ziemlicher Scheiß ist das, wenn Sie mich fragen. Die Schule hat angekündigt, dass wir vielleicht bald zur Sicherheit nach Hause geschickt werden. Echt doof."

„Das sind komische Zeiten, Marvin. Für euch jüngere Menschen, ist das bestimmt noch viel schwieriger auszuhalten, sich nicht mehr mit Freunden treffen zu dürfen. Aber wir können das jetzt nur wuppen, wenn wir alle zusammenhalten. Da benötigt die Gesellschaft auch die Mithilfe von euch Jugendlichen. Vielen Dank, dass du den Mut hattest, hier anzurufen. Du bist ein wahrer Freund von Viktoria."

Die Kommissarin dachte, nachdem sie den Hörer aufgelegt hatte, intensiv über das aufschlussreiche Telefonat nach. Hatte Lobwild seine Tochter gemeinsam mit seiner Frau unter Druck gesetzt oder hatte er gar das eigene Kind in den Kreis seiner unfreiwilligen Sexgespielinnen eingereiht? Die plötzlichen Berührungsängste gegenüber Marvin und die Minderwertigkeitsäußerungen des Mädchens passten zu dem ungeheuerlichen Verdacht eines sexuellen Missbrauchs. Ihr wurde speiübel bei dieser Vorstellung.

Kurz darauf wählte sie den internen Anschluss von Staatsanwältin Winkler.

„Winkler", der harte Tonfall in der Begrüßung wirkte geschäftsmäßig unpersönlich. Eine Frau, deren Zeit knapp bemessen war.

„KHK Brigg hier, Frau Staatsanwältin. Ich habe soeben mit einem neuen Zeugen telefoniert. Der Jugendliche war mit Viktoria Lobwild befreundet. Die Tochter hat demnach vor ihrem Suizid, zumindest einen Teil des Treibens ihrer Eltern mitbekommen. Sie hat den Vater beim Sex mit Frauen in dem privaten Kellerraum der Lobvillschen Villa in flagranti beobachtet. Es dürfte sich dabei um potentielle, unter Druck gesetzte Patientinnen handeln. Denn es scheint, dass die Frauen nicht freiwillig mitgemacht haben. Vermutlich wurde auch Viktoria vom eigenen Vater sexuell bedrängt. Wenigstens lässt die Beschreibung des Zeugen den Schluss zu. Ich würde darum gerne so schnell wie möglich das nächste Verhör mit Hugo Lobwild angehen. Wir sollten ihn unbedingt weiter unter Druck setzen", forderte Becca. „Auch ohne KHK Herz. Der ist immer noch mit Kevin zur Befragung der zwei Anästhesisten unterwegs. Die Schlinge zieht sich momentan immer weiter zu."

„Bestens", meinte Staatsanwältin Winkler geschäftsmäßig. Im Hintergrund hörte man das Martinshorn eines Einsatzfahrzeuges. „Wir treffen uns in einer halben Stunde vor dem Verhörraum. Ich bleibe hinter der Glasscheibe und verfolge das Ganze. Möchten Sie unseren Polizeipsychologen Dave Bernstein zum Verhör dazu bitten? Er ist in Verhörtaktiken einzigartig effektiv."

„Nein. Ich ziehe das selbst durch" , erwiderte Becca. Den Psychologen hatte sie, wie sie gerade feststellen musste, komplett verdrängt. Ihr eigener, von der Polizeipräsidentin verordneter Termin mit ihm, rückte unaufhaltsam näher. Die Kommissarin gruselte sich vor der Vorstellung, vor dem wildfremden Seelenklempner einen emotionalen Striptease hinzulegen.

„Haben wir die Aussage des Jungen schriftlich?", meinte Staatsanwältin Winkler.

„Noch nicht. Der Zeuge ist Internatsschüler in Salem und minderjährig. Wir brauchen die Einwilligung der Eltern."

„Wie heißt der Knabe?"

„Marvin Schröterlust."

„Von Schröterlust", korrigierte Johanna Winkler wie aus der Pistole geschossen überraschenderweise. „Ich kenne das Ehepaar vom Yachtclub in Friedrichshafen und auch deren Sprössling. Zumindest vom Sehen. Unsere Boote liegen in der gleichen Reihe. Ich übernehme das mit der Einverständniserklärung der Eltern. Das wird aller Voraussicht nach klar gehen", schloss die Staatsanwältin selbstzufrieden ab.

Warum schien plötzlich jeder, außer ihr selbst natürlich, eine Yacht am Seeufer zu besitzen?, dachte Becca konsterniert.

Als Hugo Lobwild zwanzig Minuten später in Handschellen in den Raum geführt wurde, signalisierte die Kommissarin dem Beamten nicht, ihm diese abzunehmen. Es fiel ihr nach dem Telefonat mit Marvin und den damit verbundenen Vermutungen noch schwerer als ohnehin schon, das Gespräch in höflichem Ton anzugehen.

„Setzen Sie sich, Lobwild". Das Wort *Bitte* sparte sie sich. Es wurde allmählich Zeit für einen Konfrontationskurs.

„Warum bin ich schon wieder hier und wieso wurde mein Anwalt nicht informiert, Frau Hauptkommissarin?"

„Ihr Anwalt ist informiert. Er ist aber leider aktuell verhindert. Scheint so, als ob Sie nicht immer an erster Stelle stehen, Lobwild. Sie müssen damit rechnen, dass wir Sie jederzeit auch ohne Vorankündigung zum Verhör holen, wenn sich weitere Erkenntnisse ergeben."

„Ach, weitere Erkenntnisse? Was soll das sein?" Hugo Lobwilds Tonfall war abfällig unfreundlich. Die Haft schien ihm immer noch nicht nachhaltig zuzusetzen. Ein Häufchen Elend sah anders aus. Das zugesicherte Versprechen seines Anwalts, demnächst wieder ein freier Mann zu sein, hielt ihn zuversichtlich.

„Wir haben eine Zeugenaussage von dem ehemaligen Freund ihrer Tochter. Seine Aussage belastet Sie schwer“, erwiderte Becca betont süffisant und täuschend sanftmütig.

„Meine Tochter hatte keinen Freund“, antwortete der Unternehmer prompt.

„Doch. Hatte sie. Und zwar bis wenige Wochen vor ihrem Tod. Ihre Tochter hat das allerdings längere Zeit vor Ihnen verheimlicht und Sie lügen zudem. Ihnen war dieser Umstand durchaus bekannt.“ Becca glaubte, Wut in den Augen des Schlachthofbesitzers aufblitzen zu sehen.

„Na und? Dann hatte sie eben einen Freund. Ist das nun Ihre neuste Erkenntnis? Bravo!“, brauste Lobwild abfällig auf. „Etwas Ernstes kann das ja sicher nicht gewesen sein.“

„Wieso glauben Sie, dass es Ihrer Tochter nicht ernst war? Oder möchten Sie das gerne glauben, weil Sie sich in Wahrheit selbst für Viktoria interessierten?“

Hugo Lobwild blickte gelassen in Beccas Augen. Die arrogante Miene, die er dabei aufsetzte, war kaum zu überbieten. „Vicky fühlte sich zeit ihres Lebens von ihrem Vater beschützt und geliebt. Sie werden meine innige Beziehung zu meiner Tochter nicht in den Dreck ziehen, Frau Kommissarin.“

„Ihre minderjährige Tochter hat Sie beim Sex mit Stella Radu und anderen jungen Frauen beobachtet“, entgegnete diese scharf. „Sie hatte den Eindruck, dass das nicht im gegenseitigen Einvernehmen geschah. Schlimm genug, wenn die eigene Tochter entdeckt, dass ein Elternteil fremdgeht. Völlig abscheulich ist die Tatsache jedoch, dass dieser Vater ein Vergewaltiger ist. Ausgesprochen ekelhaft wird es, als Ihre Frau und Sie die eigene Tochter hinterher unter Druck gesetzt haben und sie zum Schweigen verpflichteten.“

„Ihre wilden Fantastereien muss ich mir nicht anhören“, entgegnete Hugo Lobwild.

„Wusste Ihre Frau von den sexuellen Eskapaden? Wusste Sie, dass Sie sich sogar an die eigene Tochter herangemacht haben?“

„Sie reimen sich da aufgrund von wirren Hirngespinsten eines frustrierten, sitzengelassenen Teenagers etwas zusammen.“

„Wieso denn sitzengelassen, Herr Lobwild? Ich hatte nicht geäußert, dass es Ihre Tochter war, die den jungen Mann verlassen hat? Woher wissen Sie das denn?“

„Meine Tochter vertraute mir und sie war klug. Sie wusste instinktiv, dass man einem erwachsenen Mann mehr vertrauen kann als einem gleichaltrigen, unerfahrenen Bürschchen mit schwitzigen Fingern“. Die unverhohlene Eifersucht, die aus dem Unternehmer sprach, wirkte immens abstoßend. „Und nun, Frau Hauptkommissarin, mache ich ohne meinen Anwalt keine weiteren Angaben mehr. Ich gedenke hier in kürzester Zeit wieder rauszuspazieren und hoffe, dass der Schaden an meinem guten Ruf, den Sie verursacht haben, sich irgendwie einrenken lässt. Dafür werden Sie eines Tages bezahlen. Da können Sie sich drauf verlassen.“

„Und eben dementierten Sie noch, dass Ihre Tochter überhaupt einen Freund hatte.“ Die Kommissarin lachte höhnisch auf. „Ihre Lügen sind durchschaubar, Lobwild.“ Becca setzte ihr süffisantes Lächeln fort. „Und ja, richtig, Viktoria vertraute Ihnen mit den Urinstinkten eines Kindes. Sie haben das schamlos ausgenutzt. Sie und Ihre Frau haben gemeinsam die eigene Tochter in den Tod getrieben.“

„Meine Tochter war krank, Frau Brigg. Depression nennt man das in Fachkreisen. Der Rest entspringt lediglich Ihrer lebhaften Fantasie. Wir haben unsere Tochter geliebt und hätten ihr niemals geschadet.“

„Geliebt? Ja, so kann man es auch nennen, wenn man sich schönreden möchte, was Sie getan haben. Und die tote Frau am Affenberg, Stella Radu, haben Sie die ebenso geliebt?“

Hugo Lobwild hatte inzwischen demonstrativ seinen Blick der geweißelten Wand zugewandt und bliebt stumm.

„Übrigens sind wir dabei, Ihre Helfershelfer aus dem Operationssaal ausfindig zu machen“, fuhr Becca unbarmherzig fort. „Der Boden wird immer dünner auf dem Sie stehen, Lobwild. Wenn die auspacken, dann war es das für Sie. Und wegen des Mordes am Affenberg bekommen wir Sie auch noch dran, das verspreche ich Ihnen.“

Der Schlachthofbesitzer zeigte keine weitere Reaktion und starrte weiterhin gegen die nackte Wand.

„Abführen.“

Es hatte keinen Sinn, auf von Waldensturz zu warten, der seinem Mandanten doch nur geraten hätte zu schweigen. Die Kommissarin beherrschte sich mühsam. Es drängte sie, diesem charakterlichen

Müllhaufen ins Gesicht zu spucken. Es war schlichtweg zum Kotzen. Dieser arrogante, miese Typ war so schlüpfrig wie ein Stück nasse Seife. Nur lange nicht so sauber.

Zwei Stunden später trafen endlich Kevin und Jan im Büro ein.

„Wir haben ihn! Den Anästhesisten meine ich". Kevins Gesicht glühte vor Eifer. Dass ausgerechnet KHK Herz ihn zum Außeneinsatz mitgenommen hatte, erfüllte den Youngster mit unverhohlenem Stolz.

„Hat er geredet?", fragte Becca.

Jan schüttelte den Kopf. „Nur teilweise. Er gibt zu, dass er für die Narkosen bei den Transplantationen im OP verantwortlich war. Aber er ist nicht bereit, über Lobwild oder über die Stiftung *Augenlicht* zu reden. Zumindest noch nicht. Er wirkte allerdings durchaus nervös, beinahe ängstlich. Möglicherweise gerät er durch ein paar Stunden Einzelzelle unter Druck und wir kommen an ihn ran."

Becca nickte zustimmend. „Und wenn nicht, dann bliebe ja noch der Augenchirurg, sollten wir den denn ebenfalls ausfindig machen können. Wie weit seid ihr diesbezüglich, Kevin?"

„Von den sechsundsiebzig möglichen Ärzten haben wir bislang vierunddreißig erreicht. Ayla hatte die letzten Stunden weiter daran gearbeitet. Elf können wir wegen ernsthafter Erkrankungen oder nachvollziehbarer Urlaubsreisen im fraglichen Zeitraum ausschließen."

„Okay, dann gebt mal Gas mit den restlichen zweiunddreißig Telefonaten." Die Kommissarin informierte die beiden Kollegen noch von der Zeugenaussage Marvins und dem darauffolgenden Verhör mit Hugo Lobwild. Anschließend wandte sich jeder erneut seinen Aufgaben zu.

Der Tag plätscherte mit weiteren Recherchen vor sich hin. Der festgenommene Narkosearzt schwieg sich weiterhin aus und die Ophthalmologen waren deutlich schleppender ans Telefon zu bekommen, als ihre Kollegen von der Anästhesie.

In Beccas Postfach ploppte eine Mail von Polizeipsychologe Dave Bernstein auf. Er freue sich, der Kommissarin wöchentlich donnerstags, jeweils um 8.00 Uhr, einen regelmäßigen Gesprächstermin einräumen zu können.

Beccas eigene Freude über diese Aussicht hielt sich in Grenzen. *Verdammt!* Sie hatte keinerlei Lust auf dieses Psychogedöns und verfluchte innerlich Katrin Scheuerer, die ihr das eingebrockt hatte.

Es war neunzehn Uhr und bereits dunkel, als die Kommissarin den Parkplatz vor dem Präsidium betrat und auf ihren Wagen zuging. Auf der silbernen Motorhaube bemerkte sie im Näherkommen einen schwärzlichen Haufen. Das spärliche Licht der Straßenlaterne verlieh diesem Etwas einen schwach glänzenden Schimmer. Zunächst glaubte Becca, dass es sich um einen zusammengeknüllten Pullover oder eine gefüllte Stofftasche handelte, doch als sie dichter davor stand, erkannte sie eine deutliche Fellstruktur.

Die Kommissarin blickte auf die Umrisse einer toten Katze herunter. Deren tiefdunkeles Fell erinnerte Becca augenblicklich an Gato Macho, der allerdings wesentlich dunkler gefärbt und auch größer war. Sie ertappte sich, wie sie erleichtert aufatmete, dass es nicht er war, der da lag. Auch wenn der Anblick des fremden toten Tieres sie ebenfalls mit Traurigkeit erfüllte. Die Katze lag zusammengerollt, als hätte sie sich dort schlafen gelegt. Eine Pfote schob sich quer über ihr pelziges Gesicht und bedeckte beide Augen. Das Fell war zum Teil mit Blut verklebt. Dass sie nicht mehr lebte, war eindeutig.

Die Kommissarin zückte ihr Smartphone, machte ein Foto des Tieres und rief die SpuSi an. Dann kramte sie ein Papiertaschentuch aus ihrer Hosentasche und hob damit die Pfote vom Gesicht der Mieze, um eine mögliche Todesursache erkennen zu können.

Der Anblick war barbarisch.

Jemand hatte dem Kätzchen beide Augen herausgeschnitten. Es klafften nurmehr blutige Löcher darin. Man konnte nur inständig hoffen, dass das arme Tier nicht mehr am Leben gewesen war, als ihm dies angetan wurde. Die Kommissarin wandte sich von dem schrecklichen Anblick ab. Es war glasklar, dass irgendjemand eindeutig drohende Botschaften im Fall von Lobwild und der Affenberg-Toten an sie adressierte. Die aufgeschlitzten Reifen waren nur der vergleichsweise harmlose Auftakt dazu gewesen.

Eine Stunde später, die tote Katze war inzwischen in der kriminaltechnischen Untersuchung und die Motorhaube gereinigt, fuhr Becca schließlich zu ihren Eltern nach Überlingen. Erich Brigg war endlich mitsamt einem negativen Coronatest aus dem Krankenhaus entlassen worden. Die Kommissarin fand ihren Vater in tiefdeprimierter Stimmung vor. Man hatte den Eindruck, dass er die Warnung der Ärzte durchaus ernst nahm, aber noch unter dem Schock der Erkenntnis über seine Alkoholabhängigkeit litt. Er, das väterliche Vorbild, der Superheld aus Kindertagen, der willensstarke Fels in der Brandung, der gradlinige Polizist, hatte auf ganzer Linie versagt.

Erich Brigg schämte sich vor seiner Tochter, seiner Frau, dem Rest der Welt und vermutlich am allermeisten vor sich selbst.

Immenstaad Bodensee

Mittwoch, der 25.03.2020

Der Wetterbericht versprach einen sonnigen Spätmärztag mit ungewöhnlich frühlingshaften 20 Grad. Möglicherweise vermochten die wärmenden Sonnenstrahlen, die durch die Ausgangssperre gedrückte Stimmung der Bevölkerung etwas anzuheben - zumindest bei jenen, denen es vergönnt war ein paar Stunden draußen zu verbringen.

Die Kollegen vom Bereitschaftsdienst im Ravensburger Präsidium mussten am gestrigen Dienstagabend ausrücken, weil Nachbarn sich über massiven Lärm in der Nachbarschaft beklagt hatten. Die Beamten stießen dabei auf pandemiebedingt untersagte Feierlichkeiten zu einem runden Geburtstag. Sie nahmen trotz des herrschenden Kontaktverbots, die Personalien von sechsundfünfzig, teils erheblich angetrunkenen Personen auf. Nach dem Corona-Bußgeldkatalog des Landes Baden-Württemberg zu urteilen, kamen damit auf die Betroffenen Geldstrafen zwischen 250 bis 1.000 Euro zu. Einige der Partygäste beschimpften die Polizisten vor Ort lautstark und bewarfen sie uneinsichtig mit Glasflaschen.

An diesem Mittwochmorgen hing Ayla Schneider-Demir bereits seit einer halben Stunde am Telefonhörer, während Jan und Becca, zufällig zeitgleich das Büro betraten.

Das Gesprächsthema drehte sich sogleich um die tote Katze vom Vorabend. Die Überwachungskamera hatte erneut keine Hinweise erfasst, denn deren Radius beschränkte sich auf den offiziellen Polizeifuhrpark. Man würde dies in Zukunft ändern und die gesamte Parkfläche mit einer Videoüberwachung sichern. Die Kollegen der Kripo 4 würden an dem Thema dran bleiben. Gemeinsam stellte das Team fest, dass der hingeworfene Fehdehandschuh nur ein weiterer Ansporn sein konnte, die Täter im Affenbergfall zeitnah dingfest zu machen.

Staatsanwältin Winkler hatte zwischenzeitlich gegen den am Vortag festgenommenen Anästhesisten einen vorläufigen Haftbefehl erlassen. Ihm wurde ein Verstoß gegen das Transplantationsgesetz mit gefährlicher Körperverletzung in mehreren Fällen zur Last gelegt. Sein andauerndes Schweigen würde ihn nicht davor bewahren, denn die Beweise waren mehr als eindeutig.

Nachdem KHK Herz sich an diesem Morgen hinter die Rauchglaswand zurückgezogen hatte, blieb Becca noch vorne bei Ayla und Kevin stehen. Die drei sichteten gemeinsam die Liste der übrigen Ophthalmologen.

„Also, wenn wir die bereits ausgeschlossenen Mediziner berücksichtigen, bleiben aktuell neun unerreichte Ärzte übrig," stellte Kevin seufzend fest. „Was für eine Herkulesarbeit!"

„Tja Kevin," meinte Becca trocken. „Wie im Fernsehkrimi ist es leider nicht. Achtzig Prozent der Polizeiarbeit findet am Schreibtisch statt. Mindestens. Bist du nicht am Berichte schreiben, dann kümmerst du dich um Hintergrundrecherchen."

KHK Briggs Dienstjahre hatten ihre Spuren hinterlassen. Für Idealismus war da kaum mehr Platz.

„Zusammen mit den drei, die ihre Einwilligung zur DNA-Abgabe verweigern, konnten wir den Kreis der Verdächtigen jetzt immerhin inzwischen auf zwölf Mediziner einkreisen", verteidigte Kevin seine Arbeit trotzig.

„Zeig nochmal die Liste her", seufzte Becca einlenkend. „Vielleicht sollten wir diese Ärzte tatsächlich jetzt persönlich abklappern, bevor wir weiter Zeit verlieren, ob wir derer telefonisch habhaft werden können. Denn wer partout nicht erreichbar sein will, wird auch nicht erreicht werden, oder? Jan und du habt es ja erfolgreich bei den Anästhesisten vorgemacht, eure direkte Aktion hatte schließlich Erfolg", meinte Becca motiviert über den Bildschirmmonitor von Kevin gebeugt. „Also los, satteln wir die Pferde. Wir teilen uns auf. Wer nimmt wen aufs Korn?"

Die Kommissarin hatte den Satz eben zu Ende gesprochen, da sprintete Jan Herz an ihnen vorbei. Er hatte seine Jacke in der Hand und bellte Becca im Befehlston zu:

„Schnell! Wir müssen!", und war dabei bereits durch die Tür geeilt. Becca hechtete ohne weitere Diskussion und vor allem ohne jeglichen Anflug von Groll hinter dem Kollegen her. Sie kannte ihn inzwischen gut genug und ihr war bewusst, dass Jan Herz niemals grundlos Hektik verbreitete. Die beiden Ermittler saßen binnen weniger Minuten im Auto und schossen mit Blaulicht auf dem Dach, direkt von der Gartenstraße aus in die kreuzende Bundesstraße. KHK Herz fing am Ortsausgang von Ravensburg an, seine Kollegin zu instruieren.

„Im Revier Friedrichshafen ging vorhin ein Notruf rein. Der Anruf kam von einer Villa am Seeufer in Immenstaad. Eventueller Schusswechsel mit möglicher Geiselnahme. Die Kollegen aus Friedrichshafen sind vor Ort. SEK ist angefordert. Die Wasserschutzpolizei ebenfalls."

Freiwillig über drei Sätze am Stück und das nach wenigen Minuten Fahrt! Da gibt sich inzwischen aber jemand große Mühe, dachte die Kommissarin zufrieden. *Geht doch!* Vielleicht würde aus ihnen künftig doch noch ein effektives Ermittlerduo werden ...

Becca prüfte vorsichtshalber ihre Dienstwaffe, während Jan in rasantem Tempo die Bundesstraße freiräumte. Er lenkte den Wagen souverän und temporeich.

„Sagtest du Immenstaad? Hugo Lobwild ist da geboren und aufgewachsen. Sicher bestehen da alte Seilschaften. Und die Lobwilds haben ihre Yacht im Hafen dort liegen, oder? Ein Zufall?", meinte Becca fragend mit einem Seitenblick auf den Kollegen.

„Hmm, werden wir gleich merken", antwortete Jan einsilbig und gab nochmals Gas. Der Blitzer in Hefigkofen hatte seine wahre Freude an ihrem Tempo. Das weitläufige Gelände der Airbus Defence and Space GmbH rauschte nur so an ihnen vorüber.

Sie schafften die Strecke in rekordverdächtigen zwanzig Minuten.

Die Schutzpolizei aus Friedrichshafen hatte, als das Kripoduo aus Ravensburg eintraf, die angrenzende Straße zum vermeintlichen Tatort großzügig mit rotweißen Flatterbändern abgesperrt. Ein ergrauter Kollege in Uniform und mit türkisfarbener OP-Maske im Gesicht, hielt auf Becca und Jan zu. Diese streckten ihm zur Begrüßung ihre Dienstausweise mit den Worten *Kripo Ravensburg* entgegen. Der Anblick der umherstehenden drei Beamten mit ihren Masken wirkte nach wie vor befremdlich. Beinahe zwei Wochen bundesweite Maskenpflicht hatten keinen nachhaltigen Gewöhnungseffekt hinterlassen.

„Polizeimeister Bernd, Dienststelle Friedrichshafen. Wir waren die Ersten am Einsatzort." Der altgediente Beamte deutete auf einen blutjungen Kollegen, der nervös am Verschluss seiner kugelsicheren Weste mit der Leucht-Aufschrift *Polizei* nestelte.

Die Kommissarin fühlte sich ein wenig an Kevin, der die letzten Tage ohne den erfahrenen Beistand von Martina Weber auskommen musste, erinnert. Er hat seine Sache erstaunlich gut gemacht, ging, es ihr durch den Kopf und sie nahm sich vor, dies dem Youngster bei nächster Gelegenheit einmal zu sagen. KHK Herz hatte zwischenzeitlich den Kofferraum geöffnet und warf der Kommissarin kommentarlos eine ballistische Schutzweste zu.

„Der Notruf kam vor fünfzig Minuten ein", berichtete der Friedrichshafener Kollege weiter. „Die Nachbarin linker Hand, eine Frau Helga Letting, rief uns an."

Polizeimeister Bernd deutete auf ein freistehendes Anwesen, das durch eine mannshohe Hecke von dem potentiellen Tatort abgegrenzt war. Bei diesem handelte es sich um eine zweistöckige, schneeweiße Villa.

„Frau Letting hörte den Hund im Haus nebenan laut bellen. Kurz darauf ertönte ein schriller Schrei aus der Nachbarsvilla sowie ein einzelner Schuss. Zumindest glaubt sie, dass es einer war. Sie ging daraufhin an die Grundstückshecke und rief mehrmals nach ihrer Nachbarin. Als diese nicht reagierte, und auch der Hund, ein Dobermannrüde, sich nicht blicken ließ, wählte sie den Notruf. Sie meint, der Vierbeiner wäre üblicherweise wachsam. Gemeldet sind in dem Haus ein Dr. Horst Kling, seine Frau Britta, sowie die elfjährige Tochter Sophie. Bei dem Schuss ist die Nachbarin sich jedoch, wie gesagt, nicht hundertprozentig sicher."

„Was für ein Doktor ist dieser Herr Kling?", fragte Jan Herz den Kollegen einer plötzlichen Eingebung folgend.

„Augenarzt", lautete die knappe Antwort. „Er hat eine eigene Praxis hier in Immenstaad."

Becca und Jan tauschten einen raschen vielsagenden Blick. Noch so ein Zufall oder war das hier gar ihr gesuchter Mann?

„Wie weit seid ihr mit der Sicherung des Geländes?", hakte Becca nach.

„Die Lettings sind angewiesen, in ihrem Haus zu bleiben. Sie haben vorsichtshalber auf unsere Anweisung alle Rollläden heruntergelassen. An deren Hecke ist zusätzlich ein Kollege postiert. Auf der anderen Seite der Klingschen Villa schließt sich ein weitläufiger Campingplatz an. Diese Grundstücksgrenze wird ebenso von einem der unseren im Auge behalten. Die Seeseite sichert die WaPo. Sie kreuzt bereits hin und her und steht mit uns im Funkkontakt. Hier kommt also momentan, ohne dass wir es mitbekommen, keiner mehr rein oder raus. Wir wissen allerdings nicht, wie viele Personen sich aktuell im Haus der Familie Kling befinden oder ob sich überhaupt jemand in dem Gebäude aufhält. Seit wir vor Ort sind, gab es auf jeden Fall keinerlei Bewegungen oder Geräusche."

„Wann trifft das SEK ein?", fragte KHK Herz. Seine Augen ruhten gebannt auf der Front der weißen Villa, die gespenstisch still erschien.

Polizeimeister Bernd antwortete mit Blick auf seine Armbanduhr: „Der Einsatzleiter meinte, dass sie noch etwa dreißig Minuten benötigen."

„Wir gehen rein", entschied KHK Herz abrupt und wandte sich der Villa zu.

„Jan, warte! Du weißt, dass das nicht vorschriftsmäßig ist. Wir wissen nicht, was da drin vor sich geht. Es wäre klüger, das SEK abzuwarten."

Beccas eher halbherziger Protest versickerte unbeachtet, während sie ihrem Kollegen zögerlich folgte, der indes einfach losgelaufen war. Es war ein Risiko, aber möglicherweise war die Entscheidung von Jan trotzdem die richtige. Möglich, dass das elfjährige Kind im Haus in Gefahr war. Bis das SEK eintraf, konnte Gott weiß was, geschehen und dass der Hund sich nicht mehr rührte, erschien ungewöhnlich genug. Die beiden Kriminalhauptkommissare schlichen vorsichtig mit gezogenen Waffen auf den gefliesten breiten Eingang des Gebäudes zu. Einige halbhohe Sträucher des Gartens boten dabei ein wenig Deckung. Alles blieb ruhig. Jan gab Becca ein stummes Signal und bewegte sich, mit den ihm eigenen pantherartigen Bewegungen an der Hauswand entlang zur Gebäuderückseite.

Die Kommissarin nahm hingegen behutsam die Stufen zur Eingangstür. Sie betätigte den Klingelknopf über dem polierten Messingschild mit Aufschrift: *Familie Dr. Horst Kling*. Dann klopfte sie zusätzlich energisch ans Türblatt und rief laut:

„Kriminalpolizei Ravensburg. Wir sind besorgt um sie. Bitte

öffnen Sie die Tür! Wir würden Sie gerne einen Moment sprechen." KHK Herz war zwischenzeitlich lautlos um die Hausecke geschlichen und außer ihrer Sichtweite. Er hatte eine weitläufige Terrasse erreicht. Die Märzsonne schien auf ein paar brachliegende Blumenkübel in Terracotta. Eine zweiflüglige Terrassentür ins Hausinnere stand sperrangelweit offen. KHK Herz zögerte nur kurz, bevor er seine Walther P30 in Schussbereitschaft brachte und sich lautlos durch die gläserne Tür schob. Dass diese offen stand, obwohl niemand zu sehen war, konnte man durchaus bei den aktuell herrschenden, kühlen Außentemperaturen als Alarmsignal deuten.

Irgendetwas stimmte nicht.

Der hochflorige Läufer im Wohnzimmer dämpfte die geschmeidigen Schritte von KHK Herz. Das gesamte Zimmer verströmte einen eleganten, großzügigen Eindruck. In diesem Raum schien alles in bester Ordnung. Jan schob sich weiter in Richtung einer spaltbreit geöffneten Flurtür. Ein ruckartiger Ausfallschritt mit der Waffe im Anschlag gab dem Exsoldaten die komplette Sicht in eine akkurat aufgeräumte Diele frei, an deren Ende der Haupteingang, und somit die Haustüre lag. Hinter der Glaseinfassung der Tür konnte KHK Herz die schlanke Silhouette seiner Kollegin erkennen. Er öffnete die Tür geräuschlos und ließ sie hinein. Kein Wort fiel.

Gemeinsam gingen die beiden Ermittler auf die breite Steintreppe Richtung zweiten Stock zu und bewegten sich zeitlupenartig aufwärts. Becca, die als Erste den oberen Treppenabsatz erreichte, sicherte mit der Waffe im Anschlag den breiten Flur. Vor ihr auf der königsblauen Auslegeware lag in einer schwärzlich schimmernden Lache der Dobermann der Familie, den die Nachbarin erwähnt hatte. Das Tier war definitiv tot, sein Blick gebrochen. Becca fühlte, wie sich eine leichte Gänsehaut auf ihrem Rücken ausbreitete.

Eine blutige Spur zog sich den langen Flur entlang, auf dem sich insgesamt drei weiße Zimmertüren abzweigten. Zwei davon waren geöffnet, die Letzte, am Ende des Flurs, hingegen verschlossen.

Jan drehte sich mit der Waffe im Anschlag in den ersten Türrahmen und zielte dabei auf einen leblos am Boden liegenden Mann um die vierzig. Dessen Augen fixierten starr die geweißelte Decke und erinnerten an den gebrochenen Blick des Dobermanns. Seine Stirn wies ein unmissverständliches Einschussloch auf. Sicherheitshalber kniete KHK Herz sich hin und legte seine Fingerkuppen zart auf die Halsseite des Mannes, um ein Lebenszeichen in der Arteria carotis zu ertasten, doch er schüttelte resigniert den Kopf.

Sie waren zu spät gekommen.

Erneut betraten die beiden Ermittler den Flur und Jan drehte sich blitzschnell mit Rückendeckung von Becca in die zweite Türöffnung. Das Zimmer war leer und sah nach Kindheit aus. An einer Wand hing ein überdimensionales Pferdeposter. Ein Stoffwelpe ruhte auf dem schmalen Bett, das ordentlich gemacht war. Nichts erschien hier ungewöhnlich oder unordentlich. Die Kommissarin öffnete vorsichtshalber den Kleiderschrank.

Von der elfjährigen Sophie keine Spur.

Erneut auf dem Flur angekommen, wandte sich KHK Herz der dritten, diesmal verschlossenen Türe zu. Es drang keinerlei Geräusch durch das Türblatt, als er sein Ohr daranlegte und horchte. Die Aktion lief bislang völlig lautlos ab und nach einem verständigen Blickwechsel zwischen den beiden Kommissaren drückte Becca die Klinke langsam nach unten, um die Tür letztendlich mit einem heftigen Schwung für Jan zu öffnen. Dieser drehte sich, nun zum dritten Mal, pfeilschnell mit der Waffe im Anschlag in den Raum hinein.

Der Anblick, der sich ihnen bot, war grotesk. Ungefähr fünf Meter entfernt an der Zimmerwand saß auf einem wuchtigen Sessel eine blonde Frau, um die Mitte dreißig. Sie krallte sich krampfhaft mit beiden Händen in die Armlehnen. Ihre Augen waren angstvoll geweitet, der Oberkörper in angespannt aufrechter Haltung. Ein gewaltiger Bauch wölbte sich stark hervor und offenbarte, dass sie offensichtlich hochschwanger war.

KHK Herz legte bei diesem Anblick in Bruchteilen von Sekunden seine Waffe auf den Boden. Er ließ die verängstigte Frau dabei nicht aus den Augen und fing an, beruhigend auf sie einzureden. „Kriminalpolizei. Haben Sie keine Angst. Wir möchten Ihnen helfen. Bleiben Sie bitte ganz ruhig." Dann lief er die restlichen Meter behutsam auf sie zu und ging direkt vor ihr in die Hocke.

Die Kommissarin, die immer noch außerhalb des Zimmers mit der Waffe im Anschlag im Türrahmen stand, tastete zeitgleich mit ihren Augen nervös den Teil des Raumes ab, der in ihrem Blickfeld lag. Wie ein Schock durchfuhr sie ein Gedanke.

Jan hat den toten Winkel hinter der Türe nicht gesichert. Weiß der Himmel warum!

Sie öffnete ihren Mund, um ihn zu warnen. Zu spät. Mit einem lauten Krachen knallte die geöffnete Zimmertür direkt vor ihrer Nase zu. Das ganze Geschehen hatte insgesamt nur wenige Sekunden gedauert.

„Verdammt!", entfuhr es ihr, als sie erschrocken auf das lackierte Holz starrte. Beccas Augen hatten, bevor die Tür zufiel, einen Schatten hinter der Tür hervorschnellen sehen. Die Kommissarin war noch nicht dazu gekommen, sich Gedanken über weitere Schritte zu machen, da ertönte auch schon ein Schuss durch das Holz des geschlossenen Türblatts.

Das ohrenbetäubende Geräusch zerfetzte die Stille.

Zeitgleich stürmten jetzt die maskierten Gesichter des SEK wie schwarze Schatten die Treppe hoch und verteilen sich lautlos auf dem Stockwerk. Einer von ihnen packte die Kommissarin roh am Oberarm und zog sie von der Tür weg, hinter der geschossen worden war.

Wie paralysiert rutschte Becca, nachdem der SEK-Beamte sie losgelassen hatte, ein paar Meter daneben an der Flurwand herunter. Ihr wollte es einfach nicht gelingen, irgendeinen klaren Gedanken zu fassen. Sie versuchte sich verzweifelt an die Hoffnung zu klammern, dass der Schuss aus Jans Waffe gekommen war. Aber hatte er diese nicht vor sich auf den Boden gelegt? Und wieso kam er jetzt nicht aus dem Zimmer heraus?

Ein Stakkato aus Fragen zuckte wie Blitze durch ihr Gehirn.

Die metallene Ramme der Kollegen krachte wenige Meter neben ihr gegen Holz. Das Türblatt schwang splitternd auf. Die SEK-Leute warfen eine Blendgranate ins Zimmer, bevor sie vorwärts stürmten. All das dauert nur einige Sekunden, in denen sich die Kommissarin vorkam, als würde sie einen Spielfilm anschauen.

Noch immer saß sie reglos da.

Es ertönten polternde Geräusche eines Handgemenges, bevor Becca das Erlösende, mehrfach ertönende *Gesichert!* der SEK-Kollegen vernahmt. Dennoch blieb sie steif, unfähig sich zu bewegen, an der Wand sitzen. Ein Gewicht schien sie unten zu halten, wie eine finstere, schreckliche Vorahnung.

Ein massiger Typ mit einer schwarzen, sackähnlichen Kapuze über dem Kopf wurde vornübergebeugt und mit Kabelbindern gefesselt von gleich drei SEK-Beamten brutal Richtung Treppe gezerrt. Befehle wurden gebrüllt. Anschließend rannten vom Treppenaufgang her ein paar orangefarbene Rettungssanitäter an der Kommissarin vorüber.

Becca hatte das Gefühl, dass es ewig dauerte, bis sie wieder herauskamen. Sekunden wurden zu Minuten. Der Mensch, der von den medizinischen Ersthelfern an ihr vorbei getragen wurde, war nicht Jan Herz, wie sie zunächst erleichtert feststellte. Sie erblickte den gewaltigen, vorgewölbten Bauch von Frau Kling, die beide Hände schützend über ihr Ungeborenes legte, während die Sanitäter sie zur Treppe trugen. Ihr Antlitz war schmerzverzerrt, aber sie lebte. Schluchzend strömten Tränen über ihr Gesicht.

Etliche Beine hasteten an Becca vorbei, die immer noch bleiern an der Wand lehnte. Weitere Gedankenfetzen jagten durch ihr Hirn, ohne dass sie darauf reagieren konnte. Wo befand sich die Tochter der Klings? Wie alt war sie nochmal? Elf? Jemand sollte das Kind suchen. Vielleicht versteckte sie sich irgendwo? Becca wunderte sich, warum die Sanitäter nicht zurückgekommen waren. Frau Kling musste inzwischen unten im Saniwagen angekommen sein. *Wo bleiben die denn? Jan ist noch da drin im Zimmer. Es sollte sich jemand um ihn kümmern. Vielleicht ist er verletzt?* Doch der Kommissarin wollte es immer noch nicht gelingen, aufzustehen.

Unvermittelt tauchten Kevin und Katrin Scheurer im Flur auf und ließen sich vor ihr in die Hocke. Kevins jungenhaftes Gesicht wirkte feucht. *Regnete es inzwischen?*, dachte die Kommissarin irritiert, der zeitgleich einfiel, dass bevor sie in die Villa gegangen waren, die Sonne geschienen hatte.

„Alles okay mit dir? Bist du verletzt?“ Die Polizeipräsidentin hatte ungewohnt fürsorglich eine Hand auf den Arm ihrer Mitarbeiterin gelegt.

„Mir fehlt nichts“, antwortete Becca tonlos.

„Dann steh auf und komm mit runter. Wir können hier nichts mehr tun,“ meinte Katrin Scheurer.

„Nein.“ Die Kommissarin blickte an der Vorgesetzten vorbei Richtung Zimmertüre. „Ich warte auf Jan. Er kommt sicher gleich.“

Katrin und Kevin tauschten einen vielsagenden Blick, dann meinte der Youngster mit erstickter Stimme, während er sich mit dem Handrücken die Tränen wegwischte.

„Jan liegt da drin. Er kommt nicht mehr, Becca. Er ist tot."

Langsam sah die Kommissarin auf, in das Gesicht des jungen Mannes vor ihr. Es dauerte einen Moment, bis sie begriff, was Kevin gesagt hatte. Dann streifte sie die Hand der Polizeipräsidentin wie ein lästiges Insekt ab und stand abrupt auf. Mit roboterhaften, steifen Bewegungen wankte Becca zu dem Zimmer und blieb in der Türöffnung stehen.

Jan Herz lag auf dem Bauch. Sein Gesicht war seitlich Richtung Tür gewandt. Das eine sichtbare Auge erstarrt und weit geöffnet. Seine Iris erschien noch dunkler geworden, fast schwarz, als trüge sie Trauer. Der kahle Hinterkopf wies ein erbsengroßes Einschussloch auf, aus dem nur wenig Blut sickerte. Die Kugel war direkt am Ansatz seiner auffälligen Narbe in den Körper gelangt.

„Der Notarzt meinte, dass das Geschoss in sein Stammhirn eingedrungen ist. Er war sofort tot. Sie konnten nichts mehr für ihn tun." Katrin Scheurers Stimme war so tröstend, wie es ihr möglich schien.

Sie waren alle zutiefst erschüttert.

Hauptkommissarin Becca Brigg stand unter Schock.

Schuldig

Donnerstag, der 26.03.2020

Den kompletten Tag über war die Kommissarin auf dienstliche Anweisung der Polizeichefin zu Hause geblieben. Ihr für heute anberaumter Termin beim Psychologen wurde auf Freitag verschoben. Es war Ironie des Schicksals, dass sie diesen nun auf eine ganz andere Art und Weise bitternötig hatte.

Sie aß nichts, ging nicht ans Telefon und hatte wiederholt die Bettdecke über den Kopf gezogen. Das Gefühl, sich in einer schützenden Höhle zu verkriechen, tat subjektiv gut. Auch Gato Macho trug durch seine Anwesenheit zur Linderung der Seelenschmerzen bei. Der Kater lag die meiste Zeit körperkontaktsuchend bei ihr und schnurrte hingebungsvoll. Ganz so, als würde er den Ernst der Lage erfassen.

Die Kommissarin zermarterte sich unentwegt den Kopf, was sie hätte anders machen müssen. Sicher, dass die Lobwilds so weit gehen würden und einen Profikiller engagierten, das hatten sie nicht ahnen können. Doch wieso hatten sie die elfjährige Sophie Kling nicht im Haus aufgefunden? Was war mit dem Kind geschehen? Hatten die Kollegen inzwischen einen Hinweis auf ihren Verbleib? Warum verdammt nochmal hatten sie nicht auf das SEK gewartet? Wäre, wenn sie abgewartet hätten, statt Jan dann Frau Kling erschossen worden, mitsamt ihrem ungeborenen Kind? Weshalb hatte KHK Herz den toten Winkel hinter der Tür nicht gesichert, fragte sie sich immer wieder. Das war Anfängereinmaleins! Wie konnte ausgerechnet ihm so ein unverzeihlicher Fehler unterlaufen?

Die Flut der Gedanken zermürbten Becca und nagten unaufhörlich in ihrem Innersten, ohne dass sie zu einer plausiblen Antwort gelangte. KHK Herz war deutlich besser in der Erstürmung von Räumen ausgebildet gewesen als sie selbst. Ein Elitesoldat der militärischen Extraklasse und dann das! Es war nicht erklärbar. Nicht logisch. Sie wiederholte die Szenen vor ihrem inneren Auge immer und immer wieder. Wie er sich in den Raum hinein drehte und dann seine Waffe einfach auf den Boden legte.

Verdammt Jan, du warst eine gedrillte Kampfmaschine! Wieso hast du nicht daran gedacht, den toten Winkel zu sichern? Wieso dieser todbringende Fehler?

Bilder reihten sich in Beccas Kopf aneinander. Die angstgeweiteten Augen von Frau Kling. Die Silhouette von Jan, wie er sofort vor der Schwangeren in die Knie ging. Er handelte dermaßen unbedarft, als wäre er auf einem Sanitätergrundkurs und nicht inmitten eines brisanten Einsatzes mit vermeintlichem Schusswaffengebrauch. Jan Herz war zielstrebig, jeden Eigenschutz, jegliche Absicherung vergessend zu der hilfebedürftigen Schwangeren gelaufen. Wie ein Laie, nicht wie ein Soldat oder Polizist, stellte die Kommissarin verbittert fest. Möglicherweise würde Jan noch leben, wäre er nicht zusätzlich zu dem Umstand des ungesicherten toten Winkels zu allem Unglück vor Frau Kling in die emphatisch gemeinte Hocke gegangen. Er hatte dem Killer, der hinter der Türe lauerte, in dieser gebückten Haltung die optimale Abschussposition geliefert. Hätte er sich nicht hingekniet, wäre die Kugel womöglich in seinen Oberkörper eingedrungen. Er wäre verletzt, aber er würde wahrscheinlich noch leben.

Warum? Im Laufe des Tages wurden die umherwirbelnden Gedanken immer absurder. Sie begannen sich um Jans allgemein sonderbares Verhalten und ihre eigene Reaktionen darauf, zu drehen. Wenn sie selbst freundlicher gewesen wäre, sich mehr Mühe zur Zusammenarbeit gegeben hätte, vielleicht wäre dann alles ganz anders gekommen? Hätten sie dann den Augenchirurg gefunden, bevor ein Killer auf ihn angesetzt wurde?

Ich habe Jan auf dem Gewissen. Weil ich nur an meine Karriere denke. Er könnte noch leben, wenn ich ihn nicht laufend sabotiert hätte. Genau, die Karriere. Die war jetzt ebenso beim Teufel. Wer Kollegen in den Tod trieb, so viel stand fest, wurde keine Polizeipräsidentin. Aber das war nun auch egal. Die eigene Schuld fühlte sich erdrückend an.

Aylas Stimme tönte von weither durch den Flur, wo der Anrufbeantworter sich eingeschaltet hatte. Die Freundin fragte besorgt, ob sie etwas tun könne und dass sie für sie da wäre, wenn Becca nicht allein sein wolle. Die Kommissarin ignorierte den Anruf. Während der Nacht wachte sie wiederholt auf und das augenblicklich einsetzende Gedankenkarussell erschwerte es ihr, weiter zu schlafen.

Rettungsringe

Freitag, der 27.03.2020

Als der Wecker klingelte, fühlte sich die Kommissarin wie gerädert. Mechanisch absolvierte sie ihre Morgenroutine und verließ gemeinsam mit dem Kater das Haus. Die grünen Kreuze, die ihr wie immer auf dem Weg zur Arbeit am Straßenrand begegneten und die seit Tajas Tod hartnäckig in ihrer Wahrnehmung haften geblieben waren, verneigten sich voller Hohn und schienen zu rufen: *Wir kriegen euch! Den einen früher, den anderen später. Aber wir kriegen euch. Alle!*

Als Becca das Präsidium betrat, war heute noch nicht einmal der Pförtner zu einem Schwatz aufgelegt. Walter Mayer nickte ihr entgegen seiner sonstigen Gewohnheit ernst zu und sah der Hauptkommissarin stumm hinterher, als diese im Aufzug verschwand. Das gesamte Präsidium stand unter dem entsetzten Eindruck, einen der ihren verloren zu haben.

Die Bürotür des Polizei-Psychologen, vor der die Kommissarin stand, war geschlossen. Sie hatte den Mann einige Male in der Kantine wahrgenommen. Allerdings saß er dabei meist im hintersten Winkel des Raums. Und grundsätzlich allein.

Wahrscheinlich war das so ein verschrobener Kauz, der alles analysiert und zerpflückt, was ihm begegnet. Dabei hinterlässt er dann bei seinem Gegenüber vermutlich den Eindruck, als ob er selbst bei einem Psychiater gut aufgehoben wäre, mutmaßte die Kommissarin negativ denkend. Man kannte solche wirklichkeitsfremden Typen ja. Sie lungerte unschlüssig vor der Tür herum und verspürte nicht die geringste Lust auf diese Begegnung.

Gemunkelt wurde unter den Kollegen im Präsidium, dass Dave Bernstein sich längere Zeit beruflich in Großbritannien aufgehalten hatte. Angeblich sogar als Profiler beim britischen Securityservice MI5. Seinen Master of Science in Rechtspsychologie absolvierte er jedenfalls, so die Gerüchteküche, an der Universität Heidelberg. Man durfte es durchaus Luxus nennen, dass das Ravensburger Präsidium sich seine Stelle etwas kosten ließ. Vor zehn Jahren noch schien dergleichen kaum denkbar. Es war ein spürbarer Fortschritt in der Verbrechensbekämpfung. Immerhin. Zu dem Leistungsspektrum des ganztägig angestellten Kriminalpsychologen gehörte, neben dem Erstellen von Täterprofilen, auch die praktische Anwendung von Deeskalationsstrategien. So wie beispielsweise bei der entgleisten Anti-Corona-Demo von neulich. Was in dem Fall nicht so gut geklappt hatte, wenn man sich die damaligen Ausschreitungen bedachte. Vielleicht aber eben doch. Denn möglicherweise wäre ohne diverse deeskalierende Maßnahmen Schlimmeres passiert als ohnehin schon. Weitere Schwerpunkte des Profilers lagen in ausgeklügelten Verhörtechniken sowie der Einschätzung von Zeugenaussagen in ihrer Glaubwürdigkeit. Und nicht zuletzt fiel die interne Personalentwicklung in das Fachgebiet des Seelenklempners. Aus diesem Grund wäre Becca gestern ursprünglich für einen Ersttermin vor seiner Tür gestanden, sofern das mit Jan sie nicht eingeholt hätte.

Ein rechteckiges, nüchtern weißes Schild mit der Aufschrift *Polizeipsychologischer Dienst, Dave Bernstein* prangte neben der Tür. Die Kommissarin blieb weiter unentschlossen davor stehen und trat nervös von einem Bein aufs andere.

Was soll ich dem denn sagen? Ich bin hier, weil ich versagt habe? Was hat Katrin ihm bereits erzählt? Für einen kurzen Moment war Becca in Versuchung einfach umzudrehen und den Termin sausen zu lassen. Schließlich gab sie sich einen Ruck und klopfte energisch an die Tür.

Der Mann, der bei ihrem Eintreten aus einem bequem wirkenden, schwarzen Ledersessel aufstand, erschien von der Nähe betrachtet jünger, als sie durch den entfernten Kantinenanblick vermutet hatte. Becca schätzte ihn auf Ende dreißig. Seine Bewegungen wirkten geschmeidig und seine Kleidung konnte man als sportlich elegant bezeichnen. Eine weiße Jeans sowie ein marineblaues Hemd unterstrichen die schlanke Figur des Psychologen und erinnerten an das Outfit eines Seglers im Hochsommer. Die helle Hose wollte so ganz und gar nicht in das heutige nasskalte Märzwetter passen. Dunkelblaue, von Lachfältchen umringte Augen deckten sich mit der Farbe des Oberhemdes.

Der Psychologe blickte die Kommissarin freundlich und offen an, als er mit sympathisch tiefer Stimme zu einer Begrüßung ansetzte.

„Becca Brigg, nehme ich an?“ Auf ihr knappes Nicken hin fuhr der Profiler fort. „Ich bedauere, Ihnen nicht die Hand schütteln zu dürfen. Diese Pandemie bringt selbst altehrwürdige Traditionen zum Erliegen. Wussten Sie, dass der Handschlag bereits im Römischen Reich auf Münzen geprägt wurde? Ein zweieinhalb Jahrtausende altes Ritual von einem winzigen Erreger einfach im Vorbeigehen zu Fall gebracht. Wahnsinn, oder? Tja, die neuen Umstände in puncto Hygiene erfordern es leider. Hoffen wir, dass es etwas nutzt. Die ursprüngliche Bedeutung des Handschlags sollte dem Gegenüber die unbewaffnete Hand offen zeigen und somit eindeutig friedliche Absichten signalisieren. Ich hoffe, dass Sie mir meine Friedfertigkeit auch so abnehmen.“

Dave Bernstein schmunzelt leicht verschmitzt, was auf der Mitte seines glattrasierten Kinns ein kleines, sympathisches Grübchen vertiefte.

„Ich persönlich vermisse zugegeben diesen verbindlichen Kontakt des gegenseitigen Händedrucks“, fuhr der Psychologe fort. „Vor allem bei Menschen, die ich neu kennenlerne. Hoffen wir, dass der Spuk bald vorbei ist. Bitte nehmen Sie Platz, Becca. Ich würde gerne, wenn es für Sie in Ordnung ist, zum Vornamen übergehen. Mein Name ist Dave. Wir sind uns, zumindest von weitem, schon in der Kantine begegnet, nicht wahr?“

Der Psychologe deutete mit einem zaghaften Lächeln auf einen zweiten Ledersessel. Das Büro war geschmackvoll in freundlichen Naturtönen eingerichtet. Ein deckenhohes Bücherregal mit einer beeindruckenden Menge an Fachliteratur säumte eine komplette Wand. Ein gigantischer Drachenbaum mit mehreren frischen Seitentrieben stand neben dem ausladenden Fenster. Der Psychologe schien einen grünen Daumen zu besitzen. Die Kommissarin bemerkte in Reichweite des Besucherstuhls eine Box mit Papiertaschentüchern. Es wirkte, als würde vom Besucher dieser Räumlichkeiten förmlich erwartet, in Tränen auszubrechen.

Dave Bernstein hatte sich inzwischen gesetzt und für einen Moment war es absolut still. Sein offener Blick ruhte auf ihr, doch die Kommissarin hielt das Schweigen nicht lange durch. Sie fühlte sich, ob gerechtfertigt oder nicht, von den blauen Augen intensiv beobachtet.

„Und was jetzt?“, fragte sie deshalb offensiv.

Dave zuckte mit den Schultern und blickte sie weiterhin gelassen an. „Das bestimmen Sie, Becca. Ihr Anklopfen eben an meine Bürotür erschien mir energiegeladen und energisch. Ich vermute, dass Sie zunächst mit sich haderten, ob Sie den Raum überhaupt betreten möchten. Schließlich entschlossen Sie sich, es doch zu tun, schalteten in den Offensivmodus und klopften. Ihre Bereitschaft hier zu sein ist demnach Ihr eigener, aktiver Entschluss. Auch Ihre Redeinitiative eben deutet auf ein solches Offensivverhalten. Vermutlich weil Sie, wie die meisten anderen Mitmenschen, Schweigen in Anwesenheit unvertrauter Personen als unangenehm empfinden. Ich denke also“, lächelte er, „dass Sie sehr gut selbst bestimmen können, wie es hier weiter geht, Becca. Sie benötigen meine Führung dabei nicht.“

„Ich weiß nicht, wie solche Termine normalerweise laufen. Ich habe erwartet, dass Sie mir jede Menge Fragen stellen“, meinte die Kommissarin.

Dave Bernstein schüttelte kaum merklich seinen Kopf. „Es gibt kein gültiges Schema. Sie starten wann Sie möchten und mit was.“

Für ein paar Sekunden war der Raum erneut still. „Ich weiß nicht, wo ich beginnen soll“, meinte Becca letztlich irritiert.

Das Ganze verlief völlig anders ab als von ihr erwartet.

„Gibt es denn so vieles, das schief läuft?“, meinte der Profiler.

Die Kommissarin nickte zögerlich.

„Konnten Sie letzte Nacht schlafen, Becca?“

„Wenig. Ich wache immer wieder auf.“ Die Kommissarin wunderte sich einen Moment über sich selbst, dass sie hier vor diesem fremden Mann saß und von ihrem Schlaf sprach. „Meine Gedanken wirbeln durcheinander. Vor allem, wenn ich nichts zu tun habe. Dann nimmt es zu.“

Der Psychologe nickte bestätigend, als hätte er nichts anderes erwartet. „Wenn Sie das Karussell in Ihrem Kopf stoppen möchten, dann müssen Sie es aktiv unterbrechen. Hier im Präsidium zum Beispiel mit Hilfe der Arbeit. Sofern Ihre Konzentration dazu ausreicht. Zu Hause müssen Sie zu anderen Methoden greifen. Geeignet ist alles, was Ihre Sinne in irgendeiner Weise fordert. Eine heiße oder kalte Dusche vielleicht oder ein sehr scharfes Essen. Eine Power-Joggingrunde rund ums Haus oder Treppen hoch und runter rennen. Graben Sie ein Stück im Garten um. Tun Sie die Dinge intensiv, so dass Ihr Gehirn sich zwangsweise damit beschäftigt, statt mit dem lästigen Gedankenkarussell. Wenn Sie auf der Couch oder im Bett liegen und sich ausruhen möchten, dann konzentrieren Sie sich auf Ihre Atmung. Auch das funktioniert mit etwas Übung. Alternativ können Sie sich auf die Geräusche, die um Sie herum sind, fokussieren. Lenken Sie Ihre Sinne bewusst in eine andere Richtung. Trainieren Sie Ihre sogenannte Achtsamkeit und kehren Sie immer wieder dahin zurück, wenn die Gedanken erneut ausbrechen wollen."

„Hört sich einfach an."

„Das ist es, wenn man geübt darin ist, Becca. Ich glaube, Sie sind stark genug, das in den Griff zu bekommen. Den Grund der umherwirbelnden Gedanken beseitigt dies alles allerdings nicht. Was glauben Sie, was das Karussell in ihrem Kopf ausgelöst hat?"

Für einen kurzen Augenblick zögerte die Kommissarin mit der unbequemen, aber ehrlichen Antwort, die ihr auf der Zunge lag. Es erschien so ungeheuerlich. Unfassbar. Dann gab sie sich einen Ruck und trat die Flucht nach vorne an.

„Ich glaube, dass ich eine Mitschuld am Tod meines Partners trage." *So, jetzt ist es raus.* Jetzt konnte der Herr Psychologe seine wohlwollende Haltung über sie revidieren. Sie war das Monster in dieser Geschichte. Sie hatte ihren Partner auf dem Gewissen.

„Was wissen Sie über Jan Herz, Becca?"

Dave Bernstein hatte sich locker in seinen Sessel zurückgelehnt. Seine Körperhaltung signalisierte absolute Entspanntheit, als sei dies ein harmloses Kaffeekränzchen. Die Kommissarin begriff nicht, wie man nach ihrem ungeheuerlichen Geständnis so gelassen dasitzen konnte. Es fühlte sich falsch an.

„Nun ja, er stammt aus Rumänien und war Oberstleutnant bei den Feldjägern der Bundeswehr, bevor er zur Polizei wechselte?"

Die Stimme der Kommissarin war stockend und verhaltend. Manche Dinge, die sie von Jan wusste, hatte sie aus der Quelle über Willi erhalten. Mit ihrem illegal erworbenen Wissen vom MAD sollte sie sich zurückhalten, ging es ihr durch den Kopf. Oder war davon etwa etwas durchgesickert? Kurzzeitig flackerte das schlechte Gewissen in ihr auf.

„Nein, so meinte ich das nicht", unterbrach sie Dave. „Ich will wissen, was Ihnen über Jans für jedermann sichtbar auffälliges Sozialverhalten bekannt ist?“

Becca blickte den Psychologen misstrauisch an. War das eine Fangfrage? Wollte er sie aufs Glatteis führen? „Ähm. Nichts Genaues. Er war in Afghanistan und hat eine Narbe am Hinterkopf. Ich vermute, dass er dort verletzt wurde. Da Soldaten oft von Kriegseinsätzen traumatisiert sind ...“

Dave schüttelte sanft seinen Kopf und fiel der Kommissarin ins Wort. „Da vermuten Sie falsch, Becca. Zugegeben, der Gedanke ist nahe liegend und ich kann mir vorstellen, dass einige Personen im Präsidium dieser Mutmaßung nachhingen. In Jans Fall stimmte es jedoch nicht.“

Der Psychologe löste seinen Blick von der Kommissarin und sah zum Fenster hinaus. Der Himmel präsentierte sich trostlos grau in grau.

„Da Jan Herz vorgestern gestorben ist, kann ich mit Ihnen jetzt offen über etwas sprechen, was ansonsten unter die Schweigepflicht gefallen wäre. Ich nehme das auf meine Kappe, da ich glaube, dass es in Jans Sinn wäre. Und auch, weil ich davon überzeugt bin, dass es Ihnen weiterhilft mit Ihren Schuldgefühlen klar zu kommen.“

Dave stand auf und setzte sich unmittelbar vor Becca auf die Schreibtischplatte. Die weiße Jeans hob sich strahlend vom Schreibtischholz ab. Der Psychologe blickte ihr offen in die Augen, als er weiter sprach.

„Es ist noch nicht lange her, da saß Jan auf diesem Sessel, auf dem Sie heute sitzen. Wir hatten zum wiederholten Male intensive Gespräche geführt und auch zum zigsten Mal erörtert, ob er einsatzfähig sei. Jan bejahte dies stets. Wissen Sie, er war durchaus in der Lage, sich hier im geschützten Rahmen zu öffnen. Und ich bin auch jetzt noch davon überzeugt, dass er an für sich richtig mit dieser Einschätzung lag. KHK Herz war ein hochgradig reflektierter und verantwortungsbewusster Mann. Seine ehemaligen Führungsaufgaben beim Militär unterstrichen dies. Doch das Schicksal konfrontierte ihn in Immenstaad bei eurem Einsatz mit einem Szenario, das als potentielle Möglichkeit nicht auf unserem Radar aufgetaucht war. Weder auf dem seinem, noch auf meinem als beratender Psychologe und auch nicht in der Vorstellung seiner direkten Vorgesetzten, der Polizeipräsidentin.“

Dave Bernstein schob sich von der Schreibtischkante weg und

trat erneut ans Fenster. Mit dem Rücken zu Becca gewandt fuhr er fort.

„Es begann während seiner Dienstzeit als Kommandeur des Feldjägerregiments in München. Jan Herz hatte den Rang eines Oberstleutnants inne und man hatte ihm sowie ein paar seiner Kameraden im Laufe der Woche das Ehrenverdienstkreuz wegen besonderer Tapferkeit bei einem Kurzeinsatz in Mali verliehen. Es fand eine glanzvolle Zeremonie statt. Der Außenminister gratulierte persönlich." Dave Bernstein räusperte sich und Becca bekam den Eindruck, dass es ihm schwerfiel, weiterzusprechen. Die unverstellte Empathie ließ den Psychologen umso sympathischer erscheinen. „Jan Herz war durch und durch Soldat und es galt schlichtweg als Selbstverständlichkeit, solch ein außergewöhnliches Ereignis im Kreise der Kameraden gebührend zu feiern. Stellen Sie sich über hundert kriegserprobte Kämpfer vor, Becca, die an diesem schicksalhaften Wochenende ein wohlverdientes Gelage veranstalteten. Befreit von allen körperlichen Strapazen und psychischen Belastungen, die ein solcher Außeneinsatz in Krisengebieten mit sich bringt. In den Morgenstunden waren die meisten Soldaten dermaßen sturzbetrunken, dass sie nicht mehr gerade stehen konnten. Jan Herz war einer von ihnen und wie bei Offizieren üblich, fuhr einer der diensthabenden Wachsoldaten ihn im Morgengrauen nach Hause. Jan hatte Mühe, das Schlüsselloch an seiner Haustür zu treffen und als er in sein Wohnzimmer torkelte, stieß er dabei auf seine Frau, die hochschwanger mit schmerzverzerrtem Gesicht im Sessel saß. Ihre Beine waren weit gespreizt und sie hing mehr in dem Möbelstück, als dass sie saß. Das Mobiltelefon lag einen Meter entfernt neben ihr auf dem Boden. Ihre Hände waren blutverschmiert und eine große Blutlache hatte sich auf dem Teppich unter ihr ausgebreitet. Sie war nicht mehr ansprechbar. Jan Herz in seinem stockbetrunkenen Zustand verlor wertvolle Zeit, indem er zunächst verzweifelt versuchte seine Frau zu wecken. Erst als es ihm nach einigen Minuten nicht gelang und seinem umnebelten Gehirn klar wurde, dass die Lage äußerst ernst war, wählte er endlich, den Notruf. Mutter und Kind lebten zwar, als der Notarzt eintraf, doch es war schon zu spät. Bevor der Notarztwagen die Klinik erreichte, hatte ihr beider Herz aufgehört zu schlagen. Später stellte sich heraus, dass die Plazenta von Frau Herz sich frühzeitig abgelöst hatte und damit eine unstillbare Blutung auslöste. Man hätte die beiden nur durch ein äußerst schnelles Eingreifen im nächsten Kreißsaal retten können." Der Psychologe blieb für ein paar Sekunden still, doch er war noch nicht am Ende seiner Erzählung angelangt. „Als die erste Schmerzwelle Jans Frau traf und Blut zwischen ihren Beinen herunterlief, versuchte sie, wie man später rekonstruierte, zunächst reflexartig ihren Mann telefonisch zu erreichen. Doch der war beim Feiern mit seinen Kameraden und hatte sein Smartphone stumm geschaltet. Dann entglitt ihr vermutlich das Telefon durch die blutverschmierten, glitschigen Finger, bevor sie selbst den Notarzt rufen konnte. Um es wieder vom Boden aufzuheben war sie zwischenzeitlich zu schwach. Sie erlitt durch den rasanten Blutverlust einen Kreislaufschock."

Dave ließ erneut eine kurze Pause, als ob auch er diesem Drama den nötigen Raum geben musste. Dann wandte er sich vom Grau des Himmels ab und blickte die Kommissarin an. In seinen dunkelblauen Augen spiegelte sich tiefes Mitgefühl wieder.

„Jan Herz war danach nicht mehr derselbe Mensch. Die Schuldgefühle, seine hochschwangere Frau alleine gelassen zu haben, fraßen ihn von innen her auf. Er hatte eine Tapferkeitsmedaille verliehen bekommen, aber seine eigene Frau und sein Kind, hatte er nicht beschützen können. Jan hatte in seiner Eigenwahrnehmung auf ganzer Linie versagt. Er sonderte sich von den Kameraden ab und feierte nie wieder mit ihnen. Er redete mit niemanden und trank auch keinerlei Alkohol mehr. Aber er nahm immerhin die von der Militärführung verlangten psychologischen Gespräche wahr. Sein Leben bestand nunmehr ausschließlich aus Disziplin. Alles andere hatte aufgehört zu existieren. Fachlich gesehen entwickelte Jan Herz eine soziale Phobie auf der Grundlage seiner Schuldgefühle. Letztendlich meldete er sich freiwillig zum Einsatz in Afghanistan. Er wurde von seinen Vorgesetzten beim Militär für tauglich befunden. Seine Zeit am Hindukusch war schon fast zu Ende, als er den Befehl eines hochrangigen Generals auf sofortigen Rückzug mutwillig missachtete, um einer hochschwangeren Afghanin das Leben zu retten. Das Szenario mit der schwangeren Frau triggerte ihn massiv und er glaubte tief in seinem Inneren, wenn er das Leben einer anderen Mutter und ihres Kindes rettete, würde er sich selbst verzeihen können. Seine Seele sollte sich reinwaschen. Jan führte die äußerst riskante Aktion alleine durch und wurde schließlich durch einen Sprengsatz der

Taliban am Kopf schwer verletzt."

„Daher die große Narbe am Hinterkopf", stellte Becca fest, die bis dahin erschüttert zugehört hat.

„Ja, daher die Narbe", bestätigte Dave Bernstein. „Die Afghanin überlebte durch Jans Befehlsverweigerung. Aber weil das Ungeborene der Frau durch die Druckwelle der Explosion ums Leben kam, konnte er seine vermeintliche Schuld offensichtlich nicht als gesühnt anerkennen. Sein ab diesem Zeitpunkt stets kahlrasierter Schädel sollte die Narbe als sichtbares Zeichen seines erneuten Versagens unterstreichen. Ein Tick, wenn Sie so wollen. Abgesehen von diesem pathologischen Bestrafungsritual, gelang es Jan Herz, sich weitgehend zu stabilisieren. Das Militär drückte bei seiner Entlassung beide Augen zu und seine Versetzung in den Polizeidienst wurde nicht zuletzt wegen seiner überdurchschnittlichen Fähigkeiten als Soldat befürwortet. Ich vermute, dass auch weiterhin alles gut gegangen wäre. Jan hatte deutliche Fortschritte im sozialen Umgang mit seinen Mitmenschen gemacht und fing langsam an, sich seiner Umwelt zu öffnen. Sie werden das sicher bemerkt haben?"

Die Kommissarin nickte mit Tränen in den Augen. Sie fühlte sich in ihrem Innersten tief berührt und führte den Gedankengang des Psychologen fort. „Und als er die hochschwangere Frau Kling in Immenstaad sah, da war das alles wieder da, nicht wahr?"

„Ja. Der Anblick brach die alten Wunden erneut auf. Das Einzige, was ab diesem Moment für ihn zählte, war, diese schwangere Frau und ihr Kind zu retten. Alles andere, seine antrainierten Fähigkeiten als Polizist sowie Soldat, wurden dabei komplett vom Gehirn ausgeblendet." Dave Bernstein reagierte mit einem schiefen misslungenen Lächeln. „Sie sehen Becca, dass nicht Sie sich fragen müssen, ob Sie etwas falsch gemacht haben. Katrin Scheurer und ich haben das letztendlich mitzuverantworten. Wir haben Jan Herz für diensttauglich befunden. Und nicht zuletzt trägt Jan selbst die Verantwortung. Er war der einzige Mensch, der wusste, wie es tatsächlich in ihm aussah."

„Ist Ihnen bekannt, wie es Frau Kling derzeit geht?", fragte die Kommissarin nach.

„Ich habe heute Morgen mit der Klinik, die sie betreut, telefoniert. Sie ist psychisch durch den Mord an ihrem Mann stark mitgenommen, aber körperlich sind sie und ihr ungeborenes Kind stabil. Bislang haben erstaunlicherweise keine vorzeitigen Wehen eingesetzt. Sie ist immerhin am Ende der siebenunddreißigsten Schwangerschaftswoche."

„Dann hat Jan mit seinem Tod sein Ziel erreicht. Das Kind wird leben. Seine Schuld ist gesühnt", stellte die Kommissarin traurig fest.

„Ja, so würde er selbst das wohl sehen, Becca."

„Und die elfjährige Tochter der Klings? Was ist mit ihr? Haben die Kollegen sie finden können?", fragte sie mit dünner Stimme und hoffte insgeheim, dass die Antwort nicht der sinnlose Tod eines weiteren Lebens bedeutete.

„Alles gut", meinte Dave beschwichtigend, „das Kind übernachtete zufällig an diesem Tag bei einer Freundin. Sie war also gar nicht im Haus und ist wohlauf."

Die Kommissarin atmete hörbar erleichtert aus, bevor sie den Polizeipsychologen fragte: „Und wie geht es jetzt mit den Gesprächen zwischen uns weiter?"

Dave sah auf die Wanduhr, deren überdimensionale schwarze Zeiger auch ohne Ziffernblatt anzeigten, dass es kurz vor neun Uhr war. Sie hatten fast eine Stunde geredet.

„Ich denke, Sie begeben sich jetzt an Ihre Arbeit, Becca. Sie haben immer noch einen Fall abzuschließen. Da Jan nicht mehr an ihrer Seite sein kann und KKA Kevin Mittenmann über zu wenig Erfahrung verfügt, stoße ich, zumindest bei Verhören, als Verstärkung zu Ihnen. Katrin Scheurer hat das so angeordnet. Wenigstens so lange, bis Sie einen neuen Partner zugewiesen bekommen haben. Ich hoffe, Sie können mit dieser Entscheidung leben." Der Psychologe erhob sich aus seinem Sessel. „Sie wissen ja, dass Sie jederzeit bei Frau Scheurer einen Antrag stellen können, wenn Sie in einem Ihrer Fälle meine tiefergehende Unterstützung in puncto Profiling befürworten."

„Dass Sie bei den Verhören dabei sind, macht Sinn", antwortete die Kommissarin ausweichend, „ob die Erstellung eines Täterprofils im Fall von Stella Radu nötig ist, wage ich jedoch momentan, zu bezweifeln. Wir gehen inzwischen fest davon aus, dass Hugo Lobwild oder einer seiner Mitstreiter das Mädchen beseitigt hat. Möglicherweise lief bei der Augen-Operation etwas schief. Beweisen lässt sich das leider aktuell nicht."

„Okay Becca, dann sehen wir uns beim nächsten Verhör von Hugo Lobwild. Über Ihre persönlichen Baustellen, die Sie eigentlich zu mir geführt hätten, reden wir in den kommenden Monaten. Das hat aus meiner Sicht zunächst keine Priorität. Ich gebe das so weiter. Einverstanden?"

Becca stand auf. „Danke, dass Sie mir das mit Jan erzählt haben, Dave."

„Wenn Sie mir danken wollen, dann machen Sie etwas daraus, Becca, und geben Sie dem nächsten Kollegen eine faire Chance." Der Psychologe entließ die Kommissarin mit einem winzigen Augenzwinkern und einem tiefen Grübchen im Kinn.

Das Großraumbüro der Kripo 1 machte bei Beccas Eintreten auf den ersten Blick den üblichen Eindruck. Kevin saß jedoch vor seinem Computermonitor und hämmerte dermaßen auf die Tastatur ein, als hätte sie ihm etwas angetan und er blickte nicht auf, als seine Chefin den Raum betrat. Ayla hingegen erhob sich augenblicklich und lief auf Becca zu. Die beiden Frauen umarmen sich. Eine Intimität, die sie normalerweise im Dienst unterließen.

„Wie geht es dir?", fragte Ayla besorgt.

„Es muss. Ich komme gerade von Dave Bernstein," fügte sie an, als ob das Aylas Frage hinreichend beantworten würde. „Danke übrigens, dass du gestern angerufen hast. Ich habe den Anrufbeantworter mit deiner Stimme gehört, aber mir war nicht nach Gesellschaft", antwortete Becca.

Sie verspürte auch jetzt kein Bedürfnis nach Nähe. Das Gespräch mit dem Psychologen wühlte sie nachhaltig auf. Da ihr der Donnerstag im Präsidium fehlte, fuhr sie deshalb von sich ablenkend an Kevin gewandt fort.

„Wie weit seid ihr? Bring mich bitte auf den neusten Stand."

„Die Spurensicherung hat das Haus von Dr. Kling auseinandergenommen", antwortete dieser. Der junge Kollege sah bei näherer Betrachtung mitgenommen aus. Schatten lagen unter seinen Augen. „Wir haben auf seinem Computer Dokumente gefunden, die belegen, dass er mit den Lobwilds in Kontakt stand. Der Doktor war aktiver Mitstreiter in der Stiftung *Augenlichter Europa*. Es sind acht elektronische Patientenakten in seinem Dateisystem abgespeichert, die mit unserem illegalen Augen-OP in Zusammenhang gebracht werden können. Wir sind dabei, die betreffenden Personen ausfindig zu machen. Das dürfte aber nicht einfach werden. Sie stammen allesamt aus dem Ausland. Zwei vom afrikanischen Kontinent, vier aus Osteuropa wie Stella Radu und zwei aus der Türkei. Sechs Frauen, zwei Männer. Keiner davon ist über fünfundzwanzig Jahre alt."

„Je jünger, desto besser manipulierbar, vermute ich", erwiderte die Kommissarin bitter. „Hat Li-Ming den Autopsiebericht über Dr. Kling geschickt?"

„Ja, liegt in deinem Postkasten", antwortete der Youngster.

„Danke, Kevin", meinte Becca, während sie auf die Rauchglaswand zusteuerte. *Ob Li-Ming die Obduktion von Jan persönlich durchführt? Oder delegiert sie es, weil sie sich gekannt hatten?* Für einen kurzen Augenblick hielt die Kommissarin inne, als sie ihr Büro betrat und betrachtete schweigend den leeren Schreibtischstuhl von KHK Herz. Ihr Blick schweifte zum Whiteboard hinüber, wo seine Handschrift Ermittlungsschritte abbildete. Ein Zeugnis seines Lebens in Schwarzweiß. Man hatte den Eindruck, er würde jeden Moment hereinkommen und seine Arbeit daran fortsetzen.

Ablenken, wenn die Gedanken einen überwältigen, meint Dave Bernstein, rief sich Becca ins Gedächtnis. Mit einem tiefen Seufzer setzte sich die Kommissarin an ihren Monitor und rief ihr Mailprogramm auf.

Der Obduktionsbericht von Horst Kling aus der Pathologie beschrieb, dass der Augenarzt in dem Zimmer, indem Becca und Jan ihn aufgefunden hatten, aus nächster Nähe erschossen worden war. Ein einziger Schuss aus kurzer Distanz hatte dem Leben des Mediziners ein Ende gesetzt.

Diese Erkenntnis wurde durch die vorliegende Aussage der Ehefrau gestützt. Frau Kling gab vom Krankenhausbett der Entbindungsstation aus zu Protokoll, dass ein wildfremder Mann urplötzlich und lautlos wie ein Geist in der Terrassentür erschienen war, die das Ehepaar kurz vorher geöffnet hatte, um den Hund in den Garten zu lassen. Frau Kling äußerte, dass dann alles Weitere sehr schnell gegangen sei. Der Arzt und seine Gattin waren vor dem Killer, der für jedermann sichtbar eine Waffe in der Hand hielt, in das obere Stockwerk geflüchtet. Der Hund hetzte hinterher. Dieser stoppte jedoch oben angekommen instinktiv, um den Verfolger zu stellen und seine Familie zu beschützen. Der Eindringling erschoss kurzerhand den am Treppenabsatz geifernden Dobermann und wenige Sekunden später ohne Zögern auch den Augenarzt vor den Augen seiner schreienden Ehefrau. Diese, so der Bericht weiter, flüchtete panisch den Flur entlang. Der Auftragsmörder hatte Frau Kling, die wegen des enormen Bauchumfangs eingeschränkt war, rasch eingeholt und mit seiner Waffe bedroht. Er zögerte offensichtlich, diese zu benutzen. Sein eigentlicher Auftrag, den Mediziner zum Schweigen zu bringen, war erledigt und vermutlich hatte selbst ein abgebrühter Profikiller Skrupel, eine hochschwangere Frau hinzurichten. In diesem Moment des Zögerns war urplötzlich KHK Herz ins Zimmer gestürmt, der dann binnen Sekunden kaltblütig von dem hinter dem Türblatt lauernden Killer erschossen wurde.

Weiter sagte Frau Kling glaubhaft aus, dass sie von den Geschäften ihres Gatten keine Ahnung hatte. Sie war nie in der Praxis ihres Ehegatten beschäftigt gewesen. Man hörte ihrer Wortwahl an, dass sie entsetzt über die Vorstellung war, ihr Mann könne illegale Operationen durchgeführt haben. Ihr eigener Job war es, sich um Haus und Kind zu kümmern. Dass die elfjährige Sophie an diesem Tag bei einer Freundin übernachtete, war ein glücklicher Zufall. Dieser Umstand hatte der Tochter vielleicht das Leben gerettet.

Die Kommissarin überflog ebenso den Bericht der Polizeidirektion Friedrichshafen und des SEK. Miron Kuzorra, der Profikiller, den sie in der Villa festnehmen konnten und der Jan auf dem Gewissen hatte, war kein Unbekannter. Seine Akte war so dick wie Tolstois Krieg und Frieden. Wobei das Wort Frieden darin nicht annähernd vorkam.

Kuzorra wuchs als Sohn eines Kneipenbesitzers in Warschau auf und beging erste Kleindiebstähle im zarten Alter von elf Jahren. Dann schloss er sich einer Jugendgang an. Mit vierzehn war er das erste Mal reif für den Jugendknast. Zwei Jahre saß er ab und als er wieder rauskam, wurde es zunächst einige Zeit still um ihn. Kuzorra zog nach Berlin. Anschließend wurde er, inzwischen volljährig, bei einem bewaffneten Raubüberfall erneut festgenommen. Er schwieg zu den Tatvorwürfen, wurde zu insgesamt vier Jahren verurteilt und begann nach seiner Entlassung eine steile Karriere als Profikiller. Immer im Dienst desjenigen, der am besten zahlte. Bisher war es ihm gelungen, geschickt durch alle Maschen der Justiz zu schlüpfen. Seine mutmaßlichen Morde konnten ihm nie bewiesen werden.

Offenkundig hatten sie die Ereignisse mit den aufgeschlitzten Reifen und der toten Katze auf Beccas Motorhaube, ebenfalls ihm zu verdanken. Gegen gute Bezahlung, versteht sich. Doch von wem bezahlt? Lobwild?

Der wird niemals aussagen, war der Kommissarin sofort klar. Das Verhör der Kollegen gestern verlief dem entsprechend einseitig. Diesmal jedoch würde man diesem miesen Subjekt, bei einer derart eindeutigen Beweislage, den Mord an Dr. Kling und Jan Herz zur Last legen können. Sein Schweigen würde nichts nutzen. Die Hinrichtung eines Kripobeamten wog dabei schwer. Das zu erwartende Strafmaß würde sich sehen lassen können. Miron Kuzorra würde für viele Jahre hinter Gittern wandern. Zu den Hintergründen seiner Tat und wer sein Auftraggeber gewesen war, erfuhr die Justiz jedoch von so einem nicht. Schweigen war Ehrensache.

Der leere Stuhl von Jan klaffte wie eine offene Wunde im Raum. Beccas Blick wanderte unwillkürlich immer wieder zu seinem Platz. *Werde ich ihn tatsächlich vermissen?*

Ihr fiel dabei auf, dass auch Martinas Stuhl seit ein paar Wochen verwaist war. Wir werden immer weniger, ging es ihr durch den Kopf. Wie die zehn kleinen – *Stopp!* – Die Kommissarin bemerkte, dass dieser Reim aus ihrer Kindheit stammte und als nicht mehr zeitgemäß galt. Man sollte sich solche relikthaften Automatismen abgewöhnen, befand sie selbstkritisch.

Dennoch, die Tatsache blieb. Ihr Team schrumpfte bedrohlich.

Deprimiert kopfschüttelnd wandte sich die Kommissarin erneut den Berichten vom Vortag zu. Sie hatten den immer noch schweigenden Anästhesisten mit dem Umstand konfrontiert, dass sein Mitstreiter aus dem Lobwildschen OP, Dr. Kling, im wahrsten Sinne des Wortes mundtot gemacht worden war. Es erschien naheliegend, dass der Profikiller bei dem Narkosearzt sein begonnenes Werk fortgesetzt hätte. Leider mauerte der Mediziner trotz dieser Bedrohung beharrlich weiter. Oder gerade deshalb. Entweder war er sich sicher, dass ihm keine Gefahr drohte, oder er hatte Angst, dass er erst recht beiseite geräumt würde, sollte er auspacken. So oder so, für die Kommissarin und ihr Team war das Ergebnis dasselbe.

Der Mord an Stella Radu war nicht eindeutig aufgeklärt. Hugo Lobwilds Beteiligung daran ließ sich partout nicht nachweisen. Die von Inge Lobwild noch weniger und der Profikiller kam nicht für die Art und Weise dieses Mordes in Frage. Von den operierten Personen, deren DNA sie im Keller gefunden hatten, fehlte weiter jegliche Spur.

Der Frust nimmt kein Ende, dachte Becca und fuhr sich mit beiden Händen durchs kurze Haar. Sie fühlte sich, als würde ihr eigener Körper Tonnen wiegen. Alles wirkte eigentümlich schwer und mühsam. Sogar die Gedanken waren zäh. Der Arbeitstag zog sich in die Länge.

Eine WhatsApp ihrer Mutter ploppte auf.

Alles in Ordnung stand auf dem Display. Sie würden sich wie abgemacht, an Tajas Geburtstag auf dem Friedhof am Montag sehen, schrieb Helga Brigg ihrer Tochter.

Alles in Ordnung?

Die Kommissarin starrte auf die Buchstaben, die ihr Smartphone im hellgrünen Frame präsentierte. *Nichts ist in Ordnung, verdammt!* Meine Schwester ist gestorben, mein Vater entpuppt sich als Alkoholiker, mein Partner wurde ermordet und ich kann den Fall nicht lösen, schoss ihr eine erdrückende Lawine von Gedanken durch den Kopf. Ein hysterisches Lachen bahnte sich seinen Weg durch ihre Kehle.

Gegen sechszehn Uhr verließ die Kommissarin an diesem Freitag das Präsidium. Endlich! Sie hatte zunehmend das Gefühl, es keine weitere Minute mehr in dem Raum mit dem leeren Stuhl auszuhalten.

Eigenartigerweise kam Gato Macho nicht angelaufen, als sie müde ihre Haustür aufschloss und sofort machte sich ein warnendes Gefühl in ihr breit. Etwas stimmte nicht. Das Tier war in seinen Gewohnheiten absolut zuverlässig. Sie war Hab-acht-Stellung und betrat vorsichtig sie den Flur.

Dann sah sie Licht in ihrem Wohnzimmer brennen.

Als die Kommissarin, instinktiv immer noch auf der Hut, den Raum betrat, lag Aage auf ihrem Sofa, den schnurrenden Kater an seine Füße gekuschelt.

Das hatte sie komplett vergessen.

Wollte er nicht erst am Samstag kommen?

Der Schwager lag mit angewinkelten Beinen auf der Seite. Seine großen Hände ruhten halb geöffnet vor der mächtigen breiten Brust. An dem nordischen Hünen wirkte alles eigentümlich riesig. Das weißblonde Haar war zerzaust und sein Atem floss ruhig und regelmäßig, der Mund mit den vollen Lippen war ein wenig geöffnet. Seine Gesichtszüge schienen entspannt und weich.

Ein Wikinger, der zu viel Met getrunken hat, assoziierte Becca in Gedanken. Sie setzte sich still auf den Sessel, der ihm am nächsten stand, um den Schwager zu betrachten. Ihre Jacke hat sie immer noch an. Das Bild des schlafenden Mannes wirkte so unendlich friedvoll und weckte in ihr die Sehnsucht, sich am liebsten danebenzulegen.

Einfach ausruhen.

Dem hellhörigen Kater war unterdessen Beccas Ankunft nicht verborgen geblieben. Gato Macho erhob sich gähnend, vollführte einen gewaltigen Katzenbuckel und lief anschließend gemächlich Richtung Becca. Er balancierte dabei über Aages Beine, dessen Hüften, die Rippen und als er den kräftigen Oberarm erklomm, schlug Aage, nun doch durch das Gewicht des Katers gestört, die Augen auf.

„Sitzt du schon lange da?", fragte er und setzte sich langsam blinzelnd auf. Der rotblonde Hüne fuhr sich mit fünf Fingern durch das vom Schlaf verstrubbelte Haar.

„Ein bisschen", meinte die Kommissarin, die insgeheim bedauerte, dass der friedvolle Moment vorüber war. „Ich wollte dich nicht wecken."

„Dein Kater ist nicht so rücksichtsvoll", schmunzelte Aage verschmitzt. „Ich habe es zu Hause einfach nicht mehr ausgehalten. Da bin ich einen Tag früher als geplant losgefahren. Ich musste wegen der Ausgangssperre vor neun Uhr hier ankommen. Echt schräg, das mit dem Virus, oder?" Und als Becca nicht antwortete, fuhr er fort, „du siehst ziemlich fertig aus. Hattest du Stress bei der Arbeit?"

Die Kommissarin blieb stumm. Ihre Kehle war wie zugeschnürt. Sie bekam lediglich die Andeutung eines Nickens hin, dann bahnte sich unerwartet eine einzelne Träne langsam ihren Weg und hinterließ eine feuchte Spur auf ihrer Wange. Eine salzige Linie der Verzweiflung. Sie wusste selbst nicht, wieso ihr urplötzlich zum Heulen zumute war.

Ruckartig stand sie auf, um den peinlichen Moment zu überspielen. Gefühle, offen zu zeigen, war normalerweise nicht ihr Ding. Aber auch Aage hatte sich zufällig zeitgleich mit ihr vom Sofa erhoben. Der Abstand zwischen ihren Körpern war, wie sie so dastanden, gering und ein Eindringen in die Intimzone des Anderen. Eigentlich müssten sie einen Schritt zurücktreten. Aber sie taten es nicht. Beide nicht. Die wenigen Zentimeter Luft zwischen ihnen vibrierten förmlich.

Als Becca langsam den Kopf in den Nacken legte und zu Aage aufsah, verlor sie sich in seinen hellblauen Augen, aus denen er auf sie herabschaute. Ihre Tränen flossen jetzt ungehemmt aus ihr heraus. Und es dauerte nur einen Bruchteil von Sekunden bis seine Arme ihren schluchzenden Körper wie ein schützender Kokon umschlossen. Sie spürte, wie seine große Hand durch ihr Haar strich.

„Schtttt. Ist ja gut."

Beccas Körper drängte sich instinktiv dicht an den Wärme ausstrahlenden Mann. Sie fühlte sich durch die hünenhafte Gestalt des Schwagers behütet und geborgen. Seine Körperwärme drang weiter zu ihr durch, als er ihr tränennasses Gesicht zärtlich mit seinen Lippen berührte. Schließlich hob er sie wortlos hoch, als würde sie rein gar nichts wiegen, und Beccas Beine umschlagen wie von selbst seine Hüften. Behutsam, als hielte er eine wertvolle Fracht, trug er sie Richtung Schlafzimmer. Keiner von ihnen sagt ein Wort und nur das tiefe Schnurren des Katers strömte durch die Luft.

Ein paar Stunden später, nachdem sie sich ausgiebig geliebt hatten, lagen sie erschöpft in Hypnos Armen. Der Gott des Schlafes wachte über das neugeborene Liebespaar und die Kommissarin fand seit langer Zeit das erste Mal zu einem erholsamen Ausruhen zurück.

Als sie aufwachte, war es fast Mittag geworden und Aage hatte den Kater gefüttert sowie Frühstück gemacht. Es fühlte sich so normal an, als seien sie ein altgedientes Ehepaar.

Das ganze Wochenende verbrachten Schwager und Schwägerin miteinander redend, weinend und lachend. Aage sprach von seiner kurzen Affäre mit Sabine und über seine Trauer um Taja. Becca erzählte von ihrem alkoholkranken Vater und den unbefriedigenden Ermittlungsergebnissen. Sogar die Bedrohung durch das Coronavirus war Teil der wohltuenden Gespräche. Ganz zuletzt berichtete Becca von dem gewaltsamen Tod Jans, von ihren Schuldgefühlen und ihrer Ohnmacht. Sie saß dabei zwischen seinen Beinen und lehnte sich mit dem Rücken gegen die breite Brust. Aages Arme umfingen sie zärtlich von hinten.

„Konntest du eigentlich herausfinden, warum dein Kollege sich euch anderen gegenüber immer so seltsam verhalten hat?", fragte Aage nach, während sein Atem ihr Ohr streifte. Es kitzelte. Die Kommissarin blickte durchs Wohnzimmerfenster und sah einen winzigen, bräunlichen Vogel vorbeiflattern. *Ein Zaunkönig?!*

„Ja". Traurig blickte sie weiter hinaus in die beginnende Abenddämmerung. „Hätte ich früher gewusst, was mit ihm los ist, dann wäre ich ganz anders mit Jans schrägem Verhalten umgegangen."

„Sicher wärst du das." Aages tröstende Stimme fühlte sich an wie Balsam. „Du wusstest es aber nicht. Darum gehe nicht so hart mit dir ins Gericht. Es ist doch völlig normal, dass man deutlich mehr Verständnis für etwas aufbringt, wenn einem die jeweiligen Hintergründe bekannt sind. Das ist nur menschlich, findest du nicht?"

Später kochten sie zusammen Spaghetti Carbonara und tranken eine Flasche dunkelroten Rioja Reserva dazu. Den Rest des Abends verbrachte das Paar im Bett.

Ihre Seelen und ihre Körper surften im Einklang auf derselben Welle. Beide hatten sie in den letzten Monaten schmerzhafte Verluste erlitten. Ihre immer noch blutenden Wunden intensivierten die Nähe, die sie mit dem jeweils anderen verband.

Westafrika

Montag, der 30. 03.2020

Während der Fahrt ins Präsidium sang an diesem Morgen Israel Kamakawiwo'ole sein Medley *What a wonderful world* im Radio und Becca ertappte sich dabei, wie sie mit der unvergleichlich empathischen Stimme des Hawaiianers mit summte. Lang entbehrte Glücksgefühle durchströmten die Kommissarin und die Endorphine tanzten im Rhythmus der Musik.

Als sie im Büro eintraf und ihr Blick auf den leeren Stuhl von Jan fiel, war die gute Laune augenblicklich verflogen. Die bittere Realität holte sie schneller auf den Boden der Tatsachen zurück, als ihr lieb war. *Weshalb hatte das alles passieren müssen?*

Das Klingeln des Telefons schreckte Becca einmal mehr aus den einsetzenden, trüben Gedanken.

„Ja?“ Ihr Blick wanderte stirnrunzelnd zu dem Einblatt auf der Fensterbank. Die Anzahl der welken Blätter hatte in den letzten Tagen deutlich zugenommen. Einige hatten unschöne braune Flecken.

„Staatsanwaltschaft“, antwortete Johanna Winkler knapp in geschäftsmäßigem Ton. „Ich setze Sie davon in Kenntnis, dass wir die beiden Wissenschaftler in diesem Augenblick auf freien Fuß setzen.“

„Sie sehen mich nicht überrascht, Frau Winkler“, kommentierte Becca trocken. „Damit hatte ich ehrlich gesagt schon viel früher gerechnet. Sind deren Aussagen überhaupt in irgendeiner Weise gerichtlich verwertbar?“

„Sagen wir mal so, Frau Brigg, die beiden verkappten Frankensteins sollten sich nach einem anderen Beruf umsehen, oder, in Dr. Kobayashis Fall, in Rente gehen. Die zwei Herren äußern sich weiter nicht darüber, wer was organisiert hat. Dieser Punkt bleibt für uns vorerst ungeklärt. Gerichtlich ist die Sache beschränkt auf den Verstoß gegen das Tierschutzgesetz, Anstiftung zum Diebstahl sowie Verstoß gegen die Gentechnik-Sicherheitsverordnung. Nach meiner Einschätzung dürften beide Wissenschaftler, je nach Richter, mit einer

Bewährungsstrafe samt sechsstelliger Geldstrafe davon kommen."

„Und unser Anästhesist?", hakte Becca ein.

„Auf den kommt einiges mehr zu, aber auch ihn werden wir demnächst aus der U-Haft entlassen müssen. Aktuell können wir nicht nachweisen, dass einer der Patienten nachhaltig körperlich geschädigt wurde, da diese uns, abgesehen von Stella Radu, nicht bekannt sind. Dass der Narkosearzt ihr Mörder ist, ist nicht ansatzweise nachvollziehbar. Er wird sich zu einem späteren Zeitpunkt gerichtlich wegen des Verstoßes gegen das Transplantationsgesetz mit gefährlicher Körperverletzung verantworten müssen. Mit ziemlicher Sicherheit wird dieser Mediziner seine Approbation verlieren. Zudem droht ihm der endgültige Entzug seiner vertragsärztlichen Zulassung durch die Ärztekammer. Beides zusammen kommt einem langfristigen Berufsverbot gleich." Die Staatsanwältin klang durchaus befriedigt.

„Und was ist mit Hugo Lobwild?", wollte Becca wissen, die irgendeine Form der Zufriedenheit gegenwärtig nicht ansatzweise nachvollziehen konnte.

„Der anfängliche Haftgrund der Verdunklungsgefahr greift nicht mehr. Auch Fluchtgefahr scheidet aus, nachdem seine Frau die Scheidungspapiere offiziell eingereicht hat und somit die Trennung des Ehepaars amtlich ist. Vielleicht können wir Lobwild noch ein paar wenige Tage hierbehalten aber früher oder später, und ich sage das jetzt nur sehr ungern, Frau Brigg, werden wir ihn bis zu seinem Prozess gehen lassen müssen." Die Begeisterung in der Stimme der Staatsanwältin hatte spürbar nachgelassen. „Wir können ihm weder den Mord an Stella Radu nachweisen noch, dass er seine Tochter möglicherweise missbraucht hat. Auch einen potentiellen Missbrauch der operierten Patientinnen in dem Kellerzimmer seiner Villa können wir nicht beweisen. Die Aussage des bedauerlicherweise minderjährigen Marvin von Schröterlust ist, allein für sich stehend, zu dünn, um daraus eine Anklage zu stricken. Und das illegale Labor bildet ebenfalls zu meinem Bedauern keinen hinreichenden Haftgrund ab, da er ja dort selbst nicht aktiv war."

Frustriert blickte Becca zu ihrer sterbenden Zimmerpflanze auf der Fensterbank. Die Vergänglichkeit spiegelte den Misserfolg. Vielleicht sollte ich den Dienst quittieren und was anderes machen, ging es ihr spontan durch den Kopf. Wobei ihr in dem Moment als sie es dachte, bereits klar war, dass das nicht in Frage kam.

„Wir brauchen dich dringend Becca", erschien Kevin überraschend in der Türfüllung und platzte mitten in das deprimierende Telefonat. Der Youngster ruderte dabei aufgeregt mit seinen Armen, bevor er, ungeachtet dessen, dass seine Chefin immer noch den Telefonhörer in der Hand hielt, weiter lossprudelte.

„Wir haben Kontakt zu einer der operierten Patienten!"

„Ich muss Schluss machen, Frau Winkler", meinte Becca augenblicklich und knallte das Telefon, ohne eine Antwort abzuwarten, in die Basisstation zurück.

„Wer ist sie, Kevin? Red schon!"

„Es ist einer der Namen, die wir im Computer von Dr. Kling gefunden haben. Sie heißt Bintou Kah, lebt in Gambia, Westafrika und ist siebzehn Jahre alt. Ich konnte sie beim Durchforsten der Flugpassagierlisten finden. Frau Kah ist im Januar 2019 von der Hauptstadt Banjul nach Frankfurt geflogen. Im Februar flog sie dann wieder auf den afrikanischen Kontinent zurück. Ayla hat die deutsche Botschaft in Gambia bereits um Amtshilfe gebeten. Sie konnten die Frau zügig zu einem ersten Gespräch überreden. Laut der Botschaft ist die junge Dame bereit, für eine Aussage vor Gericht nach Deutschland zu fliegen."

„Haben die ihre vorläufige Befragung schon an uns gefaxt?", meinte Becca, ebenfalls von der Aufregung gepackt. Es wäre zu schön, endlich etwas greifbar Belastendes in die Finger zu bekommen. Hoffnung keimte auf, Hugo Lobwild doch noch einer gerechten Strafe zuführen zu können. Die Kommissarin hatte durch den Tod von KHK Herz mehr als nur eine Rechnung mit dem Fleischmogul offen.

Kevin wedelte statt einer Antwort vergnügt mit einem weißen Papier in der Hand und legte es vor seiner Chefin auf die Schreibtischfläche. In der oberen linken Ecke des Dokuments prangte der Bundesadler mit dem Schriftzug *Botschaft der Bundesrepublik Deutschland in Banjul*. Protokoll einer Zeugenvernehmung, lautete die fettgedruckte Überschrift, der dann das heutige Datum sowie Name, Anschrift und Geburtsdatum der Zeugin folgten. Die schriftliche Aussage war nach der Übersetzung aus dem Englischen, wortwörtlich in Deutsch abgedruckt.

Ein ziemlich zuvorkommender Service befand die Kommissarin.

Botschaft: „Bitte schildern Sie, warum Sie im Jahr 2019 nach Deutschland reisten und wie es dazu kam."

Zeugin: „Ich wurde von einer Organisation angesprochen, die sich *Augenlichter Europa* nannte."

Botschaft: „Wer genau hat Sie kontaktiert? Und wo?"

Zeugin: „Ein Mann kam zu mir nach Hause. Ich lebe in einem kleinen Dorf abseits der Hauptstadt. Er sprach zunächst mit meiner Mutter und dann mit mir selbst. Der Mann erklärte uns, dass er meine Adresse von dem Augenarzt in Banjul bekommen hatte. Ich war dort drei Jahre zuvor gewesen, weil mein rechtes Auge immer schlechter wurde. Es schmerzte und tränte. Der Arzt in Banjul konnte mir damals nicht helfen und meine Familie hatte kein Geld für eine Klinik mit teuren Untersuchungen. Irgendwann sah ich gar nichts mehr damit. Ich war deshalb sehr verzweifelt. Der Mann, der zu mir nach Hause kam, sagte, dass die Stiftung *Augenlichter Europa* mir mit einer Operation in Deutschland helfen würde. Ich könnte danach auf dem erblindeten Auge wieder sehen. Die Stiftung würde für alle Kosten aufkommen. Meine Mutter und ich unterschrieben die Papiere und ich flog nach Deutschland."

Botschaft: „Wie hieß der Mann, der bei Ihnen war. Wie sah er aus?"

Zeugin: „Er nannte sich Ebrima und war Gambier, wie ich selbst. Seinen Nachnamen hat er nicht genannt. Ich habe ihn nur zweimal gesehen. Er sah aus wie ein ganz normaler Typ. Schlank, kurze Haare, groß ... wir waren einfach so glücklich, dass uns jemand helfen wollte. "

Botschaft: „Wer hat Sie am Flughafen in Frankfurt abgeholt?"

Zeugin: „Eine Frau. Sie hieß Inge. Den Nachnamen sagte sie nicht, aber sie gehörte zur Stiftung und sie fuhr ein Auto, das keine Geräusche machte, was mir zuerst sehr unheimlich vorkam."

Botschaft: „Wie meinen Sie das, dass das Auto keine Geräusche machte?"

Zeugin: „Na ja, es war eigenartig. Das Auto schien keinen Motor zu haben, aber es fuhr völlig normal. Es war ein schickes, schnelles Auto und sah ganz neu aus. Ich kannte damals noch keine Elektrofahrzeuge, darum verwirrte mich das anfangs sehr."

Botschaft: „Würden Sie die Frau wiedererkennen, Frau Kah?"

Zeugin: „Ja, natürlich."

Botschaft: „Wohin brachte Sie diese Inge?"

Zeugin: „Wir fuhren viele Stunden mit diesem stillen Auto. Es war Nacht, als wir ankamen, und ich bin während der Fahrt eingeschlafen. Ich war von der Aufregung des Flugs und der Zeitverschiebung sehr erschöpft, wissen Sie. Ich weiß deshalb nicht, wohin wir genau fuhren. Als wir ausstiegen, sind die Frau und ich in ein riesiges, vornehmes Haus hinein gegangen. Im Keller gab es ein eigenes Zimmer für mich. Ich hatte noch nie einen eigenen Raum für mich alleine, wissen Sie. Und schon gar kein eigenes Bad. Die Seife duftete nach Blüten und auf dem Toilettenpapier waren hellblaue Blumenmuster gedruckt. Es war sehr elegant. In dem Raum stand ein Doppelbett mit feiner Bettwäsche bezogen und ein ausladender Spiegel hing an der Decke, so dass man sich selbst darin liegen sehen konnte. Außerdem erhielt ich jeden Tag ein warmes Essen und durfte mir so viel Speisen nehmen, wie ich wollte. Nur den Raum verlassen sollte ich zu meiner eigenen Sicherheit nicht."

Botschaft: „Haben Sie versucht das Zimmer zu verlassen?"

Zeugin: „Ja, einmal. Aber es war abgeschlossen."

Botschaft: „Wer brachte Ihnen die Mahlzeiten?"

Zeugin: „Inge. Sie kam regelmäßig zweimal am Tag zu mir herunter. Zunächst glaubte ich, ich wäre im Paradies. Klar, ich litt ein wenig darunter, so viel allein zu sein, und zudem bat mich Inge, dass ich mich ruhig verhalten sollte. Sie sagte, es gäbe noch mehr Patienten im Haus und die sollten nicht gestört werden. Es hörte sich plausibel an, also hielt ich mich daran. Zwei Tage später erhielt ich morgens kein Frühstück und Inge fuhr mich mit dem Auto in eine Klinik, die sich ebenfalls in einem Keller befand. Ein Arzt hat mich untersucht. Dann bekam ich eine Narkose und schlief ein. Als ich aufwachte, lag ich in einem winzigen kahlen Zimmer. Meine Hände waren an das Bett gefesselt und ein fester Verband war um meine Augen gewickelt, so dass ich nichts sehen konnte. Mir wurde schon vor der OP von dem Arzt mitgeteilt, dass ich einen Verband tragen würde beim Aufwachen, doch ich hatte nicht geahnt, dass sich das so schlimm anfühlen würde, völlig blind zu sein. Ich versuchte, mich selbst damit zu beruhigen, dass dies nur vorübergehend wäre, bis der Verband abgenommen werden könnte."

Botschaft: „Hatten Sie Schmerzen?"

Zeugin: „Nein. Eigentlich nicht. Aber ich hatte große Angst.

Irgendwie schlief ich wohl trotzdem erneut ein."

Botschaft: „Würden Sie den Arzt, der Sie vor der Narkose untersuchte, wiedererkennen?"

Zeugin: „Ja, ich denke schon."

Botschaft: „Was geschah anschließend?" *Anmerkung: Die Zeugin zögert mit der Antwort.*

Zeugin: „Als ich das nächste Mal aufwachte, war ich zurück in dem Kellerzimmer des eleganten Hauses. Ich lag auf dem großen Bett, meine Hände waren wieder frei, aber der Verband um meine Augen war noch da."

Botschaft: „Woher wussten Sie, wo Sie sind? Sie konnten doch nichts sehen, oder?"

Zeugin: „Ich fühlte es. Die Matratze knarzte leicht, wenn man sich drehte. Später tastete ich mich langsam durch den Raum und fand das Badezimmer. Es war ganz sicher derselbe Raum, dieselben Möbel, derselbe Geruch, die gleiche Seife."

Botschaft: „Wie lange waren Sie insgesamt dort?"

Zeugin: „Etwa vier Wochen. Ich bekam, bevor ich nach Gambia zurückflog, einen Vorrat an Tropfen für mein Auge mit und sollte diese ein Jahr lang anwenden."

Botschaft: „Können Sie auf dem operierten Auge inzwischen wieder sehen, Frau Kah?"

Zeugin: „Ja. Ich sehe nicht alles scharf, aber ich kann wieder etwas damit erkennen. Ich bin diesen deutschen Ärzten dankbar. Sie haben mein Leben besser gemacht. Ich schäme mich ein wenig, dass ich jetzt mit Ihnen hier spreche. Diese Menschen haben mir wirklich geholfen, so wahr ich hier vor Ihnen sitze."

Botschaft: „Weshalb tun Sie es trotzdem?" *Anmerkung: Die Zeugin antwortet nicht.* „Ich wiederhole meine Frage, Frau Kah. Warum sind Sie bereit, auszusagen, wenn Sie sich diesen deutschen Ärzten gegenüber so sehr zu Dank verpflichtet fühlen?"

Zeugin: „Ich habe ein Kind. Einen Jungen. Er ist 5 Monate alt."

Botschaft: „Sie waren vor 15 Monaten für vier Wochen in Deutschland. Wollen Sie uns damit zu verstehen geben, dass Ihr Kind in Deutschland gezeugt wurde?" *Anmerkung: Die Zeugin antwortet erneut nicht.* „Frau Kah, bitte, Sie müssen uns jetzt alles sagen, was Sie wissen. Es ist wunderbar, dass die Hornhauttransplantation Ihr Augenlicht retten konnte. Das nimmt Ihnen auch niemand mehr weg. Aber diese

Operationen sind illegal und Menschen sind deshalb zu Schaden gekommen. Sie haben enormes Glück gehabt, dass Ihnen nichts geschehen ist. Eine andere junge Frau hatte nicht dieses Glück und hat mit ihrem Leben dafür bezahlt. Bitte, sprechen Sie mit uns."

Zeugin: „Es begann, als ich aus der Narkose erwachte. Ich war wach, aber irgendwie auch nicht. Alles erschien so weit weg. Wie wenn ein Film abläuft. Ich konnte eine Infusionsflasche über mir erkennen und dann spürte ich fremde Hände auf meinem Körper. Jemand strich mir eine Haarsträhne sanft aus dem Gesicht. Die Finger streiften den Hals entlang und dann über meine Brust. Ich war nicht zugedeckt und die Finger fingen an, das dünne Nachthemd nach oben zu schieben. Ich wollte mich dagegen wehren, aber meine Hände waren ans Bett gebunden und ich fühlte mich so unendlich schwach. Ich spürte, wie er mit einem Finger in mich hinein glitt, bis ich erneut weggedämmert bin. Ich habe keine Erinnerung mehr, was dann geschah. Ich wollte das wirklich nicht. Das müssen Sie mir bitte glauben." *Anmerkung: Die Zeugin weint.*

Botschaft: „Natürlich nicht. Ihnen ist ein großes Unrecht angetan worden. Helfen Sie uns, diejenigen zu bestrafen. Wir können Ihnen Gerechtigkeit verschaffen, wenn Sie uns alles erzählen. Wer war dieser Mann, Frau Kah? Wer hat das getan?"

Zeugin: „Ich weiß es nicht. Ich habe ihn nie gesehen. Auch die nächsten Wochen nicht, wenn er zu mir ins Zimmer kam. Ich kenne nur seine Stimme. Ich konnte durch den Verband nichts sehen."

Botschaft: „Der Missbrauch ging weiter? Die ganzen vier Wochen über?"

Zeugin: „Ja. Er kam jeden Tag in den Keller. Der Mann drohte mir, wenn ich schreie oder mich wehre, dass ich dann mein Augenlicht wieder verlieren würde und nicht mehr nach Hause zu meiner Mutter dürfte. Ich machte deshalb alles, was er sagte. Es war furchtbar. Er tat mir oft weh, so dass ich ganz wund war. Er dachte sich immer neue Sachen aus, die er von mir verlangte. Vielleicht hätte ich mich mehr wehren müssen. Aber ich hatte solche Angst und ich wollte nicht blind sein. Ich wollte doch in Gambia einen Mann finden und heiraten. Aber welcher Mann würde schon eine Frau mit nur einem Auge wollen?"

Botschaft: „Sie haben nichts falsch gemacht, Frau Kah. Gar nichts. Und Sie müssen ihr Verhalten ganz sicher nicht rechtfertigen. Sie hätten nichts dagegen tun können. Dass Sie heute mit uns sprechen, ist das einzig Richtige und es ist sehr, sehr mutig. Wären Sie mit der Entnahme einer DNA-Probe von ihrem Kind einverstanden? Es handelt sich dabei um einen völlig harmlosen Speicheltest. Wir können das Leid, das Ihnen angetan wurde, leider nicht rückgängig machen, aber zumindest sollten Sie finanziell dafür entschädigt werden. Das geht aber nur, wenn Sie uns helfen und bereit sind, das eben Gesagte vor Gericht auszusagen."

Zeugin: „Ja, ich willige in einen Test bei meinem Sohn ein. Ich werde auch vor Gericht aussagen, aber nur wenn ich diesem Mann dabei nicht persönlich begegnen muss. Das schaffe ich nicht."

Das Protokoll schloss mit den Worten, dass der Zeugin von Seiten der Botschaft psychologische Unterstützung vor Ort angeboten wurde. Außerdem wurden Frau Bintou Kah Fotos von den Verdächtigen vorgelegt. Sie identifizierte Inge Lobwild eindeutig als die Person mit dem geräuschlosen Auto. Des Weiteren erkannte Frau Kah den festgenommenen Anästhesisten als den Arzt, der sie untersucht hatte, bevor die Narkose eingeleitet wurde.

Becca hob den Kopf und sah in das feixende Gesicht von Kevin. Sein Grinsen wirkte ansteckend und zauberte ein Lächeln ins Antlitz der Kommissarin.

„Den Mord an Stella Radu können wir Lobwild zwar nicht nachweisen, aber wenn sich herausstellt, dass das Kind von Bintou Kah von ihm ist, dann haben wir endlich etwas, um das Schwein festzunageln," triumphierte sie. „Schon alleine die Aussage der jungen Frau wird ausreichen, ihm ordentlich eine zu verpassen. Da wird auch von Waldensturz nicht mehr viel für seinen Mandanten tun können. Schade, sein Gesicht, wenn er das erfährt, hätte ich gerne gesehen. Kevin, das war echt Spitzenarbeit von dir und Ayla! Martina wäre total stolz auf dich!"

Kevin Gesichtsfarbe war durch das ungewohnte Lob der Chefin zart errötet. „Wir bekommen den DNA-Abgleich morgen mitgeteilt."

„Es wird mir eine ganz besondere Freude sein, Lobwild das Ergebnis höchst persönlich mitzuteilen. Hoffen wir, dass mein Instinkt mich nicht täuscht und der Missbrauch nicht doch von einem der Ärzte begangen wurde."

„Wir versuchen auf jeden Fall, die anderen Patienten auch noch ausfindig zu machen", antwortete Kevin.

„Ja, tut das. Bleibt da unbedingt dran. Je mehr wir haben, desto besser. Ich schreibe jetzt ein paar der lästigen Berichte und gehe früher nach Hause. Wenn etwas Dringendes ist, bin ich auf dem Diensthandy erreichbar."

Meine tote Schwester hat heute Geburtstag und ich werde das zusammen mit ihrem Mann gebührend feiern, fügte sie plötzlich beschämt hinzu. Der schräge Gedanke ließ sich irgendwie nicht vermeiden. Woher er so urplötzlich auftauchte, war ihr indes völlig unklar. Bislang hatte sie sich über ihre Affäre mit dem eigenen Schwager nicht den Kopf zerbrochen.

Doch das Protokoll aus Banjul hinterließ zumindest ein nachhaltig zufriedenes Gefühl der Hoffnung in der Kommissarin, die gegen vierzehn Uhr aus dem Präsidium trat. Die fahle Märzsonne blinzelte ihr entgegen. Es wurde Zeit, nach Hause zu fahren und sich umzuziehen.

Aage verschlang Becca mit den Augen, als sie in Wittenhofen eintraf. Er hatte sich bereits in Schale geschmissen. Der oberste Knopf des weißen Oberhemds stand offen und ließ ein paar seiner rotgoldenen Brusthaare erkennen. Die dunkelgraue Anzughose konnte seine kräftigen Oberschenkelmuskeln nicht gänzlich kaschieren.

Er sieht wirklich umwerfend gut aus, dachte die Kommissarin, bevor Aage sie sanft in den Arm nehmen konnte und auf die Nasenspitze küsste.

„Ich habe dich vermisst heute Morgen", flüsterte seine Bassstimme in ihr Ohr.

„Jetzt bin ich ja da", erwiderte sie und schmiegte sich für einen Moment an ihn. Seine mächtigen Hände suchten sich derweil streichelnd einen Weg unter ihren Pullover, fuhren den nackten Rücken hinauf und fanden den BH-Verschluss. Becca überzog eine Gänsehaut, die sich augenblicklich bis in ihre Brustspitzen ausbreitete.

„Hmmm, leider muss ich mich umziehen gehen", murmelte sie bedauernd und drehte sich aus seinen Armen. Es kostete enorme Willenskraft, sich aus der Verlockung zu lösen.

Aage zog Becca an ihrem Handgelenk zurück in seinen Arm und säuselte, „warte, ich helfe dir beim Ausziehen ..." Die Kommissarin lachte und schubste den Hünen spielerisch von sich weg.

„Nein". Vehement schüttelte sie ihr kurzes, dunkles Haar. „Du wartest bis heute Abend, wenn wir heimkommen", meinte sie noch immer kichernd und rettete sich vor seinen erneut nach ihr greifenden Händen ins Badezimmer.

Eine Viertelstunde später saß das ungleiche Paar in Aages dunkelblauem BMW. Als sie auf ihrem Weg zum Überlinger Friedhof am Schloss Salem vorbeifuhren, musste Becca an Viktorias Freund Marvin denken. Hoffentlich konnte Staatsanwältin Winkler seine Eltern überreden, dass sie die Aussage schriftlich bekamen. Es wäre eine ideale Ergänzung zum Protokoll der Gambierin. Eine Woge der Befriedigung über den beruflichen Erfolg durchströmte sie.

Die Friedhofsgärtnerei hielt den von Aage bestellten Blumenstrauß mit sechsunddreißig Rosen schon bereit. Schleierkraut mit winzigen hellrosa Blütenköpfchen durchzogen deren tiefdunkles Rot. Die Kommissarin hatte sich für einen Strauß weißer Christrosen entschieden.

Der Überlinger Friedhof lag im frühlingshaften Sonnenlicht. Zarte Grüntöne bahnten sich jetzt, Ende März, erste Wege. Helga und Erich Brigg standen, sich gegenseitig Halt gebend, Arm in Arm vor dem Grab ihrer jüngsten Tochter, als Becca und Aage den Weg herauf schlenderten. Das heimliche Paar musste nicht darüber sprechen, dass sie sich vor Beccas ahnungslosen Eltern nicht berühren würden. Es schien selbstverständlich, dass dies heute nicht der Tag für Enthüllungen dieser Art war.

Genau genommen hatten die beiden Liebenden noch gar nicht über ihre Beziehung zueinander gesprochen. Was ihr näheres Umfeld von ihrer Liaison halten würde, wenn sie es mitbekamen? Sie schoben den Gedanken, was Taja dazu gesagt hätte, weit von sich.

Verdrängen machte glücklich. Zumindest kurzfristig.

Tajas letzte Ruhestätte schmückte ein schlichtes Holzkreuz. Das Kreuz würde erst Monate später durch einen schweren Stein ersetzt werden, wenn die aufgelockerte Erde der Erdbestattung sich nachhaltig abgesenkt hatte. Erich Brigg nickte Aage begrüßend zu. Nicht gerade freundlich aber immerhin. Beccas Mutter ignorierte den Schwiegersohn jedoch völlig. Sie hatte ihm die kurze Affäre mit Sabine immer noch nicht verziehen.

Das Gasthaus zum Felchen, in dem Tajas Geburtstagsgedenken nach dem Friedhofsbesuch heute eigentlich sein gebührendes Ende hätte finden sollen, war wie alle anderen Gastronomien auch, wegen der Coronaverordnung geschlossen. Wie das die einzelnen Betriebe in finanzieller Hinsicht überstehen sollten, stand in den Sternen. Normalerweise wären zu diesem traurigen Anlass Tante Hedwig und gleichfalls zwei ehemalige Freundinnen von Taja im Lokal mit dabei gewesen, die jedoch wieder ausgeladen worden waren. Denn die neuste Pandemie Verordnung erlaubte lediglich das Zusammentreffen von maximal fünf Personen aus zwei Haushalten.

Nichts war mehr, wie es einmal war. Selbst trauern nicht.

Auf der Fahrt zur elterlichen Wohnung, wo sie anstelle des Gasthauses zum Felchen das gemeinsame Gedenken in kleiner Runde ausklingen lassen wollten, sahen Becca und Aage zwischen den Häuserfronten ein Stück des Bodensees aufblitzen. Die Sonne funkelte wie tausend Diamanten auf der vom Wind aufgerauten Wasseroberfläche. Ein wunderbarer, wohltuender Anblick.

Später saßen sie bei Beccas Eltern zu viert am Esstisch.

Tajas Platz blieb leer.

Helga Brigg hatte Blumen auf ihren Teller gestreut und eine brennende Kerze loderte daneben. Sie aßen badisches Schäufele mit Kraut-Schupfnudeln, eines von Tajas Lieblingsgerichten. Erich Brigg hielt sich an einem Glas Orangensaft fest und man sah dem Expolizisten an, dass es ihm schwerfiel bei dem deftigen Essen in Gesellschaft. Wie gut hätte dazu ein Bier gepasst!

Auch er war nicht mehr der Alte. Becca vermisste die intensiven Gespräche mit ihrem erfahrenen Vater über die Arbeit im Präsidium. Das Feedback des gestandenen Polizeiveteranen war ihr immer als wertvolle Reflexion willkommen gewesen. Jetzt blockierte Erich Brigg alle Gespräche dieser Art. Er fühlte sich nicht als gleichwertiger Mensch, dem es zustand, sich eine Meinung zu ernsten Themen zu bilden. Der Vater sah sich selbst nicht mehr länger als Beschützer der Schwachen und Unterdrückten. Er strauchelte innerlich und hat enorme Mühe, diese Schwäche im Schach zu halten. Seine Scham über den Alkoholismus war übermächtig. Der Suchttherapeut, zu dem er jede Woche ging, hatte sich bislang vergeblich bemüht, dem beschädigten Selbstbewusstsein auf die Sprünge zu helfen. Denn allein der

Umstand, dass Erich Brigg die Kraft fand, sich der Sucht in den Weg zu stellen und sie zu bekämpfen, war mehr Stärke, als sie so manch einer aufzubringen vermochte. Beccas Vater gelang es jedoch bisher nicht, diesen schlichten Fakt zu begreifen. Das würde dauern.

Helga Brigg redete während des gesamten Essens ohne Punkt und Komma von Taja, ganz so, als könnte sie damit ihre Tochter in die Welt der Lebenden zurückholen. Sie ging dabei chronologisch rückwärts jede einzelne Geburtsfeier bis ins Detail durch, die sie einstmals gemeinsam feierten. Sie beschrieb haarklein, welchen Kuchen es gegeben hatte, wer als Gast anwesend gewesen war und welches Geschenk sie ausgesucht hatten.

Nur an ihren Schwiegersohn richtete sie an diesem Abend kein einziges Wort.

Die blanke Verzweiflung der eigenen Eltern auszuhalten, war ein harter Brocken für die Kommissarin. Becca und Aage waren letztlich froh, als sie sich wieder auf dem Rückweg nach Wittenhofen befanden. Die beiden Verliebten berauschen sich im Schlafzimmer körperlich ausgiebigst aneinander. Sie hielten sich gegenseitig fest und verdrängten die bösen Geister von Tod und Schuld. Schließlich schlief das Paar erschöpft eng umschlungen ein.

Kurz bevor Becca in dieser Nacht die Augen schloss, zog ein wohltuender Gedankenfaden durch ihren Kopf.

Meine kleine Schwester hätte mir dieses bisschen Glück gegönnt.

Freud und Leid

Dienstag der 31. 03.2020

„Guten Morgen, Herr Mayer." Die Kommissarin lief schwungvoll die Eingangstür des Präsidiums herein. Die Nacht war fantastisch gewesen und sie fühlte sich endlich einmal so richtig ausgeruht.

„Guade Morge, Frau Brigg. Au wenns heut ä rätes Sauwetter isch. Es wartet ä nette Überraschung drobe." Walter Mayer zwinkerte ihr schelmisch mit einem Auge zu und deutete mit ausgestrecktem Daumen zur Decke.

Als Becca oben angekommen gespannt die Tür zum Büro öffnete, saß Martina Weber an ihrem Platz und strahlte sie an. Daneben standen Ayla und Kevin, ebenfalls mit einem breiten Grinsen im Gesicht. Die Kriminalobermeisterin war ein wenig schmaler um die Hüften geworden und ihr Teint schien eine Spur blasser. Ihr vorher bereits maskulin wirkendes Gesicht wirkte noch eine Spur herber als vor der durchlebten Tragödie. Die unvorteilhafte Topffrisur war jedoch unverkennbar die alte. Martina Weber war der natürlich-praktische Typ geblieben, dem jedwede Eitelkeit abging.

Da die Frisörgeschäfte bis auf weiteres geschlossen sind, werden wir wohl alle vorübergehend auf gutes Aussehen verzichten müssen, dachte Becca amüsiert und jubelte dann lautstark los.

„Martina! Das nenne ich eine gelungene Überraschung! Und was für eine tolle! Ich hätte wirklich nicht so bald mit deiner Rückkehr gerechnet. Heißt das, du bist wieder im Dienst?"

Die Kommissarin schüttelte der Kollegin kräftig die Hand zum Willkommen und umarmte sie letztlich sogar. Die Einhaltung der distanzwahrenden Coronaregeln hatte sie in der Euphorie des Moments vollkommen verdrängt.

„Du entschuldigst, dass ich sitzenbleibe", meinte Martina mit ihrer tiefen Stimme selbstironisch, weiter grinsend, „das Aufstehen bereitet mir viel Mühe. Ich habe es einfach nicht mehr ohne die Arbeit ausgehalten. Da habe mich selbst entlassen. Das Bein wird sowieso nicht ganz das Alte werden. Joggen gehört für mich der Vergangenheit an. Aber trotzdem, ja, ich bin zurück. Zumindest für den Innendienst und aktuell nur halbtags, Stichwort geregelte berufliche Wiedereingliederung. Ich werde künftig euren Schreibtisch-Background darstellen."

„Mensch, Martina", machte sich die Erleichterung in Becca Luft, „das ist wirklich einsame Spitze. Endlich etwas richtig Positives. Du wirst schon gehört haben, was uns hier in den letzten Wochen, als du nicht bei uns warst, so alles um die Ohren geflogen ist. Du hast uns wahnsinnig gefehlt."

Martina nickte ernst. „Das mit Jan Herz ist entsetzlich. Auch wenn ich ihn persönlich kaum kennengelernt habe, es ist furchtbar, einen Kollegen im Dienst zu verlieren. Ich habe das in meinen über dreißig Dienstjahren zum Glück nur einmal erleben müssen. Ich erfuhr das alles erst vorhin. Durch dieses Virus war ich in der Reha-Klinik vollkommen von der Außenwelt abgeschnitten. Es darf dort schon seit Wochen kein Besuch mehr rein und auf die immer selben Pressemeldungen hatte ich keine Lust mehr. Also habe ich auch keine Zeitungen gelesen."

„Diese Pandemie macht uns allen auf die ein oder andere Art zu schaffen", schaltete sich Ayla ins Gespräch ein. „Wir hatten zwischenzeitlich sogar Staatsanwältin Winklers Kinder hier im Büro sitzen. Sie wusste nicht wohin mit ihnen, nachdem Schulen und Kita geschlossen wurden."

„Und Vorsicht vor Uwe Link", warf Kevin ein. „Der ist zum Gegner aller staatlichen Maßnahmen mutiert und wettert nur noch vor sich hin. Auch wenn seine Frau mit ihrer geschlossenen Boutique mir echt leidtut."

Martina nickte verständnisvoll. „Na ja, ich finde ebenfalls nicht alles super, was die Politik entscheidet. Aber so ist das halt in einer Demokratie, man muss die gegensätzlichen Meinungen aushalten. Ich habe heute Morgen vor Dienstbeginn den Fernseher zu Hause angehabt. Seit Ausbruch der Pandemie vor etwa acht Wochen haben wir 1120 Todesopfer in Deutschland zu beklagen. Ist das nicht unfassbar?"

Ayla, die wieder an ihrem Schreibtisch saß, kommentierte von ihrem Monitor hochblickend, trocken, „Und in diesem Moment ist die

Zahl auf 1121 Tote gestiegen. Soeben kam nämlich ein Mail herein, dass Pavel Anghelescu im Ravensburger Krankenhaus dem Coronavirus erlegen ist." Zu Martina gewandt fügte die Polizeisekretärin erklärend hinzu, „Der rumänische Schlachthelfer hat mit seiner Infektion bei unseren festgefahrenen Ermittlungen unbewusst den Stein ins Rollen gebracht. Kevin und Becca waren kurz nach seiner Krankenhauseinweisung sogar bei ihm auf der Isolierstation."

„Echt, jetzt?", gab Kevin erschüttert von sich. „Ich meine, wie lange ist das her? Elf Tage? Und dieses arme Schwein ist tatsächlich tot? Mensch, der Kerl war erst 28 Jahre alt! Das ist echt brutal. Ich sehe den Mann noch vor mir im Bett sitzen mit seiner Sauerstoffsonde in der Nase. Ich bekomme inzwischen immer mehr Respekt vor diesem verdammten Virus."

„Ich fürchte beinahe zu Recht", meinte Becca. „Aber es hilft nichts. Wir müssen da jetzt alle durch und das Beste annehmen. Und solange tun wir unseren Job. Ich würde vorschlagen, dass Kevin Martina auf den neusten Stand der Ermittlungen bringt. Ich erwarte, dass der DNA-Abgleich von Bintou Kahs Sohn bald eintrifft. Hoffen wir, dass wir Lobwild damit ins entscheidende Verhör schleifen können."

Das Ergebnis des Abgleichs flatterte um die Mittagszeit auf den Polizeiserver. Die Kommissarin setzte sich unverzüglich mit Dave Bernstein in Verbindung, der sie zum allerersten Mal in ihrem Büroraum aufsuchte. Der Blick des Psychologen blieb an Beccas Pflanzen auf der Fensterbank haften. Er deutete auf das kränkelnde Grün mit den Worten:

„Ihr Einblatt hat die Blattfleckenkrankheit. Da sollten Sie sich ein Fungizid besorgen." Seine Gesichtszüge wirkten interessiert und entspannt zugleich. „Kommen Sie. Der Schlachter wartet."

Becca, die vor Staunen über die unerwarteten botanischen Kenntnisse des Profilers den Mund nicht zu bekam, folgte ihm kommentarlos in den Verhörraum. Es erschien ihr irritierend bizarr, dass der Mann, der den übelsten Sorten von Verbrechern ins Gehirn schaute und sich beruflich mit Serienmördern auseinandersetzte, allem Anschein nach über ein sensibles Händchen für Topfpflanzen verfügte.

„Aha, ein neues Gesicht." Hugo Lobwild lehnte sich breit grinsend zurück. Die Untersuchungshaft verhalf seinem wahren Charakter immer deutlicher an die Oberfläche und er gab sich keinerlei Mühe, mehr zivilisiert zu wirken. Auch die Handschellen beeindruckten ihn nicht weiter.

„Wo haben Sie denn Ihren Kollegen Herz gelassen, Frau Kriminalhauptkommissarin?"

Es war offensichtlich, dass die Info über den Tod von Jan Herz bis in seine Zelle vorgedrungen war und er seine rhetorisch gemeinte Frage lediglich aus reiner Bösartigkeit in den Raum schleuderte. Der Profiler legte der Kommissarin, die gerade tief einatmend zu einer entsprechenden deftigen Antwort ansetzte, beschwichtigend die Hand auf den Unterarm.

„Dave Bernstein. Polizeipsychologe", stellte er sich betont höflich vor und ging auf Lobwilds Provokation nicht im Mindesten ein. Er lächelte den ehemaligen Unternehmer sogar freundlich dabei an.

„Ein Psychologe?" Hugo Lobwild lachte gehässig auf und fuhr spöttisch zu Becca gewand fort. „Ist Ihnen die Munition gegen mich ausgegangen, dass Sie jetzt Unterstützung beim Seelenklempner anfordern, Frau Brigg? Oder brauchen Sie nach dem Tod ihres Kollegen selbst einen an Ihrer Seite?"

Die Kommissarin hatte sich dank Daves ausgleichender Anwesenheit unter Kontrolle und schob dem Schlachthofbesitzer mit eisiger Miene und absolut kommentarlos das Ergebnis des DNA-Abgleichs vor die Nase.

Hugo Lobwild warf einen knappen Blick auf das Formular.

„Was soll das sein?"

„Laienhaft ausgedrückt, handelt es sich hierbei um einen Vaterschaftstest", antwortete Dave sachlich. In Hugo Lobwilds Augen erschien ein kurzes Aufflackern von Unsicherheit, bevor er demonstrativ desinteressiert den Blick Richtung Tür abwandte. Mit gelangweiltem Unterton antwortet er in den Raum hinein.

„Dann können wir das hier jetzt ja beenden. Ich habe kein Kind mehr. Meines ist tot, wie Sie ja hinreichend wissen."

Dave nickte Becca aufmunternd zu. Er überließ ihr gerne den Triumph, die nächste logische Antwort darauf zu geben.

„Falsch, Lobwild." Die Stimme der Kommissarin klang gefährlich ruhig und zudem eiskalt. „Eine der mittellosen, wehrlosen

Frauen, die Sie im Keller ihres Hauses wiederholt missbraucht haben, ist schwanger geworden und hat ein Kind zur Welt gebracht. Meinen Glückwunsch, Lobwild. Sie haben einen fünf Monate alten Sohn, dem ich von Herzen wünsche, dass er seinen biologischen Erzeuger nie wird kennen lernen müssen."

Für einen kurzen Moment war es so still im Raum, als würde die gesamte Welt den Atem anhalten. Dann hörte man vom Flur her gedämpft eine Tür zuschlagen und eine Polizeisirene klang aus der Ferne ins Zimmer hinein. Man sah förmlich, wie es hinter der Stirn von Hugo Lobwild fieberhaft arbeitete.

„Ich verlange, dass von Waldensturz unverzüglich hinzugezogen wird. Ihre Vorwürfe sind völlig haltlos. Ich habe keine Gewalt anwenden müssen. So etwas habe ich nicht nötig. Diese jungen Dinger waren ganz versessen darauf, mit einem echten Mann Sex zu haben, statt mit diesen unbeholfenen, gleichaltrigen Bübchen." Die Stimme des Fleischmoguls klang lange nicht mehr so überheblich wie noch vor ein paar Minuten.

„Sie widern mich an, Lobwild", entgegnete Becca. „Der Anruf zu von Waldensturz steht Ihnen frei, nachdem ich Sie über Ihre Rechte belehrt habe. Wobei Ihr Anwalt Ihnen da jetzt auch nicht mehr heraushelfen wird. Die Vaterschaft ist eindeutig und die junge Frau ist bereit, vor Gericht gegen Sie aussagen. Zudem verfügen wir über eine weitere Zeugenaussage bezüglich Ihrer Machenschaften." Becca konnte sich eines genussvollen Grinsens nicht erwehren. „Wir werden Sie wegen mehrfachem Missbrauch sowie Freiheitsberaubung mit Nötigung anklagen. Und ich bin mir sicher, Lobwild, dass wir mit der Zeit weitere Opfer auftreiben können, die die bereits jetzt schon eindeutige Beweislage zusätzlich untermauern werden."

„Und anschließend klagen wir Sie wegen des Mordes an Stella Radu an", schob Dave Bernstein süffisant hinterher. „Was ist da passiert, Herr Lobwild? Hat die junge rumänische Frau Ihnen gedroht? Sind Ihnen die Nerven durchgegangen?"

Der gelernte Metzger saß bleich und stumm auf seinem Stuhl, den Blick auf die davorliegende Tischplatte gesenkt. Seine Antworten auf die Fragen des Psychologen blieben aus aber die Überheblichkeit schien wie weggeblasen. Und Becca fühlte bei Beendigung des Verhörs so etwas wie Triumph und eine gewisse Genugtuung. Sie waren es Jan Herz schuldig das Ungeheuer festzunageln und sie waren diesem Ziel heute ein ordentliches Stück näher gekommen.

Der Kommissarin fiel urplötzlich der Fußgänger mit den Dreadlocks und der Augenklappe wieder ein, den sie um ein Haar überfahren hätte. Der Schreck über den Beinah-Unfall lag über vier Wochen zurück und doch hatte sie nach wie vor das Gefühl, dass es ein böses Omen gewesen war.

Damit hatte alles angefangen.

Was würde sie heute darum geben, wenn sie die Zeit zurückdrehen könnte.

Nach einer entspannten Mittagspause, in der sich Becca in der Kantine an einer köstlich duftenden Dampfnudel mit ganz viel Vanillesoße gütlich tat, fuhr sie mit Kevin zur Ravensburger Klinik. Es war ein letzter Versuch, der Witwe des ermordeten Dr. Kling möglicherweise doch noch ein paar neue Erkenntnisse zu entlocken. Gelegentlich fielen betroffenen Angehörigen oder Opfern von Gewaltverbrechen wichtige Details erst nach einigen Tagen ein. Nämlich dann, wenn der primäre Schock überwunden war.

Die beiden Ermittler hatten sich in der Eingangshalle mit Frau Kling verabredet. Weiter ins Gebäude vorzudringen war ihnen aufgrund der Coronaauflagen verwehrt worden. Die riesige Halle war menschenleer und die Angestellten am Empfangstresen waren von einer hohen Glasscheibe hermetisch von der Umwelt abgeriegelt.

Sie mussten nicht lange warten.

Britta Kling stieg aus einem der Fahrstühle und blickte dabei verzückt auf ein Stoffbündel in ihrem Arm. Bei näherem Herantreten konnten die beiden Kripobeamten zwischen den weißen Tüchern ein winziges, pausbäckiges Gesichtchen ausmachen. Das Neugeborene hatte den o-förmigen Mund leicht geöffnet und schlief selig im Arm seiner Mutter. Der Anblick verbreitete seinen ganz eigenen Zauber. Der komplette Raum schien plötzlich erfüllt davon.

„Herzlichen Glückwunsch, Frau Kling! Wir wussten ja nicht, dass es schon so weit ist!“

Becca betrachtete fasziniert das rosige Gesichtchen mit der unendlich winzigen, knuffigen Nase. Kevin indes trat eher verlegen von einem Fuß auf den anderen und murmelte ein gehauchtes *Herzlichen Glückwunsch* in sein bartloses Kinn.

Die frischgebackene Mama blickte die Hauptkommissarin mit

verklärtem Blick an. Herzerwärmendes Mutterglück strahlte aus ihr heraus und Becca dachte, dass das Wunderwerk des menschlichen Körpers mit seinem hilfreichen Hormonapparat durchaus wusste, was es tat.

„Gestern setzten die Wehen ein. Mein Baby ist trotz allem, was wir erleben mussten, kerngesund“, erklärte die Witwe mit zärtlicher Stimme.

„Das freut uns wirklich sehr, Frau Kling. Wir wollen Sie auch nicht lange von ihrem Glück ablenken. Wir dürfen sie ohnehin nur treffen, weil sie später entlassen werden, wie uns mitgeteilt wurde. Darum ganz direkt: Ist Ihnen zwischenzeitlich irgendetwas eingefallen, was uns weiterhelfen könnte?“

Frau Kling schüttelte verneinend den Kopf. „Ich kann nach wie vor nicht begreifen, dass mein Mann tot ist und mein Kind seinen Vater nie kennenlernen wird. Und auch nicht, dass er etwas Illegales getan haben soll. Es tut mir so unendlich leid. Er war kein böser Mensch, wissen Sie. Ich wünsche mir so sehr, dass er niemanden mit seinen verbotenen Operationen geschadet hat.“

„Das werden wir vermutlich nie erfahren“, entgegnete Becca wahrheitsgetreu.

„Ich dachte, ich kenne meinen Mann in- und auswendig. Nie hätte ich mir vorstellen können, dass er zwei Seiten in sich trägt.“

„Ich gehe davon aus, dass Ihr Gatte davon überzeugt war, diesen Patienten etwas Gutes zu tun. Auch wenn der Weg, den er dafür einschlug, sicher nicht der Richtige war.“

Die Kommissarin warf einen Blick auf das Neugeborene, das eben, wie zu einem zarten Gruß, seine winzigen Finger unter den Tüchern hervor schob. Beinahe schien es, als würde das Baby ihr zuwinken.

„Wir verlassen Sie jetzt wieder. Sie wissen, wo wir zu finden sind, sollte sich doch noch etwas ergeben. Ich wünsche Ihnen und Ihren beiden Kindern alles Gute.“

Die Ermittler hatten die Ausgangstüre der Halle schon beinahe erreicht, da rief ihnen Britta Kling hinterher:

„Frau Hauptkommissarin!“

Becca drehte sich fragend zu ihr herum. „Ja?“

Die Mutter deutete auf das Bündel in ihrem Arm. „Es ist ein Junge. Er heißt Jan. Ich finde, das sollten Sie wissen.“

Becca brachte nur ein stummes, dankbares Nicken zustande, denn der Kloß im Hals verhinderte jegliche Erwiderung.

Als die Kommissarin und der Kommissarsanwärter die geräumige Eingangshalle des Krankenhauses verlassen hatten, stand im Freien, direkt am Ausgang, ein Sanitäter in berufstypisch knallorangener Weste und sprach sie an. Er lehnte an einem Stehtisch, der mit Flyern übersät war.

„Sind Sie schon Inhaber eines Organspendeausweises?“ Er streckte ihnen zwei orangefarbene Ausweise entgegen und fuhr fort. „Wissen Sie, wie viele Menschen in Deutschland auf ein Spenderorgan warten? Patienten, denen mit einer ausreichenden Spendenbereitschaft ihrer Mitmenschen geholfen werden könnte? Auch Sie selbst könnten irgendwann ein Organ benötigen. Haben sie darüber schon einmal nachgedacht?“

Becca und Kevin tauschten einen wissenden Blick untereinander aus. Ihnen war augenblicklich klar, dass sie hier und jetzt ihre Chance erhielten, einen Beitrag zu leisten, um Tierversuche in der Xenotransplantationsmedizin oder gar illegalen Organhandel aktiv zu reduzieren. Gab es genügend Spenderorgane von Mensch zu Mensch, würde eine weitere Forschung vielleicht obsolet und möglicherweise konnte die Menschheit sich ein Abwarten leisten, bis Organe eines Tages reibungslos in der Petrischale nachwuchsen.

Die Kommissarin griff, ohne zu zögern, nach der orangefarbenen Spendekarte.

„Na, dann geben Sie mal her.“ Sie füllte den Ausweis mit ihrem Namen sowie Adresse aus, machte ein paar Kreuzchen an der richtigen Stelle und unterschrieb.

Und auch Kevin griff nach einem Kugelschreiber. „Eigentlich ganz easy, oder? Das hätten wir schon früher mal tun können.“

Der Sanitäter wirkte verblüfft, als könne er den schnellen Erfolg seiner Werbung kaum fassen und stammelte eher unbeholfen, „Sie tun echt das Richtige. Sie leisten damit einen wertvollen Beitrag für die Gesellschaft.“ Immer noch verdattert blickte er den davongehenden Kripobeamten hinterher.

Gegen späten Nachmittag hatte sich überraschend Johann von Waldensturz zum Gespräch im Präsidium angemeldet. Dave

Bernstein, die Kommissarin und der Anwalt nahmen im Verhörraum Platz.

„Herr von Waldensturz, was verschafft uns die Ehre Ihres Besuches?", eröffnete Becca sarkastisch die Runde. Die Miene des Juristen war unbewegt. Doch das künstlich hervorgezauberte Lächeln wirkte eingefroren und dermaßen unecht, dass es ihr bei dem Anblick fast übel wurde.

„Frau Hauptkommissarin, mein aufrichtiges Beileid zum Verlust ihres Partners. Es ist eine Tragödie. Wie ich sehe, haben Sie sachkundige Unterstützung in Herrn Bernstein gefunden. Wir sind uns bereits von diversen Gerichtsterminen bekannt."

„Ich denke, Ihr Mandant hat Ihnen mitgeteilt, dass ein Haftbefehl auf seinen Namen ausgestellt ist?", fragte Becca, ohne auf das Gesülze des Juristen einzugehen, nach.

„Sicher. Ich habe die Anklagepunkte zugesandt bekommen. Besten Dank."

„Ich denke nicht, dass Sie hergekommen sind, um Höflichkeitsfloskeln auszutauschen, Herr von Waldensturz", bemerkte Dave trocken.

„Nein, da haben Sie wohl recht, Herr Bernstein. Vielmehr möchte ich Ihnen eine eidesstattliche Erklärung meiner Mandantin vorlegen, die, wie Ihnen bereits bekannt ist, im Ausland weilt."

„Inge Lobwild?" Becca gelang es nicht, ihre Überraschung gänzlich zu verbergen. Es war ein wunder Punkt, dass die eisige Unternehmergattin durch die Maschen geschlüpft war.

Von Waldensturz nickte lächelnd bekräftigend. Seine schneeweißen Zahnkronen erschienen dabei eine Spur zu grell.

„Meine Mandantin erklärt in dem Schreiben, dass sie die alleinige Schuld am Tod der rumänischen Staatsbürgerin Stella Radu trägt. Sie handelte aus Eifersucht, da sie den Verdacht hatte, dass ihr Mann sie betrügt. Sie beschreibt in ihrer Aussage detailliert, wie sie die junge Frau mit ihrem E-Wagen in den Wald fuhr. Ziel war es, der Nebenbuhlerin Angst einzujagen. Sie wollte sie lediglich ein wenig durch den Wald treiben. Dann aber stoppte plötzlich der Gehegezaun des Affenbergs den Lauf von Stella Radu. Meine Mandantin wurde das Opfer ihrer eigenen Emotionen und erwürgte die Frau im Affekt. Sie entschuldigt sich dafür. Es tut ihr wirklich sehr leid, wie sie beteuert. Es steht jedoch leider nicht in unserer Macht, das Unglück rückgängig zu machen. Der Augapfel der jungen Frau musste entfernt werden, da er die transplantierte Hornhaut enthielt und Rückschlüsse auf die vorangegangene OP zugelassen hätte. Ich denke, dass dies hinreichend plausibel erscheint. Ihr Mordfall ist somit aufgeklärt, Frau Hauptkommissarin Brigg."

Becca schnaubte verächtlich. „Und Hugo Lobwild kann lediglich wegen Missbrauch und nicht wegen Mordes, oder gefährlicher Körperverletzung angeklagt werden. Darum geht es doch in Wirklichkeit bei diesem Scheingeständnis, nicht wahr?"

„Und wie praktisch für Ihren Mandanten, dass Dr. Kling tot ist und nicht mehr aussagen kann, oder?" Dave traf den perfekten sarkastischen Ton.

„Warum sollten wir Inge Lobwild dieses Statement abkaufen?", fragte Becca scharf. „Sie weiß, dass wir in Südamerika nicht an sie herankommen. Vermutlich hat die Dame einen Deal mit ihrem Beinah-Exmann abgeschlossen, oder? Sie nimmt alle Schuld auf sich und bekommt im Gegenzug eine problemlose Scheidung. Ist es nicht so, von Waldensturz?"

„Ich kann Ihre bittere Enttäuschung nachvollziehen, Frau Brigg, aber Sie werden in der eidesstattlichen Erklärung Details finden, die eindeutig Täterwissen enthalten. Damit ist die Unschuld meines Mandanten Hugo Lobwild hinreichend bewiesen."

„Unschuld?" Dave Bernstein zog abschätzend beide Brauen nach oben. „Wohl kaum, Herr von Waldensturz. Stella Radu war erst fünfzehn Jahre alt, als ihr Mandant sie missbrauchte."

„Mutmaßlich missbrauchte, Herr Bernstein. Mein Mandant sagt aus, dass sich die Frauen förmlich an ihn heran geschmissen hätte. Geld macht äußerst attraktiv, wissen Sie? Überlassen Sie also die Schuldfeststellung doch bitte dem zuständigen Gericht", wandte der Anwalt in honigsüßem Ton ein.

„Wenn es zutrifft, was Sie sagen", erwiderte Becca, „und ich sage, wenn, dann werden wir möglicherweise die Mordanklage gegen Hugo Lobwild fallen lassen müssen. Auch wenn ich mir ziemlich sicher bin, dass seine Frau nicht alleine gehandelt haben kann. Wir werden da dranbleiben, von Waldensturz. Ihr Mandant wird sich nie wieder sicher fühlen können. Mord verjährt nicht. Wir werden ihn und seine Exfrau jagen. Bis ans Ende seiner Tage."

„Seiner oder ihrer Tage, Frau Hauptkommissarin?", schoss der

Anwalt mit unverhohlener Drohung zurück. Es fehlte nur noch, dass er auf die aufgeschlitzten Reifen, die massakrierte Katze und den Mord an KHK Herz verwies. Doch dieser nonverbale Hinweis war stillschweigend in seinen Worten enthalten.

„Da stimme ich meiner Kollegin zu.“ Dave Bernstein hatte den Anwalt fest im Blick. „Ich traue Inge Lobwild nicht zu, dass sie selbst ein Skalpell in die Hand nahm und den Augapfel ihres Opfers herausschnitt. Zumal sie solches Werkzeug wohl kaum in ihrem Wagen routinemäßig spazieren fuhr. Es bleibt ein berechtigter Restzweifel bestehen. Aber wie Frau Brigg bereits feststellte, uns sind momentan diesbezüglich die Hände gebunden. Vorerst.“

„Und wer hat Miron Kuzorra engagiert? Nimmt Frau Lobwild auch dazu Stellung?“, hakte Becca ein.

Von Waldensturz nickte. „Nach dem bedauerlichen Tod von Frau Radu drohte Dr. Kling zur Polizei zu gehen. Inge Lobwild sah sich gezwungen zu handeln, und engagierte über das Darknet eine Person, die sich des Problems annahm. Sie dachte natürlich, Herr Dr. Kling würde nur etwas Angst gemacht. Dass er dabei stirbt, war selbstverständlich nicht eingeplant. Sie können das alles in der eidesstattlichen Erklärung meiner Mandantin nachlesen. Wir kooperieren vollumfänglich.“

„Sie erwarten hoffentlich nicht, dass wir Ihnen diesen Unfug abnehmen“, entgegnete Becca verächtlich und war bemüht, ihren Frust zu verbergen. Diesen Triumph gönnte sie dem schmierigen Winkeladvokaten nicht. „Hugo Lobwild wird verurteilt werden.“

„Sicher, Frau Hauptkommissarin, sicher. Jedoch nicht wegen Mordes“, stellte Johann von Waldensturz genüsslich fest.

Becca und Dave erhoben sich von ihren Stühlen.

Es war alles gesagt. Der schale Geschmack, keine umfassende Gerechtigkeit üben zu können, blieb haften. An Inge Lobwild kamen sie definitiv nicht heran. Die Unternehmerin hatte ihnen durch das Scheingeständnis jegliche Handhabe entzogen. Es war himmelschreiend ungerecht und doch war der Fall gelöst, die Enden verknüpft. Der Rest würde von Richtern und den Gesetzen, denen sie folgten, entschieden werden. Und letztlich blieb ein Funken Hoffnung bestehen, dass sich mit der Zeit weitere Beweise im Mordfall Stella Radu finden würden.

„So oder so, das Netzwerk der *Augenlichter Europas* wird vorerst keinen weiteren Schaden mehr anrichten. Zumindest nicht in Europa. Ich hoffe, Sie und Ihr Mandant finden künftig keinen ruhigen Schlaf, Herr von Waldensturz. Guten Tag", verabschiedete der Profiler den Anwalt.

Mord verjährt nicht, dachte die Kommissarin nochmals.

Eines Tages würde es gelingen, die Dinge ins rechte Licht zu rücken.

Epilog

Sonntag, der 5. April 2020

„Weißt du", schwärmte die Kommissarin tiefenentspannt, „das schönste an Wittenhofen ist diese wunderbare, ländliche Idylle. Findest du nicht? Du wirst sehen, das Deggenhausertal im Frühling ist ungemein reizvoll. Ich freue mich richtig darauf, wenn die Obstbäume anfangen zu blühen. Diese irre Blütenpracht! Oder sehne ich das in diesem Jahr intensiver herbei, weil der Winter durch die Pandemie so schwierig auszuhalten war?"

Die Kommissarin lehnte ihren Kopf genüsslich an Aages Schulter. Das Paar saß gemeinsam auf der rückwärtigen Terrasse von Beccas Wohnung und blickte auf den mächtigen Apfelbaum, der zum Haus gehörte. Es hatten sich verdickte Stellen an den Ästen gebildet, die nur darauf warteten in der täglich immer kräftig werdenden Frühlingssonne auszutreiben. Die Natur stand in den Startlöchern. Der Mann an ihrer Seite schmunzelte und beobachtete einen Trupp schimpfender Sperlinge im Baum.

„Ja, ja und dann wächst hier das weltberühmte Bodenseeobst heran. Ich habe das echt mal vor Jahren in Schleswig-Holstein im Supermarkt liegen sehen. Als ob wir im Norden nicht selbst genug Apfelbäume im *Alten Land* hätten. So ein Blödsinn, einen Apfel durch die ganze Republik zu karren. Aber solange es die Leute kaufen ..." Der blonde Hüne gähnte herzhaft. „Und du hast Recht, mein Schatz, wir haben die letzten Tage wirklich Glück mit dem Wetter. Für Anfang April ist es ungewöhnlich warm", fügte Aage zärtlich hinzu, der lediglich im T-Shirt da saß.

„Wir haben vor allem totalen Dusel, auf einer eigenen Terrasse sitzen zu können. Unvorstellbar, wie die Menschen in den großen Städten den Lockdown ertragen. Im fünfzehnten Stock eines Hochhauses womöglich. Horror!" Becca blinzelte in die Sonne. In zwei Monaten wäre der Bodensee mit etwas Glück bereits aufgeheizt genug, um einen kurzen Sprung ins Wasser zu wagen. Ein himmlisch verlockender Gedanke.

„Stimmt. Für uns eingefleischte Landeier ein Schreckensszenario. Aber den Menschen in Italien oder Spanien ergeht es momentan deutlich schlechter als unseren Städtern. Die dürfen nämlich erst gar nicht vor die Tür. Und zwar egal ob Stadt oder Land. Ein Wahnsinn. Hoffentlich lohnt diese Quälerei auch. In vier bis fünf Jahren lässt sich vielleicht anhand von Statistiken beurteilen, wie viele Menschenleben durch die ganzen Pandemiemaßnahmen tatsächlich gerettet werden konnten. Da bin ich jetzt schon gespannt drauf."

Aages Armmuskeln spielten leicht, als er nach seiner Kaffeetasse griff. Die Kommissarin konnte manchmal den Blick nicht von seinem attraktiven Körper wenden. Eine wahre Augenweide.

„Na ja, erst mal abwarten, was da noch kommt", entgegnete sie, „und weit entfernt sind wir von einem Einsperren auch nicht mehr. Dass wir gestern nicht auf Jans Beerdigung gehen durften, fühlt sich einfach schrecklich für mich an. Ich hätte mich gerne von ihm verabschiedet. Es ist entwürdigend, dass er ohne gebührende Feier beerdigt wurde. Verscharrt, wie irgendein Lump. Und ab morgen gilt die Maskenpflicht im ganzen Land. Ich weiß nicht, wie das weiter gehen soll. Zum Schluss gehen wir alle dabei drauf", stellte Becca pessimistisch fest.

„Ach komm, so schlimm wird's nicht werden. Wart´s ab. Das Virus wird zum Sommer hin von alleine Ruhe geben und bis Herbst haben die dann einen Impfstoff entwickelt. Wirst sehen, meine kleine Schwarzseherin." Der Hüne beugte sich vor, und küsste die Kommissarin zart auf die Nasenspitze.

„Ich hätte gerne deine Zuversicht", seufzte Becca skeptisch. „Medikamentenzulassungen brauchen doch normalerweise Jahre. Wie soll das denn gehen?" Und nach einer kurzen Pause schloss sie an, „Immerhin hat die Firma Bosch letzte Woche den allerersten Corona-Schnelltest in Deutschland rausgebracht. Hast du das auch gelesen? Ein echter Fortschritt im Kampf gegen das Virus nenne ich das. Und wer hat`s erfunden? Nicht die Schweizer diesmal!", meinte sie übermütig giggelnd.

„Na, siehste", fiel jetzt auch Aage ins Gelächter mit ein, „sag ich doch! Das wird wieder. Wenn der ganze Spuk vorbei ist, kaufen wir uns einen der alten Höfe im Tal und bauen ihn nach unserem Geschmack um. Oder wir machen das diesen Sommer schon! Zeit genug haben wir durch die vielen Einschränkungen und das Pandemiegedöns stört uns nicht beim Renovieren. Du warst doch nach deiner Ausbildung ein paar Jahre bei der berittenen Polizei. Wir könnten uns Pferde halten und Gato Macho bekäme dort ein gigantisches Mäuserevier."

Becca blickte den rotblonden Kerl an ihrer Seite an. Der Mann tat ihr in vielerlei Beziehung gut. Er gab ihr Zuversicht und wenn sie nach dem Dienst nach Hause kam, hatte er gekocht. Sein Homeoffice Job als IT-Profi erlaubte eine flexible Arbeitszeiteinteilung. Aage putzte sogar. Für die Kommissarin eine völlig neue Erfahrung. Und, na ja, ihr Liebhaber war neun Jahre jünger und somit zwischen den Daunendecken äußerst effektiv. Sie genoss diesen Umstand in vollen Zügen. So ein pflegeleichter Mann war ihr noch nie untergekommen. Es gab keinen Streit und keine unnötigen Diskussionen. Himmlisch! Manchmal konnte sie es gar nicht glauben, dass es so einfach sein konnte. Ihr war dabei jedoch durchaus bewusst, dass das auf die Tatsache zurückzuführen war, dass das Paar überhaupt erst wenige Wochen liiert war.

Neue Besen kehrten gut.

Der Schatten über ihrer Liaison wurde mit jedem Tag, den sie gemeinsam verbrachten, mächtiger. Dem Unterbewusstsein der Kommissarin war klar, dass sie die Beziehung zu Aage zeitnah ihren betagten Eltern beibringen mussten. Sie wunderten sich bereits, dass er immer noch bei ihr wohnte. Und sie würden keinerlei Verständnis dafür aufbringen. So viel stand fest.

Die Reaktion von Ayla Schneider-Demir, der sie es gestern gebeichtet hatte, schreckte diesbezüglich ab. Der Freundin gelang es nicht, ihr Entsetzen zu verbergen. Die Tatsache, dass Taja erst seit sechs Wochen tot war, wog schwer. Moralisch skandalös lautete das unausgesprochene Urteil. Da waren die neun Jahre Altersunterschied zwischen Schwager und Schwägerin völlige Nebensache. Zumindest vorerst. Das gesamte soziale Umfeld würde das Paar verdammen, sobald ihre Beziehung publik würde, befürchtete die Kommissarin im Stillen. Sie hatte gestern das Gefühl, dass die Nachbarn bereits komisch schauten.

Doch heute schien die Sonne im Bodenseehinterland. Ich denke an einem anderen Tag darüber nach, dachte Becca und schob die

Schatten kurzerhand beiseite. Sie spürte die wärmenden Strahlen auf ihrem Gesicht, während die Gedankenfäden durch ihren Kopf wanderten. Das dunkle Haar schimmerte dezent rötlich im Sonnenlicht. Schließlich wechselte sie das Thema, um nicht weiter über ihr privates Ungemach nachzudenken.

„Ich wünschte nur, der Mordfall von unserer Toten am Affenberg wäre eindeutiger zum Abschluss gelangt. Es verfolgt mich, dass es so gekommen ist. Vieles wäre vermeidbar gewesen."

Die Kommissarin vermisste nach wie vor die langen Gespräche mit ihrem Vater, der immer ein offenes Ohr für ihre Arbeit gehabt hatte und so manchen klugen, erfahrenen Hinweis gegeben hatte. Jetzt musste Aage zwangsweise diese Lücke füllen. Aber es war nicht dasselbe. Der Schwager wusste im Gegensatz zu ihrem Vater, dem ehemaligen Ordnungshüter, nicht, wie es sich anfühlte, bei der Polizei zu arbeiten. Doch Erich Brigg war nach wie vor nicht bereit, eine Stütze für seine Umwelt zu sein. Das Selbstbewusstsein lag nachhaltig am Boden.

„Du hast alles getan, was möglich war, Schatz. Und immerhin habt ihr dem Treiben um das Netzwerk *Augenlichter* ein Ende gesetzt. Das ist doch ein schöner Erfolg", fand Aage tröstende Worte und strich ihr zart übers Haar.

„Na ja, den Missbrauch der Patienten und die illegalen Operationen konnten wir stoppen. Doch der Mord an der jungen Rumänin bleibt ungesühnt. Es nagt gewaltig an mir, dass wir einen der Köpfe des Netzwerks fahrlässig entwischen haben lassen. Inge Lobwild verfügt immer noch über einige Helfershelfer in verschiedenen Ländern. Und ich bin mir nicht sicher, ob sie ihr Treiben anderswo weiterführen wird. Diese Frau und ihr Exmann sind abgrundtief durchtrieben und skrupellos." Becca hielt kurz inne und blickte in den Apfelbaum. Dann stellte sie mit Bitterkeit fest:

„Weißt du, manchmal hasse ich meinen Beruf."

„Na, dann mach doch etwas anderes", antwortete Aage pragmatisch.

„Nein", erwiderte die Kommissarin nach einer Weile und blinzelte erneut in die abendlich schwächer werdenden Sonnenstrahlen. „Jemand muss es machen und es ist alles, was ich kann und bin."

Ende Band 1

Über dieses Buch

Als ehemalige Krankenschwester geht mir die Thematik der weltweit allgemein geringen Organspendebereitschaft, vor allem post mortem, berufsbedingt nahe. Das Leid, die Nöte und Ängste Betroffener die zum Teil vergeblich auf eine Organspende warten, können in einem Buch, das vorwiegend von seiner Spannung lebt, nicht annähernd wiedergegeben werden. Diese Mitmenschen mögen es mir bitte nachsehen, dass ihre Schicksale in diesem Roman völlig unzureichend dargestellt sind.

Die Wahrnehmung der Coronapandemie sowie ihre Auswirkungen auf unsere Gesellschaft sind selbstverständlich aus vielen unterschiedlichen Blickwinkeln individuell beurteilbar. Die Welt befindet sich diesbezüglich immer noch in einem laufenden Prozess. Möglicherweise werden wir erst Generationen später neben dem eigenen persönlichen Erleben, beurteilen können, welche Maßnahmen, gerechtfertigt waren oder auch nicht. Die zeitliche Abfolge sowie die meisten Daten im Buch bezüglich des Pandemiegeschehens sind der Realität entnommen. Frei erfunden sind hingegen die Sichtweisen der verschiedenen Protagonisten sowie die Anti-Corona-Demo in Ravensburg, die zumindest in dieser ausufernden Dimension dort nicht stattgefunden hat, wohl aber in anderen Städten.

Dieses Buch orientiert sich an realen Schauplätzen der Bodenseeregion und thematisiert ein Stück Zeitgeschehen aus dem Jahr 2020. Um so wichtiger erscheint es, darauf hinzuweisen, dass alle Protagonisten sowie die Handlungen um sie herum frei erfunden und lediglich der kreativen Fantasie der Autorin zuzuschreiben sind. Irgendwelche Ähnlichkeiten mit lebenden Personen sind nicht beabsichtigt und als rein zufällig zu betrachten. Die meisten beschriebenen Orte im Roman kann der Lesende, wenn er denn möchte, rund um den herrlichen Bodensee wiederfinden. Ausnahmen, aus dramaturgischen oder Persönlichkeitsrechten wahrenden Gründen stellen einige frei erfundene Orte dar, die sie vergeblich suchen werden.

Dazu gehören insbesondere: Frisörsalon *Haarspaltereien* und

Wohnhaus der Becca Brigg in Wittenhofen; *Gasthaus zum Felchen* und Wohnung der Eltern Brigg in Überlingen; die Straußenfarm sowie die *Villa Lobwild* in Salem; die After-Work-Kneipe *Allefanz* in Konstanz; die *Badener Landfleisch GmbH* in Tüfingen; die *Isolierstation* der Klinik Ravensburg; die *Villa Kling* in Immenstaad.

Die landschaftlichen Beschreibungen aus Rumänien sind indes authentisch und stammen aus dem Jahr 2010. So mag sich dort vor Ort inzwischen die ein oder andere Kleinigkeit verändert haben.

Mein Dank gilt Kristin, meiner tapferen Erstleserin, die sich selbst durch krude Rohfassungsformulierungen nicht abschrecken ließ, mich und das neue Kripoteam zu begleiten. Auch meinen Eltern sei an dieser Stelle gedankt, dass sie die fehlerhaften Erstversionen ertrugen. Und auch für alles Andere!

Für Leser, die Gefallen an den Ermittlungen sowie dem Privatleben von Kriminalhauptkommissarin Becca Brigg gefunden haben, sei abschließend angemerkt, dass das Ravensburger Kripo-Team bald schon mit einem neuen Fall beschäftigt sein wird.

Das Auftauchen eines lange vermissten Kindes, ein Mörder sowie der menschliche Geruchsinn werden dabei Ermittler und Leser gleichermaßen in Atem halten. Die Geschichte startet im Herbst 2020 und das Pandemiethema wird erneut eine Rolle spielen. Allerdings, wie im echten Leben auch, wird es nicht mehr so omnipräsent wie in Band 1 sein.

Blinder Tod ist ein Debütroman, der aus Kostengründen zunächst nur als E-Book erschien. Band 2 der Serie, *Geruchloser Tod,* wurde vor seiner Veröffentlichung im Juni 2023 einem professionellen Korrektorat unterzogen.

Möchten Sie künftigen Lesern der Buchreihe um Hauptkommissarin Becca Brigg oder mir selbst als Autorin noch etwas Gutes tun, dann freue ich mich sehr über eine Rezension auf einer der unzähligen Internetplattformen! Gerne nehme ich Rückmeldungen von Ihnen persönlich via Mail (karina.abrolatis@outlook.de) entgegen.

Vielen Dank, dass Sie das Ravensburger Kripo Team bei Ihren Ermittlungen begleitet haben!

Karina Abrolatis
Bodensee, Sommer 2023

Quellenangaben:

- Val McDermid; *Anatomie des Verbrechens: Meilensteine der Forensik* (2016, Albrecht Knaus Verlag)
- Polizeibeamte als Opfer von Gewalt https://www.innenministerkonferenz.de/IMK/DE/termine/to-beschlüsse/12-06-01/Anlage20.pdf?__blob=publicationFile&v=2
- Die Chronik der Corona-Krise https://www.mdr.de/nachrichten/jahresrueckblick/corona-chronik-chronologie-coronavirus-102.html
- Gerichtsmedizin- und Chemie der Universität Salzburg; Mitschriften von Kursen https://www.studocu.com/de-at/course/universitat-salzburg/gerichtsmedizin-und-chemie/3003674
- Ärzte gegen Tierversuche https://www.aerzte-gegen-tierversuche.de/de/wissen/argumente/stellungnahmen/xenotransplantation-wie-immenses-tierleid-als-meilenstein-verkauft-wird
- Verlängertes Überleben von Pavianen unter moderater Immunsuppression nach orthotoper Xenotransplantation hDAFtransgener Schweineherzen; Dissertation Sebastian Georg Alexander Michel; Universität München https://edoc.ub.uni-muenchen.de/9414/1/Michel_Sebastian.pdf
- Dissertation TUChemnitz, Sozialwesen in China/Wei Zhang, Verlag Dr. Kovač, Deutsche Nationalbibliothek https://d-nb.info/989533069/34

FSC
www.fsc.org
MIX
Papier | Fördert
gute Waldnutzung
FSC® C083411